贯涌戏曲文存

贯涌 著

上卷 剧坛博议

華文出版社
SINO-CULTURE PRESS

图书在版编目（CIP）数据

贯涌戏曲文存：上、下卷 / 贯涌著. -- 北京：华文出版社，2024.3

ISBN 978-7-5075-5683-4

Ⅰ. ①贯… Ⅱ. ①贯… Ⅲ. ①戏曲文学—文学研究—中国—文集②戏曲文学—剧本—作品综合集—中国—当代 Ⅳ. ①I207.3-53②I230

中国国家版本馆CIP数据核字(2023)第231373号

贯涌戏曲文存（上、下卷）

著　　者：贯　涌
责任编辑：刘超平
出版发行：华文出版社
地　　址：北京市西城区广外大街 305 号 8 区 2 号楼
邮政编码：100055
网　　址：http://www.hwcbs.cn
电　　话：总编室 010-58336239　责任编辑 010-58336222
　　　　　发行部 010-58336267
经　　销：新华书店
印　　刷：天津画中画印刷有限公司
开　　本：710mm × 1000mm　1/16
印　　张：37.25
字　　数：460 千字
版　　次：2024 年 3 月第 1 版
印　　次：2024 年 3 月第 1 次印刷
标准书号：ISBN 978-7-5075-5683-4
定　　价：158.00元（上、下卷）

作者简介

贯涌，字净山，1935年生于北京，出身梨园世家，祖父及父辈均系京剧名宿，家学渊源。曾坐科荣春社，1950年入中央人民政府文化部戏曲改进局戏曲实验学校（中国戏曲学院前身），毕业留校，从事编导、理论研究与教学及组织管理工作。历任中国戏曲学院研究员、副院长、戏曲文学系主任等职。自1958年开始编导创作及研究著述，六十余年耕耘不辍，发表并上演《党的女儿》《洪水之炼》《秦良玉》《唐知县斩诰命》等剧作四十余部，出版《贯涌剧作》《戏曲剧作法教程》等著作。

在课堂

在论坛

在访谈

在剧团，给豫剧演员金不换说戏

访问泰戈尔国际学校
并与该校校长合影

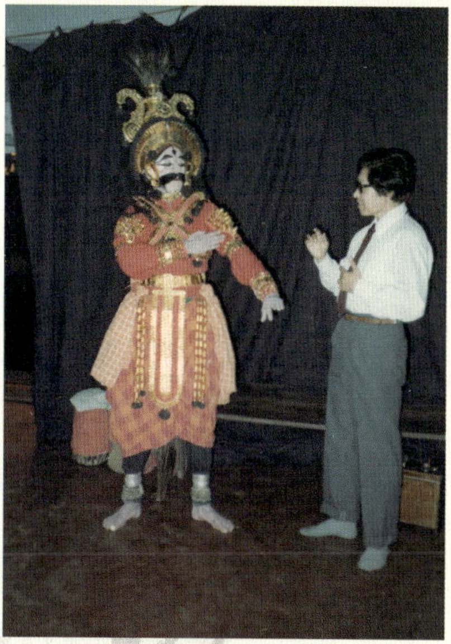

与印度舞剧卡塔卡利（Kathakali）
表演者进行交流

在英国

作者幼年与姐姐合影

携手走过六十年——作者与夫人李桂兰

在演出，与黄宗洛合演小品

夫妻参演戏曲电影《憨憨公子扳倒爹》（贯涌编剧）

目　录

剧作与剧目

教育与教学

序

昔年，吾有短文如下：

> 甲子重阳，贯涌别立堂号，命名“有容”。
>
> 京都梨园，讲传承，尊正宗，重门楣，各立堂号为标志，门徒传人或称“某某堂弟子”相显扬。先祖入行，父辈出道，以“春林堂贯”行世。
>
> 吾自幼学戏，半途转轨，从台前退居幕后，由场上改向案头，破专一表演广涉表、导、编、史、论，于专业增容；破单一京剧而广涉京、昆、梆、落、滩簧杂曲等，于剧种增容；破唯一剧学而广涉文、史、哲、美、教，于学理增容。增容要兼容，兼容须有容，况学术民主，百家争鸣，当广纳博采，歧见能容，遂保存老堂立新堂，取“有容”为号——寄怀明志焉。

此文约略表明吾治学轨迹，并透露工作之大概。

吾自毕业留校供职中国戏曲学院，做教员兼任管理，始终坚持授课与创作、管理与科研“四位一体”“双轨并行”，认真践行“干一行钻一行”，努力争取有所发现、有所发明、有所创造、有所前进，奉献教材、剧作等若干成果，同时产生这一沓文章。

经数十年之探索，吾深切意识到戏曲教育乃一门大学问，须得清晰认识并严谨把握其科学性；戏曲编剧无定法而有技法，须得认真领会并巧妙运用其艺术性；戏曲舞台艺术博大精深，须得精研之、准释之、转化之，乃促其发扬光大。

探索系学程，论文即作业，而今汇总作业，结集出版，庶几引起同道兴趣而推进研讨，吾之愿也。

贯　涌

2021年1月30日于京华仰酸斋

京剧放言

友人发来《京剧发展三个高峰期》撰文提纲，附“随时听您指教”等谦词。盛情难却且有话可说，遂无拘无束畅所欲言自说自话，以手机微信九通回复奉寄。

信之一：

考察评价京剧“高峰”，似乎有几个标准：其一，精英辈出；其二，技艺登峰；其三，剧目繁盛；其四，演出红火。

精英辈出，应是众行当多门类。

技艺登峰，应是超越前人。

剧目繁盛，应是新戏迭出，应时（时代审美）而生。

演出红火，应是供需两旺，广众欢迎。

重点在于演员和演技。

“高峰期”是段落，也是过程，况且是一动态过程，有起有落，有盛有衰，前有蓄势后有余波，要考量其起承转合。

后一高峰与前一高峰相比，峰值不同，因其时代不同而审美评价不同。后代可以超越前代，应该超越前代，绝不可能替代前代。

技艺超越重在创新，犹如新陈代谢——随时代而进便是超越。

信之二：

1790年徽班（并非“四大徽班”）初始进京，蜕变京剧非三两日之功。尚无京剧可说，何言京剧发展高峰？

所谓“同光十三绝”。彼时已完成徽、汉、昆、梆在皮黄——京剧体内的有机融合，尚待完善。

梆子抗衡，却为京剧提供艺术营养。响九霄、老十三旦竟是京剧鼻祖；荀慧生、筱翠花、小达子、李兰亭尽是梆子出身；三乐与喜连升（成）脱胎于“梆黄两下锅”。梆前黄后的排序，显示出其余威。

京剧高峰的到来，是在谭、杨、梅时代（早于余、杨、梅）。且看此时之京剧——宫中受宠、民间受捧、国际扬名、百花之魁。这一时期之京剧，行当之全、高人之多、技艺之精无与伦比。

更引人注目处，最新工业手段追逐京剧，电影追着京剧拍，谭鑫培、俞菊笙、俞振庭、梅兰芳成为最早京剧电影人。

信之三：

谈论“高峰期”，涉及以何为“期”的断代问题。我有个与“提纲”不同的“断法”，试说如下。

1790—1890年间，以徽班进京为起点，历经百年融合、百年蜕变，完成“徽班汉调”向京剧的彻底转化。

1890—1935年间，历经四十五年，京剧形成后第一个大发展、大繁荣、大强盛时期。

1890年，标志性事件：“四海一人”谭鑫培与陈德霖等入内廷升平署。市面上，京剧成为艺术市场主体，梨园盛况不胜枚举。

这一阶段，新文化运动引发出京剧臧否大辩论。可以看到，一方面是文人之争，另一方面是艺人之兴（京剧艺术空前兴盛），互无交集，互不影响，分明是“你说你的，我干我的”。时有汪笑侬努力践行而极力宣扬，在梨园又有多大风浪？

不妨多说一句，当时这些文人否定的、反对的，其核心、其实质，是中国传统艺术之民族性，是“全盘西化”的自然衍生和必然诉求。

虽和“提纲”相左，但我注重的是事实。

1935年前后，大背景：神州陆沉，人心惶惶。在梨园，余叔岩1934年最后一次公演；杨小楼1938年逝世；梅兰芳迁沪，远离京剧大本营；程砚秋赴欧考察，暂离舞台……京剧后继乏人，呈现衰落趋势。

还有两点：

其一，“海派”兴起，成为促进京剧发展的动力，“海派”对四大名旦艺术变革的推动，以及中华人民共和国成立后“南北和”的意义，都不该忽视。

其二，“四小名旦”出世，处于京剧至暗时刻。

信之四：

我们研究“高峰”中几个有趣的现象。

据说，流派创立者的艺术特色，体现在私家独有的新戏上。其实不然，他们的魄力、智慧、技能更多体现在“老戏”上，并且更多显现出独具魅力的流派风采。四大名旦四派《玉堂春》、四大须生四派《失·空·斩》便是明证。杨宝森几乎没有新戏（或独家本戏），其流派特色也不在于新戏新招，但谁能抹杀他的成就？他推动京剧发展，“老戏出新”“传统变革”，贡献巨大。

武生泰斗杨小楼演出武净剧目《艳阳楼》，艺术成就大大高于“应工对路”的好佬钱金福、范宝亭，成一代宗师代表作。第一大武生高盛麟，把个《艳阳楼》演得精彩绝伦。人们眼观高盛麟，想象杨小楼，赞曰：“杨派优秀传人。”厉慧良，同样拿来《艳阳楼》，演了《艳阳楼》，也改了《艳阳楼》，新版新姿令人惊艳。人们没去比较，没去怀旧，给这个成功新品起了名号，叫“厉派”。

就事实来讲，从谭、王“生旦两革命家”，到余、杨、梅以及尚、程、荀、筱，又及麒、马、唐等先贤都是改良派。这又出现有趣状况：这些讲求实际的改良派大获成功，那些喧闹的革新派收效甚微。当时，京剧改革的代表人物汪笑侬，提倡思想进步应当肯定，其对艺术形态之大刀阔斧则令人侧目。

信之五：

关于“斯氏体系”与京剧表演。

“斯氏体系”即斯坦尼斯拉夫斯基表演体系，世称“体验派”，在中华人民共和国成立之初学习苏联的热潮中进入中国，进入京剧界而大行其道。

然而，旧日戏曲表演即讲体验，并且存在体验派。京剧体验派是少数，是精英，却有深远的历史和流传至今的传统。体验派鼻祖乃明代“金陵梨园部”马伶也，近代体验派大师代表是筱翠花与麒麟童等。许许多多好演员懂得体验、实践体验，能够做到“从心里有到脸上有”，可以排除“千人一面”。

京剧讲“形神兼备”，讲“神似”，即是讲体验、讲情感、讲“动于衷形于外”——内部技术与外部技术的结合，其成果便具体化作“活关公”“活曹操”“活武松”……先父大元先生讲到，某次演《翠屏山》里的石秀耍刀，台下喝彩，后台被训。先生斥责：“只顾耍刀，忘了杀人了！”可见，京剧角色表演，同样讲“行动”（“动作”），讲“贯串行动”，讲“行动目的”。

惜乎，京剧有实践，缺失理论。一旦“斯氏体系”到来，艺人们，特别是有体验经验的艺术家们，热情接受这理论，肯定并积极运用这理论，认为得到了“为自己作说明”的语言。阿甲、李紫贵等诸先生，力求“斯氏体系”与京剧实际相结合，大胆而审慎地寻求“中国特色”和“京剧特色”。在当时有个历史局限无法逾越——我们只知“斯坦尼”，不识梅耶荷德。

曾有个流布很广的掌故，王瑶卿先生自称：“我就是王坦尼！”我不否认其中有比粗儿的意思，但也品不出有丝毫贬义。其含义大抵为“他那套我也讲”，若理解为否定“他”岂不同时否定“我”吗?

树立“斯氏体系”权威信仰，使讲体验、讲人物性格与人物情感成为那时京剧表演的主旋律，抵制单纯卖弄技巧，忽视可能出现的教条主义，也引出了对表演内容的审视和甄别。诚然，懂得并掌握“斯氏体系”者始终并非多数，讲“斯氏体系”的“二把刀”也大有人在。当时很奇特的现象：一边批判“斯坦尼”，一边忠实地运用“斯坦尼”。

信之六：

关于“实行导演制”。

中华人民共和国成立后，指引京剧发展的方针大计是“推陈出新”，主导措施是促进排新戏，实行导演制，强化“集体创造”。

当下，戏曲界有个老词成了热词，叫作“一棵菜”，常常用来形容或赞扬舞台表演配合默契，整齐完美。其实，今昔比较，差别巨大。早年戏班讲“台上一棵菜”，要求密切配合、不抢戏、无纰漏、抱团出彩，但还有一句秘诀：“各找各的俏头。”“台上一棵菜”的早年目标是演出完整性。实行导演制，追求统一性。舞台各部门以导演为主导，以剧作为基础，以表演为中心，寻求舞台呈现与剧作主旨统一，剧场效果与编排立意统一，演出期间各部门、各方面在剧目上整合统一。

实行导演制，表演、创腔、造型等项各负专责，导演统筹。这样一来，统一性有了，“集体创造”强化了，个人英雄主义和单纯技艺卖弄防止了，可是……可是，京剧艺术突出“角儿”的个性色彩如何维护、如何张扬？缺少解决这个问题的良策。

当然，李紫贵没有限制红线女，刘木铎没有限制魏喜奎，郑亦秋没有限制梅兰芳，阿甲没有限制李、杜、袁、叶。至于有些演员的艺术个性受压抑，原因是复杂的。

信之七：

你设想，文章重点“解析此段（‘十七年’）的剧目和演法”。有这么几个关注点：

排新戏三大重镇：京、沪、汉，津市随其后。

排新戏两种方式：导戏与攒戏——引出不同的精神风貌与风格样式。

老戏翻新《三岔口》。刘利华由可恶变可爱——保留精华、去除糟粕。

独树一帜《雁荡山》，一出缩编《挑华车》，首创“群舞”，功在出国。以黄兵蓝兵代替上手下手而成今日常规，其“水战”等群舞设计，一直影响到样板戏。然而，“雁荡”之后无“雁荡”。为什么？答曰：唱出《挑华车》岂不省事。然而，今日京剧舞台群舞，又是何等丰富多彩。京剧艺术发展波澜壮阔，推陈出新，功不可没。

现代题材表演的探索——《白毛女》《六号门》，业内奉为样板；《千万不要忘记》则被视为“话剧加唱”。

一大批高端新戏——《赤桑镇》《望江亭》《野猪林》《猎虎记》《白蛇传》《黑旋风李逵》《杨门女将》《黛诺》等，展现了京剧发展的勃勃生机。

另一些剧目——遍地《窃符救赵》，到处《春香传》。前者“配合形势”，后者“只为票房”。

梅、尚、马等老艺术家创新作品引人注目。

“整理改编”的功过是非。梅兰芳精修《贵妃醉酒》放异彩，《泗州城》变身《虹桥赠珠》令人称艳。

从剧目想到李少春、厉慧良，想到现代戏。

身为大武生的李少春，在“十七年”没有创排一出类似《长坂坡》《挑华车》《恶虎村》这样的武生戏。厉慧良同样交了白卷。但是，《野猪林》《火烧望海楼》开了先河，武生而能唱，老生而能武

(武生技能)。这才有了童祥苓饰演的杨子荣、谭元寿塑造的郭建光、宋玉庆扮演的严伟才。

放眼望去，中华人民共和国成立后，新剧目对于花衫、武旦、老旦等行当的开拓更为有力。

信之八：

体制及其他。

国家京剧院（“国京”）的体制，是体现崭新集体主义的“群星制”。北京京剧院（“市京”）如同“保留工资”一样，保留着“角儿”的江湖，也可以看作堂会式的强强联合。

这个“保留”的延伸——“国京”新戏，演员对位于角色及性格特征。“市京”新戏，演员瞄准对位是“应工对路”。试比一下鸠山与胡传魁，前者重在人物，后者重在行当。两者区别，尽在长期潜移默化，无关个人水平高低。

两剧团艺术风格不同——有人视为“新老不同”，有人粘贴“古典”“现代”标签，有人认为“体制造成”……这是个很值得研究的重大课题。

信之九：

题内思考题外话。

有现代艺术家提出创立“都市新×剧”。应看到，二百年前第一个从“花部”走出的“都市新剧种”是京剧。从徽到京的衍变过程，是剧种都市化的过程，更是剧种突破地域性而走向全国化的过程。徽班进了京，皮黄进了宫，从进京到进宫解决的最重要课题，并非“规范”问题，亦非“程式化”提高问题，是实实在在的雅俗契合、雅俗均衡、雅俗共赏。针对徽汉原生态，决定性措施是重修饰。经大大修饰、大大完善，解决了“雅俗问题”，在梨园登峰造极的京剧，构成“国粹”的内质与面貌。“国粹”性能外溢，极大地影响到粤剧、豫剧、评剧、黄梅戏的提高与变革，以及许多剧种的形成。

中国京剧乃至中国戏曲，无须标榜“体验”，无须夸说“写意”。它有哲学观念上的“天人合一”“阴阳辨证”，艺术追求上“形神兼备”“虚实相生”，方式方法上的艺术综合、装饰美化、程式规范……这便是京剧，是独具特色的中国戏剧。

约一周日夜兼“呈”，时年八十有七

壬寅早春于京华仰酸斋

艺人与艺事

论王瑶卿

在京剧史上，王瑶卿的名字是同变革、创新、推动京剧发展连在一起的。他的历史业绩令人景仰，并给人以很大的启发。

一

王瑶卿九岁学戏，十四岁登台，“年十四五，名已大噪”①，不过是极不情愿地“依样画葫芦”，搬演些呆板乏味的青衣老戏。十六岁，他两次利用“钻锅”的机会，独自揣摩角色，自我设计表演，获得了演出成功，从中受到极大鼓舞；后又参加了许多新编本戏的排演，而这类戏无章可循，允许创造，鼓励演员施展才华，由此引发了他强烈的创新欲望。二十一岁起，他追随谭鑫培进行“老戏新演”的尝试。二十八岁，首开他这一代旦角“挑班”的先例，并凭借挑班的有利条件，把变革理想和创新追求付诸实施，对唱、念、做、打、扮（装扮）等，进行全面革新。三十岁后，侧重编演刀马花衫戏，拓宽旦角的表演领域；在“演戏演人”“唱戏唱情”上树立典范，开一代表演新风。四十六岁，因嗓子失音而告别舞台，但已赢得了“旦角革命家”“新派青衣领袖”“中国剧坛盟主”的口碑。

---

①王芷章:《清代伶官传》，商务印书馆2014年版，第405页。

三十多年的舞台艺术生活，王瑶卿走的是一条坚持革新、创造并取得成功的道路。他的成功实践不是孤立的、偶然的，这与一定的时代背景及社会环境紧密相关。

王瑶卿初在舞台上粉墨登场始于1894年，离开舞台是在1927年前后。这三十余年间，中国发生了戊戌变法、庚子事变、辛亥革命、五四运动等大事件，处于激变中的中国社会，新与旧尖锐对立，变革与保守激烈对抗，资产阶级维新思潮、改良主义以及后来的新民主主义革命推动着政治变革，而政治变革带动文艺咸与维新。二十世纪三十年代初，有文章指出："王瑶卿生在诸伶之后，却正当戏禁将开之日，才能自行其志，推陈出新。"[①]确实，大变革的社会形势和求进步的社会思潮，给予王瑶卿积极的思想影响，提供了有利于推陈出新的社会环境。

十九世纪末二十世纪初，由京二黄嬗变形成不久的京剧，保守性少，吸收力强，又加上时尚维新，剧界同人纷纷以新技艺、新剧目作竞争，构成了创新的主流。其中，对于王瑶卿的影响，以谭鑫培最为直接、最为重大。

谭鑫培是举世公认的"清一代伶官中以才艺称者""创新声名著天下"[②]。1902年，王瑶卿"应召进宫"，才得以有机会与这位"伶界大王"配戏，从此合作演出七年之久。王瑶卿的艺术革新，正是以谭为榜样，并从与谭配戏开始的，《汾河湾》《打渔杀家》等老戏新演，成为王瑶卿跃出樊篱、另运机轴的标志。尔后，王瑶卿与谭鑫培并驾齐驱，时人誉为"菊部双妙""梨园汤武""京剧生旦两革命家"。

另一个影响王瑶卿的，是艺名为想（响）九霄的田际云。田工旦角，梆黄兼擅，文武并能，表演细腻而富于创造。田同情并支持

①笔歌墨舞斋主:《京剧生旦两革命家》,《剧学月刊》1923年第3卷第7期。
②张次溪:《谭鑫培传》,《戏剧月刊》1928年第1卷第6期。

戊戌变法和辛亥革命，积极参加社会活动，是一位颇具资产阶级民主思想的进步艺人。王瑶卿与田际云同为“内廷供奉”，曾经同时演出。王瑶卿注意观摩田的精湛表演，学习田的革新经验，并且有机会聆听这位“私通革命党”的传奇人物发表议论。1911年，即辛亥革命爆发的这一年，戏剧界有识之士，大张旗鼓地破除“相姑”陪酒等娼优不分的陋习，行动组织者是王瑶卿，发号召造舆论的则是田际云。显然，田际云对王瑶卿的影响，决不限于艺术方面，作为王瑶卿革新艺术的思想基础——民主意识，也曾受到田的熏陶。

王瑶卿的成功，受惠于时代、社会及戏剧界诸多有利的客观因素，然而，决定因素还在于他革新应变的主观能动精神。

京剧形成伊始，便以异乎寻常的艺术魅力，赢得社会各阶层异乎寻常的喜爱。就剧种论，京剧艺术的完整性、高品位，理所应当被充分肯定。但以时代的眼光来审视，这个新兴的京剧却也存在着不适应现时要求的“遗传基因”，必须加以变革。难能可贵的是，王瑶卿敏锐地看到京剧“兴盛”中的凝滞，“完美”中的缺陷，痛感正工青衣“捂着肚子傻唱”，“青衣和花旦的分工过于严格，拘限了人物的性格和表演艺术的发展，因此，根据剧情需要，尝试着将青衣、花旦的表演界限的成规打破”[①]。这改革青衣的革新意识，具有重要而深刻的内涵：它大胆触及一般人认为不可逾越的传统“规范”，并且是对制造产生旧规范的旧观念——封建道德观与审美观的革命。

革新必有阻力。王瑶卿在改革创新过程中，受尽了同行以及部分观众的嘲笑与非难。人们讥讽他创造的新腔是“外国腔”，把他熔青衣花旦于一炉的表演斥为“非驴非马”“满台飞”，甚至骂他是“荡瑶卿”[②]。真可谓来势汹汹！王瑶卿是如何对待这些的呢？当年有

①刘乃崇:《王瑶卿与四大名旦》，载史若虚、荀令香主编《王瑶卿艺术评论集》，中国戏剧出版社1985年版，第172、175页。

②参见吴绛秋等:《近代京剧旦行艺术的奠基人——王瑶卿》，载史若虚、荀令香主编《王瑶卿艺术评论集》，中国戏剧出版社1985年版，第193页。

人用比较研究法，做过如下的述评："陈（德霖）先生既然学过《花鼓》，当然不是不能做戏，不过被风气管住，不敢放手，这是他魄力太小，自误前程！到了瑶卿却不然了，处处体会戏情，自己合戏中古人，并而为一，描写入细，决不草率，能叫座客把假事当做真事。"①"旦角革命，不但能革旦角本行，连别的行道，一律革起，这个成绩，总算不小！而且做工革唱工的命，唱工又革做工的命，本身也有多少改变。瑶卿总算有几分魄力！"②又有人称："他像蛮荒中的探险家一样，充沛着勇敢与热情、乐观与自信。终于，他第一手破坏了表演方法的旧规律，建立了新表演方法；使舞台上凝滞的状态进入灵活的境界，面目为之一新。"③王瑶卿用行动提供了一条成功的经验：对待一切阻挠革新的守旧势力，必须以不计毁誉、坚韧不拔的魄力战而胜之！

改革京剧，绝非仅凭一股热情来一个"另起炉灶"。推陈出新，贵在去芜存菁，难在驾驭程式。当时评论认为，王瑶卿改革正旦"不背正旦的正格"，改革京剧"不背京剧之原则"，"排旧戏，有更改之处，排新戏全是创造"；编撰剧本"奇警可观，非门外汉穿插矣！"他对京剧艺术熟谙通达、深得"三昧"，锐意创新而决不搞"外道天魔"，其灵魂是正确处理继承与发展的关系。

"革新应变"，艺术上的革新，全然为了适应时代之变、群众审美之变。王瑶卿的宗旨是：适应而不迁就。在他的舞台艺术中，丝毫没有低级趣味，没有花里胡哨的噱头，没有奇异怪乱的货色。王瑶卿的实践，说明一个道理：适应与引导相辅相成，只有不放弃艺术家引导观众前进的责任，才有真正的适应。

---

①笔歌墨舞斋主：《京剧生旦两革命家》，《剧学月刊》1923年第3卷第7期，第3页。
②同①，第4页。
③魏泯：《老戏剧家王瑶卿》，载史若虚、荀令香主编《王瑶卿艺术评论集》，中国戏剧出版社1985年版，第326页。

二

评价王瑶卿的推陈出新，一般多举其“首创花衫”与“废除跷功”。

据考：早于王瑶卿四十年的梅巧玲，已是花旦兼青衣，《盘丝洞》演罢便唱“萧太后”；早于王瑶卿二十六年的余紫云，唱青衣及花旦兼昆旦，[①]常演剧目既有《祭江》《祭塔》等青衣戏，也有《翠屏山》《盘丝洞》等花旦戏，演《打金枝》《戏凤》则兼取花旦与青衣的表演技巧。显然，梅、余已开“花衫”历史之先河，已形成“花衫”的戏路。梅殁于1882年，即王瑶卿诞生第二年，王氏自然没有看到梅的表演；余卒时王瑶卿二十九岁，并已登台多年，完全可能见到余的演出而有所借鉴。王氏契友、戏剧评论家徐凌霄称：“瑶卿……取法于紫云而启兰芳之偏也。”[②]

似可认为，“创建花衫”是一个历史过程，王瑶卿是最终完成这一历史任务的巨匠。他的贡献，是通过大量剧目及其角色，把花衫这一新类型确定下来，同时提供了表演规范，使它不再是个别角色的一种个别的舞台处理，或一种特殊的表演方法，最终成为观众认同的行当。

徐凌霄还曾评说：“今瑶卿非青衣，非花旦，卓然自成一宗。”[③]于是，有人诠解为：“将青衣、花旦、武旦陶溶一体，创所谓‘非青衣，非花旦’的‘刀马花衫’一工。”有人以剧目注释说：“王瑶卿先生这种‘非青衣，非花旦，卓然自成一宗’的创格……正是集中体现在这批剧目之中。”是以，徐氏此论是对王瑶卿推陈出新的全面、完整、高度的概括。

王瑶卿早先以青衣享名，有“青衣叫天”之称。他毅然改革青

---

①参见周明泰：《道咸以来梨园系年小录》，商务印书馆1932年版。

②③徐凌霄：《京剧老伶工近况》，转载于刘静沅《京剧艺术发展史简编》，安徽文艺出版社1984年版，第83页。

衣，突破了旧式的“捂着肚子傻唱”，把唱工戏当做工戏演，引进原属于花旦的“表情生动”，注重人物性格刻画，保持一定的生活气息。如此演来，非青衣旧日规格，非花旦原有风范，既已打破常规，确实是卓然自成一宗。

王瑶卿创建的这一宗，可以归纳为：注重表演、刻画性格、讲求体验、活用程式，这是使旧京剧舞台面目为之一新且具有划时代意义的新表演方法。它哺育了梅、尚、程、荀，全面促进了旦角表演艺术的升华，带动了京剧的发展。如此建树，岂止是一行一工或一批剧目而已。

至于说到“废除跷功”，须要订正事实，重新认识其意义。

旧时京剧，武旦和花旦演戏踩跷要从小练习，青衣则不在此列。王瑶卿以青衣开蒙，初以青衣应工，幼时又落下腰疾，所以从来没有练过跷功。既不掌握跷功，也就谈不到“弃之不用”。诚然，王瑶卿成功地以“大脚片”演出了跷功戏，开创了新风格新技法，客观上确实冲击了踩跷的陈规陋习，而其实质是他的标新立异，善于独辟蹊径。王氏自述：“踩跷我不会，想个主意，要比踩跷演得还受欢迎。”[①]这才是王瑶卿精神的真髓。

三

人们推崇王瑶卿，不仅在于他勇于改革创新的艺术实践，而且还在于他那非常精辟的艺术见解和执着的美学追求。

王瑶卿曾经以洗练的语言、深刻的思想，提出“戏要跟着时代走”“未演戏，先识戏”“死戏活唱”“杂学各家、发展自己”[②]等一系列具有远见卓识的艺术主张。作为戏剧表演艺术家的王瑶卿，对

①引自王荣增（王瑶卿之孙）在一次座谈会上的发言。

②参见史若虚、荀令香主编:《王瑶卿艺术评论集》，中国戏剧出版社1985年版，第68、265页。

于戏剧美学——表演美学，有一个最基本、最核心的观点：“‘美’不是戴的花儿多，是把‘角’演活了。”①

什么是美？如何表现美？这是美学以及一切美学家、艺术家首先要解答的问题。“把‘角’演活”的戏剧表演美学观，正确表述了“内容决定形式”，而不是美的形式决定美的内容。针对京剧表演艺术来说，其意义更为深刻。

在戏曲舞台上，已把生活中的“人”全面提炼加工为艺术化的“角”，戏曲演员通过表现舞台艺术化的“角”，折射式地再现现实中的“人”。深刻理解京剧艺术的王瑶卿，着眼于“角”，并把“美”的追求集中于“把‘角’演活”，这就把握了戏曲艺术美的核心与基础。

从王瑶卿的艺术实践——舞台上的唱、念、做、打、扮（装扮），台下的编、导、音、美、教（教学）等方面来审视，这一美学追求大约有四个层次。

第一层次：“活唱”。一是依靠动作、身段、表情等艺术手段，把青衣的“死唱”变为“活唱”，由呆板转为活泛；二是调动表演功能，把戏剧情节不热闹、人物性格不鲜明、缺乏舞台效果的戏由冷变热，即“死戏活唱”“死戏唱活”。

第二层次：活用程式。京剧表演有程式，程式技法有规矩；没有规矩不能成为程式，死按规矩势必僵化。王瑶卿认为，演员创造是掌握“框框里的自由”②，“一举一动有准谱”③，敢哭敢笑在戏中。大家评论他改革正旦而不离正旦正格。在王瑶卿手里，程式可以千

---

①吴绛秋：《回忆我的师父——王瑶卿先生》，载史若虚、荀令香主编《王瑶卿艺术评论集》，中国戏剧出版社1985年版，第189页。

②谢锐青：《活用程式的典范——忆向王瑶卿老师学戏》，载史若虚、荀令香主编《王瑶卿艺术评论集》，中国戏剧出版社1985年版，第201页。

③白登云：《缅怀王瑶卿先生》，载史若虚、荀令香主编《王瑶卿艺术评论集》，中国戏剧出版社1985年版，第94页。

变万化灵活运用。他驾驭了程式，演活了人物。

第三层次：突出个性。京剧人物分行当，在行当（类型）共性中求个性，弄得不好，只见行当不见角色。况且，京剧剧目之中，情节相似、结构相似、人物形象相似、技术安排相似者甚多，弄得不好，就会“千人一面”雷同化。王瑶卿突出人物个性，把相似角色之间的差别区分得清清楚楚，总是追求“这一个”。不消说新编剧目，就是传统老戏，他把穆桂英、窦仙童与樊梨花，王宝钏、柳迎春与罗敷，刻画得各具特色。

第四层次：重在神似。空具皮肉而无灵魂不是活人，有形无神不是活的角色。中国美学讲以形写神、形神兼备，得意（神）忘形。王瑶卿讲究精、气、神，主张演戏要演“心戏”，他的弟子程砚秋进一步阐述“唱戏是唱心声”。王瑶卿以“心戏说”为指导思想，以形神兼备为追求，把握角色独特的心理活动及其独特的外部特征，即人物的“神思”与“神采”，活灵活现地予以表现，从而塑造出萧太后、十三妹、柳迎春等一个个栩栩如生的舞台形象，观众也用一个“活”字（“活太后”“活十三妹”）来赞誉他的表演创造。

强调内容绝不意味着轻视形式，着眼于刻画角色，也并非不要娱悦观众。王瑶卿直截了当地提出，演戏要“在范围里边找俏头”。

所谓“俏头”，是指强烈的舞台效果，来自观众的热烈反响。以轻巧的表演讨得较好的效果，谓之“讨俏”。王氏深知观众进剧场意在审美享受，演员表演的目的在于美的创造。前者渴望满足，后者期待效果。“讨俏”的主张，正是用来解决两者之间相辅相成的关系。

经过王瑶卿创造性的表演处理，《搜孤救孤》中的程夫人、《长坂坡》中的糜夫人、《虹霓关》中的丫鬟等小角色，大为“讨俏”，色彩斑斓，不仅为全剧增辉，更以独有的魅力，给予观众审美满足。

梅兰芳评价他："王大爷是有真才实学的，他研究出来的东西，够得上真、善、美的标准。"[①]

四

王瑶卿离开舞台后，大半生时间专事课徒授业，大家常以独树一帜的梅、尚、程、荀四弟子为实例，称颂王氏传艺有方，特别赞誉他的因材施教。诚然，王瑶卿因材施教的丰富经验值得称赞，但更值得重视却一向被人忽略的是，他在戏曲教育领域里创造性的贡献——传授创造方法，培育革新精神。

体现在教程上，王瑶卿实行教学三段法。第一阶段，以传统小戏开蒙打基础，强调模仿，解决技术技巧及其规格训练问题。第二阶段，授以旦角各工有分量、有深度的传统戏和整理改编剧目，重在提高理解能力，增强艺术表现能力和舞台适应能力。第三阶段，排演新编剧目，培养训练创造能力。

体现在教材上，王瑶卿选择用来教学的剧目，总是依据明确的教学要求，有所加工整理。他还收集了大量新编剧本，供学生排演用，锻炼他们独立创造新角色的能力。列举以下三例：

荀慧生：第一阶段学习剧目为《女起解》《玉堂春》《武家坡》《樊江关》等，第二阶段为《探母》《珠帘寨》《棋盘山》《庚娘》等，第三阶段为《香罗带》《元宵谜》《钗头凤》《霍小玉》等。

王玉蓉：第一阶段学习剧目为《女起解》《桑园会》《宝莲灯》《貂蝉》等，第二阶段为《御碑亭》《戏凤》《棋盘山》《虹霓关》等，第三阶段为《孙夫人》《艳云亭》《香祖楼》《上阳宫》等。

张君秋：第一阶段学习剧目为《二进宫》《祭江》《宝莲灯》《玉堂春》等，第二阶段为《得意缘》《十三妹》《王春娥》《困龙

---

①刘乃崇:《王瑶卿与四大名旦》，载史若虚、荀令香主编《王瑶卿艺术评论集》，中国戏剧出版社1985年版，第177页。

床》等，第三阶段为《怜香伴》《凤双栖》《奇烈记》等。

体现在教法上，王氏有一整套独具特色而行之有效的方法。

其一，“说戏”，即启发式教学法——增进学生对所说内容的理解。

其二，“熏戏”，即复式教学法——一组学生说戏，其他学生旁听受熏陶，增广学生的知识和修养，增强他们举一反三的能力。

其三，“导戏”，即导演式教学法，非模仿式的排戏法或攒戏法——指导学生进行表演方面的设计和创造。

其四，“评戏”，即讨论式教学法——组织学生及友人，对学生所学所演，七嘴八舌、说长道短，促使学生广开思路，善于总结，增长才干。

作为教育家的王瑶卿，其因材施教的经验值得进一步总结，然而他的“教会创造”，则是一座尚待开发的宝山。

五

王瑶卿广见博识，性情豪爽，诲人不倦，助友为乐。大马神庙（胡同）王氏寓所，经常是高朋满座、弟子云集。据统计，除王门弟子外，常客有罗瘿公、陈墨香、李释戡、齐如山、黄秋岳、徐凌霄、周贻白、许姬传、余叔岩、言菊朋、王又宸、高庆奎、贯大元、马连良、谭富英、金少山、郝寿臣、金仲仁、姜妙香、俞振飞、叶盛兰、杨宝森、杨宝忠、孙毓堃、李洪春等。“大马神庙”汇聚着“梨园精英”！他们在这里切磋技艺，评论艺事，沟通信息，乃至打本子、组班子、订园子……主持其事的便是“通天教主”王瑶卿！

有人把“大马神庙”看作“艺术沙龙”“俱乐部”。其实，这里也是讲习班、传习所，是“参谋部”！王瑶卿团结、培植、诱导着梨园精英群体，同时影响、推动京剧的进步与发展。

王瑶卿的影响，跨越了从清朝到新中国三个历史时代，长达半个多世纪；王瑶卿的贡献，渗透于京剧艺术的方方面面。

（本文原载于《争取京剧艺术的新繁荣——纪念徽班进京200周年振兴京剧学术讨论会文集》，中国戏剧出版社1992年版）

领悟尚派

作为荣春社弟子，本人领受过老师尚小云先生的亲手栽培和谆谆教诲，有幸领略过先生挥洒自如的精湛表演与美轮美奂的舞台丰采，对尚派艺术多多少少有所领悟。

梨园盛传一段佳话：梅尚程荀以“四红”“四妃”“四口剑”之剧目，四家争胜，使京剧增色。其中的“妃”与“剑”，指梅演杨贵妃、尚演汉明妃、尚演《峨嵋剑》。

有史料表明，小云先生坐科三乐期间，不晚于十五岁即演《宇宙锋》，十七岁首次赴沪，以《宇宙锋》打炮，且出演次数最多。先生十六岁拜师路三宝，与梅氏同一师门，学同一剧目《贵妃醉酒》，遂即演出。在此后较长时间里，《宇宙锋》与《贵妃醉酒》也曾作为先生的拿手戏经常露演。但是，在尚派创立过程中，先生放弃了淑女泣血《宇宙锋》，代之以侠女愤挥《峨嵋剑》；冷落了“后宫佳丽三千人，三千宠爱在一身”的杨贵妃，倾心塑造了“能为君王罢征戍，甘心玉骨葬胡尘”的汉明妃。同时，构建了与尚派艺术相适应，彰显尚派剧目特色的数个引人注目的人物系列，即以谢小娥、花蕊夫人为代表的烈女系列，以绿衣女侠、青城十九侠为代表的侠女系列，以秦良玉、林四娘为代表的女将系列，特别还有以云辨娘、北国佳人为代表的所谓“蛮女”——少数民族妇女系列。总之，反映尚派艺术、标志尚派艺术的是一大批巾帼英雄、女中豪杰。

这样一个重大的历史性变化和具有开拓意义的创新之举，人们或认为是先生豪爽性格、尚武精神、技能优长所使然。但从历史的、时代的视角望过去，一些不同寻常的现象则启发我们的新思考、新认识。

小云先生生于1900年，当他入科学艺的第四个年头，辛亥革命爆发，八年后（1919年），也就是先生出科搭班的第三年，五四运动席卷全国。这一历史时代，新思潮与旧意识激烈碰撞，“女界革命”声浪高涨，社会舆论讴歌秦良玉、梁红玉及东欧女豪杰苏菲亚（她在1881年炸死了俄皇亚历山大二世），倡导豪勇、强悍的英雄精神。女界楷模、革命烈士秋瑾，用“剑”与“火”对抗恶势力，对抗不平社会，自我命名叫作“鉴湖女侠”。与旧意识断然决裂的作家鲁迅，提出新女性伟美、勇敢及“复仇”精神的理想标准。纵观文字，具有侠骨雄风仗剑行的“英雄”形象在诗歌与小说中大量涌现。放眼京剧舞台，尚氏的烈女、侠女、女将形象，气概非凡，光彩夺目。

先生不是政治家，不是革命家，他的作品并非自觉“要为革命鼓与呼”。先生是艺术家，他以艺术家敏锐的感悟力觉察到此刻平民百姓的好恶，社会潮流的弃取。懂得唱戏要应时的先生，一腔豪情为烈性女儿讴歌，为巾帼英雄呐喊，应和了时代浪潮的朗朗涛声。

民国初期提倡“汉满蒙回藏，五族共和”，讲求民族和睦，关注少数民族是空前的。先生也把注意力投向少数民族，在京剧舞台上正面刻画少数民族妇女精英，开历史之先河。剧中倡团结反分裂精神可嘉。

综上所述，我们所得的印象是，尚派新（改）编剧目，具有“辛亥”“五四时代”“女界革命”新思潮的深刻烙印。

尚派新戏，故事曲折，情节跌宕，忠奸分明，善恶有报，否极泰来，大快人心，是典型的情节剧（如现今电影分类中的剧情片）。这类剧目，虽言“复仇”“抗侮”，意在励志、自强，透过抑强扶弱、除暴安良，给人以抗争的勇气、胜利的信心，没有哀伤，没有气馁，没有晦暗（人们说：“尚派无悲剧!”），表达着平民百姓的道德取向、思想诉求和精神风貌。其文词，但求通俗易懂，不指望典雅艰深，尽力贴近平民百姓的欣赏水准。在舞台体现上，极力营造浩然正气和阳刚豪气，绝不沾惹贵族士大夫的腐臭气和小市民口味的风骚狐媚气，充分张扬平民大众健康的审美情趣。

尚派剧目，一戏之中技艺安排极其丰富。或允文允武，或载歌载舞，或唱念繁重，表演艺能——特别是剧中女主角的表演，容量大，强度高，真个是吃功费力。况且，先生一向主张“既唱戏，不惜力”，最为厌恶演出中的偷奸耍滑、懈怠散漫。尚派戏的表演，就是以“真材实料、加大投放”的姿态，给予观众——特别是那些平民观众，最大限度的欣赏满足。

1933年8月，先生挑班的重庆社在《群强报》上刊登启事，郑重声明“提倡真正平民主义之票价”，先生平民主义思想透过“票价”而公之于众。但又岂止票价而已?

尚派艺术，从剧本选材到类型样式，从语言风格到舞台风气，从表演追求到艺术态度，全面地、深刻地反映出平民主义思想倾向。或可以概括地讲：平民主义即是尚派艺术的精神内涵。

认识尚派艺术，需要把握尚派艺术的风格特点与审美特色。

有些论者，把尚派艺术风格归纳为“文戏武唱”。此一提法本是杨派“武戏文唱”的派生物。由于概念的费解（如何谓“武唱”），空劳文字阐释，仍不免“只可意会，难以言传”。其实，无须概念帮忙，尚派艺术的独特风格是这样鲜明、突出地呈现于舞台，最直接、最具体、最形象地表现出它的特征为：有激情、有张力、有棱角。

激情、张力与棱角，合三而一，形成一个完整统一的尚派艺术风格。有激情、有张力、有棱角，体现于尚派表演的一切领域、一切剧目，无论唱、念、做、打，无论《祭塔》《出塞》《玉堂春》《梁红玉》，无不如此，概莫能外。可以断言，激情、张力与棱角，三者失其一，便不是尚派。

论及尚派艺术的审美特色，似可做比较观察。缺少梅派的华贵，独有尚派的质朴；缺少程派的委婉，独有尚派的爽朗；缺少荀派的玲珑，独有尚派的壮实。尚派艺术之美，是为——朴直，壮美。

（本文原载于《中国戏剧》2010年第2期）

宋派启示录

翻阅京剧史料，近世名旦宋德珠及其所创宋派，引人注目，发人深思，援笔记之。

资料称：

> 在京剧史上，武旦行当虽然发展较早，也出现过一些名家，但是，武旦在京剧演出中并没有占据主要位置。直到二十世纪三十年代末，宋德珠异军突起，第一次以武旦挑头牌，自行挑班，才令这一行当获得重大的社会影响。[①]

诚然，宋德珠以武旦之属，挺进名旦之列，“才使这一行当具有重大的社会影响”。但武旦位置的提升，其社会影响的增强，并不仅仅在于宋氏“第一次以武旦挑头牌，自行挑班”这个原因，尽管这个缘由非同小可。

齐如山在《清代皮簧名脚简述》中，曾对某武旦名宿发出“扮相很美，惜乎没什么表情”的感叹。殊不知这“没什么表情”绝非某君个人缺欠，实乃当年武旦之通病。旧日梨园流传两句刻薄

---

①王家熙：《宋德珠与武旦本体特征散论》，载宋丹菊主编《京剧宋（德珠）派艺术论集》，文化艺术出版社2018年版，第137页。

话——“天不怕，地不怕，就怕武旦说人话”。讥讽武旦唱念难听，已到怕人地步。回望彼时武旦，面无表情，不讲唱念，专就开打、出手、走跤、耍下场等项，追求猛、冲、溜；更因男性扮演，时而流露“男儿气概”，几乎成为“贴片子武行”，在京剧舞台上“没有占据主要位置”似在情理之中，然而使博大精深的京剧艺术存有重大缺失确乎令人遗憾。

面对这般现实，宋德珠发愤求变，大力弘扬武旦长项，全力弥补武旦短板，终于以武之精绝，旦之婀娜，唱念做打综合融通的新形态、新高度，把个不健全、不完美的武旦表演，带上了美轮美奂的境界，树立了全新的范本。

“一出戏救活一个剧种”，是昆剧《十五贯》创造的梨园奇迹；一位演员改写了一个行当的技艺规格和舞台风貌，则是宋德珠创造的历史现实！

观察京剧史可以看到，京剧表演艺术似乎有个由古典向近代、由“粗粝”向“精致”的转型。推动这一转型变革的艺术家，老生行应属谭鑫培、余叔岩，青衣行应属王瑶卿、梅兰芳；而姗姗登场的武旦行，九阵风（阎岚秋）在前探路，宋德珠继后拼搏，终于开拓一片武旦表演新天地。京剧之“凌烟阁”，当有宋德珠一席！

有资料称：

> 宋德珠创造宋派武旦，有深远的历史之源。……他以天资横溢的才华，在继承传统的基础上，根据自己的美学观点，创造出宋派美学的风格……[①]

这段文字，旨在说明宋派（表演）美学风格之被创造出来有个“根据”，这“根据”是宋德珠“自己的美学观点”；而作为“创造

①翁偶虹：《宋德珠暑期传艺》，载宋丹菊主编《京剧宋（德珠）派艺术论集》，文化艺术出版社2018年版，第343页。

根据”的这个“观点”又有一个“基础”，这“基础”是“继承传统”。其结论便是“宋德珠创造宋派武旦，有深远的历史之源”。

探问本人，宋德珠则另有说法：

> 我很早以前就爱看滑冰、体操、轮滑、电影、芭蕾舞等体育项目和艺术演出，当我看到画报上外国女人高高隆起的胸围，体现出女人的曲线美时，就尝试着改变舞台上低头含胸的传统人物形象。[①]
>
> 外国的有艺术借鉴价值的东西，我们何尝不能择取？我在中华戏校上学时，很爱看外国画报上游泳、滑冰和舞蹈的照片，有意识地选择运用到表演身段和造型上，丰富自己的表演。[②]

显然，宋德珠的美学观念中，有着借鉴西洋艺术的明确认知，经他“有意识地选择运用到表演身段和造型上”，便创造出宋派武旦的表演风格，其动因与“基础”似也不在于“继承传统”，却是明白无误地力求“改变舞台上低头含胸的传统人物形象”。

所谓“低头含胸的传统人物形象”，不过是一个代表性的动作姿式，是一种具有典型性的形象特征，它集中反映出以舞蹈为外部形态的东方人体文化。[③]

一位法国舞蹈学者描述：

> 东方舞蹈的动作都是内向的，腿几乎总是自然弯曲，并拢；

---

①窦国启:《宋德珠先生教我老实做人认真演戏》，载宋丹菊《宋德珠舞台艺术》，大众文艺出版社2008年版，第39页。

②宋德珠:《多学・巧练・精研・善择——与中青年演员谈艺》，载宋丹菊《宋德珠舞台艺术》，大众文艺出版社2008年版，第13页。

③宋丹菊主编:《京剧宋（德珠）派艺术论集》，文化艺术出版社2018年版，第91页。

浑圆的双臂一般都围绕着身体运动；一切似乎都聚集在一起。与此相反，古典舞蹈（指芭蕾——作者注）动作都是外向的，开胸；腿和胳膊从躯干外伸；舞蹈者从身体到心灵都力图向外延伸。[①]

中国的舞蹈家将两者形态水平上的差异进行抽象归纳：中国古典舞内向的内聚性形态为圆、曲、拧；西方芭蕾外向的外拓性形态为开、绷、直。以文化学论，前者是为含蓄，后者是为张扬。

据此可见，宋德珠从“低头含胸”到“抬头亮胸”的变革，对西洋艺术有意识地选择运用，将张扬与含蓄巧妙结合，使“开、绷、直”与“圆、曲、拧”融为一体，在不经意间进行了一次东西方人体文化的碰撞与融合。宋德珠首开历史之先河，确是“洋为中用”之先行者！宋德珠的美学观念及其表演风格，是古今中外兼容并蓄的综合体，确有顺应时代发展的适应性并具超时代的美感。

资料称，宋德珠的女儿宋丹菊曾说自己父亲的表演特点就是“美、媚、脆、锐”。

翁偶虹言说：

王瑶卿赏识他武功超绝，饶有新意，曾说过这样的话：“你演的《扈家庄》率、脆、美、媚，自成一格。我现在若是能演，也要走你的路子。”[②]

“率、脆、美、媚”的红珠标志，既出自王瑶卿之口，又喧溢于古瑁轩中……[③]

---

①安德烈·莱维森：《古典舞蹈的精萃》，转引自吴露生《中国舞蹈》，上海古籍出版社1998年版，第68页。

②翁偶虹：《宋德珠怎样成为宋派》，载宋丹菊主编《京剧宋（德珠）派艺术论集》，文化艺术出版社2018年版，第98页。

③同②，第99页。

无须问“率、脆、美、媚”或“美、媚、脆、锐”四字评出自何人，亦可不问有关宋德珠一出戏的点评何以变成宋派风格的总体把握，面对“美、媚、脆、锐”风格说，确有诸多不解。

“美”是艺术的根本属性与总体特征，一切艺术家及其作品无不追求反映美而实现美。从中国戏曲到缤纷流派——旦角梅尚程荀，生角马谭杨奚及至净角金郝侯等各家艺术，均可以一“美”字概括。把个共性之“美”，用来标识宋派风格之个性，有否笼统之感？关于“媚”，翁偶虹君解释：“宋派的‘媚’，在外形上是他形体条件的赋予；在内在上是他领悟剧情的表现。”[①]更特别提醒：“宋派的‘媚’，当然是宋派风格的组成部分之一。不过，识宋派与学宋派者，当知其‘媚’之所自来，不能从外形上简单地理解。”[②]翁君告知，宋派之“媚”“是他领悟剧情的表现”“不能从外形上简单地理解”。照此说，《取金陵》中血战尽节之凤吉公主不可以媚，《巴骆和》中丧子寻仇之巴九奶奶马金定不适宜媚，他如《红桃山》《战金山》《盗仙草》《夺太仓》等大批不该媚、不能媚的武旦戏，若宋氏演来则必然“领悟剧情”而避免（或淡化）媚感。宋派之“媚”，难道会时而流光溢彩，时而隐约不彰吗？这个因剧情而异的特征之“媚”，这个由“形体条件的赋予”“其‘媚’之所自来”的“媚”，这个“不能从外形上简单地理解”之“媚”，当在解析宋派风格时如何表述？又要识宋派与学宋派者该当如何认知和把握？

“脆”“锐”两宗，是宋德珠功夫技艺在身段开打上面的生动体现，是宋德珠武旦技艺精准险绝的鲜明标志，是宋德珠对速度与力度在表演中的高超掌握。然而，有学演宋派者，远不及宋氏“脆”“锐”之水准，但以宋派路数出演宋派剧目，却不失宋派之风格，其道理何在？

---

①翁偶虹：《宋德珠怎样成为宋派》，载宋丹菊主编《京剧宋（德珠）派艺术论集》，文化艺术出版社2018年版，第103页。

②同①，第104页。

且不论“美、媚、脆、锐”风格说是否存在言之未尽、释之不切者，不妨跳出四字评，面对宋德珠舞台艺术，径直探究宋派风格之美学蕴涵与文化意味。

纵观宋派，以变革低头含胸传统人物形象为核心，在一切姿式动作中展现着抬头流盼、开胸示美。以此为基础而形成，独具宋派特色、曾遭某些保守人士讥为“脚下划圈的台步”“鲤鱼打挺的身段”“斜腰拉胯的下场”等系列动作，无不显露出舒展、爽朗的神采。可见，作为宋派表演风格核心之第一美学特征，即为舒爽。

宋德珠的表演时而流露妩媚之态，时而闪现娇媚之色，王瑶卿、翁偶虹称之为“媚”，李玉茹比之为“武旦中的荀派”，这在当年武旦一行而又多为男性之中堪称凤毛麟角，实属难得。它进入宋派风格并经过化合、重构，成为形媚神清的共同体后，便呈现出或柔美、或妖娆、或飘逸、或飒爽的神态万种、婀娜多姿。故，宋派风格之又一美学特征是为婀娜。

宋德珠既为武旦之翘楚，艺能精绝无与伦比，其武技矫健，给人以脆、率、敏、捷、挺、劲、锐的快感。然而，直觉化、表层化、指标化的感触，在宋派风格中发生和升华，形成较高端之审美意味，此意味即是宋派风格另一美学特征——凌厉。

概言之，宋派风格以舒爽、婀娜、凌厉为其美学特征；而识宋派与学宋派者，不认知不把握舒爽、婀娜、凌厉之美学特征，便难言宋派。

说到宋派，无不认为它是一个表演流派。再以狭义论，或认为它是影响力有限的一个武旦流派。经仔细考察认真思索，方知宋派不仅仅是一个行当流派，它有重大而普遍意义的演剧方法，是一整套须知必行的演剧法则。

精技艺。中国戏曲以技艺性见长，戏谚有云：“戏不离技。”宋德珠演技精准险绝，务使观众惊艳、惊奇、惊险，高度满足审美期待。宋派示范倡导者，便是精益求精。

美形态。艺术从不讳言形式美，中国京剧对一字一腔、一招一式无不刻意求美。宋德珠从美化人物形象出发，对身段动作不断丰富、反复修饰，追求美到极致。宋派示范倡导者，便是美轮美奂。

悟剧情。中国戏曲“以歌舞演故事”，绝非体育般的单纯竞技活动，即便如京剧之可以技艺供欣赏者，却也不能背离剧情而卖弄技艺，故此戏谚有云：“技不离戏。”宋德珠每演一戏必仔细体味情节，深刻领悟而给予生动演绎，乃至表情之颦笑、动作之疾徐，无不分寸得当合情合理。宋派示范倡导者，便是领悟剧情。

塑人物。戏要演人，演人物是戏曲演员的使命和天职，“只演行当不见人”为称职的戏曲演员所不取。宋德珠针对所演剧目，深入探寻人物性格与人物关系，调动各种艺术手段、各种表演程式，细腻刻画有血有肉有灵魂的活生生人物形象，并力求人物个性与流派个性相融相合，手法独特性与形象典型性合二而一。宋派示范倡导者，便是塑造角色。

懂观众。戏是演给观众的，若无观众，岂有戏剧？观众是要得到欣赏满足的，若不欣赏满足何必看你演出？宋德珠尊重观众的观赏要求。宋德珠懂得观众，懂得观众要什么与何时要？由此明确演员给什么与怎么给，牢牢把握演与观、索与予、秀与赏的火候，达到最完美的演出效果。宋派示范倡导者，便是理解观众。

顺于时。王瑶卿曾有名言：“戏要跟着时代走。”戏曲演员，特别是有理想的戏曲演员，都不甘于墨守成规抱残守缺。宋德珠以强烈的职业敏感，高昂的探索精神，触摸时代脉搏，品察观众好恶，在变革自我的过程中变革着早时武旦旧貌与陋习，以崭新的武旦英姿挺立于近当代京剧表演艺术的前列。作为名旦宋德珠，在他当红的二十世纪四十年代，绝不是个所谓“新潮流”的盲从者，确是个京剧武旦艺术进步的推动者和引导者。宋派示范倡导者，便是与时俱进。

此演剧六法，是宋派艳丽表层内的贵重宝藏，宋派风格为宋派表演所专，宋氏演剧法则为一切戏曲演员所共享。

领略宋派感受颇多，心迟笔拙所记有限，言不及义在所难免。

［本文原载于宋丹菊主编:《京剧宋（德珠）派艺术论集》，文化艺术出版社2018年版］

追思兰亭先生

近日，李兰亭先生铜像在石家庄裴艳玲大戏院隆重揭幕，引发人们对于这位梨园先贤的缅怀追思。

李兰亭，原名李钰田，河北省永清县人，生于清光绪十四年（1888）。幼练武术，长习梆子，十七岁转学京剧，工武生；其技艺精绝为梨园称道，走南闯北而享誉剧坛。由于身负重伤，四十三岁即息影舞台而专事教学，李门弟子范幼亭、关砚农、梁慧超、张世麟、郭景春、李元春及再传弟子裴艳玲等，均系业内翘楚、武生精英。

回顾兰亭先生艺术功业，可以概括为“三融”“三化”。

一是融合南派与北派。

兰亭先生学习京剧武生之始，拜师刘全瑞，艺宗李春来。

关于李春来，老剧人齐如山称：“同治、光绪年间，武生大致分三派：一黄月山，一俞润仙，一李春来。”[①]有位商隔馆主讲：“李春来与俞菊笙、黄月山，鼎足而三，今日海派武生之宗也。”[②]刘全瑞则是这位“海派武生之宗”李春来的搭档、武行头；恰与北方“台上唱戏的是杨小楼，台下教（杨派）戏的是丁永利”相近似，刘全

①齐如山:《京剧之变迁》，辽宁教育出版社2008年版，第93页。

②商隔馆主:《格外菊话“春名”》，载于《立言画刊》1939年第23期，第4页。

瑞也是传授李春来武生艺术的权威。兰亭先生经过刘全瑞严格培训三四年，长期在上海、武汉、杭州（包括嘉兴、湖州）等地搭入南派班实践演练（经常与盖叫天、周信芳等同台），从开“范”启蒙到耳濡目染，再到“入乡随俗”式的习惯养成，牢牢打下南派根基。从戏路看，兰亭先生年轻时（三十岁之前）代表作为《乾元山》《杀四门》《赚历城》《铁公鸡》等，而不是北派奉为圭臬的《长坂坡》《麒麟阁》《挑华车》。从艺术观看，按当年“‘京派’笃旧，‘海派’骛新”之说，兰亭先生确实算得个“骛新”派，创新求变是他持之以恒而卓有成效的行动准则。从技艺编排和风格特征看，兰亭先生不在意“京派即以剪裁干净老当自命”，坚持着南派的“技艺多端”“花繁叶茂”，以及与“武戏文唱”迥然不同的勇猛火炽。

兰亭先生善于吸收北派之长，或可以看作是“坐南融北”。他刚入南派师门，便“肆无忌惮”地向北派武生大家薛凤池问艺并得其指授；他以“半子”门婿的身份，从岳丈——北京著名武净牛春化学习加工《铁笼山》《拿高登》等剧，又因牛春化常与杨小楼、俞振庭同班而熟悉杨、俞表演路数，兰亭先生因此得悉北派真谛；他还利用一切机会观看揣摩杨小楼、尚和玉表演优长，根据自身条件加以吸纳消化。

业内公认，兰亭先生之表演既讲猛勇彪悍，又求气质恢宏，既有南派的火炽热烈，又有北派的稳健端庄，真个是南中有北、北中有南、南北融合、天衣无缝。

二是融合京戏、武术与杂技。

中国戏曲在形成过程中，曾融合角抵戏之类的打斗杂技元素，这才有了后来它的功夫技艺蔚为大观。兰亭先生幼年练武术，长大演武戏，深刻了解两者相通，意识到武术中蕴藏着可以为我所用、丰富自己、壮大自己的资源。他投名师访高友，把气功、轻功、梅花刀、八卦剑、格斗套路等吸收过来，用于身段圆场、把子档子、跳跃斤斗之中。他又借鉴杂技之“耍”，创造了出手耍枪、出手耍鞭、出手耍圈……兰亭先生拿过武术杂技诸般元素，活着用、化着用而不生搬硬使，叫竞技性听命于戏剧性，绝不允许单纯卖弄技巧，是谓“技不离戏”。

三是融合旧物与时新。

一方面，兰亭先生学戏演戏，正当京戏已经成形而处于鼎盛时期，他饱学传统戏与传统技巧，把前辈无比丰富无比精湛的存留旧物变为自己的看家本领。另一方面，经过辛亥革命、五四运动，社会上维新、改良风潮涌动，特别是对兰亭先生具有重大影响的上海滩，时新事物层出不穷，时势强劲推动他站到了改良的前列，以超前意识和超前姿态创造时新，把些个真刀真枪、洋事洋战（洋枪开打）等搬上了舞台。兰亭先生会甄别、懂扬弃、善变革，继承老东西地地道道，创造新东西出奇制胜，一手承旧，一手出新，这“两手都过硬”的本领确令同行刮目相看。

兰亭先生的“三化”在于：

其一，他谋求增强武生表演技能化。

中国戏曲具有高度技能化的品格，武戏表演尤以展示武功武技为突出特点。兰亭先生尽心竭力增强武戏的表演技能，对把子和档子、舞蹈身段和程式套路、斤斗安排和斤斗运用，大都做了增繁、增难、增俏的深加工，由此形成独有的风格特色，并使一批李派把子、李派下场、李派刀枪花、李派出手、李派表演套路……流传后世。兰亭先生精心创造出手耍枪、出手耍剑、出手耍圈等花样迭起的诸般耍法，把原本一般的技艺，提升到精妙险绝高难的“绝招化”地步。他的变革与创新，为京剧武生增加并且加强了表现手段。

其二，他谋求加大武生戏路宽泛化。

论武生戏路，有长靠，有短打；有挂胡，有勾脸；有神灵（诸如钟馗、杨戬），有异类（诸如龙、鹏、猴、豹），还有半人半仙的稚子神童（诸如哪吒、沉香）……比较而言，确实宽而不窄。兰亭先生并不满足！因为依那时的梨园眼光，《嘉兴府》《界牌关》《哪吒闹海》等相当一批剧目，被看作“不入流”，所谓“正宗”的“大武生”绝对不动，而被边缘化。况且，旧有剧目局限于历史题材的古装戏，毕竟有所拘囿。兰亭先生通过精雕细刻的加工再造，尽善尽美的登台表演，把“冷戏”“边缘戏”演成“热戏”“蹿红戏”，引得同行纷纷效法搬演。他积极参与创作清装戏《康小八》，时装戏《燕子李三》，并且首开历史先河——推出搬演外国人、外国事之洋装戏《侠盗罗宾汉》，由此构成古今中外的武生人物画廊，为拓宽武生戏路贡献卓绝。

其三，他谋求推进武生审美时代化。

随着时代的发展，在新兴的电影、文明戏影响下，广大观众欣赏口味出现了求真、求实、求强烈、求通俗的倾向，武生表演若是习惯于“招招架架、比画比画”，只讲“卖份”而了无生气便绝难适应崭新的时代需求。

兰亭先生迎风而上，变儒雅为豪放，造就以威武为主体的“力量型”表演风格。他处理的“打”火爆逼真，按今天的说法是“打出了情节，打出了人物”。他处理的“翻”——如《界牌关》《战冀州》——表现战争惨烈，有强大冲击力和震撼力。他处理的“耍”——如《杀四门》《赚历城》——灵巧险绝而又令人赏心悦目。特别是他加工再造的“哪吒”“沉香”等娃娃类型剧，一改以往“儿童题材成人化”的表演缺憾（传统戏中《哪吒闹海》《童女斩蛇》《岳家庄》等无一不是“儿童题材成人化”），在增强技巧（耍圈、耍斧）的基础上强化表演的童真和童趣，使其生动活泼、趣味盎然，大大提升了观赏性。

人们看到，兰亭先生把审美追求幻化成了英俊威猛的武生艺术形象“武”动于京剧舞台，速度上——冲而稳，力度上——猛而帅，难度上——险而美。也可以讲，兰亭先生顺应时代变化，确立了李派武生艺术冲而稳、猛而帅、险而美的审美特征。

名标青史的一代宗师李兰亭先生，留给后人一个流派，一种典型，一门学问——李氏的继承与革新大有学问。但是，他留给我们更为珍贵的是一种精神，一种道义，一种人生态度。

兰亭先生学艺之始（1906年），恰是名家杨小楼进入清廷充当“供奉”之时。一时间，出现了冷落各家、独尊杨派的局面。尤其是作为主流的北派，秉承传统美学的“温柔敦厚”，讲求点到而已、适可而止，鄙夷南派的锋芒毕露、淋漓尽致。媒体竟也称说，海派“力投时好，节外生枝，度越规矩，为京派所非笑”。在此种情势下，兰亭先生以非同一般的胆识与魄力，打破隔膜，艺融南北：“度越规矩”，变旧成新。在艺术创造上，他展现出无畏无惧、敢为天下先的首创精神。

兰亭先生默默地苦练苦修，不向任何人叫板，不对任何流派挑战，通过变革自我来变革武生表演，在丰富武生艺术的同时赢得普遍赞誉。他在艺术上好胜，不在名利上争强。

兰亭先生倾尽心力课徒授业，虽有近亲子弟同时就学却绝不偏私。率弟子同搭一班，弟子能唱一出他便收起一出，弟子升一步他便退一步，直至把弟子捧成“角儿”，捧成“大角儿”。如遇同辈同台而又旗鼓相当，他定会顾全台上“一棵菜”，欣然“挎刀”配演。如此义无反顾地让戏、让台、让名次，他用公德掌管戏德。

兰亭先生一身伤病离开舞台，毫不眷恋十里洋场上海滩，也不流连繁华胜地天津卫，毅然返回故乡故土——永清县这一个小小的韩村，恬淡度过他人生的最后岁月。他的淡泊人生，给予我们多少启示多少教益。

斯人已逝！难得裴艳玲这位再传弟子，把李派艺术发扬光大，深扎李氏之根，盛开裴氏之花，兰亭先生足以含笑，吾梨园犹感幸甚幸甚！

（本文原载于《大舞台》2011年第2期）

李盛藻先生的艺术精神

京剧大家李盛藻先生（1912—1990），工老生，才华横溢，坐科富连成，“恒以一人支持广和台柱者亘六年之久”，时有“盛藻在，富社兴；盛藻去，富社危”之说。年二十三，率一众师兄弟出演沪上，声名鹊起，此后红遍大江南北，享誉全国。他的艺术成就已经丰富了京剧宝库，他的艺术精神尤其值得珍视研究。

盛藻先生艺术风格的建立，形成了以三国戏、水浒戏为主的代表剧目。对于这些剧目，他投入心血，富于创造，精益求精，脍炙人口。业内尽知，喜演关公戏者大多有种“关公情结”，凭借关公形象体现自家审美追求和精神寄托；形态上威严肃穆，精神上神圣通灵，传达出大义凛然、浩然正气。如盛藻先生这般痴迷三国戏、水浒戏有何缘由？

俗谚称：“老不看《三国》（指《三国演义》），少不看《水浒》。”依民间看法，《三国》者玩弄权术，须防老奸巨猾心术不正；《水浒》者离经叛道，须防血气方刚铤而走险。摒弃附会，究其实质，《三国》的内核在斗智，《水浒》的内核在斗勇，反抗便是勇，亦即大无畏的叛逆精神。盛藻先生凭借三国戏、水浒戏张扬大智大勇，寄托着明智奋勇的精神意志。

——正所谓初生牛犊不怕虎，他率领众家哥弟毅然脱离富连成，勇闯上海滩；

——他违背常规常理，不走搭班从艺寻常路，不挎刀，不挂二牌，直接挑班唱戏领衔主演；

——他不拜师，不投靠，不挂名，自我设计，自我奋斗，全无挂碍地走自己的路；

——他顶住或业内或圈外种种流言蜚语，在艺术创造上我行我素，“吾将上下而求索”。

有研究家讲：戏曲之老生角色最能体现儒家的温良敦厚。其实，儒家精神继承者，中国知识分子，除了温良敦厚之外还有另一面，那就是傲岸疏狂。祢衡骂曹，宋江题反诗，乃至鲁迅投匕首，赵丹敲地狱之门，是“反骨”，是傲骨。盛藻先生确也是坦荡荡笑傲江湖，骨铮铮迎风斗浪。

盛藻先生“不拜师”，“不挂名”，并不等于不学习不汲取不借鉴，对于他的艺术风格，有文章说是“宗高融马”，也有说是“以老谭为根基，兼得高马之风韵”。记起陈彦衡评老谭博采众长之说：“同一唱工，《碰碑》则学三胜，《乌盆》则学九龄；同一做派，《状元谱》则学长庚，《桑园寄子》则学三胜；同一靠把，《定军山》则学三胜，《镇潭州》则学长庚。”[①]然而，盛藻先生则不同，他之所融却是老生流派的两极。

高派艺术，特别是高派声腔艺术，激越高亢，质朴挺拔，当属豪放风格范畴。马派艺术，委婉俏丽，潇洒飘逸，当属婉约风格优美范畴。一豪放、一婉约，一壮美、一优美，一刚一柔，盛藻先生竟使两极相合。我们体察到，没有马派之含蓄不足以显智，没有高派气势不足以奋勇，两极相合智勇兼备，此正是李盛藻艺术精神之极力追求。

岂止是高马之合，他还积极汲取麒派表演精华，构成南北之

①吴小如：《吴小如戏曲文集全编》（第5册），山东文艺出版社2020年版，第19页。

合、京派与海派之合。深入审美文化肌理便可透见，在戏剧观及舞台呈现上，京派重表现，海派重再现，京派重写意，海派重写实，风格特色旨趣意味迥然有别，沟通交融岂是易事。况且早年意识作怪，南北两派间有道无形的鸿沟壁垒，难得越过半步。盛藻先生在此背景下，扎扎实实进行着表演艺术的吸纳融合变革进化，表现出一位大艺术家非凡的魄力和创造力。

李盛藻先生拼其一生，走着一条既光辉又阴冷、既笔直又坎坷的路。有多少不平——舆论诟病，有多少无奈——体弱多病，有多少失落——淡出主流……但他的艺术精神光芒四射，给我们鼓舞，给我们启示，给我梨园留下宝贵财富。

（写于李盛藻先生百年诞辰）

姜派半解

我十分崇敬姜妙香先生，崇敬先生在京剧行当发展历史上，对小生艺术的丰富、完善、提升所发挥的重大作用。

近日，读到姜妙香先生得意门生林懋荣君一册回忆录，其精到阐述姜派要点。又闻，懋荣将有姜派声腔研究成果问世，引发我许多感喟。

我对姜派不足一知，妄言半解，冒昧写出与懋荣交流。

一、关于“书卷韵味”

大家公认，姜派表演艺术以声腔为标志，在唱工上具有鲜明特征。这特征从嗓音、唱腔、行腔、情感、韵味等方面综合考察，可以概括为：嗓音清亮圆润，唱腔委婉俏丽，行腔灵活机巧，情感充沛细腻，韵味浓郁醇厚。关于姜派演出风格，林懋荣明确提出：“我自己体会到的就是自如舒放，细腻潇洒，刚柔相济，韵味浓厚。”可谓把握准确，归纳恰当，特别是“韵味醇厚”作结，很是耐人寻“味”！他也曾提到，“姜先生举手投足都不失书卷韵味，使得人物高雅，有内涵，更能感染观众，我认为这就是姜派表演艺术的最大特点”。本人完全赞同这个结论，即人物高雅、有内涵的“书卷韵味”是姜派表演艺术的最大特点。同时，我更坚定地认为，作为姜派表演艺术首要组成部分的声腔演唱及其艺术风格，同样是以“书卷韵味”为它的最大特点。

京剧唱工的技术要领，叫作“字正腔圆”。拆解开来，要讲究字儿、气儿、劲儿、味儿；提升到品评标准，最注重“有味儿”、“没味儿”及韵味如何。以擅唱著称的姜妙香，准确把握京剧音韵，巧妙运用四声变化，完美实现咬字周正，声响圆润，并以浓情倾注而达到声情并茂。这仅仅是个基础，最关键最核心的，还在于“气儿”与“劲儿”的追求和处理。姜妙香先生创立的姜派声腔演唱，运用顺劲儿、巧劲儿及恰到好处的“软硬劲儿”，决然没有丝毫的横劲和猛劲；气息收放适度，特别要求“悠着使”“省着使”“提着使”，自然摒弃“可桶倒”“强努”“喊着唱”等杂质。两者综合，呈现出清新婉转、含蓄深沉的风格特色，这种风格特色，却也反映着一种风度韵致——儒雅。儒雅，即是书卷韵味也！姜派声腔演唱讲求含蓄，展现儒雅，一派浓浓的书卷韵味可以余音绕梁回味无穷。

二、关于“姜八出”

姜派声腔演唱，透过书卷韵味所流露出来的儒雅、含蓄、柔和、清丽等美感，构成美学意义上的优美派，也可以称之为婉约派或韵味派（与之相对的是壮美派，也称豪放派或气势派）。优美派声腔演唱所含的儒雅、含蓄、柔和、清丽等要素，在姜妙香先生精心创作的《孝感天》《监酒令》《玉门关》《辕门射戟》《白门楼》《飞虎山》《罗成叫关》《小显》八出戏中得到最充分、最全面、最完整的体现。所谓“姜八出”，无疑是姜妙香先生追求与创造才华的结晶，是他个人的代表作，但同时也是优美派小生声腔的八部经典。

放眼京剧舞台，小生优美派演员岂止一人，声腔演唱达到经典而存世者究竟有多少？珍稀的“姜八出”，黄金宝石不可比拟的“姜八出”，本该得到应有的重视。

三、“源”“流”之辨

姜氏声腔演唱，因为它“独有特色”，被视为一种流派，称作“姜派”。又依据它在美学上的“共有特征”，被确认为一种审美流派——“优美派”（优美也有豪放因素壮美色彩，如懋荣所说：“刚柔相济”，另当别论）。然而，循着历史纵向观察，可以看到一个实情：姜派是“源”不是“流”。

历史表明，京剧小生鼻祖当推徐小香。

> 小生的演唱在小香之前，有曹眉仙、龙德云。曹出身徽班，以昆曲为法，嗓音以假声为主。龙德云出身汉调，唱多用本嗓，而徐小香将二家熔一炉而用之。[①]
>
> 龙派唱腔，虽不花哨，但是旋律曲折跌宕有致，声调高而浑厚，优美动听。后来以唱工见长的德珺如、张宝昆、姜妙香等，都是在继承“龙派”的唱腔基础上进一步有所创新、发展的。[②]

由此可见，姜派声腔演唱，紧密直接“龙派”这个小生演唱的源头。

在徐小香息影还乡至姜妙香改演小生之前，约五十年间，小生演唱基本上因循原生型“直腔直调”，虽有名家改进（如德珺如、朱素云），尚属突破之始起步之初。姜妙香先生的奋力变革另辟蹊

①北京市艺术研究所、上海艺术研究所：《中国京剧史》（上卷），中国戏剧出版社1999年版，第404页。

②董维贤：《京剧流派》，文化艺术出版社1981年版，第89页。

径，“板者活之，直者婉之，俗者雅之，枯者腴之”，大大强化小生声腔的表现性、艺术性和欣赏性。“姜派”的应运而生，固然在于姜妙香先生创造追求标新立异，但对小生行当来说，是谋求自我发展、自我壮大的强根之策、奠基之举。姜派，具有声腔旋律之美，演唱技艺之妙，艺术规格之精，精神品格之高，达到京剧小生唱工发展的历史新境界，成为足以垂范后世的典型。

姜派之研究，是对京剧小生唱工的寻根问源。

姜派之传播，有利于助推小生艺术的百花齐放、继承与发展。

（2020年3月于京华仰酸斋）

李玉茹戏曲编演论浅识

京剧大家李玉茹，十岁从艺，十四岁崭露头角，十七岁即自组剧团挑班演出，红遍大江南北；晚年告别舞台，课徒讲学垂范梨园。其璀璨一生，享誉剧坛七十载，积累下无比丰富的学识和经验。她在耄耋之年，扶病笔耕著书立说，透过代表性的个案谈戏说艺，对于戏曲表演、导演及编剧等方方面面提出一个个命题，并且做了理论与实例密切结合的阐述。我们试着梳理，可以看到一个核心三个基本点构成了李玉茹的戏曲编演论。

一、李玉茹的戏曲编演论

（一）论说核心：戏曲艺术的中心是表演

研究戏曲演剧与编剧诸问题，李玉茹提出一个核心命题："京剧是一门以表演为主的艺术。"[①]并以此作为理论的基础、研讨的前提。

就研究戏曲编演而言，确认"以表演为主"，具有先于一切、重于一切的分量和意义。

焦菊隐曾经指出："我国传统表演艺术和西洋演剧的最大区别之

①李玉茹：《李玉茹谈戏说艺》，上海文艺出版社2008年版，第1页。

一，是在舞台艺术的整体中，我们把表演提到至高无上的地位。西方虽然也有表演中心论，而且是主要的学派，但终不能像中国学派这样把表演看作是唯一的。”[①]梅兰芳也讲过，中国戏曲“不仅是一般地综合了音乐、舞蹈、美术、文学等因素的戏剧形式，而且是把歌唱、舞蹈、诗文、念白、武打、音乐伴奏以及人物造型（如扮相、穿着等）、砌末道具等紧密地、巧妙地综合在一起的特殊戏剧形式。这种综合性的特点主要是通过演员体现出来的。因而京剧舞台艺术中以演员为中心的特点，更加突出”[②]。但是，人们却也不无遗憾地看到，“按话剧观念对传统戏曲进行改造，不切实际地强调其文学内涵，而忽视了唱念做打的重要性”，结果造成“对戏曲的严重伤害”。[③]显然，这个至高无上的“以表演为主”，是中国戏曲与西方演剧的“最大区别之一”，确认它还是否认它，遵循它还是背道而行，必然对中国戏曲产生不可低估的影响。绝非无的放矢的李玉茹戏曲编演论，设置“以表演为主”为核心命题，高调突出，大力维护中国戏曲的特点特色，也为问题探讨确立了不可偏离的坐标。

既然讲以表演为主，这个“为主”的“表演”便成为优先的理论关注点。其看法是：

“京剧的实质就是要用演员鲜活、生动的歌舞来表现人物的关系和心境。”[④]——从“质”的深度来解析、来认知戏曲的“以表演为主”。

“演员成功地塑造一个角色，离开了艺术技巧，那是难以想象

---

①焦菊隐:《焦菊隐戏剧论文集》，上海文艺出版社1979年版，第147—148页。

②梅兰芳:《梅兰芳文集》，中国戏剧出版社1962年版，第14页。

③傅谨:《薪火相传：非物质文化遗产保护的理论与实践》，中国社会科学出版社2008年版，第367页。

④李玉茹:《李玉茹演出剧本选集》，上海文艺出版社2010年版，第193页。

的。”[①]——明确提出戏曲表演离不开艺术（唱念做打）技巧。

“演员能够把角色的灵魂通过技术体现出来，那才称得上是艺术技巧。”[②]——对于单纯卖弄技巧决然否定，给艺术技巧订立下真正“合格”的标准。

“真心真意地去体会这个人此时此地的心情，……这就是我们戏曲，既得心里有，也得有技巧把心里明白的东西为观众表演出来”[③]，“传情写意是表演的目的”[④]。——如此去“体验”，如此去“用技术”，如此“内外结合”地去表演而达到“传情写意”之目的，这就是李玉茹主张遵循的中国学派之戏曲表演论。

（二）基本点之一：剧目和表演相辅相成

李玉茹戏曲编演论指出：“表演必须靠剧目支撑，而剧目靠演员上演”，形成以表演为中心的相互依存，在以表演为中心的基础上“剧目—表演相辅相成”。

她认为这个为表演所必须依靠的“剧目”，既包括传统剧目，也包括新的创作。传统剧目为展现古典主义表演艺术的依托，新剧目是开发新表演艺术的基础。因此，她主张演员必须最大量地掌握传统剧目，最积极地创造新剧目。在她看来，丢掉剧目便丢掉了表演赖以存活的技能，丢掉技能自然丢掉表演，便也丢掉了本体。可以说，剧目立则戏曲表演立。

她明确主张“为演员写戏”[⑤]，为表演而写。

记得焦菊隐就曾讲道：“欧洲戏剧的发展规律是时代的美学观点支配着剧本写作形式，剧本写作形式又在主要地支配着表演形式。戏曲却是时代的美学观点支配着表演形式，表演形式在主要地支配

---

①李玉茹：《李玉茹谈戏说艺》，上海文艺出版社2008年版，第243页。

②同①，第244页。

③同①，第68页。

④同①，第187页。

⑤李玉茹：《李玉茹演出剧本选集》，上海文艺出版社2010年版，第137页。

着剧本写作的形式。我们的传统戏剧文学，为表演艺术效劳，但描写绝不为表演代庖。我们的传统表演艺术，尊重作为基础的文学剧本，但表演绝不止步于基础，而要在基础上建起堂皇的宫殿。”①如此说来，表演支配着剧本文学—剧本文学“为表演艺术效劳”—表演“要在（剧本文学）基础上建起堂皇的宫殿”，这便是“为演员写戏”的思想理由和精神内涵。

如何实现“为演员写戏”？李玉茹戏曲编演论提出一种打本子的理想模式：

> 写剧本时，脑子里看见的不是文字，而是唱念做打的场面……②
>
> 写剧本之初，未来演出的大致情况已经在编剧的头脑里形成了……③
>
> 弄本子时，想得很透，写词的同时，地位、动作也都已经浮现在脑海里。因此，把平面的剧本立到舞台上并不困难。④

当然，李玉茹戏曲编演论也没有产生极端演员主义的偏颇，她恳切地要求：“既要为演员写戏，同时又得兼顾全剧中人物的性格，二者相辅相成。前者使剧本为演员二度创作提供了极大的空间，而后者又使前者有了一定的规范。”⑤她以辩证思维解决了“为演员写戏”中的剧本文学相对独立性。

她甚至注意到戏曲编剧向话剧编剧的学习借鉴。她认为：“话剧和戏曲当然是两种戏剧艺术，表演上的区分显而易见，也体现在

---

①焦菊隐：《焦菊隐戏剧论文集》，上海文艺出版社1979年版，第148页。

②李玉茹：《李玉茹演出剧本选集》，上海文艺出版社2010年版，第355页。

③同②，第137页。

④同②，第7页。

⑤同②，第138页。

‘编’和‘导’上边，但是，不等于说我们不能吸收话剧的某些手法，关键在于如何融会贯通，用他人之器，为我服务。”[①]值得注意，这种吸收是“某些手法”，决然不是全部照搬，是他为我用而不是化我为他！

（三）基本点之二：程式变化

表演程式是戏曲中运用歌舞手段表现生活的一种独特表演技术格式，程式性是众所公认的戏曲艺术特征之一。关于程式与程式性，李玉茹戏曲编演论不乏精辟见解。

她论说：“我们戏曲的程式就像音乐的音符，每一个程式都由无数的小单元（即我说的音符）组成，这些小单元可以另外组合，因此变化无穷。”[②]这里，强调的是程式的可变性。

她申明：“我提倡传统程式，着眼于创新，戏剧必须发展才有生命。”[③]这里，强调的是程式发展创新的可能性。

她提醒：“由程式创造出更新的程式，从传统出发去创新。”[④]“程式的突破……又是建立在程式之上的”“程式与创造缺一不可”“这一辩证的概念是我们青年同行一定要记住的”。[⑤]这里，强调运用辩证法而做到——守成法，不拘泥于成法；脱离成法，不背乎成法。

总括上述意见，提炼出一个命题，叫作“程式变化”。

很有趣！戏曲的程式化被人们议论了八九十年，大多按照“革命化”“理性化”“年轻化”之“化”作解，即毛泽东所说“彻头彻尾彻里彻外之谓也”。李玉茹戏曲编演论把“程式化”称作“程式变化”，套用一句诗话，可谓：着一“变”字，境界全出。

---

①李玉茹：《李玉茹演出剧本选集》，上海文艺出版社2010年版，第135页。
②同①，第97页。
③李玉茹：《李玉茹谈戏说艺》，上海文艺出版社2008年版，第229页。
④同③，第97页。
⑤同③，第7—8页。

讲求程式变化，意义有三：其一，强化表演程式适应性，彰显扮演人物的个性，防止千人一面“一道汤”的表演；其二，提高程式运用的灵活性，亦即塑造形象的鲜活性，防止死板搬用而造成人物表演“失魂落魄”了无生气；其三，程式变化则戏曲变化。绝对一点说，戏曲艺术之发展变化，要依赖于戏曲表演程式之发展变化。故此，讲求程式变化，目的意义就在于促进戏曲艺术的发展。

（四）基本点之三：保证戏曲本质，重在传承

关于“传承”问题，李玉茹戏曲编演论做了极其恳切的交代：“近年来我的思考一直集中在‘传承’这个问题上，是因为我感到对这一点有深刻的认识真是太重要了，这既是理论，也是实践。”[①]“我用‘传承’二字，是因为喜欢这个词所表达的动作性，同时它又不像‘发展’，只说了事物本身进行的一面，却忽略了京剧艺术中‘承上启下’的本质。‘传承’告诉我们，每一个京剧工作者都担负着把我们热爱的戏剧艺术从前辈演员手中‘承’过来、再‘传’下去的重任。承和传，靠的是无数演员个体。在我看来，如果演员个体不对承过来的内容进行新的创造，这个原本活生生的内容就会僵死，那么也就传不下去了。”[②]她期望大家明白，“传承”乃是戏曲（京剧）的本质，只有很好地解决了“承上启下”才能寻求“发展”；“承上启下”存在一个变革的过程，承其旧有、传其新颖，才能保持京剧——戏曲——生生不息的艺术活力。

至于具体到传承什么，她主张传承剧目，透过剧目传承程式与技巧，传承戏曲独有的艺术特点、创作规律与创造方法。她更主张传承那种立足于传统、着手于创新的革新精神。这是一种充满“动作性”的重大实践活动。

李玉茹把京剧艺术大师、卓越的革新家程砚秋奉为“传承的楷

①李玉茹：《李玉茹谈戏说艺》，上海文艺出版社2008年版，第97页。
②同①，第96页。

模”，期望并鼓励晚生后辈走程砚秋之路，推动戏曲发展，当是李玉茹戏曲编演论所追求的终极目的与理想境界。

二、李玉茹戏曲编演论的形成与特色

李玉茹戏曲编演论形成的诸因素中，最为重要的有三个。

第一，她学艺投师追随梅、程、荀、于、赵、尚等诸大家，受亲炙、得真谛，对戏曲艺术获得真切、深刻的理解，受到他们（尤其是程、荀、梅）大胆求新的熏陶。

第二，她受教于以改良著称的中华戏曲专科学校，在观念上与实践中受到“继承与创新”的完整培训。

第三，落户上海，长期依傍麒麟童——周信芳，革新应变得风气之先，“创造”二字已经成为她的自觉行动。

察其特点，李玉茹戏曲编演论体现着立足于“移步”的守成观，着眼于革新的传承观，更包含着讲求角色体验的传情写意表演观。

（本文原载于傅谨、单跃进主编:《传承·创造·生命：李玉茹与20世纪下半叶京剧创作演出学术研讨会论文集》，文化艺术出版社2012年版）

课徒手记（三则）

王派“花衫”解析
——课徒手记之一

一代京剧宗师王瑶卿，在旦角表演艺术上博采众长，承前启后。他吸收前辈艺人优点，打破行当限制，兼取青衣、花旦、刀马各工之长，对唱、念、做、打都进行了革新创造，丰富了京剧旦行的艺术手段，形成了独树一帜的“王派”，并且开历史先河，创立了“非青衣、非花旦，卓然自成一宗”的“花衫”，为京剧旦角艺术的发展开拓了宽广的道路。王派，特别是王派代表性的艺术结晶——花衫，积极影响着梅兰芳、尚小云、程砚秋、荀慧生及张君秋的创造新流派，也培育了杜近芳、刘秀荣的创造新成果。

历史证明，王派是京剧旦角艺术流派之源，王派花衫，既是历史创新的成果，也是不断创新的一种观念、一种法则。可以说改革创新是王派花衫的灵魂。

寻源求是

正如前人所说：“欲研究某一对象，先立‘界说’，界说不清则意杂言庞。”我们研究王派花衫，就有必要先来研究一下“花衫”的“界说”，也可以叫作“定义”。

何谓“花衫”？

《国语辞典》的释义是：“旧剧中兼演青衣与花旦诸戏之角色。”虽然称作“角色”，却是“兼演青衣与花旦诸戏”，并不认为具有独立品格。

第一版《现代汉语词典》解释为：“戏曲中旦角的一种，综合青衣、花旦、刀马旦的特点发展而成，扮演性格比青衣活泼、比花旦庄重的妇女。”确认是“旦角的一种”，这“一种”有怎样的艺术特征？“比青衣活泼、比花旦庄重”又是怎样一种性格？语焉不详。

专业的《中国戏曲曲艺词典》阐释为：“传统京剧角色行当。近数十年来有些京剧旦行演员，综合青衣、花旦、刀马旦的特点，发展出来的一种新的旦角类型，如《霸王别姬》的虞姬、《红楼二尤》的尤三姐等。花衫演员大都兼演青衣和花旦的剧目。”按照这种说法，“花衫”是一种“新的旦角类型”，似乎与传统老戏无关；至于“花衫演员大都兼演青衣和花旦剧目”，只不过是这些演员的戏路子宽，从而构成了“角色新类型”与“旦角旧剧目”的割裂。

各家词典众说纷纭，莫衷一是。

其一，“花衫”的行当之属。

京剧历史表明，王瑶卿先生早先以青衣享名，有“青衣叫天”之称。青衣扮演的大多是贞女、节妇，那时在表演上严格规定行不动裙，笑不露齿，举止拘谨而“只许双手捂着肚子傻唱”（王瑶卿先生语）。况且，那时京剧界的保守风气相当浓厚，各工的旦角只抱一门，唱、念、做、打只工一端，很少通融。王瑶卿先生对于青衣“捂着肚子傻唱”十分不满，如梅兰芳先生说“就想起来担任这改革青衣的工作”。戏剧家马彦祥也说：“瑶卿先生首先打破了这一陈规，他是京剧中第一个演员尝试着从体会剧情出发，以细腻的表情和做工来表演青衣的角色。”二十世纪二十年代初，署名“月逐公”的一篇文章讲得更是绝妙：“本来青衣花旦各有领域，势亦相埒，自瑶卿出而花衫合一，由其唱做念打无一不精，直侵入花旦之领域而蹂躏之。”

上述评价使我们得知，创造花衫的动因是瑶卿先生痛感青衣“捂着肚子傻唱”，旦行之中的呆板分工“拘限了人物性格和表演艺术的发展”；“花衫合一”则是“改革青衣的工作”，是青衣“侵入花旦之领域”。可以认为，“花衫”是原青衣的变革，是青衣在做工上吸纳了花旦，又以唱影响了花旦。

其二，关于“花衫”的艺术特征。

旦行各工，在艺术上，个性鲜明。梅兰芳先生对于青衣和花旦做了如下界定：

青衣代表少年和中年的妇女。……性格多半是庄重和善良的。唱工多于做工。

花旦代表性格比较活泼、天真或泼辣的幼年和青年妇女，……表演方面重念白和动作。

荀慧生先生用比较法详细分析后认为，不论哪一种类型的花旦都以动的成分为主，花旦显然动得多，但也还有表现沉静和端庄的时候，为了与整个花旦的演法相呼应、相配合，花旦的端庄沉静不能和青衣一样，应该是动中求静。

事实告诉我们，青衣和花旦似乎处于两极：前者端庄，后者活泼；前者重唱，后者重做；前者主静，后者主动。“自瑶卿出而花衫合一”来了个对立统一。通过大融合的花衫，在艺术特征上表现为：性格庄重而活泼，艺兼唱做，表演上沉静为主，静中求动。

这里，我们以梅先生有关演出的剧目做个例证。

《虹霓关》是王瑶卿拿手名剧之一，其在二本里扮演的丫鬟，虽属于青衣之角色，但表演上绝非死唱而有较重的念白和做工，……梅雨田与王瑶卿交厚，便引梅氏到王家，得王亲传此剧。

《汾河湾》是一出生旦“对儿戏”，谭鑫培与王瑶卿的合作最负盛名。梅氏看过多次，十分喜爱，便私下细心揣摩，自学这出戏。

《御碑亭》，梅氏扮演孟月华，虽属青衣行当，但唱做并重，梅氏加重了人物的表演，戏为之生辉。

《春秋配》旦角的重点全在前部的《捡柴》《砸涧》两折。《捡柴》重唱。梅氏对原有的唱腔做了很大的改动。《砸涧》重做，梅氏对姜秋莲急中生智的表演非常传神，使这折戏大为生色。

《打渔杀家》，梅氏与余（叔岩）重排是以当年谭鑫培、王瑶卿的绝唱为范本，深求谭、王表演神韵，再掘戏情戏理而作新的体会、新的创造，以求演出的神采，唱出意境，耐人寻味。

《西施》，罗瘿公编剧，王瑶卿又做艺术加工和修订，梅氏的表演进行了全面艺术创造……这是一出以唱取胜的古装新戏，演出面目一新。

《宇宙锋》这一优秀传统戏，主人公赵艳容的形象光彩照人。但多年来只演“修本”一折，成了一出只讲唱工的青衣戏。梅氏自幼学演此剧，深为赵艳容的形象感动，便在不断演出中细心揣摩，领悟日深……他的演出早已突破传统只重唱工的模式，努力加强对赵艳容的性格表现。

以上充分表明，各剧无一不是以青衣为主体，又无一不显示着花衫的艺术特征。梅先生所讲只演了旦行的四种类型，没有标举花衫却也无须标举花衫了。

其三，“花衫”所体现的表演方法和创造法则。

梅兰芳先生讲与王瑶卿先生共创“花衫”，其核心是打破界限，使青衣、花旦、刀马旦等各工之所长相融相通。特别指出：“比如，我演《宇宙锋》的赵女，《凤还巢》的程雪娥，《别姬》的虞姬，以及《醉酒》的杨贵妃，就是一种兼合众长的表演方法。”①

“就是一种兼合众长的表演方法。”梅先生此说真是一语破的。早在1934年就有人著文这样评价王瑶卿先生——他一手破坏了表演

①梅绍武、梅卫东编：《梅兰芳自述》，中华书局2005年版，第226页。

方法的旧规律，建立了新表演方法，使舞台上凝滞的状态进入灵活的境界，面目为之一新。是的，王派“花衫”可以看作行当称谓，其实质则是一种表演方法和创造法则，可以归纳为：突破局限，兼合众长，拓展表演，活用程式，塑造人物，刻画性格。它普遍适用于青衣、花旦、闺门旦、刀马旦、武旦等各工，非一工所专用。

正是由于这一普遍适应性，便引出所谓“青衣花衫”“刀马花衫”“青衣刀马花衫”，以及“大花旦”等于“花衫”等各种行当名称。

在他人看来，梅、程是“青衣花衫”，尚是“青衣刀马花衫”，荀是“大花旦”或直接称为“花衫”。然而，梅、尚、程、荀四位全都不冠“花衫”之名，却无一例外地全都具有“花衫”之实，即全都接受王瑶卿先生的变革旦角的影响，全都采用“王派花衫”的表演方法和创造原则。

荀慧生先生讲过这样两段话：

“王瑶卿先生在旦行中更是多才多艺，他本工青衣，可是花旦、闺门旦、刀马旦无一不通，……戏路很宽，他对我的启发很大。我对于表演方面，也不愿意太受角色分工的限制。”[①]

“金玉奴是哪行应工？一般的人总会回答是花旦。可我觉得除了花旦之外，还有闺门旦的东西，甚至还有青衣的东西。……但是必须说清楚，如果只记得头场是花旦的路子，二场是闺门旦的路子，三场以后是青衣的路子……那依旧是演行当，不是演人物，反而会使观众觉得前后矛盾，支离破碎。还是那句话，行当永远得是服从于人物的，行当的变化也是人物发展变化的结果。”[②]

——这真是对于王派“花衫”表演方法和创造原则最实际、最

①荀慧生:《荀慧生演剧散论》，上海文艺出版社1963年版，第255页。
②同①，第6页。

质朴、最生动的说明。

武旦与刀马

——课徒手记之二

武旦表演

按角色分行当，是戏曲特有的表演形式，也是戏曲程式在人物形象塑造上的反映。行当是在长期的艺术实践中，将性格相近的人物形象以及与之相应的表演程式、表演手段和技巧逐渐积累与汇集并趋向稳定而最终形成的。行当一旦形成之后，它所积累的表演程式又可作为创造新形象的手段。如此不断创造发展，逐步丰富完善。从形式上说，行当是带有一定性格色彩的表演程式；从内容上说，它又是戏曲表演中艺术化、规范化的人物类型，在实践中充分体现了从个别到一般、又从一般到个别的艺术创作规律。

武旦是“旦”行的一支，一般在戏曲中扮演武艺高强的女性人物，表演时重武打，特别是打出手，多在神话剧中扮演女神或女妖，如京剧《虹桥赠珠》中的鲤鱼仙子、《摇钱树》中的张四姐；也扮演女将或女侠，如《天门阵》中的穆桂英及《武松打店》中的孙二娘。武旦这一行当与武生、武净、武丑相区别而独具特色的“当家本领”及表演手段有三功：跷功、顶功、出手功。但是，在相当一段时期内，武旦这一行当的发展出现了严重的偏差，在演出过程中过分重武轻文，造成了技与戏的脱节，有的干脆成了“武行贴片子”。当然，这与武旦可演的剧目太少、行当限制太死有关，以至给人留下“不张口、不唱、不说话”便是武旦行当特点的这种印象。如此发展下去，武旦行当会越走越窄，不仅很难塑造出新的艺术形象，也更难适应时代的发展。

近几十年来，武旦三功中的跷功和顶功已十分罕见，仅剩下“打出手”。“打出手”带有很强的技术性，而且能充分体现武旦表演的“程式性”，但在现实演出中，不管是否符合剧情需要，为“打出手”而“打出手”随处可见，而且越打越花哨。岂知武旦的纯技巧表演已很难满足现代观众的欣赏标准，观众不但要看技巧，更要看剧情变化、故事发展和人物形象，等等。只有技与戏完美和谐地结合，才能达到锦上添花的效果。

武旦以武打为主，无可厚非。关键的问题是怎样做到武打技巧与剧情的有机结合，也就是技与戏的结合。但如何能打出情节、情境、情绪并打出人物个性来，这就需要演员具有一定的艺术素养，而且对剧情、剧中人物要有深刻的理解。

刀马特色

刀马旦本是从青衣、花旦、武旦等行当及剧目中逐步分离出来的一个行当。例如，《金山寺》《娘子军》本是青衣剧目，刀马旦演起来便多了几分刚烈。《湘江会》《破洪州》原属武旦应工，经过“刀马化”而作为刀马旦代表剧目搬上舞台，就多了几分沉稳、几分机敏。《悦来店》《穆柯寨》本是花旦剧目，而刀马旦表演起来更多了几分豪放。“沉稳”“练达”取之于青衣而用来改造武旦戏，“豪放”“刚烈”取之于武旦而用来改造花旦戏，把本数花旦的“洒脱”“活泼”“妩媚”等又糅进了刀马旦的表演中。刀马旦表演似乎是“杂交”“嫁接”的成果，这样刀马旦兼备了豪放、活泼、沉稳、妩媚等性格特征，表演则呈现了明丽、稳健，而又英姿飒爽的艺术特色。

从技巧处理上，刀马旦则侧重说白、做派，而精简演唱、武打。具体特点和要求如下：

说白：兼容韵白、京白、“风搅雪”三种形式，要求以恰如其分的语言、语气刻画鲜明的人物个性。

做派：要求具有漂亮的身段功架、真实的表情神态，追求“身上”玲珑剔透，“脸上”自然传神。

演唱：刀马旦一般不是成本大套地唱，讲究的是唱情感、唱气势。

武打：少而精，简而明，无须表现强悍，但务必展示矫健灵巧的本质特征。

说到刀马旦，不能不提及被京剧界誉为“一代宗师”的著名戏曲改革家、教育家王瑶卿先生。王瑶卿先生素有“青衣叫天”之美誉，更有那个时代艺人少见的改革精神，在长期艰苦的艺术实践中，不断大胆探索，终于打破了以往旦角的唱、念、做、打严格的行当局限，融会了青衣、花旦的表演艺术，创造了“花衫”这个新行当。特别是当他看到由于剧目贫乏而严重影响刀马旦表演艺术的发展时，就以极大的热情着手于刀马旦剧目建设，经他加工改编的刀马旦剧目有《英雄儿女传》《珍珠烈火旗》《棋盘山》《英杰烈》《破洪州》《金猛关》《悦来店》等近二十出，指导尚小云、荀慧生、程砚秋、宋德珠等人排演了《秦良玉》《美人一丈青》《聂隐娘》《忠烈鸳鸯》等多部新编刀马戏。王瑶卿先生的艺术实践，使刀马旦这一行当染上了极其绚丽的色彩。我们今天见到的刀马旦表演，已经打上了王氏烙印。如今的刀马旦不仅具备了鲜明的艺术程式，而且具有王瑶卿、尚小云、宋德珠、关肃霜等各自鲜明的表演特色。

摸黑儿·开打

——课徒手记之三

《武松打店》的核心——情节核心也是技术核心——是“摸黑儿·开打”。

若论“摸黑儿·开打”，一般总以《三岔口》为代表。因为《三岔口》的“摸黑儿”，集中了“摸”的过程中各式各样瞎摸瞎撞，摸得逼真，撞得合理，打得有趣，技巧用得充分，生活气息浓而艺术水准高，堪称京剧艺术典型。

《三岔口》与《武松打店》，同样是“在明亮的光线下制造出黑夜打斗情景”，两出戏的不同点却是我们必须明白而在表演中必须掌握的。

故事情节：

《三岔口》(新本)：友人误会，打斗中试探。

《武松打店》：正邪较量，殊死拼杀。

人物关系：

《三岔口》：店主刘利华是主动方，因试探引起反抗。

《武松打店》：武松为被动式主角，从自卫到追杀，势不两立。

风格样式：

《三岔口》是带有闹剧色彩的喜剧，表演上运用较多喜剧方法，不回避夸张滑稽。

《武松打店》是正剧，虽然穿插二解差玩笑，仅仅是一种调剂、一种陪衬，决不允许搅乱总体风格，乃至影响武松的表演。

值得注意，武松与孙二娘的“打”是真打真杀，气势与气氛要求逼真。京剧开打当然是虚拟，但虚拟不等于虚假。《三岔口》中刘利华的表演往往是装出来的真，看出来的假，观众可以理解可以接受。因为观众欣赏喜剧另有一把尺子：好玩第一，可笑包容可信。

《武松打店》的“戏核儿”是摸黑儿开打，表演的重点首先是黑夜感，而且是伸手不见五指、漆黑一片的黑夜感。打的招数如前面所说要打出真实感，一个黑夜感，一个打杀真实感，两个结合就产生了严峻的危机感，这种危机感诱导观众关心着英雄武松的胜与败、生与死的未知命运，也为展现英雄武松沉着冷静机智勇敢提供了可能。

所谓“摸黑儿·开打”，会被理解为“摸”是核心，“摸”是占首位的动作。其实，“摸”是辅助，“打”是核心，在表演时另有一套具有次序性的动作要领，归纳起来叫作“听、辨、摸、打、看”。

听：要听对方脚步声、衣服抖动声和喘息呼吸声。用听觉代替视觉，寻找对方。

辨：通过声音辨别判断对方的方位或具体位置。

摸：大体估计出对方所在地点后，用“摸”来确定，来试探，根据“摸”的不同目的，应区分上、中、下不同的摸，必要时以脚代手去“趟”（“趟”的目的也是试探）。切忌目的不明确地胡摸乱摸，误导观众。

打：“打”即是杀。这是引领听、辨、摸的核心动作，也是斗勇斗狠的主要表现形式。要展现勇猛、顽强、沉着、无畏的精神状态。

看：这个“看”不是具体的“端详”，是指观察、搜寻、判断以及惊险、惊喜、惊讶等各种感觉。要“用眼神说话”，传达给观众要去感觉和已经感觉的一切内容。

“听、辨、摸、打、看”是有谁先谁后的次序，又是互有交织紧密联系在一起的。分工协调、巧妙综合，构成《武松打店》黑夜格斗情节表现的重要手段和唯一方法。

（于京华仰酸斋）

“帅旦”面面观

豫剧名家、中国戏曲学院名誉教授马金凤先生年届九十六岁高龄，从艺九十春秋，舞台艺术成就卓著，她所创立的“帅旦”行当令人惊艳，更需要确切理解恰当把握。

一、帅旦的定义与内涵

《中国戏曲志·河南卷》撰文称：“穆桂英挂帅，名旦马金凤的代表作。马金凤扮演的穆桂英融合了青衣、刀马、武生各行当表演技巧，创立了帅旦行当。”马金凤扮演的穆桂英这个角色，之所以被确认“创立了帅旦行当”，表明它具备并体现了作为行当的基本要素：是何种人？要怎样演？包括使用什么手段，展示什么特色，呈现怎样的神采。据此考察，所谓“帅旦”，绝非“帅”与“旦”的简单相加，它所刻画的不唯是“帅”的身份，其核心、主体却是“帅”的伟岸资质。

从技术层面看，它“融青衣、刀马、武生为一体”，即融合了青衣的声腔，刀马的工架，武生的气派；从表演风格看，它融青衣之端庄，刀马之飒爽，武生之英武；由此构成一个巾帼须眉的审美意象，展现人物的家国情怀、运筹才干、破敌武功、将相风度，因此具有较高的品格和境界，并非所有“女元帅”都能侪居行列。比如，同一个角色穆桂英，同为领兵大元帅，在《破洪州》中，她绝少大丈夫的凛然，更多小女子的娇嗔：淋漓尽致地展现花旦的活泼，小心谨慎地规避青衣的凝重，此穆桂英与彼穆桂英、此女元帅与彼女元帅，在气质、格调上存在明显落差，故而两者同脉同脚不同行。一句话，“帅旦”扮演的是以青衣表演手段与风格为基础的女元帅，不是以花旦、刀马、武旦等其他行当应工的女帅角色。

有文章讲：“帅旦之行当因其‘帅’而立”，许多演员表演“无一不是在‘帅’字上做功夫”。就是说，“帅旦”的成因及扮演者的追求，全在于一个“帅”字所概括的英俊、潇洒、干净利落等漂亮的样貌。此论近乎似是而非。须知，帅旦着重刻画角色的精明豁达、神情淑静、气宇轩昂——亦即精气神，直抵人物内在的思想境界、精神魂魄，是传神写意，是形神兼备，岂是一个“帅”字了得。

二、帅旦立行的意义及遵循

“帅旦”生于个体而超越个体（角色），生于“马派”而超越“马派”，升华为群体（行当）的标识，剧种的共有资源，其意义有二：

行当健全、分工精细是剧种成熟、艺术表现力强盛的鲜明特征。帅旦创立将促进豫剧艺术的拓展。此其一。

戏曲表演有规范讲规格，常以规范程度品评精粗高低。立行当、树规范，将有利于改善单调粗简、随意发挥的表演陋习，有利于提高剧种的艺术品位。此其二。

行当已创立，规范要遵循。以青衣为根，以豪气为魂，武功精当而简约，声情疏朗而深邃——这便是帅旦作为行当艺术规范的核心内容。有些附着物与它看似一体却不同一。例如，马金凤以几许沧桑、几许悲壮、几许豪迈生动地塑造了“五十三岁又管三军”的老英雄穆桂英的艺术典型，并以强大的艺术魅力呈现了独特的舞台审美意象。然而，这“沧桑”“悲壮”“豪迈”确实是塑造“这一个”

艺术典型所必然，却不是演出帅旦这一行所必需。又如，马金凤表演所显现的雍容、富丽、清新、明亮等斑斓风采，专属于“马派”特色，亦非帅旦的行当特色。通行的帅旦，要为各派所通用，势必要守住帅旦的根本——否则便不能成为帅旦——而任其濡染别样色彩。

三、帅旦前瞻

展望帅旦前景，不禁想到京剧的闺门旦。京剧闺门旦，列于正旦、花旦、武旦、老旦之间，按一般说法，扮演妙龄待嫁的闺门女子，如《拾玉镯》之孙玉娇、《豆汁记》之金玉奴等小家碧玉，《春秋配》之姜秋莲、《凤还巢》之程雪娥等大家闺秀，是其行当担当。近二百年京剧舞台的历史现实是，大家闺秀尽归正旦（青衣）扮演，小家碧玉概由花旦承包，闺门旦彻底架空，落得个有名无实。

豫剧帅旦与京剧闺门旦比较，大有相似之处：

或只饰闺门或只扮女帅，表演门类过窄；此行可演彼行亦可演，角色外溢偏泛；两者叠加就有可能动摇行当的生存。况且，帅旦立行年份浅，帅旦专有剧目稀，如幼苗小花在豫剧“内八脚”“外八脚”花田中显得甚是伶仃娇嫩。变弱势为强势，绝非一日之功，绝难一蹴而就。

马金凤创立帅旦，为豫剧的繁荣发展做出历史性贡献。豫剧帅旦的养护、加强、丰富、精确、稳定的崭新历史责任，要由有志气有出息的晚生后辈自觉担当。

剧目盛则行当兴，剧目乏则行当衰。帅旦传统剧目资源匮乏，新编剧目积累不足，成为帅旦行当建设的惰力。人们期待帅旦新剧目问世，让一批“穆桂英”“萧桂英”“爱新觉罗·桂英”“古兰丹姆·桂英”捧印挂帅，在新征程上展现帅旦更强、更精、更美的亮丽新姿。

（本文原载于《光明日报》2018年1月6日第5版）

玩笑戏论说

早年京戏舞台上，有一种小型喜剧，叫作玩笑戏。顾名思义不过是嬉戏逗趣、演绎笑话而已。但是，这种“玩笑”之戏，凸显出具有中国特色的喜剧特征和审美意蕴。二十世纪五十年代初，几乎一夜之间凋零殆尽，在此后编纂的专业词典、百科全书中竟也踪迹难寻。

玩笑戏“被衰落”“被失传”，是历史的莫大遗憾！今逢中国喜剧美学研讨，特从尘封的记忆检出，试作论说，以供参考。

玩笑戏，是京剧剧目类型的一个专有称谓，为其他剧种，如昆、汉、梆子等所无。川剧有所谓“三小戏”，看来与其相似（却也有人用“三小戏”之名指称玩笑戏），两者实质有别。从角色体制上讲，“三小戏”是小生、小旦、小丑“三分天下”，玩笑戏则是由玩笑旦与丑角“平分秋色”。特别在含义上，“玩笑戏”即“玩笑”之戏，更加明确了这类剧目的喜剧性及特定的风格样式感。

京剧玩笑戏，是梨园确认的一种剧目类别，虽属行业内部的约定俗成，却也得到社会认同。至于如何定义、如何归类，并不十分明确，即使在梨园中也有广义与狭义两种说法。

按广义说，凡以“玩笑”为主要特征的小型喜剧均属玩笑戏。

按狭义说，只有以玩笑旦为主体，与丑角或小生构成对手戏，并以“玩笑”为特征的小型喜剧才是玩笑戏。

且以广义概念作个不完全统计，截至1949年初，京戏舞台上的玩笑戏尚有：

《一匹布》《一两漆》《十八扯》《入侯府》《小上坟》《小过年》《小放牛》《双沙河》《双怕婆》《双摇会》《打杠子》《打花鼓》《打灶王》《打面缸》《打砂锅》《打城隍》《打钢刀》《打樱桃》《连升店》《花田错》《红鸾禧》《荡湖船》《顶花砖》《变羊计》《查头关》《拾玉镯》《拾黄金》《荷珠配》《绒花记》《胭脂虎》《探亲家》《铁弓缘》《喜荣归》《锯大缸》《丑表功》《老黄请医》《扫地挂画》《送亲演礼》《定计化缘》《罗锅抢亲》《张三借靴》《瞎子逛灯》等四十余出。

若依狭义概念，当要排除剧中没有玩笑旦角色或由丑角单挑的剧目，诸如《连升店》《定计化缘》《张三借靴》等。但是，无论定义的广与狭，如花旦与丑角构成对手戏的《活捉三郎》、花旦与净角相搭档的《牛皋招亲》、两旦争锋的《樊江关》等相当一批小喜剧，均不在玩笑戏之列，因为它们均不具备或并不符合“玩笑”的特征。

那么，玩笑戏表现出怎样的艺术特征呢？

第一，去崇高，世俗化。

这种“玩笑之戏”，不求“高台教化”，但求开心解闷儿，专注世俗风情，题材舍大取小，描写对象尽在小人物、小事情、小冲突、“小打小闹”。

《小过年》，演王小夫妻除夕断炊，骗得邻人馈赠，诱使债主勾销欠账倒赔衣帽。又怄气打赌——不许开口说话；王小诈死，妻子放声哭喊；王小成了赢家，妻子认输受罚。《打杠子》，演浪子张三持木棍夜伏抢劫，反被所劫少妇诳去木棍剥光衣裤。《双怕婆》，演张三与尤二同样惧内却大言不惧，虚张声势而弄巧成拙，双双受到老婆惩处。《打樱桃》，演书生秋某寄居在舅父家，与表妹热恋，引得书童与丫鬟效法谈情。四人互相掩护而频露马脚，终被秋生舅父撞破。

像这样“王小过年——穷开心”，“怕老婆耍滑头——自我倒霉”，“呆书生偷情多尴尬”，“打杠子反被劫”……一则则细民趣闻，一幅幅市井漫画，无关宏旨，一笑了之。

第二，去诗体，写实化。

戏曲被视为“剧诗”，因其抒情主体，写意立型。玩笑戏却大不相同，它采取了重在叙事，笔法写实的体式。

《打面缸》，演妓女周腊梅到县衙请求从良，县官准许并断配衙役张才，又派遣张才立即出差山东。当夜，县官、四老爷及书吏到其家挑逗腊梅。张才突然归来，三人谎称贺喜，承诺补送喜银，狼狈逃去。在剧中，书吏至张才家，进门甫定即闻四老爷叩门，腊梅将书吏藏于灶洞。四老爷坐犹未定，县官又到，腊梅令四老爷避于面缸中。县官进门正献殷勤，惊闻张才归家，慌忙藏于床下。张才在腊梅示意下，灶中烧出书吏，面缸打出四老爷，床下扯出县官大老爷。一桩桩荒诞离奇的情节以直笔陈述，夸张却实实在在地展现于舞台。

在玩笑戏这里，最不讲“用情感的飞翔去拥抱宇宙”，用不着什么“抒情”“写意”；倚重的是“逼真”“写实”，着力呈现现实的“摹本”、习俗的“镜子”。

第三，去歌舞，生活化。

戏曲“以歌舞演故事”，京剧把歌舞表演——唱念做打——更加程式化，玩笑戏则各别另样。它没有大段之唱，少有“上韵”之念，须有贴近自然之做。

论唱，在玩笑戏中，多则四六句散板、原板，少则不闻管弦，一句不唱，绝不见大段酣歌，不见舒缓的慢板，也不见缠绵的二黄，却见异样、醒脾的杂调小曲。《探亲家》用【银钮丝】,《小上坟》用【柳枝腔】,《打樱桃》用【吹腔】,《荡湖船》用【滩黄调】,《打花鼓》用【花鼓调】(包括【鲜花调】【凤阳歌】),《锯大缸》用可唱可念的【云苏调】,《打面缸》《打杠子》用念为主体的【罗罗腔】,《小放牛》用【山歌】。以小曲唱“小戏”，更显活泼，更加欢快，更是别有风趣。

论念，玩笑戏中的玩笑旦与丑角，基本上念京白——接近普通话，不用“拿腔作调”的上韵，成为“有声即歌”之戏曲的另类。此外，玩笑戏诸般角色，有念苏白者，有说山东官话者，有讲山西方言者，有撇河北定兴腔者……一台京戏，冒出一位外来客，语调异样，混搭滑稽，玩笑之戏愈增笑料。

论做，以程式化规格衡量，玩笑戏的做派，特别是处于核心地位之丑角的做派，少约束，多松弛，讲自然，品即兴，贴近生活，相对自由。

在玩笑戏中，构成“戏曲”的歌舞形态或退席、或淡化，属于歌与舞的旋律性、动律性、节奏性及身段功架程式性等，大大减弱了约束力。相反，自自然然的、比较生活化的表演，在一派“市井琐事”“家长里短”的“玩笑”中得到强化。在此基础上，它还特别重视和强调临场发挥，为诸般角色留有即兴表演的空间，崇尚丑角的现场抓哏。

概括说来，取材立意世俗化，风格样式写实化，做工表演生活化，构成京剧玩笑戏的主要艺术特征，从中也表露出鲜明的审美特色。

其一，俗。

玩笑戏之“俗”，不是品位，是口味。

玩笑戏大多出自社会中下层文人或艺人之手笔，他们对中下层社会的世俗风情极为熟悉，通过玩笑戏传递着社会中下层的现实信息，以及社会中下层的审美感受，在世俗风情的描写批判中，开辟其独特的喜剧审美视野。

“小家碧玉”的“思春”与婚恋（《红鸾禧》《拾玉镯》《铁弓缘》），丫鬟、小姐的行侠仗义（《绒花记》《花田错》），土财主势利眼的活现世（《喜荣归》《荷珠配》），夫妻拌嘴，父子争讼，妻妾争房，亲家吵架等鸡毛蒜皮的矛盾事端，以及庸医、巫婆、骗子、懒汉、吝啬鬼、缩头男的自欺欺人……林林总总的玩笑戏，以游戏笔墨画出人生百态，又以调侃揶揄的舞台语言，揭示出世间万象种种可喜、可笑、可鄙与可怜。这样一种世俗喜剧，表达出超功利的审美倾向。

其二，趣。

就艺术欣赏来说，玩笑戏奉行乐趣第一，把民族民间戏曲重趣味、爱嬉戏的审美特征大加发挥，集风趣、机趣、意趣之大成，可谓妙趣横生。

玩笑戏取材"趣"字当头，首先着眼于滑稽性（如前所说《小过年》《双怕婆》《打面缸》等）。由滑稽性生发趣味性，使趣味自滑稽来。即使某些颇为严肃，甚至是沉重的题材与素材，竟能"避重就轻"，实施趣味化处理。例如，《打钢刀》一剧，演赵匡胤肇事逃逸，要求铁匠吴衍能为其打刀。钢刀打成，无钱支付，杀死铁匠夫妇远遁。情节核心本是赵匡胤杀戮无辜的恶行劣迹，剧中仅一笔带过，把戏剧冲突置于铁匠夫妻身上：面对赵匡胤要求打刀，吴衍能因赵前债未还，推托不允；吴妻憨直不解，极力应承。丈夫再三寻找借口，妻子接连戳穿谎言。精明汉败给憨直妻，令人忍俊不禁。接下来，突出表现—模拟表演—夫妻合力打刀，一个巧匠，一个力笨，事故频发，笑料不断，这一"打刀的过程"，趣味盎然。同样，在《打杠子》剧中，有意忽略趁夜抢劫的暴力行为及其惊悚，强化表现的是打劫者反遭劫、被扒光脱净这个有趣而可笑的过程。

另外，玩笑戏还运用诸如两度空间相呼应（《一匹布》），一人二角互串演（《打砂锅》中逆子与县官兼饰），当场摘胡须复原貌（《小上坟》）等种种荒诞手法，增强喜剧色彩，使之趣更浓、味更重。

玩笑戏确立趣味性审美核心，清清楚楚明明白白地张扬自身的娱乐功能。正如资深文化人黄裳早年著文所说：“一出玩笑戏，毫无意义，有时简直是胡闹，然而至为有趣。”“其目的只在逗人发笑，不近人情，在所不计。”[①]“戏剧的功用自然很广泛。我想其中最基本也最原始的一点当是‘娱乐’吧？……《小过年》《双摇会》《探亲家》之流最受欢迎。如果要在此中寻求什么教育的意义，大约是没有，然而小兵在战斗之余，在这里能够找到大笑的机会。一笑之余，就可以多吃两碗饭，如此想来，则其功亦不可没。”[②]

其三，笑。

喜剧是笑的艺术，笑是喜剧的灵魂。

玩笑戏之“玩笑”两字，表明自己戏谑、嬉闹乃至捉弄的特征。“凭他颠倒事，直付等闲看。”它以放旷、乐观的视野，超然人生，俯瞰世间，在嬉笑、诙谐、调侃中成其作品。名实相符，演绎笑话，嬉戏逗趣是其笑的根基。

一般戏剧美学讲到喜剧，“因其笑的方式和意味不同而呈现出多种类型”，如讽刺喜剧、歌颂喜剧、抒情喜剧、英雄喜剧等。然而，玩笑戏似乎另属一类。

玩笑戏有讽刺但同讽刺喜剧有别，它少辛辣，非讥笑；玩笑戏有赞赏但同歌颂喜剧有别，它少甜美，非狂笑；玩笑戏同抒情喜剧有别，它少浪漫，非温馨之笑；玩笑戏同英雄喜剧有别，它少恢宏，非豪放之笑。玩笑戏就是玩笑之戏。台上（审美客体）是调笑，台下（审美主体）得欢笑。如果非要给它安个雅号，或可称为诙谐喜剧。显然，玩笑戏承袭着以“院本”为开端的中国喜剧特色，“大率不过谑浪调笑”。

在一个重消闲、讲娱乐的社会环境中，民众走进戏园子，大都

---

①黄裳：《旧戏新谈》，开明出版社1994年版，第162页。

②同①，第155页。

抱有轻松、愉快、消遣的愿望，一旦满足，五体通泰。玩笑戏恰恰满足了他们精神愉悦的要求。况且，在当年一台演出少则五六出、多则八九出的折子戏中间，穿插一两出玩笑戏，确也是合理调剂，巧妙搭配。

再者，玩笑戏纯属“下里巴人”，带有几分粗鄙，几分野气，在高雅的京剧殿堂中，玩笑戏保持着自己俗文化的品格和“原生化”的低姿态，对京剧的博大精深，成为极有力的构成要素。纵观京剧艺术形态的多样化与丰富性，其中便有玩笑戏不可磨灭的独特贡献。

（本文原载于王九成主编：《首届中国喜剧美学高峰论坛文集》，中国文联出版社2012年版）

一堂桌椅　万千气象

——序《中国京剧传统舞台美术——桌椅摆设》

传统戏曲舞台，一方氍毹空无一物，诸般角色或轻盈荡舟，或奔腾驰马，或急遽跑车，或奋力攀岩，或挣扎泅水，一幅幅空灵虚幻而真实生动的景象，变生出荡舟泅渡之江河，驰马跑车之平野，攀缘而上之山崖。若台上加入若干桌椅的组合摆放，则可以化之为客厅、为书房、为公堂、为金殿、为寒窑。又有一种奇观：摆一张桌，即可当作翻越之墙，过渡之桥，躺卧之床，登临之丘；放一把椅，便能当作牢狱之门，一隅之壁，郊野之石，空中之云，纺织之机，汲水之井……

老友苏国荣运用“太一”学说，把传统戏曲舞台称作“空纳万境的太一舞台”，并认为“舞台上的桌子，也是一个‘太一’，是一个已被消除了作为桌子这样‘个别特殊事物’而存在的抽象物。由于它已消除了桌子的特殊性，才能使它忽而是城楼，忽而是高山，忽而是桥梁，忽而是卧床，忽而是案桌……”①苏联戏剧家爱森斯坦在1935年看过梅兰芳演出之后评论说：“京剧不同于西方模仿式的表达常规，而使人产生一种奇特的‘抽象性’的深刻印象。它所表现的范例不仅在于一物可以用来标示另一物，而且可以标示许多不同的实物和概念，从而显示了极大的灵活性。比如，一张桌子可

① 苏国荣:《戏曲美学》，文化艺术出版社1999年版，第30页。

以作饭桌、作公案，也可以作祭坛，等等。……这种多重性，类似中国象形文字各个单字可连缀成词，而且渊源则来自中国的传统文化。”[①]

无论讲“太一”，讲“抽象性”和“多重性”，抑或如其他学者所讲的“写意”与“虚拟”，传统戏曲舞台（包括桌椅运用）确有极其丰富的文化因素。

然而，深奥的理论问题可以请理论家去探索，作为从事戏曲舞台创作的实践家，对于“一桌二椅”的功能，尤其是它那具有实践品格和实用价值、意义重大而不容忽视的内涵，很有必要做一番研究。

戏曲舞台上的摆桌、放椅、架台、设帐等，一般舞台美术理论谓之景物的造型。但从中国传统戏曲亦即写意型戏剧来看，其崇高使命与首要功能是“造境”，而不在“造型”。

例如，一出小戏《卖水》，开场时台中一桌一椅摆成“小座”，构成小姐忧思闷坐的闺房；撤掉堂桌，单摆“斜场椅”，成为赏花观景的花园；再换设“楼帐”，上为小姐登临之楼，下即落难公子卖水之街；最后，台面撤净，小丫鬟做身段下楼、出门，来在园外小巷；旋即引卖水人进门前行，已至后花园凉亭之畔。这一系列桌椅切末组合摆放，为剧中人物营造出恰当的生存空间，以及与剧情相关的地点环境。但那“街巷”是虚的，“高楼”是假的，“闺房”“花园”是由桌椅摆放特别是演员表演所暗示的。龚和德兄曾言：“戏曲主要依靠表演来写景，所以景基本上是一种无形的形象，只有极少数才是有形的，如布城、大帐之类，但又是非写实的。”[②]“表面上看来是一个景的表现手法问题——是主要用表演呢还是主要用造型手段？实际上关涉到要不要给戏曲以反映生活的充分

---

①陆晓光：《王元化文稿》（上），中央编译出版社2017年版，第371—372页。
②龚和德：《舞台美术研究》，中国戏剧出版社1987年版，第66页。

自由的问题。”[①]也就是说，如果用造型艺术把个别地点具体化了，空间也就容易固定化而不那么自由灵活了。因此，戏曲舞台极力摆脱直接再现角色物质环境的轻松，通过桌椅摆放和切末使用，营造出一个以虚写实、以假代真、含蓄暗示、自由灵活的特定环境，一个可使角色载歌载舞抒情写意并可供演员驰骋才华的表演环境。

但，“造境”仅仅是“一桌二椅”比较显露、比较外在的功能；“一桌二椅”所造之“境”，更有其隐而不彰、深沉微妙的内涵。

“舞台基因”与“角色通道”。中国戏曲通过长期积淀而形成了“出将入相”——剧中人经由左右两门（俗称“上场门”“下场门”）出场退场的程式法则。“一桌二椅”各式组合，以“台中正摆”为基准，形成了“出将入相”在两侧，桌椅摆放后中央的格局，为角色上下场留有通道。即便由于造境需要，某些桌椅砌末的斜场摆放，大多置于下场的前方，确保上场门一侧畅行无阻，角色通道来往方便；况且配合着角色的调度，清楚表明各色人等“来自哪里”“去往何方”。

“表演支点”与“观赏视角”。“一桌二椅”以演员为中心，为角色提供理想的表演支点。如《闹天宫》“偷桃”正摆，“盗丹”斜摆，不仅显示环境的变化，主要是利于角色孙悟空“盗丹”时种种特技表演。又如一口“井”，一座“坟”，《长坂坡》“掩井”、《柳荫记》“哭坟”置于台里，《白兔记》“井台会”、《朱痕记》“祭坟”则置于外。一里一外，服从于、便利于角色表演。更有《坐宫》中座椅移动（所谓“打座向前”），《战马超》城门亦可移动，当然是为了构造优越的表演空间，但更是为了拉近观演之间的距离。从观众席放眼，“一桌二椅”种种摆法无不使满台表演全部进入视线，最佳表演支点恰恰符合最佳观赏视角。

“礼仪观念”与“美学意蕴”。中国传统的尊卑长幼礼节观念，

---

①龚和德:《舞台美术研究》，中国戏剧出版社1987年版，第73页。

体现在座次上即是按正侧左右而分别上下大小。戏曲舞台根据礼仪观念，座椅摆放严格，人物角色依次入座，“上下手”“大小边”坐之不爽。《锁麟囊》“三让椅”，是个形象生动的说明。而中国传统美学特征之一是写意。“一桌二椅”和演员虚拟表演有机融合，共同构成中国写意型的戏剧美学，给予观众一种独特的审美意味。

以现代眼光做衡量，“一桌二椅”似乎是简陋的，但又必须承认它是大有学问的，因其大有学问，确也值得探究、总结、继承和发展。

（本文原载于赵振邦、吴学富、李树萍:《中国京剧传统舞台美术——桌椅摆设》，中国戏剧出版社2005年版）

疾风知劲草

——豫剧《草根秀才》导演阐述

鹤壁市豫剧团组织创作排演的《草根秀才》，剧本四易其稿，舞台呈现两次“变形”，竭尽全力地争取实现三个愿望。

其一，为农民而创作。鹤壁市豫剧团面向农村，服务于农民，长年下乡，生于斯而长于斯，深知广大农民对优秀作品的渴求。况且，“三农”问题已成为当前举国关注的焦点，中原大地实现新跨越的关键，为农民编好戏、演好戏便是题中应有之义。《草根秀才》创作集体形成共识，但愿排出一部适应农民欣赏要求、讲求质量、农村有市场、农民喜欢看的新剧目。

其二，为自身发展而创作。豫剧丑角艺术风采特异，丑角名宿牛得草表演艺术卓然一家而影响深远。鹤壁市豫剧团秉承传统，以丑角为主演，以喜剧为主体，此次创作《草根秀才》有一个十分明确十分自觉的要求，即是发展豫剧丑角艺术，弘扬牛派表演精华，力求在艺术上有所提升。

其三，为持续上演而创作。编演一部新戏，凝聚着众人智慧、精力和相当财力，岂敢掉以轻心，我们当力争做成保留剧目，常演不衰，而不致“见好就收”。

本人乐于接受这三个愿望，并成为本剧排演的指导思想。

一、关于主题

这个戏讲的是一位落第秀才的传奇经历。

因为拒绝行贿而落第的秀才时欣，返乡途中遭遇霸匪抢劫毒打，又被官差误认是新到职的守备拉去上任，由此同墨吏曹知府及其保护下的匪首乌龙展开巧妙周旋，最终使贪官污吏和黑道首恶彻底毁灭。

然而，我们不想只搬演一个热热闹闹的传奇故事，仅仅表述一个“惩治腐败”的简单主题，我们要通过《草根秀才》的表层故事，生发出深邃、积极的思想，从而从精神上触动我们的观众，并引导观众对人性、社会、生命有所体察和反思。诚然，剧本的主题需要进一步地深化和开掘。

实际上，本剧描写的是一个小人物的抗争史。

剧中主人公时欣，出身低微，沦为乞丐，一身正气而见义勇为，在同命运对抗、同压迫对抗中蕴含着人格魅力。而当官服加身，迈入官场，他竟然对抗来自上峰的威逼利诱，对抗黑金交易所谓“投桃报李”的潜规则。抗拒极具诱惑力的重金和美色，抗拒一步登天的荣华富贵。他艰难地、更坚定地践行着“贫贱不能移、富贵不能淫、威武不能屈”的人生信条。在他同客观环境的抗争中，特别是他在灵魂深处进行的正与邪、美与丑、善与恶的较量和对决中，闪放出人性真、善、美的光辉。

这位草根秀才，恰似水边路旁一棵小草，虽然柔弱，却经受住狂风烈日的磨砺而没有随波逐流，正可谓疾风知劲草。我们把主题概括为“恪守真、善、美，抵御占、贪、变”。用形象的说法，叫作“劲草精神”。

当下，经济大潮怂恿着人欲横流，多体味一点“富贵不能淫”，该是必要的吧！

二、关于风格

基于对《草根秀才》主题的开掘和定位，我们要努力打造它既热闹又冷峻、既平实又荒诞、既轻松又凝重，多种元素综合的传奇喜剧风格。

说它冷峻，是因为它揭示了人生旅途美与丑、善与恶殊死较量的冷峻现实和现实的冷峻。

说它荒诞，是因为主人公匪夷所思的遭遇、古怪滑稽的谋略，诸多人物事件近似离奇的纠葛。

说它凝重，是因为它把生命的磨难、命运的抗争、人性的壮美十分凝重地突现出来、张扬开来。

事件与情节、性格与行动、矛盾与冲突等诸方面内在的喜剧性，幽默、诙谐、风趣和插科打诨等外部的喜剧因素，相辅相成，合二为一，营造全剧喜剧风格的整体构成。

我们要珍惜这部喜剧中的抒情性。《草根秀才》虽不能称之为“抒情喜剧”，也不能忽视它存在很重、很强的抒情成分，主人公的“豪情”“哀情”“懑情”“爱情”交替展现于各个场次，贯穿于全剧始终。我们既要轻快地搞笑，更要郑重地抒情。古人论说，戏曲作品“乐人易、动人难”。记住这一点，要珍惜、抓紧这“情”，强化、渲染这“情”，酣畅淋漓地去抒情。一定要“以情动人”“以情感人”。

我们要拿准这部喜剧中的荒诞性。《草根秀才》的荒诞色彩很是醒目，核心情节（“秀才拉去做守备”）便荒诞，重要关目（“假扮巡按”）也荒诞；若干细节（如怎么“骑驴”？怎样“挨打”？等等）又为荒诞手法的运用处理留有空间。须知，荒诞不是荒唐，更不能拿着“胡来”当荒诞；文艺作品中的“荒诞”，往往是“揭露事物最本质的真实”，“最荒诞，或许最真实”。在本剧排演中“拿准”荒诞性，第一要把握好夸张性与真实性的统一；第二要拿捏分寸感，叫作“适可而止”“过犹不及”。

三、关于人物

（一）时欣

本剧核心人物，被冠以“草根秀才”的头衔，源于两点：一是他出身草芥般卑微，绝非大家公子、豪门子弟；二是他的内心深处积淀着草民意识、草民情怀。朴实、善良、仗义、坚忍是他身上最本质的“草根性”的性格特点。另一面，巧狡、自卑、脆弱、冲动又是这位“小人物”最典型的个性特征。多维相和，构成他性格丰满、特色鲜明的“这一个”人物形象。

我们这样设想：时欣生在豫东农家，落生丧母，幼年丧父，被伯父——一位执教村坊私塾的教书先生——收养教育，“学而优则仕”自然是他人生道路的第一选择，“君子喻于义，小人喻于利”“做君子，不做小人”则是他为人处世的信条。

他骨子里鼓动着中国古游侠精神，一旦恶人恶行伤及无辜，他就会热血沸腾、挺身而出，不顾一切地去救护、去抵抗，“见义勇为”已经成为他的自觉行为。

他心坎上抹不去自卑的阴影。出身卑微、处境尴尬、力不从心等种种无法改变的现实，导致他的不自信、不果断，乃至情感脆弱。

他有道德，向酒、色、财、气说：“不！”

他有感情，这是三十岁大龄青年的初恋。

他有智慧，尽管是些小计谋、小策略、小把戏。

他有韧劲，周旋到底不投降。

他也有瑕疵，“三分钟的动摇”——毕竟他不是圣人。

他并不知道世上有个关汉卿，可他选择了与这位大戏剧家同样的道路：伴随另一个“珠帘秀”——吴亚仙，浪迹天涯，把一腔真挚、热烈的情感流淌笔端，播撒大地。

（二）吴亚仙

这位女子美丽、聪慧、灵秀，年近三十而更显成熟之美。

她自幼卖身学艺，受到师母倾心传艺、精心呵护和慈母般的疼爱。由此出落成才艺卓绝的好角，更养成了自强、自信、爽朗、率直的个性。

她随师母漂泊江湖流浪卖艺，眼见多少人间不平，也就更加崇尚“行侠仗义”。她对一个“盲丐”的善行义举充满敬佩，以至不顾安危地给予关心和关注。

由敬生爱。她以江湖艺人特有的魄力、果敢和开朗，自主地选择了时欣，并且率先表达自己的爱情。

由爱转恨。她深深眷恋着好人好丈夫时欣，而对于自己心目中这位“正人君子”的“善恶巨变”，绝对不能接受，绝对不能容忍。

事实澄清，云雾消散。就在众目睽睽之下，她拥抱了时欣。

吴亚仙就是吴亚仙，非比寻常女子的吴亚仙！

（三）李妈妈

一班之主，众人之母，心直口快，热情过度。

（四）二憨

二憨不憨，朴实、正直，尽在“憨”中。

（五）兵士刘、兵士黄

当兵为粮饷，有奶便是娘——一对老兵油子。

（六）大奎、虎妮

男旦女净，一道别致的梨园风景。

四、关于表演

我们走的是传统的路子，以“四功”为基础，讲求戏不离技，技不离戏。一字一腔、一招一式必须严谨、准确、优美。唱、念、做、打全部拿来刻画角色，全部用来供观众欣赏。要做到以技赢人，以情动人。

我们要进行艺术的开拓探索，丰富自己的表演手段、壮大自己的表演功能、提升自己（主要是主演金不换的丑角表演）的艺术水准是核心目标，合理吸纳姐妹艺术——无论是京剧、昆曲、话剧，还是二人转、滑稽戏——的表演元素是必由之路。当然，这种吸纳要大胆而审慎，积极而稳当，有的放矢而避免盲目。

主演们，要强化戏曲的规范性，祛除随意性。

配演们，要强化整体性（“一棵菜精神”），消除散漫性。

提醒全体演员：这部戏没有“龙套”，哪怕是打手、游客、饥民等群体也不是“龙套式”的所谓“群众”，每个角色都是人物，要求大家一定要把握好人物的性格特征与形象特征，尽心尽力地创造鲜活生动的人物形象。

五、关于音乐

《草根秀才》是喜剧，主人公是丑角，但在主题与风格样式确定下，并不追求音乐总体的轻松、欢快或滑稽，提请注意局部（一场戏、一段戏）、细节（此时此刻、此情此景）或喜或悲的情感对位，全剧可按正剧处理。

放手使用小锣、小钹等轻快打击乐及其构成的锣经，渲染喜剧气氛。

就唱腔来说，主人公唱腔要有“牛”味——符合“牛派”风格，彰显“金”味——突出金不换声腔特色，描写“况味”——表现人物思想情感、人生况味。得此“三味”，融此“三味”，便是我们最基本的追求。

六、关于布景与灯光

布景方面，以经济力做考量，以“便于下乡”为宗旨，要“小制作”“小小制作”，可以因陋就简，但不可凑合应付。

要强调灯光的表现作用。除了体现布景环境以外，灯光更要着力渲染和呈现戏的情感色彩，描绘人物的内心世界。

此外，还要依靠灯光完成戏的舞台调度和空间营造。

（2009年3月于鹤壁）

剧作与剧目

掌握戏曲剧作法的前提

我们面向戏曲编剧初学者，进行剧作方法、基本技能的讲述，有必要对掌握戏曲剧作法的前提做些说明。

一、戏曲艺术特征

戏曲文学是戏曲舞台艺术的基础和重要成分，文学缺失则戏曲不能存在；然而，戏曲剧作又为戏曲艺术特征制约，背离戏曲特征的剧作便不会是戏曲剧作。

戏曲舞台艺术，最鲜明、最突出的首要特征是综合性。它熔文学、歌唱、舞蹈、音乐、美术及武术、杂技于一炉，铸成了一种独特的戏剧形态。处于核心地位的戏曲表演艺术，通过唱、念、做、打、扮等艺术手段，把语言、歌舞、音乐、美术及各种技艺，直接、紧密、有机地结合在一起，形成各种艺术元素和各种戏剧表现手段高度综合的表演形式。被引进戏曲综合体的各种艺术元素，相对地失去自身的独立性，它们以表演为纽带，在统一的戏曲表现的要求下发挥各自的特点和优长。但是，各项艺术元素又不总是均衡地使用力量，在特定的条件和要求下，在某一剧种、某一剧目之中，某种元素对于整体可以起主导作用，其他元素发挥辅助作用。由此而有文戏、武戏、唱工戏、做工戏等类型之分，才有京剧、沪剧、吉剧等剧种特色之别。

戏曲文学虽然是舞台艺术的基础，但是它也受着戏曲综合性的约束。它必须习惯使用戏曲艺术的独特语言——唱、念、做、打；必须习惯使语言富于韵律性、音乐性和节奏性。也正因为戏曲文学是戏曲的基础，在结构剧作中，它必须善于在最适当的场合，以最适当的容量，选用最适当的艺术元素，能动地体现戏曲艺术的综合性。

作为一种演剧方法，戏曲艺术以特有的“程式性”显现出其外部特征；戏曲形式即是由各种艺术程式组合而成。人们津津乐道“表演程式”——举凡角色行当、表演动作、声腔道白、舞台调度，都有固定的规格和规则。但岂止表演有程式，诸如剧本的体制、曲白格式，音乐的腔体、板式和锣鼓经，服饰的样式和搭配，以至兵械、仪仗、桌椅、器物的使用规程等，都有定制。程式不是某项单一的形式技术，而是一个完整的体系，它贯彻于戏曲舞台艺术的整体和戏曲表演的全过程。

这个整体中的戏曲文学，它有自身的程式，还须负载如表演、音乐、美术等其他方面的程式，更要为舞台上程式的体现提供可能。应当说，运用戏曲艺术所独有的程式，是构成戏曲剧本并与其他类剧本相区别的要素之一。能否运用好戏曲艺术程式，关系到一个剧本的优劣成败，乃至这个剧本能否成为真正的戏曲剧本的问题。运用程式，被认为是戏曲编剧的基本功，是从事戏曲编剧必须掌握的一手本领。

戏曲艺术特征可以归纳出若干点，如程式性、虚拟性、节奏性、写意性、时间与空间灵活性……然而，总其成者是意象化。中国戏曲公开承认演剧就是“演戏”（不是“对生活的模仿”），要求运用高度的写意手法，虚实结合地进行表演，做“体验的剖象表现”，呈现出程式性、虚拟性、节奏性等艺术特征。事实上，这些特点特征都包含着意象化的因素，都是意象化的体现。

艺术意象是主观情意与外在物象的统一体，具有形象性、寓意性和“意”“象”一体性的特征，兼备造象和示意的功能。戏曲意象化，是艺术意象在戏曲艺术中的具体化，是戏曲艺术对艺术意象的强烈追求。角色行当有程式，观其“象”而明其“意”；扮演人物求“神似”，得意而忘象，呈现出人物形象的意象化。舞台时空有“弹性”，“以人为本”“以意为本”；行为动作虚拟，突出抒情写意，呈现出叙事演剧的意象化。

戏曲文学，尤其是戏曲文学的优秀传统，以意象化为灵魂、为手法、为最高创作境界。主要体现为：其一，戏剧情节意象化，即将作者的主观愿望糅入情节之中，在现实和非现实的情景中得到含蓄而又强烈的表现，《窦娥冤》《牡丹亭》《曹操与杨修》《金龙与蜉蝣》等如是。其二，人物意象化，即采用虚实结合的方法，或全用幻象，进行人物形象的塑造；并通过意象化人物，使剧作立意得到强烈而深刻的表现。离魂之倩女、溅血之香君、亡国之李煜、打虎上山之杨子荣等如是。其三，语言意象化，即巧妙利用情景交融、以情写景、情感外化、剖象表现等手法，营造着感情意象和景物意象，使唱词道白富有诗意的含蓄感，耐人寻味，诱人联想。“碧云天，黄花地，西风紧，北雁南飞”“看断桥，桥未断，却寸断了柔肠”“穿林海，跨雪原，气冲霄汉”等如是。

意象化的中国戏曲，既有意蕴无穷的文学意象，又有色彩缤纷的视觉意象，还有美妙绝伦的听觉意象，造成多层、多维的艺术美体，给予观众丰富多彩的美感享受。

戏曲艺术的基本特征，只是戏曲整体的“一般概括”，然而“任何个别都不能完全地包括在一般之中”（列宁语），各个剧种尚有自己的风格和特点。在品类繁多的戏曲剧种中，既有综合性程度很高的，也有比较一般的；既有程式化十分突出的，也有相当淡化的；既有绝大多数显示出戏剧形态之成熟完备的，也有个别尚保持着浓重的民间歌舞、说唱成分的，由此构成了中国戏曲艺术的多样统一。

从事戏曲创作，当然要深谙戏曲艺术的总体特征，努力使自己的作品更有“戏曲的”韵味；但也要十分了解、全面把握自己创作所针对的剧种的特点，以使自己的作品更适应更突出剧种的特色。

二、戏曲剧作特点

关于“戏曲文学的特点”，已见专文专著，或进行历史观照，或作美学把握，不乏精辟论述。这里，仅就戏曲剧作“本体”具有的或当有的特点，约略提示。

中国戏曲被认知为“剧诗”，戏曲剧作最根本、最突出的特点是“诗化”，其主要表现为传奇、传情、传神。

清代戏剧家李渔说：“古人呼剧本为‘传奇’者，因其事甚奇特，未经人见而传之，是以得名。可见非奇不传。新，即奇之别名也。”[①]戏曲剧作的选材和结构，讲求独特性和新奇性。戏曲剧作又常常充满理想主义精神，采取浪漫主义和大胆夸张的手法。从元杂剧、明传奇、近世京剧、地方戏，凡“可演可传”的剧目，大都具有传奇的品格。

《长生殿》作者洪昇认为：“从来传奇家非言情之文，不能擅场。”[②]李渔则提出传奇可传与否“则在三事，曰情，曰文，曰有稗风教”[③]。戏曲剧作继承古典诗词传统，以情感为本位，以传情为重点。客观描写有浓重的主观色彩（所谓“景随情至，情由景生”），表现外部动作却重在内心情感的抒发。戏剧冲突，常被处理为强调

---

①李渔：《闲情偶寄·词曲部·脱窠臼》，载《中国古典戏曲论著集成·七》，中国戏剧出版社1959年版，第15页。

②洪昇：《长生殿·自序》，人民文学出版社1983年版，第1页。

③李渔：《〈香草亭传奇〉序》，转载于吴毓华《中国古代戏曲序跋集》，中国戏剧出版社1990年版，第369页。

人的内心冲突。可以看到，众多剧作中的重点场子、核心唱段，大都是“抒情”的；戏曲所谓“写意”“意境”都同传情紧密相连、难解难分。

戏曲表演重“神似”，戏曲剧作讲“传神”。清代剧作家吴仪一评价《牡丹亭》“妙在神情之际”，赞赏《长生殿》“笔有化工”“于虚处传神”，观察到优秀戏曲剧作的特点之一——“出神入化”[①]。传统戏曲的“传神”，以人物塑造为核心，要求写出人之生气与灵魂，“善于抓住人物生命律动的集结点进行精雕细刻”，透过传神的人物，来传递历史的神韵，作品的“风神”，作者的神思妙笔。今日之“传神史剧”，当代剧作家郭启宏归纳为：“写历史，只求神似；写人物，重在内心。”[②]并且提出两个必备条件——创作思想上的主体意识和题材开拓上的现代意识。

编撰戏曲剧作，倘能展现传奇、传情、传神之特色，必定是真正的戏曲剧作，必定是优秀的戏曲剧作。

观察戏曲剧作形态，尚有其他特点，如结构特点——点线式，人物塑造特点——划分行当，语言特点——韵律化，等等。

三、学习方法

明了戏曲艺术特征和戏曲剧作特点，是掌握戏曲剧作法的前导，并要伴随着创作实践，不断地加深理解，强化把握。对于掌握戏曲剧作法来说，要有好的学习成果，须有好的学习方法。现提出如下几点：

第一，继承传统，学习范例，面向生活。

优秀的中国戏曲传统博大精深，继承传统应当是继承民族化的

---

①参见隗芾、吴毓华：《古典戏曲美学资料集》，文化艺术出版社1992年版，第314—316页。

②参见郭启宏：《传神史剧论》，载于《剧本》1988年第1期，第27—30页。

审美传统，思想蕴含的人民性传统，艺术上不断地丰富、变革、创新与发展的传统。全面继承传统，既是学习所必需，更是责任之所在。

法从何而来？从千千万万成功作品的成功经验总结而来。范例是成功实践的结晶，学习范例即如含英咀华，受用不尽。

生活是创作的源泉，生活是最好的老师。面向生活，把握时代的坐标，才能使学习与创作得风气之先，焕发勃勃生机。在生活中了解人、认识人，才能写好“人”。

第二，多读、多思、多练。

从事戏曲文学写作，应当具有文人素养、学者品格、杂家知识。而要具备这样的素养、品格与知识只有“多读”一途，绝无其他捷径可寻。“多读”，即多读专业书籍，多读人文社会科学书籍；多“读戏”，即多看戏，要像鉴赏家“读画”那样去“读戏”，认真揣摩，仔细推求；多思，当然是指多思考，勤动脑。但是，从专业出发，应要求在多思中强化创作思维、程式思维，“得心”才能“应手”。

剧作法是一门应用性、操作性、以写作练习为主体的学问。多动笔、多练习才能掌握剧作方法和技巧；必得通过多练，逐步提高表现能力。

第三，比照借鉴，博采众长。

戏曲艺术的本质是“创造”，戏曲剧作“有法，而无定法”，“贵在创新”。这“创造”与“创新”，便也离不开借鉴。有这个借鉴和没有这个借鉴，其结果大不相同。戏曲编剧，要向诗歌、小说、影视及说唱文学等样式和作品广泛吸取营养，借鉴一切可以为我所用的表现手法和艺术“招术”，“他山之石，可以攻玉”。

（本文原载于贯涌主编：《戏曲剧作法教程》，文化艺术出版社2002年版）

戏曲语言艺术

戏曲学学者指出:“把诗的语言程式转化为戏曲的语言程式，是戏曲语言的一个重要特征；那么把戏曲文学语言转化为戏曲舞台语言，又是戏曲语言的另一个重要特征。”[①]

文学是语言的艺术，文学语言必须是艺术性的语言创造。戏曲文学同样是语言的艺术，戏曲文学语言则必须是高度艺术性的语言创造。

语言学家注意到，“文学以语言组成自己的形式，这种形式是一种对现实的普通语言‘陌生化’和‘疏离化’的结果。节奏、韵脚、格律等技法的使用是诗歌语言‘陌生化’的途径，所用词语意蕴的突然丰富深厚以至令人困惑，是诗歌语言与常规语言疏离的表现。……文学作品的语言是一个特殊的语言等级，是与普通语言相对立的。普通语言的首要功能是指向世界的‘存在’以沟通信息，文学语言以自我为中心，它的功能是排除外向指称，只把注意力放在形式和技巧方面，使事物显出自身的特殊性，从而改变人们的感觉方式，使人获得一种审美效果”[②]。我们正是要以戏曲语言的审美效果做观察，“把注意力放在形式和技巧方面”，透过戏曲语言“所

①郭汉城:《当代戏曲发展轨迹》，文化艺术出版社2008年版，第26页。
②戴昭明:《文化语言学导论》，语文出版社1996年版，第189页。

用词语意蕴”的变异，解析戏曲语言与常规语言疏离的手法，掌握戏曲语言“自身的特殊性”。

一、语言方法

戏曲语言在“唱”“念”程式之内形成了自己独特的表达方式和方法，即虚实相生，形神兼备，雅俗相宜。

（一）虚实相生

曲文戏词是一种最凝练的艺术语言，是虚与实的结合体。曲文戏词担负着描绘事件、表现冲突、刻画人物的重要使命，而事件的描绘、冲突的表现、人物的刻画，都必须细致而具体，从这个意义上讲，曲文戏词不能不“实”。但是曲文戏词——主要是唱词——以抒发人物情感为第一要义，即使是在叙事中，也常常是由剧中人物“用感情来讲话”，具有相当大的抒情成分；况且，继承着诗词美学传统的曲文唱词，是强烈感情的富于想象力的表达方式，力求更集中、更概括、更凝练、更精粹、更含蓄有味、更耐人寻思。从这个意义上讲，曲文戏词又不能太“实”，要适当“用虚”。原则上，曲文唱词应是有实有虚、虚实相生的。

一般来说，叙事与议论相比较，叙事为实，议论为虚；景与情相比较，景为实，情为虚；写实与想象相比较，写实为实，想象为虚。这两方面的处理，可依人物、情节的不同需要而有所区别，但二者不可偏废，更不能走极端。

且看《智取威虎山》参谋长唱段“誓把反动派一扫光”：

朔风吹林涛吼峡谷震荡，
望飞雪满天舞，巍巍丛山披银装，好一派北国风光。
山河壮丽，万千气象，
怎容忍虎去狼来再受创伤！

党中央指引着前进方向，
革命的烈焰势不可挡。
解放军转战千里，肩负着人民的希望，
要把红旗插遍祖国四方。
哪怕它美蒋勾结、假谈真打、明枪暗箭、百般花样，
怎禁我正义在手、仇恨在胸、以一当十，
誓把反动派一扫光！

前四句咏隆冬景色、北国风光，后六句抒革命情怀、必胜信念，前实而后虚。风吹林涛，飞雪满天，本是自然寻常事物，而革命者视之，心潮激荡，豪情满怀，道是林涛在“吼”、飞雪在“舞”。既有“峡谷震荡”“山披银装”“山河壮丽，万千气象”之感受，并且顿生“怎容忍虎去狼来再受创伤”之感叹。景中即已含情，实中即已含虚。“革命的烈焰势不可挡”“要把红旗插遍祖国四方”虽为抒情，却是由“党中央指引着前进方向”“解放军转战千里”的写实叙事引发；“哪怕它”“怎禁我”等语，似议论、似言志、似豪言壮语，却直言“美蒋勾结、假谈真打”，以及我党我军誓必扫灭之的事实。情依于事，虚寓于实。这样，虚实结合，虚实相衬，人物的所思所感就表现得十分具体而更加强烈。

虚与实不但是指情与景、情与理的关系，而且也是指虚写与实写的关系。曲文唱词强调以实蕴虚，把握好虚写与实写的关系更为重要。

所谓“以实蕴虚”，在表现手法上体现为“以实出虚”和“以实化虚”。

“以实出虚”是通过部分有形的实的描写，借助艺术的比喻、象征、暗示等引人产生联想，从而传达一种虚的境界。

在梨园戏《董生与李氏》中，有这样一段曲文：

巫山云散，
霜雪折雁行。
角枕泪痕湿，
五更钟鼓独自伤。
虽每坟前细细诉，
又一语何曾到冥乡？
只满目芳草萋，
越割吊愁肠。

这段唱词表现新寡李氏上坟归来凄凉悲哀的心情。但它用了巫山云散、雪折雁行、角枕泪湿、坟前细诉、满目芳草，偏是越割愁肠等一连串的实景，来描写那无形的、深切的忧伤：“巫山云散，霜雪折雁行”——比喻失去了终身伴侣，再没有夫妻的欢娱；“霜雪”——象征着命运更冷酷及主人公内心的寒冷；“五更钟鼓”——象征着长夜无眠，独自伤情；“坟前细细诉”，“又一语何曾到冥乡”——暗示她期望得到却根本得不到亡夫理解的无奈；“满目芳草萋”——象征着女人勃勃生机和旺盛的青春活力，却由于要受压抑而产生“割吊愁肠”的极端痛苦。正是依靠唱词提供的实的部分来提示和暗示，从而把那种“虚”的心境生动、深刻地反映了出来。

有的戏曲语言往往都是写实景，使“虚”具有回荡的广阔天地。这种“虚”和“实”的关系，就叫作“化实为虚”。例如：

杜鹃枝头泣，血泪暗悲啼。

——《宇宙锋》之赵艳容“引子”

金井锁梧桐，常叹空随一阵风。

——《坐宫》之杨延辉“引子”

这两种“引子”，句句都是实写景物，但每句都是虚写情理。杜鹃啼血、梧桐临风，是实景实写。但是，杜鹃真的能够伤情泣血而又无可奈何地暗暗悲啼吗？梧桐真的能够感伤困锁而临风常叹吗？显然这是有悖常理的。但正是通过语言创造，将人的情感、人的灵性，赋予禽鸟，赋予草木，使它们能“暗悲”，能“常叹”，借此把欣赏者引入了人物的悲伤哀叹之虚。

又如《贵妃醉酒》杨玉环登场时的唱段：

海岛冰轮初转腾，
见玉兔哇，
玉兔又早东升。
那冰轮离海岛，
乾坤分外明。
皓月当空，
恰便似啊，嫦娥离月宫，
奴似嫦娥离月宫。

整个唱段全是写景，景物却只一项——“皓月当空”；对此“皓月”反复吟哦，一咏三叹。一轮皓月被称作“冰轮”，即把凄凉的气氛弥漫开来；“嫦娥”意象的出现，暗示着孤寂、落寞的心境；“离月宫”的一个“离”字，传达着极欲摆脱现实处境的愿望。玉环登场、玉兔东升，况且是“皓月当空”“乾坤分外明”：一篇“月之礼赞”，通篇是“实”，而处处有“虚”，令人感受到明亮中几许阴冷，孤独中而又似可摆脱（“奴似嫦娥离月宫”）的几多快慰。

接下来，杨玉环又唱道：

好一似嫦娥下九重，
清清冷落在广寒宫，

啊……广寒宫。
玉石桥斜倚，把栏杆靠，
那鸳鸯来戏水，
金色鲤鱼水面朝，
啊……水面朝。
长空雁，雁儿飞，
哎呀雁儿啊！
雁儿并飞腾，
闻奴的声音落花阴，
这景色撩人欲醉。
不觉来到百花亭。

起首两句承接前段，借嫦娥来叹息深宫清冷。接下来便是面对诸般景色的长吁短叹。这里有“沉鱼”，有“落雁”，但真正触动情怀的则是“鸳鸯来戏水”“雁儿并飞腾”;“这景色撩人欲醉”，一个“醉”字，活画出杨玉环“醉”在美的景色、“醉”在美的憧憬的甜美感觉。“不觉来到”看似写“动作”——就像一般带有说唱色彩的戏词那样，其实还是写感觉：之所以“不觉来到”，只因为处于“人欲醉”的精神状态之中。正道“人欲醉”，早又“来到百花亭”，杨玉环更增强了对情郎皇帝李隆基的期盼。这段以写景为表层内容的唱词，笔笔实写，处处暗示，“幽怨”与“憧憬”便是情景暗示的深层蕴涵。令欣赏者在“实”的语言中领略无穷的韵味，产生无限的遐思。

概括地讲，化实为虚，就是把自然的景物、现实生活中的景象，通过艺术描写，化为虚的情思。当语言用于描写时，不是纯客观的简单复制，而是融入了主观的——作者赋予人物的认识和情感，使客观之景有了新的生命，构成新形貌，借助艺术语言的比喻、象征、暗示等作用使剧中人深邃的心灵世界得到具体生动的形象显现，把人物的（当然也是作者的）那种无形的、难于用语言、物象具体表达的认识和体味，通过发话与受话之间的想象和意会，得以生动鲜明地描摹和表现。

（二）形神兼备

“形”者，形象；“神”者，神韵。戏曲语言既要形象生动，更求神韵隽永。

形象性是戏曲语言的基本要求，形象化的戏曲语言，能够把事物、情景和人物性格等具体地、活生生地描摹下来，使欣赏者如闻其声，如睹其形，如历其境，如触其物。语言愈形象，事物的形态就描绘得愈生动，人物的情感就表达得愈充分，也就愈具有艺术感染力，愈能引起欣赏者的共鸣和联想。

构成戏曲语言形象化，大体有以下几种艺术手法。

1.拟人。

拟人就是对客观事物赋予人的思想、感情、动作和行为，即物境人格化。例如，上党梆子《寻夫》中的李凤唱道：

抬头望扑棱棱小鸟把路领，
低头看一簇簇野花笑脸迎。
路旁旁柳丝飘摆殷勤献，
身边边彩蝶飞舞来奉承。
李凤进京还是李凤，
不理睬这些个趋炎附势的鬼精灵。

这里，小鸟、野花、柳丝、彩蝶，能领路，会迎笑，懂献媚，善奉承，全都有了人的生命和人的被扭曲的情感。于是，我们所感到的是千娇百媚而又趋炎附势的花鸟柳蝶，同时体味到少女李凤兴奋欢乐而自得、自矜、自尊、自爱的心境。正是“拟人”之法使词句有了形象性和可感性。前节所引“杜鹃枝头泣”“金井锁梧桐”，亦有“物境人格化”的性质。

其实，拟人就是对人与物的一种综合和比附。它既是创作者艺术想象的结果，又是欣赏者再“想象”的始发点。它可以渲染情绪，加深意境，更具体可感地、生动传神地表达出曲文戏词的内涵。

2.物化。

同拟人的方式相反，赋予人以某种外在自然物的性质，即人格物境化。它往往把人比附为外在的可感性的景物，使语言形象更加突出，用以渲染和烘托曲文戏词含蕴的思想感情。

例一：

任人喊我鸭子丑，
无怨无恼也无羞。
小草不跟花竞秀，
自谢春风乐悠悠。

——莆仙戏《鸭子丑小传》

例二：

说我是带头人书记言重，
一番话似警钟耳畔长鸣。
三月的竹笋我刚往外拱，
五月的丝瓜苗还没牵藤。
生姜老的辣，辣椒老的红，
做工作何土我还是学生。

——花鼓戏《镇长吃的是农村粮》

这里，两个剧中人把“我”的思想感情、自我评价和个人志向，融入自然界中的若干具体景物——“乐悠悠”的小草以及“刚往外拱”的笋芽和“还没牵藤”的瓜苗，从而生动表现了两个人微妙的情绪状态，即前者甘当“小草”的怡然自得，后者自知稚嫩的谦虚谨慎。景物在特定人物的特定语言中所呈现出来的象征意义生动而贴切，使欣赏者能够真切地感受到人物脉搏的跳动、心灵的震颤，极其细微的思想情绪。

3.夸张。

曲文戏词的夸张，就是抓住对象的某一特征，从性质、状态、数量或程度等方面加以夸大铺张，从而突出事物的某一特征，使其更鲜明、更生动、更有感染力。夸张句在戏词中很多见，如：

亲人蒙难怒火三千丈！

——现代京剧《平原作战》

百日限期期将满，我愁肠百结无主张。

——越剧《孟丽君》

纵掬起千层万叠黄河水，
冲不尽洗不净我含羞带愧一颗无情心。

——蒲剧《西厢记》

挥大笔，泪水墨水倾盆泼。

——川剧《夕照祁山》

我这万顷相思难说透，你在宫楼可知否？

——越剧《三看御妹》

这里的“怒火三千丈”“愁肠百结”“泪水倾盆”“万顷相思”等，都是化无形为有形，以夸张的“量”来形容极度的怒、愁、悲、思等情感。

又如：

他小子不识哄嚎得天要炸，
惊动了左邻右舍帮我来哄娃。

——蒲剧《灵前孝子》

红娘姐与我把书信传，
顿觉得眼发亮、精神添、血脉噎噎跳个欢。
有稀饭能喝它八大碗，
一篮子干馍能吃完。

——蒲剧《西厢记》

这里，通过夸张描绘某种情感、行为所产生的结果，而对产生结果的那种情感（如欢快）、行为（如哭嚎）给予生动的、有力度的形象表现。

再如：

大丈夫要把那动地惊天事业创，
学一个扭转乾坤、倒挽银河洗太阳。

——京剧《响马传》

在这里，银河可以“挽”，并且是“倒挽”；“挽”它何用？居然要“洗太阳”！这自然为“扭转乾坤”“把那动地惊天事业创”提供了鲜明的形象，但这个夸张的却又是具体的、恢宏的、动感的形象——“洗太阳”，不仅生动体现了人物的雄心壮志和豪迈气概，更具有可供欣赏者体味的深层意蕴：洗涤尘垢，给予世间更多的明亮和温暖。

当然，类似的夸张语言如果出于反面人物之口，则可成为贪婪、狂妄的揭示，或用来刻画其妄自尊大、自我吹嘘。

还有一类夸张笔法：

他棒槌头、大驴脸，
说话好像驴叫唤，
一年四季不劳动，
整天在家抽大烟。

——豫剧《小二黑结婚》

来来来二姐姐呀，随妹妹咱们到廊檐以下看，
你先看魏姐丈那一副容颜。
楂楂胡子眍眍眼，
好像是那深山古庙龇齿獠牙那个鬼判官。

——晋剧《算粮》

这里，用夸大的、贬义性的语言词汇，漫画式地勾勒出奸邪人物的嘴脸。

以上表明，在曲文戏词中恰当运用大胆而奇特的夸张，不但使语言形象化，由此生动表达词语的本义，而且可以创造出惊人的意境和阔大的气势。

4.比喻。

比喻，即是将两个不同的事物，取其某一相同点来比拟，使两个形象互相辉映，彼此印证。比喻的成立需要两个相反相成的条件：一方面所比的事物有相同之点，否则它们无法合拢；另一方面，又有决然不同之点，否则它们无法分辨。两者不合，不能彼此相比；两者不分，又无须彼此相比。不同处愈多愈大，则相同处愈有烘托；分得愈开，则合得愈出意外，比喻就愈新奇，效果愈好。

一般常用的，有明喻、隐喻、借喻、博喻、曲喻、引喻等六种。

（1）明喻。

明喻，也称作直喻，就是直接明显地打比方。它常常要在两个事物之间用“犹如”“好似”“好比”“仿佛”“像”“若”“类”之类

的词语加以联络。例如：

想那胡儿的人马，犹如潮水一般。

——京剧《审潘洪》

宋士杰当堂上了刑，
好似鱼儿把钩吞。

——京剧《四进士》

我好似破笼欢飞金丝鸟，
我好似病树枯枝又逢春。

——京剧《西施归越》

在这些明喻中，胡儿的人马、上了刑的宋士杰、“我”都是“本体形象”，即词中要表现的原来形象。潮水、吞钩鱼、破笼鸟、逢春病树是“喻体形象”。戏词抓住两者之间的某种联系：胡儿的人马如潮水一般汹涌，上了刑的宋士杰与吞钩鱼同样陷入困境。“我”与破笼鸟、逢春病树一样获得自由而欢快，于是把两个相类的事物联系在一起，使欣赏者在“喻体形象”的感染下，加深对“本体形象”的感受和理解。

（2）隐喻。

隐喻，亦称暗喻，在一般情况下，本体、喻体都同时出现，但本体明显附在喻体上。在本体与喻体之间用“是”连接，“像”字不出现在字面上，却隐含在全句中。较之明喻，它在语气上更肯定，有着更动人的力量。如：

空悲切，
我是浣花溪边风折柳，
我是秦淮河里浪漂月。

——祁剧《甲申祭》

这里用浣花溪、秦淮河已经暗示出“我”的妓女身份，又用“风折柳”“浪漂月”的“喻体形象”，进一步描述了“我”的风前柳，水中月，一任风吹浪打，低贱而孱弱的“本体形象”。

隐喻的特点在于含蓄，它可使欣赏者在品味中获得深层体悟。

（3）借喻。

借喻，就是直接借助喻体来说明事理，表达感情。这里没有本体，没有比喻词，只有喻体单独出现。例如：

打鱼的人经得起狂风巨浪，
打猎的人哪怕虎豹豺狼。
看你昏天黑地能多久，
革命的火焰一定要大放光芒！

——京剧《红灯记》

这里用“打鱼的人”“打猎的人”借喻革命者、抗日人民，用“虎豹豺狼”借喻日本帝国主义及其走狗，用“狂风巨浪”“昏天黑地”借喻恶劣的形势和环境。通过借喻的手法，形象鲜明地刻画了李奶奶及其所代表的抗日民众的大无畏精神和必胜信念。

（4）博喻。

博喻就是用一连串不同的喻体形象，来比附一个具体形象（本体）或一个抽象的概念（或形象）。经过反复比喻，以增加形象的密度来突出“本体形象”的特征，从而使欣赏者获得更为深切的、形象的感受。例如：

止不住热泪滚滚如泉涌，
白玉霜苦过那海棠红。
我好比花瓶儿任人摆弄，
却不能像花瓶无动于衷，

那花瓶冷冰冰全无灵性，
我偏有一腔血六欲七情；
我好比笼中鸟任人戏弄，
却不如笼中鸟自在从容，
那笼鸟是唱是跳全凭本性，
我唱戏入邪魔欲罢不能；
我好比杯中酒任人享用，
却不如这一杯烈酒有神通，
这烈酒能醉倒凶神孽种，
我只有两行泪脸上纵横。

——评剧《评剧皇后》

一连几天我的眉不展，
夜夜何曾得安眠。
俺伍员好一似丧家犬，
满腹的冤恨我向谁言！
我好比哀哀长空雁，
我好比龙游在浅沙滩。
我好比鱼儿吞了钩线，
我好比波浪中失舵的舟船！
思来想去我的肝肠断，
今夜晚怎能够盼到明天！

——京剧《文昭关》

前者用了花瓶、笼中鸟、杯中酒等三个比喻，来形容“任人摆弄”“任人戏弄”“任人享用”的境遇和愤懑；后者则用了丧家之犬、长空哀雁、沙滩困龙、吞钩鱼儿、失舵舟船等五个比喻，来形容自身的困境。

京剧《逍遥津》之汉献帝的一段唱词，竟一连用了十六个“喻体形象”，有秋霜见日、风吹芦苇，有棒打鸳鸯、孤雁单飞，有鹰抓兔背、羊入虎围，有残兵败队、孤魂怨鬼，有木雕泥堆、墙倒众推……从草木到鸟兽，从自然到格物，从人间到鬼界，通过一个又一个凋零、破败、垂死、绝望的惨状，淋漓尽致地描绘出这位无奈天子任人凌辱、任人宰割的处境和心境。

如钱锺书先生所言，博喻是“一连串把五花八门的形象来表达一件事物的一个方面或一种状态……连一接二的搞得那件事物应接不暇，本相毕现”[①]。博喻的方法，使语言的形象更为鲜明突出，阐述的道理也步步加深，并给人以层出不穷、变化多端的妙感。

（5）曲喻。

曲喻是以此物与彼物相似的一面作比，然后从喻体形象出发，进一步发挥艺术想象，从而写出与本体形象毫不相似或其无力做到的一面。例如：

九哥哥受屈坐牢房，
我年年做上鞋一双。
一双鞋子两只船，
无限相思装满舱。
这梦漂到那梦中，
只遇着无情风雨无情浪……
今日送到九哥哥手上，
漂泊的船儿靠上了港……

——扬剧《皮九辣子》

这段词先把鞋子和船儿作比，进而从“船儿”这一喻体形象出发，推导出鞋子——装满相思的鞋子能够像船一样“漂”；于是，

①钱锺书选注：《宋诗选注》，人民文学出版社1958年版，第72页。

“这梦漂到那梦中”，最终“漂泊的船儿靠上了港”。相思有了归宿，曲喻不仅增强了语言的形象感，而且还使语言有了动感，使不能发出的这种动作的本体形象居然有了动作，形象加上动作，显然较之静止的形象更引人注目。

（6）引喻。

引喻，即引取别的比喻来说明事理。这里讲的引喻，近似古诗中所谓“兴”的方法。“兴者，先言他物以引起所咏之辞也。”例如：

树上的鸟儿成双对，
……
夫妻双双把家还。

——黄梅戏《天仙配》

风声紧雨意浓天低云暗，
不由人一阵阵坐立不安。
亲人们粮缺药尽消息又断，
芦荡内怎禁得浪激水淹！

——京剧《沙家浜》

深宫无处不飞花，
年老得配女娇娃。

——京剧《龙凤呈祥》

乱云飞松涛吼群山奔涌。
枪声急，军情紧，肩头压力重千斤，团团烈火烧，烧我心！

——京剧《杜鹃山》

引喻，一般是用在唱段的开头（尤以用作“导板”者居多），先用各种与本段唱词思想内容有一定联系的景物渲染和烘托，然后再顺理成章地写出要述说咏叹之词。前后语之间的关系，也就是引喻句子和所要表达的事理之间的关系，两者在内容上联系紧密，前呼后应。

以上所讲拟人、物化、夸张、比喻诸项，都是构成戏曲语言形象的方法。然而，拟人、物化、夸张、比喻在构成戏曲语言形象的时候有两个特点：一是“离形得似”，求其“象”（像，似）并不求其“真”；二是“物色尽而情有余”，求“象（言）外之意”。这正是戏曲语言艺术“以形写神”，追求形神兼备所需要并决定的。

“神”——神韵，简单地讲，就是言外之意，弦外之音，味外之旨。

正因为“意”在言外，“音”在弦外，“旨”在味外，曲文戏词所表露的“言”“弦”“味”，就必然要含蓄。或可以说，戏曲艺术语言的神韵，首先在于含蓄，含蓄才有余味。例如：

萧太后　说到黄连嘴就苦，
　　　　想起杨梅心就酸。
　　　　只怪契丹不种藕，
　　　　何日得见并蒂莲。
韩德让　欲踏松柏把月攀，
　　　　树低难得到九天。
　　　　枉见月宫桂花酒，
　　　　喉干不能到口边。

——评剧《契丹魂》

前者用“并蒂莲”来喻夫妇和谐，偏偏是“契丹不种藕”，“并蒂莲”没有实现的可能。把明明是无从得见而说成“何日得见”，体现着失望却又期望的心理状态。后者用亮丽的“月”来喻萧太后，意欲踏树攀月而树低月高，以此暗示彼此差距，（月的）高不可攀。“喉干”句隐喻渴望绝难满足的无奈。处处关乎“情”，无一语言及“情”。可谓“情在言外”，“不著一字，尽得风流”。

戏曲艺术语言的神韵，是一种“无理而妙”。换言之，不为常理所拘，违反一般生活情况以及思维形式；借助欣赏者的想象，去领会曲文创造的艺术境界，去感受那种耐人寻味的艺术魅力。例如：

碧云天，黄花地，
西风紧，北雁南飞。
晓来谁染霜林醉？
总是离人泪。

——传统戏曲《西厢记》

这里，问得古怪，答得离奇。用眼泪染红枫叶，这在“理”上是绝对讲不通的，但是，离人泣血，血——这个鲜红的液体，可以把满林的枫叶全部染红，这不是形式逻辑，而是情感逻辑；虽然并不合理，却绝对合情；它生动表达了莺莺凄然悱恻的离怨别恨，博得欣赏者心理感受上的认同和审美感受上的愉悦。这种“无理而妙”，妙在感情凝重隽永，余韵深长，沁人心脾。

戏剧家祝肇年在分析这段唱词时指出：“全篇句句是景，只一‘泪’字是情。但一个‘泪’字就使全篇景物都闪耀出别离的泪光，它们都成了传情之物。这是多么精湛的语言技巧！画龙点睛，睛只一点，这个‘泪’字就相当于那个睛，着墨不多，却倾注了作者的全部心血。”[①]分析很是精辟，其中涉及戏曲语言艺术神韵的又一个特点——着墨不多，画龙点睛。

戏曲艺术语言的神韵，要求言简意赅，凝练精当。富有神韵的语言，往往是以有形的、有限的语言形式来展示无形的、无限的心

① 祝肇年：《情境交辉》，载麻国钧、祝海威选编《祝肇年戏曲论文选》，文化艺术出版社1998年版，第69页。

理时空，从而唤起欣赏者心理意象的涌现，追求那丰富的神致和情致。言传愈精，意会空间愈大，神韵之光愈加灿烂。这样的语言，“不滞于形，而以意统形，削尽冗繁，辞约义丰”。例如：

水涌山叠，
年少周郎何处也？
不觉的灰飞烟灭，
可怜黄盖转伤嗟。
破曹的樯橹一时绝，
鏖兵的江水犹然热，
好教我情惨切！
这也不是江水，
二十年流不尽的英雄血！

——传统戏曲《单刀会》

关汉卿所作这曲【驻马听】，描写关羽望江抒情，气势雄浑，格调悲怆，堪称绝唱。然而，这位关大王抚今追昔慷慨激昂，对江浩叹沉雄悲壮，其足以惊天地、动鬼神的神致全在一句——“二十年流不尽的英雄血”。只此一句，神韵毕现。

又如京剧《群英会》“草船借箭”之后，曹操与蒋干有下面一段对白：

曹　操　我道周郎前来偷营，原来是孔明借箭。子翼，吩咐众将，驾大舟追赶。
蒋　干　不成功啊！顺风顺水，赶不上了。
曹　操　怎么，赶不上了？
蒋　干　赶不上了。
曹　操　嘿嘿，又中他人一计！

蒋　干　下次不中也就是了。
曹　操　时时防技巧，
蒋　干　着着让人高。
曹　操　失去十万箭，
蒋　干　明日再来造。

面对曹操“又中他人一计”的懊恼，蒋干说是“下次不中也就是了”；曹操痛惜“失去十万箭”，蒋干却道“明日再来造”。达观中尽显迂腐，实在中不无愚痴。语言洗练，出神入化。再如社会上广为流传而出自豫剧《唐知县审诰命》的两句：“当官不为民做主，不如回家卖红薯”，犹如格言一般精粹。可见，戏曲语言要传“神”，就要凝神，不可散神。一旦散神，当无神韵可言。

“形”与“神”之间的关系，在戏曲语言中很讲辩证处理，这就是“以形写神”，神以形为载体，形以神为灵魂，既象形又传神，从而达到“形神兼备”。

（三）雅俗相宜

“雅”与“俗”本来多义，这里所讲的“雅”是指文雅，“俗”指通俗。从戏曲语言艺术总体上看，其特点是以俗化雅，雅俗相宜。

“填词之设，专为登场。”戏曲语言是供演员登台表演的，一唱即过，一念即过，必须使听众听过一遍就能获得鲜明难忘的印象。曲文戏词是供各个阶层、各种身份、各种素养的男女老少最广大的观众来欣赏的，为适应各色人等的接受能力，其必须做到浅显明白。因此，戏曲语言——曲文戏词的一项基本要求是通俗易懂。明代徐渭主张“宜俗宜真”，清代李渔主张“深而出之以浅”，近代人吴梅则明确指出“雅则宜浅显，俗则宜蕴藉，此曲家之必要者也”[①]。当然，“俗”之过头，就会沦为“粗俗”和“鄙俗”。故此，

①吴梅：《吴梅戏曲论文集》，中国戏剧出版社1983年版，第59页。

曲文戏词必须俗不伤雅，化俗为雅。当代学者王季思全面论述道："我国戏曲的民间演唱本力求通俗易懂，有其可取之处，但有时不顾人物身份、性格，滥用粗言俗语，又是一病。文士传奇力求文辞的典雅，尤其是继承诗词传统的曲词，写景如在目前，抒情动人心魄，也有其可取之处；但典雅有余，通俗不足，有时家常叙谈也骈四俪六，又是一病。"[①]他痛斥"似通非通之词、粗制滥造之曲，散播语病，引人厌弃"[②]。

概括而言，戏曲语言艺术在雅俗处理上，要求借俗写雅，化俗为雅，雅俗相宜。

二、语言意蕴

语言学家称"艺术语言是种情感化的符号"[③]，戏剧家认为"戏剧的语言必须是人物的动作"[④]。戏曲语言所讲的艺术性和技巧性，其作用就在于艺术地表达曲文戏词所蕴含的情感和动作。

（一）情景交融

戏曲语言是人物的语言，更明确地说是人物感情化的语言，无论唱词，还是说白，都要渗透人物强烈的情感，这便是通常强调的戏曲语言的抒情性。然而，抒情的方式多种多样：

可以是"直抒胸臆"。如李玉和痛斥"日本军阀豺狼种"，李铁梅"提起日寇心肺炸"（《红灯记》）；刘巧儿袒露"在那次劳模会上我爱上人一个"（《刘巧儿》）；白素贞对许仙发出"你忍心"实

---

①王季思：《论郭启宏的新编历史剧》，载《郭启宏剧作选》，中国戏剧出版社1992年版，第7页。

②同①，第8页。

③骆小所主编：《现代语言学理论》，云南人民出版社1998年版，第27页。

④胡可：《戏剧语言·序》，载马威《戏剧语言》，上海文艺出版社1985年版，第2页。

则是“你负心”的一连串痛心责问（《白蛇传》）。人物把自己的欣喜、愤怒、悲怨、哀愁，一丝不隐瞒，一丝不掩饰，从心底原原本本地迸发出来，直截了当，淋漓尽致。

可以是“叙事抒情”。例如，伍子胥回答申包胥、姬光等人的询问，反复述说悲惨遭遇：“未曾开言泪双流”——渗透了悲，“恨平王无道乱楚宫”——充满了恨，“未曾开言我的心难过”——倾吐哀伤，“把我的冤仇提一提”——哭诉冤仇（《伍子胥》系列剧目）。叙事与抒情融为一体，在叙事中抒情，在抒情中叙事。

可以是“寓情于物”。例如，杨延昭对着降龙木大发感慨：“我为你终日里愁眉难解”（《辕门斩子》）；老儒生石灏祭别头巾中的尽吐怨愤（《祭头巾》）；小飞蛾与艾艾母女，面对罗汉钱述说着“甜酸苦辣都尝遍”和“心里好喜欢”的不同感受（《罗汉钱》）。这种寓情于物或感物生情，都是通过物件来抒发人物的内心情感。

可以是“感应表意”。例如，川剧《四姑娘》中的“三叩门”，京剧《六号门》中的“隔门唱”，男女主人公各以“内心独白”表达、传递着深切的思念、焦虑和痛楚，两个人却又交相感应，交相呼应，扭结成情感的和声。

比较典型的手法是“借景抒情、情景交融”。

古人讲“人心之动，物使之然也”，“物色之动，心亦摇焉”，“情以物迁，辞以情发”，在于说明自然界客观景物激发人的主观情感，所谓“触景生情”，“情景相融而成诗”。

曲文戏词继承诗词传统，常常运用情中景、景中情的艺术构架，但是又有自身的特点。剧作中“人”并非作者（诗人）自己而是角色；其“人心之动”亦非一般的“物使之然”，而是受一定的戏剧冲突所支配的心理活动及情感波澜。因此，作为人物语言的曲文戏词，就要把生活中的“触景生情”改造成为“借景抒情”。再则，曲文戏词“情为主、景为宾”，“景物无自生，惟情所化”，这又需要“情景交融”，牢牢把握“一切景语皆情语”的原则。

既是“借景抒情，情景交融”，“景”如何来“借”，又怎样与“情”交“融”呢？且看川剧《变脸》中的两段唱词。

例一，水上漂唱段：

啊！一江风——
渔夫唱晚，古寺敲钟，
鸟儿归巢，鸭子归棚，
一群群携儿带崽回家中。
我家住在小船上，
漂流停泊芦花丛。
芦花丛，白头翁，
娃娃敬我酒三盅。
往日独叹黄昏冷，
今朝笑看夕阳红。
沾阳光，乘好风，
老少有缘巧相逢。

例二，狗娃唱段：

月亮走，我也走，
我和月亮交朋友。
给你说句悄悄话——
我是黄毛小丫头！
……
月亮走，我不走，
我和月亮分分手。
月亮躲进乌云后，
我愿留在小船舟。

例一中，“渔夫唱晚，古寺敲钟”“鸟儿归巢”本是寻常景色，用在此时——孤身老汉带着捡来的“孙儿”归舟安宿，突出“携儿带崽”“回”与“归”的感受，表现出几多宁馨和安逸；“笑看”等语，感慨情浓，溢于言表。例二中的“童心独语，对月抒情”，是选择了月亮作为这个孤儿的交谈者，已经流露出几分凄凉；“月亮躲进乌云后”，更表现了狗娃心中的阴影。

可以看到，以上两例中的“景”完全是为“情”而设，是为了抒情“借来一用”。下面一例，将看到另一种“借法”。

八百里秦川收眼内，
红如丹绿如翠万物生辉。
秋来更觉江山美，
美江山我与你心守魂随。
忆畴昔泪涌九曲黄河愤，
恨压三峰华岳颓！
今日里金晖遍洒山和水，
百卷成，神州存史，志士立碑。
司马迁愿随落叶霜林醉，
养万木，催百卉，喜待那满山花草、遍野芳菲！

——京剧《司马迁》

这段唱词，句句有景，“用法”有别。八百里秦川，丹红翠绿，是借眼前之景抒发“心守魂随”之情感；“黄河愤”“华岳颓”，是借比喻之情状来描绘“泪涌”“恨压”之情状；“金晖遍洒山和水”，与其说是眼前实景，不如说是心理感受，更似一种象征；这“金晖遍洒”还象征着“百卷成，神州存史”；“愿随”“喜待”句中之“景”却是一种憧憬，是用来咏志抒怀的。

借景抒情，须注意“景”的组织安排。

越剧《红楼梦》中，林黛玉这样唱道：

绕绿堤，拂柳丝，穿过花径，
听何处，哀怨笛，风送声声？
人说道，大观园，四季如春，
我眼中，却只是，一座愁城。
看风过处，落红成阵，
牡丹谢，芍药怕，海棠惊，
杨柳带愁，桃花含恨，
这花朵儿与人一般受逼凌，
……

这段唱词，把耳畔哀笛、眼中愁城、无情风过、落红成阵等景物加以组织，布置在一幅画面当中，对于众花的怕、惊、愁、恨，一一描述，通过自然环境的险恶，反映人物内心的恐惧与悲戚，情景交融，浑然一体，产生了非常强烈的感染力。

“情景交融”，还有一种哀乐反衬，对立强化的手法。

“借景抒情”中情景关系的安排，本是灵活多样的。就情景色调的配合来说，大体有两种：一种是情、景色调一致，以乐景写乐，以哀景写哀；一种是情思、景物色调不一致，以哀景写乐，以乐景写哀。后者即是反衬法，哀乐反衬，对立强化，恰如黑白反衬愈显其白一样，它比一般的衬托有着更强的表现力和感染力。清人王夫之精辟地指出：“以乐景写哀，以哀景写乐，一倍增其哀乐。”①

越剧《汉宫怨》中，许平君这样唱道：

明月升，银光似水泻芳园，

①王夫之：《姜斋诗话笺注》，人民文学出版社1981年版，第10页。

晚风轻，吹送绮宴鼓乐喧。
望华堂，侯爷端庄飘银髯，
喜盈盈，夫人殷勤颤凤冠。
催红妆，低垂云鬟把酒劝，
依稀见，君王回眸带笑看。
……
别人家，花开月满多欢乐，
叹平君，形单影只不团圆。
刘郎不知何处去，
苦相思，叹月凄凉泪不干。

这段唱词，不惜篇幅大写“乐景”：月光泻芳园，轻风送宴乐，侯爷端坐，夫人殷勤，红妆劝酒，君王带笑，好一派华堂盛景；然而，“喜盈盈”“多欢乐”偏偏反衬着“形单影只不团圆”的哀叹和“叹月凄凉泪不干”的相思之苦，这对立强化确是倍增其哀。

还有一点值得注意，客观环境与人物的主观情感往往存在矛盾，并不总是一致的。在处理曲文戏词中的情景关系时，应当注意具体人物具体分析，处境不同而情绪有别。

清人陈钟麟的《红楼梦传奇》描写林黛玉悲秋，这样唱道：

莺情燕意，尽是伤秋滋味。听蝉噪残身孤寄，蟋蟀苦吟阶砌。不须提，人比秋衰，秋将人殢，一天憔悴。笑虫也可怜，声声啼彻花阴碎。万种伤心，只有此声为最。

芙蓉粉坠，摇落枯茎点缀。尽消歇湘妃环佩，为甚繁华命脆？浑难知，花被愁牵，愁央花替，秋来无际。看蘸影稀疏，草虫晒日残荷背。枫冷吴江，一望清波千里。

寄人篱下的林黛玉，有着“残身孤寄”的感受，处在“风刀霜剑严相逼”的境遇之中，由“芙蓉粉坠，摇落枯茎点缀”敏感地体味到“繁华命脆”。这秋日景色所给予她的“尽是伤秋滋味”。

然而，同是秋景，在《长生殿》中的李隆基看来却别有情致：

> 天淡云闲，列长空数行新雁。御园中秋色斓斑：柳添黄，蘋减绿，红莲脱瓣。一抹雕阑，喷清香桂花初绽。

这位天宝明皇偕同爱妃玉环御园游赏，兴冲冲一副好心情。明明是柳枯、草朽、荷花凋谢的萧疏景象，在他眼中全成了色彩斑斓的美景；况且是天淡云闲，桂子飘香，景色撩人，显现出一派安适舒畅的心境。

人们常以《琵琶记》中的蔡伯喈与牛小姐同时赏月为例。一位是燕尔新婚的名门少女，其所见到的是玉宇无尘，婵娟可爱；一个是被迫重婚的血性男儿，他所见到的是南枝乍冷，乌鹊惊飞。如李渔所评：“同一月也，牛氏有牛氏之月，伯喈有伯喈之月。所言者月，所寓者心。”[①]

“情景交融”，取景要恰当，抒情要清晰。须知“作词之料，不过情景二字，非对眼前写景，即据心上说情。说得情出，写得景明，即是好词”[②]。

（二）动静和谐

动中有静，静中有动，是客观事物的本来面貌。用科学的观点看问题，天下的万事万物无时无刻不在运动之中。运动是绝对的、永恒的，静止是相对的、暂时的和局部的。

从戏曲文学的特性来看，它是靠人物的语言和行动来塑造艺

---

①李渔：《闲情偶寄》，载《中国古典戏曲论著集成》（第七辑），中国戏剧出版社1959年版，第27页。

②李渔：《李渔全集·第2卷·笠翁一家言诗词集》，浙江古籍出版社1992年版，第511页。

术形象的。人物的语言和行动，在剧作情节中是密不可分的，语言要行动化，行动要语言化。戏曲语言必须具有行动性——或称动作性，这就决定了“动”便成为曲文戏词的首要成分和主导成分。且看，现代戏《红灯记》中铁梅的一段说白唱词：

> 奶奶，爹！你们为什么死的，我都明白了。我要继承你们的遗志，我要做红灯的继承人！密电码一定送到柏山，血海深仇一定要报！鸠山哪，鸠山！你抓，你放，虽由不得我，这要密电码，可就由不得你！
>
> （唱）提起敌寇心肺炸！
> 强忍仇恨咬碎牙。
> 贼鸠山千方百计逼取密电码，
> 将我奶奶、爹爹来枪杀！
> 咬住仇，咬住恨，嚼碎仇恨强咽下，
> 仇恨入心要发芽！
> 不低头，不后退，
> 不许泪水腮边挂，
> 流入心田开火花。
> 万丈怒火燃烧起，
> 要把黑地昏天来烧塌！
> 铁梅我，有准备；
> 不怕抓，不怕放，不怕皮鞭打，不怕监牢押！
> 粉身碎骨不交密电码，
> 贼鸠山你等着吧——
> 这就是我铁梅给你的好回答！

这里运用了具有鲜明动感的词汇，表现了人物如火山喷发、大海澎湃般的内心活动；并且以深刻的内在冲突和强烈的动势，推动戏剧情节的发展。

但是，如前面所说动中有静、静中有动是宇宙万物的存在方式，现实生活不能没有静，不能排斥静，而要善于写“静”，善于用“静”。曲文戏词要把“静”作为对“动”的调节，对“动”的辅助，以静写动，化静为动，动静结合，动静和谐。

莆仙戏《存储春秋》中的何皇后，有这样一段唱词：

乱红寂寞堕埃尘，
深宫月冷夜无声；
笼鸟不啼知魂断，
空对高墙独倚门！
儿呵，
已似浮萍任水流，
雨打风吹入沙洲，
一朝践踏成齑粉，
飘零何处觅仇雠？

试看：“冷夜无声”“笼鸟不啼”突出一个“静”字；随着“儿呵”一声哀叹，转入强烈的思想活动：“飘零何处觅仇雠？”境静心焦，一静一动，动静和谐，恰好表现了人物的处境和心境。

我们再看一例：

夜深沉风紧雨紧，
出花厅欲行难行。
奉主命送衾绸御寒御冷，
好教我进退难怨天怨人。
步回廊突惧这漏静人静，
去书斋猛教我心惊意惊。

柳枝柔带春雨似定非定，
荷池水春风吹欲平难平。
半天空春雷声时来时隐，
手儿内红纱灯忽暗忽明，
意彷徨自思自忖，
心撩乱且走且停。

——川剧《燕燕》

这段唱词，堪称“动静和谐”的范例。无须多做解释，仅从字面就可以看出：“漏静人静”联系着“心惊意惊”，一静一动相互映衬；柳枝带雨、池水吹风、春雷隐显、纱灯明灭，象征着主人公心潮“欲平难平”；好个“心撩乱且走且停”，正是在动静交错中生动刻画了少女燕燕“意彷徨”的心态和神态。曲文用“静”要用活静，避免死静，即便以这一点做考评，本唱段也属上乘，很值得学习。

戏曲语言所讲的艺术性、技术性，离不开语言的独创性。戏曲语言所谓的形象生动、鲜明，往往就是通过独创性来体现的。艺术语言贵在创新。我们应当记得刘熙载在《艺概》中的告诫：“词要清新，切忌拾古人牙慧。盖在古人为清新者，袭之即腐烂也。拾得珠玉，化为灰尘，岂不重可鄙笑！”①

（本文原载于贯涌主编：《戏曲剧作法教程》，文化艺术出版社2002年版）

---

①刘熙载：《艺概》，上海古籍出版社1978年版，第120—121页。

关于剧本结构

什么是“结构”？依照清代戏剧家李渔著名的建宅筹划说，结构是剧作者动笔前的构思设计。从剧作法上把握，结构无疑是属于技巧的范畴。英国戏剧家威廉·阿契尔认为：“如果说在编剧的艺术中有哪一部分是可以教的，那么，这也仅只不过是比较机械的和形式的一部分——结构的艺术——而已。人们可以学习如何用好的戏剧形式去叙述一个故事；如何把它发展和安排得最能抓住并保持住剧场观众的兴趣。”①

就“以歌舞演故事”的戏曲而言，这“结构的艺术”，意味着要充分把握戏曲程式，用好行当，用好场子，用好唱念做打等技术手段，综合成完美的艺术形式去演绎一个故事。

一、行当运用

戏曲与任何一种戏剧一样，都是以塑造性格鲜明、具有典型意义的人物形象为首要任务。但戏曲塑造人物区别于其他戏剧样式的特殊方法，是运用“行当”所蕴含的程式体系和技术体系。事实

①威廉·阿契尔：《剧作法》，吴钧燮、聂文杞译，中国戏剧出版社1964年版，第8页。

上，戏曲人物大都归属于一个特定的行当，不同的行当，生、旦、净、丑各有一套唱、念、做、打的程式。“没有行当，戏曲文学形象就不能转化为戏曲舞台形象。”[①]同样，要塑造戏曲文学形象，就要运用“行当”在刻画人物上面所特有的艺术手段。

戏曲与其他戏剧大不相同而独具特色的演剧形式，是歌舞化加程式化。歌舞化、程式化都是以行当为基础，凭借行当来体现。结构戏曲剧作——只要是实行歌舞化和程式化——自然要考虑行当的运用。

（一）定调

考虑行当的运用，首要目的是确定表演基调和相应的技术重点，从而有效地刻画人物性格。

且以大家熟悉的舞台形象做一考察。

人　物	性格特征	行　当	表演基调与技术安排
包拯	刚毅、稳健	铜锤花脸	唱工为主
李逵	热情、毛躁	架子花脸	侧重念白、身段
余洪	剽悍、好斗	摔打花脸	侧重跟斗
王宝钏	贤淑、坚强	青衣	唱工为主
春草	爽朗、机敏	花旦	念白、表演为主
百花公主	重情而刚烈	刀马花衫	允文允武、唱念做打综合

上例表明，人物性格是择定行当的依据，行当是确定表演基调和技术重点的基础。同时又表明，人物性格要落实于行当，表演基调及其技术安排取决于行当，在人物、行当、技术之间，行当是中介，是枢纽。

戏曲人物的塑造有一条规律：行当规范形象，形象规范表演。如陈幼韩所讲：“比如‘架子花’的行当规范着李逵和张飞的形象，两个人物形象就规范着袁世海的表演；‘大净’行当规范着包拯的形

①郭汉城：《当代戏曲发展轨迹》，文化艺术出版社2008年版，第40页。

象，包拯的形象就规范着裘盛戎的表演；……行当对于形象的规范，形象对于演员的规范，都是通过极其精微的唱、念、做、打、扮的程式规范，才能进入性格化的再创造的。”①范钧宏以创作《强项令》为例指出：“由于这个跪在台中，面向观众的人物（按：指主人公董宣）是个‘铜锤’，所以我们就敢于以《玉堂春》的音乐布局为主，而辅之以《甘露寺》的程式，并加以灵活运用；如果跪在台中的是个‘旦角’，那就另当别论了。”②就是说，当你为人物择定了某个行当，实际上也就同时选择了属于这一行当或适用于这一行当的“精微的唱、念、做、打、扮的程式规范”。如果择定了彼一行而不是此一行，那么一切技术安排、程式运用以及表演色调的追求等，“就另当别论了”。

在戏曲创作中，人物、行当与程式三位一体，紧密相连。行当—程式的选择和运用，关系到把人物塑造成何种形象，把戏曲处理为何种样式。况且程式运用适当与否、成功与否，往往决定着形象塑造的成败。因此，着眼于程式规范，充分考虑到某种程式对于塑造形象的直接效果，是选择并确定行当的一个重要的出发点。

试看如下例证：

同一个姜维，《天水关》中为“铜锤”，《铁笼山》中为“武净”（或“武生扮净”）。前者重点描写孔明收服姜维的谋略，姜维投向西蜀的明智，是“文戏”“唱工戏”，姜维便被定为唱工为主的“铜锤”；后者着重表现姜维背水一战的英勇顽强，自然由武净（武生）应工。

同一个曹操，《捉放宿店》《击鼓骂曹》《阳平关》中为“铜锤”，《战濮阳》《战宛城》《逍遥津》中为“架子”。“铜锤”曹操，可以融入《捉放》《骂曹》的“唱工戏”风格样式；“架子”曹操，

①陈幼韩：《戏曲表演概论》，文化艺术出版社1996年版，第104—105页。
②范钧宏：《戏曲编剧论集》，上海文艺出版社1982年版，第11页。

才有可能施展身段工架，演一番“狼狈扑火”(《战濮阳》)和“马踏青苗”(《战宛城》)。

同一个赵云，《长坂坡》等众多剧目中均为“武生”，《借赵云》中却一改“常规”而为“小生”。唯小生的表演程式最能表现“少年气概”“英姿勃发”，在剧中与练达、老辣的刘备互为衬托而相得益彰。

同一个程咬金，在《长叶林》《响马传》中是“大花脸”，到《选元戎》《棋盘山》里却成了“小花脸”。因为前者为他塑造个粗鲁、憨直的形象，当然要依据架子花的程式规范；后者把他描绘成精明诙谐的人物，自然要从程式上确定为丑角行当。

更有启发的是同一个李克用，在同一个剧目——《珠帘寨》(或称《沙陀国》)——并使用同一剧本之中，竟有“铜锤”与“老生”两个行当的两种演法。在风格上，前者追求凝重，后者强化潇洒。两者之所以能用同一剧本而无阻碍，是因为“铜锤花脸”与“唱工老生”在程式规范上可以相通相融。《强项令》之董宣，可以化用《甘露寺》乔玄的表演程式，也正是这个道理。

与上述情况相类似，也有同一剧目的同一角色，在不同剧种中的行当不同。《打渔杀家》的萧恩，京剧演来以“老生”应工，展示其潇洒、豪迈；梆子剧种由“花脸”扮演，表现其粗犷、激昂。又同一个董宣，川剧的《卧虎令》以“生”饰演，着重渲染其聪明正直；京剧的《强项令》由“净”装扮，强调其刚毅倔强。固然如理论家所说：“剧作家为自己笔下的人物划定行当，往往取决于他对人物的认识。”[①]但须承认，剧作家也不可避免地要估量哪个行当的哪一套唱、念、做、打、扮程式规范，对于自己笔下人物的刻画更为有力而做取舍。

对于一些角色的行当归属比较活泛，如樊梨花、刘金定的忽而

①颜长珂:《戏曲剧作艺术谈》，中国戏剧出版社1988年版，第67页。

刀马，忽而花旦，又忽而青衣，确与他们在某一剧内所展现的性格有关；但是，某一剧目所设定的风格、色调、样式、路数同样起着决定性作用。

（二）搭配

一个行当即有一种色彩，如美术家言："没有不好的色彩，只有不好的搭配。"运用行当要注意色彩搭配，一讲对比，二讲主从。

海外学者许逸之称："因为剧中人的典型化，许多京戏是靠角色的对比来感动观众的。简单的有两个角色的对比，如《捉放曹》《女起解》《武家坡》《钓金龟》《打渔杀家》。三个角色对比的戏比两个对比的复杂三倍，因为甲比乙、乙比丙、丙又比甲，如《断桥》《斩经堂》《三堂会审》《三娘教子》都是。"[①]综观全文，许氏所谓"典型化"与一般所说的角色的行当化、程式化相近相通，"角色对比"意含行当的对比，"对比"说的根据是京剧而有普遍意义。

"两个角色对比"：剧中只有两个角色，以两个行当搭档，构成"对手戏"。一男一女两个角色，可以生、旦搭档（如《武家坡》《梁祝》《武松打店》《清风亭》等），旦、净搭档（如《霸王别姬》《探阴山》《打焦赞》《包公赔情》等），旦、丑搭档（如《女起解》《齐王点马》《拦马过关》《钓金龟》等）；两个男性角色，可以生、净搭档（如《曹操与杨修》《将相和》《九江口》《连环套》等），生、丑搭档（如《十五贯》《连升店》《三岔口》等），净、丑搭档（如《疯僧扫秦》《黄一刀》《打瓜园》等），还可以老生、小生搭档（如《镇檀州》《打侄上坟》《断臂说书》等）。两个角色，突现两个行当的个性色彩在强烈对比中相映生辉。

"三个角色对比"：较典型的有两种构成方式，一为三"小"，一为三"正"。三"小"结构：以小旦、小丑、小生构成的"三小

---

①许逸之：《怀梨偶寄》，宝文堂书店1987年版，第55页。

戏”（如《柜中缘》《荷珠配》《打鸟》《补皮鞋》等），不仅行当色彩丰富，并以其三“小”兼容、三“小”对比而构成一种小巧俏皮的喜剧样式。三“正”结构：正生、正旦、正净（京剧之老生、青衣、铜锤）三行搭档，多用于演出重大题材的正剧或悲剧（如《忠保国》《赵氏孤儿》《秦香莲》等）。这两种结构，无论是三“小”中的“小丑加小生”，还是三“正”中的“正生加正净”，在行当上都注重于男性角色的色彩反差。“三个角色对比”中的这种“男角色彩反差”，依据人物性格和戏剧样式，也可以构成老生与小丑对比式组合（如《审头刺汤》《乌龙院》）、老生与小生对比式组合（如《三堂会审》《御碑亭》），同样，一些必然要由“两旦一生”组合的剧目，则侧重于两个女性角色的色彩区别，如《拜月记》《西厢记》《白蛇传》，其中王瑞兰、崔莺莺、白素贞为正旦，蒋瑞莲、红娘、小青处理为小旦，自然构成“丙又比甲”。

上述“对比”，大多是角色间的对等关系。但一剧之中角色有主有次，角色的行当安排便有主有从。

例如，秦腔传统戏《淮河营》，主角蒯彻为净，两个主要配角李佐车为老生，栾布为生。由秦腔移植改编的京剧《淮河营》（由马连良担纲主演），蒯彻改为老生，随之，李佐车易为净，栾布易为丑。在行当安排上，明显反映出配角服从主角的原则。需说明的是，老生转为净行的李佐车由老练转为憨直，以丑代生的栾布平添了几分狡诈、几分滑稽，这是行当变化所必然。

又如：表现同一题材的京剧《强项令》与川剧《卧虎令》，同样是生、旦、净、丑全面搭配，由于主要角色的行当安排不同，引发出配角行当的变易。列表如下：

京剧《强项令》		川剧《卧虎令》	
相应角色	行当	相应角色	行当
董宣	净	董宣	老生
湖阳公主	老旦	湖阳公主	旦

续表

京剧《强项令》		川剧《卧虎令》	
相应角色	行当	相应角色	行当
汉光武帝	老生	汉光武帝	小生
老太监	丑	高密侯	丑
赵彪	副净	唐丹	副净
班头甲	丑	张杰	丑

对照表明，主角董宣行当的确定，主要关联对手角色的行当（色彩）搭配，湖阳、光武两角在两剧中的行当大不相同。至于其他角色行当，两剧颇为一致。这又表明此类角色的行当安排既符合常规，又同主角毫无冲突，故此两剧不谋而合。

其实，“讲主从”只限于主要配角，“讲对比”却无处不在。

承袭古“参军戏”遗韵，净丑对比搭档成为常例。如主要角色之曹操与蒋干（《群英会》）、刘谨与贾桂（《法门寺》），次要角色之董超与薛霸（《野猪林》）、大解与二解（《武松打店》）、王栋与王樑（《恶虎村》）等。净丑对比，插科打诨，常为剧作融入灵动、活泼的喜剧色彩。

“三国戏”角色——刘备为生，张飞为净，关羽介乎于生净之间，为红生或称红净，三者对比十分鲜亮；孙权为净，周瑜为小生，鲁肃、乔玄为老生，又是一种对比；直至曹营诸将：许褚、张辽、李典、乐进、夏侯恩、夏侯尚等，却也是生、净、丑搭配充任，色彩杂错。

至于剧中经常出现的“四朝官”“四将士”“众乡绅”“众百姓”……大都也是考虑行当色彩的丰富与对比。

前人实践为我们提供了宝贵的经验。

（三）突破

撰写戏曲剧作要运用行当，必要时也须突破行当。

新编历史剧《三打祝家庄》，出版本的“人物表”上有这样三种标示。

其一是行当明确的，如：

孙　立——原任登州兵马提辖，梁山泊头领（武老生）。

乐　氏——孙立之妻（青衣）。

孙　新——梁山泊头领，孙立之弟，原在登州开店（净）。

其二是行当不明确的，如：

顾大嫂——梁山泊头领，孙新之妻。

乐　和——梁山泊头领，孙立妻舅，原为登州小牢子。

其三是行当似是而非的，如：

扈太公——扈家庄庄主（丑化了的老生）。

扈　母——扈太公之妻（丑化了的老旦）。

作者特在表后“说明”：“这个戏里有几个人物与京剧中固有的角色不同，而是比较新的角色，如一、二幕的杜兴，既不是武丑，又不是武净；揉脸，说京白，性爽朗、热情、机警，有英雄气概。钟离群既不是小丑，又不是老生；说韵白，净脸，不戴髯口，是正派人物。小二哥虽说京白，亦是正派人物，与钟离群略同。扈太公夫妇虽为老生、老旦，但都不是正派人物。表演时须有必要的夸张，表现出他们的顽固和自私来。三幕中之乐和，近似武丑，但不画丑脸；顾大嫂近似彩旦，却比较正经。希望在表演时，能有适度的创造，不要完全落入旧的圈套。”①

①参见任桂林：《任桂林剧作选》，花山文艺出版社1993年版，第6—7页。

1944年诞生在延安的这部创新之作，给予我们的启示是要塑造新人物、新角色，必然要伴随舞台艺术的创新而对行当有所突破、有所发展；然而，伴随着行当大突破，必然要在语言运用、唱念安排以及表演尺度、形象装扮等方面做出相应的调整和变动。

范钧宏传授创作经验时谈道：“譬如《猎虎记》的顾大嫂，从她那种豪迈、粗犷、机警、好胜的性格来看，这是一个突破行当的人物，至少具有花旦、泼辣旦的两种特点，因此在语言运用和唱念安排方面，就不能不把这个问题考虑在内。花旦可以唱，泼辣旦却不宜于唱，剧中就以念白刻画她的性格。”[①]在分析《沙家浜》中刁德一的行当归属时又谈道：“刁德一在京剧现代剧里是个突破行当的既有一般性格特征，又有特殊性格特征的性格人物。……据我想，虽然改编者事前未必确定刁德一是什么行当，但是作为行当的基点，恐怕还是有所设想的。至少他想象中的刁德一，不会是小花脸，也不会是大花脸，更不会是小生，那么剩下来的也只是老生了，但是老生行当又有它本身的局限，必须予以突破，于是在唱念安排上，就以这个行当为基础，写出了‘这个女人不寻常’和‘沙老太休得要想不开’这样既能发挥生行唱工特长，又能突出刁德一阴沉、狡诈、两面三刀性格特征的唱段。”[②]这就说明，行当的突破是要落实在唱念做打等技术安排的变化上，换言之，是通过唱念做打等技术运用的不同来体现行当的突破。突破行当，毕竟要寻个行当为基点，彻底排除行当算不得“突破行当”，也只是个不着边际、不落实处的空洞幻想而已。

总之，酝酿结构，组织矛盾，安排场次，决然离不开剧中人物，人物形象一经在作者构思中浮现，就有必要设想一下行当问题。进入写作，首先要从人物出发，但又必须考虑行当的特

①范钧宏：《戏曲编剧论集》，上海文艺出版社1982年版，第58页。

②同①，第59页。

点。——这是范钧宏提出的至理名言，也是戏曲创作之道。

二、场子设计

戏曲剧作一般采用分场结构，即以一个一个的场子首尾串联，有层次地演绎故事。

“场子”，是剧本的基本单位。作为故事内容，它拥有一定的情节量，构成全剧中的一个情节段落。这一“情节段落”，一旦体现为剧作中的“场子”，就要讲究大场子与小场子，疏密相间，详略合度：冷场子与热场子，张弛有序，色调和谐；明场子与暗场子，虚实照应，隐显适宜；以及抒情写意，长歌劲舞，合理安排……在这里，“场子”则成为形象地表达内容，积极地反作用于内容，乃至有时相对地疏离于内容而具有独立欣赏价值（如唱功场子、身段舞蹈场子、武打场子）的艺术表现形式，显示出戏曲艺术所独有的特色。结撰戏曲剧作，一定要把握戏曲的艺术特点，从情节内容与艺术形式两方面进行综合构思。

（一）场次划分

分场结构，首重分场。场次的划分，必须顾及与之相关的四大因素。

第一，情节因素。

分场，第一位的重要工作是情节布局。一部戏划分多少情节段落，哪些在前，哪些在后，哪些情节正面敷演，哪些情节侧面交代，哪些情节应当大力渲染，哪些情节只需一笔带过，何事须先设伏笔，何事宜后做交代，何处从容，何处紧迫，如此等等。全面涉及情节的剪裁、取舍、编排和安置。通盘考量，统筹全局，形成总体构想。问题的逐一解决，明确落实，则体现在分场和具体的场子上。质言之，情节布局与场子划分互为依从，相辅相成，在情节处理中分场，在分场操作中完成情节布局。

戏曲分场结构，以故事为线索，贯穿起一场场戏剧情节，这种“线”与“点”的关系，人们喻为“以线穿珠”。无论称作“点”，还是喻为“珠”，其在情节因素上的一个突出特点，是“一场一中心”，也就是说，每场戏有一个明确的中心内容，一切戏剧动作围绕着这个中心展开。明传奇《琵琶记》，有“糟糠自餍”“祝发买葬”“乞丐寻夫”“书馆悲逢”等关目；现代京剧《智取威虎山》有“深山问苦”“打虎上山”“会师百鸡宴”等场名，标志着各自的中心内容。新编川剧《王熙凤》(徐棻编剧)，即由“争宠”“诱婚”“弄权”“诓尤”“售奸”“逞凶”“接驾”等中心内容依次分为七场，七个场次的情节内容组成一个中心事件——王熙凤的设谋残害、尤二姐的饮恨自戕。可以看到，“一场一中心”而形成若干的“点”，若干“点”紧紧依附于一条“线”——情节主线，情节主线贯穿于一个个中心内容。“点”连“线”，“线”串“点”，构成一个不可分割的整体。

“一场一中心”的结构方法，要求戏剧矛盾集中，场子安排集中，在“集中”之中寻求情节的精练、充实和丰满，容不得庞杂、琐碎和散漫。初学者，从梳理情节、提炼关目着手，正可“得其门而入”。

第二，空间因素。

传统戏曲舞台上没有布景，空间可以随角色的表演而流动，常形容为“人出境随，人行境迁”，剧本场次主要是按照情节单元而不是地点的变化来划分的。《梁山伯与祝英台》的“十八相送”，行一程又一程，不断变化的环境与景物，全被用于“祝英台传递爱情”。《玉簪记》的“秋江”，青年尼姑陈妙常泛舟江上追赶情郎，透过水势演情势，突出表现主人公心潮逐浪，对爱情与自由的急切追求。《乌龙院》的“杀惜”，把街前、巷内、院里、门外、前厅、后院、楼上、楼下诸多环境置于一场戏中，通过人物脚下之路，表现受到阎惜姣要挟的宋江由彷徨、疑惧、惊恐最终引发仇杀的心路历程。环境局限的突破，使情节表现获得了广阔的空间，这种空间流动型场子，比较典型的代表了中国戏曲意象化、虚拟化的演剧方法、剧作方法及其审美特征。

传统戏曲也时常使用空间稳定型场子，如常见的“升堂”“登殿”“坐监”“宿店”“哭灵”“洞房”，等等，其与空间流动型场子并行不悖，服从于“时空自由”的总体特征。传统戏《四郎探母》，除了一场“巡营”以外，其他如“坐宫”“盗令”“改扮”“过关”“见弟”“见娘”“见妻”“哭堂”“回令”等所有场次，全部采用稳定型空间、固定环境。这自然是由“叙事”决定的，却也有利于营造气氛凝重、情感深沉的规定情境。

随着舞台布景的大量使用，“稳定型空间”对分场结构给予极大影响，“空间自由”将同具体的、稳定的环境发生矛盾，新编剧目不能无视空间因素，需要考虑“一场一中心”与“一场一环境”要不要结合，如何结合的问题，需要酌定“写实”或“写意”哪种风格。

要使场次划分有利于表现情节，有利于表达“立意”，不仅要承认空间因素，还要努力驾驭空间因素。传统戏《一匹布》(或名《张古董借妻》)一场戏中，曾使洞房、月城两个地点、两个环境巧妙地同台出现；近时新编剧目中，已有双重空间、三重空间的运用。但是，空间因素仍然是戏曲分场结构中有待进一步探索的课题。

第三，节奏因素。

故事内容的跌宕起伏，是为情节发展节奏。戏曲“以歌舞演故事”，歌之抑扬顿挫，舞之强弱疾徐，是为艺术律动节奏。

情节节奏是剧作整体节奏的内在依据。分场结构理应根据情节发展进程所显现的节奏，安排长短不一，轻重有别，大起大落或小起小落，松松紧紧或紧紧松松的场次序列。

艺术节奏自有章法。各场次技艺内容繁简错落，浓淡相济，节奏明快，构成韵律。中国戏曲——就绝大多数剧种而言，演出不停，音乐不止，锣鼓伴奏贯穿始终。因此，各场次的节奏及其变化必须深思熟虑，场与场之间如何过渡、怎样衔接，也应胸有成竹。

应当明确：以情节节奏为基础，以处理艺术节奏为重点，以演出实效为目标，在场次划分与安排上，寻求三者最佳汇合。

第四，技术因素。

所谓技术因素，一在技术形式方面，一在技术操作方面。

哪场露唱，哪场用舞，是否需要安排翻打场面，安排在哪里……如此这般技术形式问题，要善于构思，精于组织，在结构情节布局的同时，形成一个完善的技术格局，充分发挥唱念做打等艺术功能。一般讲“内容决定形式”，戏曲剧作却存在“形式决定内容”。《智取威虎山》中的“打虎上山”，从内容上看仅仅是“交代过程”，似乎可有可无，然而一段“马舞”、一曲“抒豪情寄壮志”极其精美，就戏曲艺术的技术形式而言，却是必不可少。再如《王昭君》一剧“出塞”的内容，话剧略而不表，做暗场处理；戏曲拿来大加渲染，载歌载舞淋漓尽致，竟然成为“点题”和观赏的双重重点场子。情节取舍之间，显示出是否符合、保持并发扬戏曲艺术特征的重要问题。

从技术操作上做考虑，场景迁换、角色换装、演员缓冲气力、观众适当休息等项，都要有时间保障，在设定场子时要留心解决。总之，从分析把握情节、空间、节奏、技术等结构要素入手，筹划情节分布，确定“一场一中心”的各场内容；权衡舞台空间，安排场次环境：理清剧情发展节奏，拟定艺术体现节奏；设计技术格局，兼顾搬演操作，由此完成场次的划分。

（二）场子安排

上述“分场”，大体属于“规划”性质，剧作结构的落实，进一步体现为场子安排。场子是情节内容、艺术表现的载体。场子有明场、暗场、过场、垫场以及重点场子与一般场子等不同的类型，各有其性能和作用。结构剧作，要根据“一场一中心”情节内容的或详或略、或重或轻，选择安排相应的场子，用一个个特定的场子，去展现一场场设定的情节。

1.重点场子。

一场场设定的情节有主有次，总不能等量齐观；展现这些情节应如波浪般地有起有伏，不可以平铺直叙；平则板，平则温，平、板、温是戏之大忌。在场子安排上，需要避免情节平列，自然要筹划区分重点场子与一般场子，尤其要抓住重点，精心组织、精心安排重点场子。

（1）重点场子的构成。

从情节内容讲，构成重点场子的应是那矛盾冲突、戏剧动作最强烈，人物思想情感最激荡的部分。展现这些冲突、动作和情感，一般有两种方式，一是侧重叙事，一是侧重抒情。

侧重于叙事的重点场子：以事件为核心，以事态发展变化为主要叙述对象，凸现人物，特别是主要人物在矛盾冲突中的所作所为。莆仙戏《春草闯堂》，其曲折的情节全由小丫鬟春草“闯堂—认婿”引发，主人公善良机智、泼辣果敢的性格在“闯堂—认婿”行动中闪放光彩，可以说“闯堂—认婿”是该剧的戏眼。“闯堂”这个重点场子紧扣“戏眼”，描写春草先以“奉小姐命来看审案”回答知府所问“为何而来”；又谎称薛玫庭是相府亲戚阻拦动刑；在连串的追问下，春草情急冒认“是姑爷”，镇住了知府。一浪高过一浪的情节递进，“智力游戏”似的一问一答，饶有趣味，引人入胜。京剧《曹操与杨修》第五场“解诗”：曹操接到诸葛亮打来的战表——一首刁钻古怪的藏头诗，满营将官俱不能解，曹操被杨修所激，承诺以马行十里为限猜破，猜不出甘愿牵马坠镫。于是，这一重点场子浓重渲染“解诗”的过程，十里、二十里、三十里……曹操由自负、自愧到恼怒；杨修却想对曹操当头棒喝、乘机进谏，生动诠释了曹操与杨修本已存在的矛盾渐趋明朗，渐趋公开，渐趋尖锐化。京剧《群英会》中的“蒋干盗书”“草船借箭”，川剧《彩楼记》中的“评雪辨踪”，昆曲《十五贯》中的“访鼠测字”，现代戏《沙家浜》中的“智斗”，等等，都属这一类型。

侧重于抒情的重点场子，以事件为背景，以人物悲喜境遇中的心态情感为剖析对象，尽情抒发主要人物在特定情境中的所思所感。现代戏《蝶恋花》中“古道别”一场，情节简单——长岳古道，不幸被捕的杨开慧与父老乡亲依依惜别。然而，成套唱段充分抒发了革命志士对人民、对国家、对事业的拳拳之心、滔滔浓情，缠绵悱恻，淋漓尽致。越剧《红楼梦》中的“哭灵”，情节单纯——黛玉灵前，宝玉恸哭。然而，声声吞泪，字字泣血，倾诉着主人公无限深情，几多无奈，一腔愤懑，给人以感染，给人以震撼。又如昆曲《烂柯山》中的“痴梦”与川剧《宫人井》中的“别洞观景”，前者细腻刻画一个贪婪妇人的复杂心态，后者集中表现一个妙龄少女投入自由美妙天地的喜悦情怀。传统戏《荆钗记》中的“刁窗”，现代戏《红灯记》中的“刑场斗争”，以及探索剧《西施归越》中的第五场（“临盆”）等，都属于这一类。

当然，抒情、叙事的各有侧重，却也互相交叉渗透，不可能也不应该决然隔断联系。此外，也有一类重点场子叙事与抒情相互依存，两者并重，如《白蛇传》的“断桥”、《火焰驹》的“行路”、《蝴蝶杯》的“藏舟”，以叙事为依托而酣畅地抒情，以抒情为灵魂而生动地叙事，细微描摹曲折情节中的微妙心态。

戏曲剧作的重点场子，总是要用唱念做打等手段来体现，来强化，有些重点场子更重于表演技能的繁重和艺术形式的突出。如蒲剧《富贵图》中的“烤火”，豫剧《梵王宫》中的“挂画”，京剧《汉宫惊魂》中的“惊魂”，《长坂坡》中的“大战”等，都是有极强的技能性与形式美而更具观赏性的重点场子。

许多范例表明：重点场子之成为“重点”，要做到“三透”：戏要挖透，充分发挥戏剧性；情要写透，充分抒发人物情感；技要用透，充分利用艺术技能的表现力和感染力。前人讲，“戏以人重，不贵物耳”。“三透”的核心，当是笔酣墨饱地描绘鲜明生动的人物形象。

（2）重点场子的设置。

重点场子在一剧之中如何安置？总的讲是依据剧情和技术编排而定，但因剧本结构体制不同而亦有区别。

京剧《白蛇传》（田汉本）依循传统结构体制，由大、小场子，重点场子与一般场子共十六场构成。其重点场子为“游湖”“盗草”“索夫”“水斗”“断桥”“合钵”，分布于全剧的第一、七、十一、十二、十四、十五场。详列如下：

第一场	游湖	大场子	重点场子
第二场	结亲	小场子	一般场子
第三场	查白	小场子	一般场子
第四场	说许	小场子	一般场子
第五场	酒变	大场子	一般场子
第六场	守山	过场	
第七场	盗草	武场子	重点场子
第八场	释疑	小场子	一般场子
第九场	上山	小场子	
第十场	渡江	过场	
第十一场	索夫	大场子	重点场子
第十二场	水斗	武场子	重点场子
第十三场	逃山	过场	
第十四场	断桥	大场子	重点场子
第十五场	合钵	大场子	重点场子
第十六场	倒塔	尾声	

它的这种传统结构体制，场子比较分散，却也清楚地显现出重点场

子与一般场子之间的排列组合关系。

> 第一场“游湖”情趣盎然，开头便是重点场子。第二场以“结亲”承接并扩展“游湖”的意蕴：这个一般场子为前一个重点场子的余韵。一、二两场自然连接，形成一个段落。
>
> 第三、四、五场，三个小场子，偏重于情节交代，是前后两个重点场子之间必要的缓冲和过渡。但是，由于戏剧冲突的萌发，戏剧悬念的营造，一般场子确也引人入胜。
>
> 第六场“守山”是第七场“盗草”的垫场，或可说是后一个重点场子的“从属场”。两场一体。
>
> 第八、九场两个小场子，为前后剧情做串联。
>
> 第十、十一、十二场是一个整体（近似六、七两场），过场戏“渡江”是“索夫”“水斗”的铺垫，作为两个重点场子的“索夫—水斗”，是一场拆作两场；于是，一个过场，一个由文场转开打，构成了主次衔接，文武组合，自成起止的段落。
>
> 第十三场，过渡性场子。
>
> 第十四场，重点场子“断桥”，可以独立成篇。
>
> 第十五场，重点场子“合钵”，掀起全剧最高潮。
>
> 第十六场，以一个短小的“尾声”结束全剧。

拆开来看，以重点场子为核心、为纽带，形成“游湖结亲”“仙山盗草”“金山水斗”“断桥相会”“合钵诀别”等若干“单出”；总起来看，正是这些分布于头、腹、尾的重点场子，成为支撑起整部剧作的梁柱。

在近时创作中，戏曲剧本结构体制发生了较大变化，具体表现在合理地吸收融入分幕法，集中情节，压缩场次，以少胜多，要言不烦，求得有限容量中内涵、外延的扩展。一部大戏不超过十场，演出时间控制在一百五十分钟之内，重点场子占总量的二分之一至三分之二。

以“探索戏曲”为标志的《西施归越》(罗怀臻编)，全剧六场，第三、五、六场为重点。具体情况是：

> 第一场，描写“西施舍身姑苏行”，一般场子，序幕性质。
>
> 第二场，表现越军一举灭吴，“迎接西施归国”，戏剧情节正式开始，虽属一般场子，却能引发观众兴趣。
>
> 第三场，忍辱负重的西施遭厌弃，向范蠡喊出“我的心快碎了”。重点场子。
>
> 第四场，西施一腔怨向谁诉，孤零零踏上回乡路。一般场子。
>
> 第五场，雷雨之中西施临产。重点场子。
>
> 第六场，重重压力下，失去婴儿的西施走向悬崖。在这个重点场子开始的时候，范蠡一个过场，紧接着又一个勾践过场，是铺垫，是交代，也是两个重点场子之间必要的过渡。

六场戏，实际是轻、轻、重、轻、重(轻)、重(轻)的序列。

莆仙戏《秋风辞》，梨园戏现代戏《枫林晚》等新编剧作，没有特意设置重点场子，每一场里自有轻重疾徐；由各个场子不同的轻重疾徐，构成全剧的错落跌宕。重点并未消失，只不过化解到每一场的段落中去了。

2.过场。

戏曲场子有大有小——内含容量不等；戏曲场子可大可小，有“戏”则长，没“戏”则短。最短小的场子要属过场。

“过场”者，情节简单，角色穿场而过之谓。在传统戏中，有奋勇进击的“追杀过场”、落荒奔逃的“溃败过场”、驰报消息的“探马过场”、解押粮草的“押运过场”、下达王命的“捧旨过场”、婚嫁迎娶的“花轿过场”，以及“出巡过场”“行路过场”“狩猎过场”“巡更过场”“报录过场”“禀事过场”……凡此种种，大略表现某一事中某一行动过程，或简要介绍“何许人要做何等事”抑或提示“将要发生何等事”，其间较少人物刻画。

但是，在戏曲剧作中，过场戏自有不可替代的功能；安排得当、处理巧妙的过场戏，可以超越简单化的“过程描述”，变“没戏”为“有戏”，发挥重要作用。

（1）过场的作用。

使用过场戏，大致可以发挥交代、过渡、铺垫、渲染、点题等作用。

第一，作用于交代、过渡。

由歌剧改编为京剧的《白毛女》，在原本第一场喜儿出场之前，加了一个穆仁智从黄府到杨白劳家的中途路上的过场。作者介绍：这个小过场，有两个作用，第一，从穆仁智的台词中交代了他去杨白劳家的目的，戏一开始，就把矛盾揭示出来；第二，以这个小过场为过渡，培养观众的情绪，喜儿上场就会显得气势饱满。京剧《杨门女将》头场，同样是安排了一个极其简短的焦、孟二将的过场，同样为了起到交代、过渡两个作用。作者讲：“《杨门女将》的头场，就是为了在主戏‘寿堂惊变’之前，用紧锣密鼓压一压场，让观众知道宗保殉国，边关告急，焦、孟二将去往天波府搬兵，以便把观众的视线引向下一场戏，在穆桂英喜气盈盈上场的同时，预感到将要发生的悲剧。”[①]很清楚，“让观众知道宗保殉国，边关告急”——完成交代，把观众视线引向下一场戏——实现过渡。

传统戏中更不乏实例：《四进士》杨春行路过场，话白叙述“自与义妹失散，又病倒在店中，今日痊愈。闻得按院大人在此下马，不免寻找义妹申冤便了”。三言两语，来龙去脉明白交代。《定军

①范钧宏：《戏曲编剧论集》，上海文艺出版社1982年版，第21页。

山》黄忠行军过场，以一段“西皮快板”载歌载舞，风采尽显，成为由“请令”到“会阵”的精彩过渡。

显然，受益于过场戏的交代、过渡，戏才开得不“温”，主角才上得不“秃”，情节、情绪才转得不“折”不“涩”，也才不至于留些不清不楚不明不白的问题干扰剧情发展。

第二，作用于铺垫、渲染。

剧作家范钧宏曾就“铺垫”讲道：“作为一个概念来讲，铺垫就是渲染、衬托；作为两个概念来讲，铺是铺平，垫是垫高。有平有高，就意味着有起有伏、有动有静、有弛有张、有疏有密。铺垫也表现了主要与次要之间的关系，次要人物为主要人物铺垫，次要矛盾为主要矛盾铺垫，次要场子为主要场子铺垫以及唱念做打相互之间的铺垫等等，所以它的应用很广，变化很多。”①

传统戏《空城计》，诸葛亮得知街亭失守，司马懿带兵前来夺取西城，而西城空虚，冒险设下空城计，在忐忑不安中带领老军童儿前往敌楼。此时，一个司马懿带兵过场，气势汹汹，风驰电掣，渲染出大兵压境的险恶情势，同时也为下一场诸葛亮镇定退兵的大智大勇起到衬托作用。在昆曲《打虎》中，武松不信猛虎伤人及“三碗不过冈”的告诫，豪饮之后登冈而去。接下来便是虎形过场，这猛虎左奔右蹿，舞爪张牙，凶相毕露。一番渲染，为武松冒险登冈、英勇打虎做了恰当铺垫。

新编京剧《满江红》，为了营造岳家军追击金兵，金兵仓皇渡河的情境氛围，大胆使用了接二连三、连续不断的追过场。

［中原战场，金鼓震天，马嘶人吼。

［“急急风”，金兵、金将溃不成军，狼狈过场。哈迷蚩抱头鼠窜，逃下。

---

①范钧宏：《戏曲编剧论集》，上海文艺出版社1982年版，第175页。

［岳家军高举“岳”字旗，岳霆、岳霖、岳震、岳雷掩杀金兵，势如疾风迅雷，过场追下。

［“金”字纛旗败走，金兀术上，回望，杀声大作，金兀术加鞭急下。

［岳家军、岳银屏、岳翠屏、岳云、张宪引牛皋上。牛皋连喊：“追！追！追！”挥军“亮相”急下。

［怒涛滚滚，黄河在望。

［金兵、金将、哈迷蚩、金兀术败上，抵黄河，水手迎上，众下马抢渡。岳家军追上，金兀术等仓皇渡河，岸上残兵尽被歼灭。

四个过场有机相连，把“疾风扫败叶”般的气势渲染得淋漓尽致；也为后面的“逼令还朝”“遭诬被害”做了成功的反衬铺垫。

上述过场戏的功能效果，恰如一句诗所称“山雨欲来风满楼”。“风”而“满楼”，极尽渲染之能事，“风”为山雨欲来之先兆，自自然然地完成着巧妙的铺垫。

第三，作用于点题。

传统戏《樊江关》，描写薛金莲矫情使性，向嫂嫂樊梨花挑战比剑。接下来是薛、樊部下旗牌官的过场：薛部下借酒撒疯，无理取闹，寻衅滋事，形象地说明“上行下效”“上梁不正下梁歪”。《空城计》中司马懿的退兵过场，接连中计的司马懿由衷赞叹：“诸葛亮呀诸葛亮，你的胆忒大了！司马懿呀司马懿，你的胆也忒小了！司马用兵不如亮也！”灰溜溜退兵而去。深刻地点明“智者千虑，必有一失”“强中自有强中手”。

新编历史戏《曹操与杨修》，有一个角色——招贤者，以过场的形式反复出现。这个戏首先便是在招贤者鼓锣呐喊的过场中开始的，招贤者喊道：“招贤喽！招贤喽！汉阳曹操，兵败赤壁，招贤纳士，重图大业。”曹操妄杀孔文岱之后，招贤者先以“画外音”喊道："山不厌高，海不厌深，招贤呐！招贤纳士，一片诚心，招贤呐！"随后上场念道："曹丞相礼贤下士，升赏主簿杨修，犒赏三军将士，大设灵堂祭奠孔文岱，招……嗨，我招什么？我都招不出口啦！……大汉丞相，赏罚分明，再表求贤之诚，招贤喽！"曹操与杨修隔膜日深，招贤者以旁观者姿态登场评说。结尾处，卖弄才华的杨修，死于难消疑猜的曹操刀下。这时——招贤者须发尽白，老态龙钟地上，神情木然地呼喊："汉相曹操，兵败斜谷，招贤纳士，再图大业。招贤呐！"步履蹒跚地下。随着这招贤者最后的过场，本剧落下了帷幕。可以看到，招贤者从始至终的一个个过场，步步深化地揭示着一个富有哲理而颇具讽刺意味的悲剧性问题：招贤却嫉贤，嫉贤又招贤。

过场戏的点题作用，在《曹操与杨修》中运用发挥得十分精到。

几个成功要素，具有普遍意义。其一，点融于面。换言之，把发挥点题作用的过场戏作为一个"点"，与全剧这个"面"有机结合，融为一体，不能使人觉得生贴硬粘，可有可无。力争画龙点睛，避免画蛇添足。其二，"题"寓于"戏"。换言之，把点题之"题"寓于情节之中，成为戏剧情节发展的"必然归纳"和"自然流露"，力求用情节讲话，用形象证实，避免耳提面命，宣讲道理。其三，"点"要点到，点到而已。既要点题，就要到位，不能含混不清，似是而非。点题是"点"，适可而止，应有意会、感悟之趣，而无直露、晦涩之弊。

（2）过场的安排使用。

安排过场戏，大致有开戏时和一般时两种当口，独立使用和场中穿插两种方式。

以过场开戏的剧目不胜枚举。如《打渔杀家》中的李俊、倪荣出游过场，《火焰驹》中的艾谦贩马过场，《锁麟囊》中的傧相争利过场，《五台会兄》中的杨六郎奔逃过场，《周仁献嫂》中的海瑞出征过场，前面提及的《杨门女将》焦、孟过场，《白毛女》穆仁智过场，等等。在开戏当口安排过场戏，除表现情节、营造气氛等方面有所需要外，往往要承担一项任务，在主戏上场前压一压台，或为主角登台垫一垫场。此类压台垫戏，平常做法是以热压冷，次为主垫。一般情况下，开场冷清的主场戏才需要压台，用来为冷清的主戏压台的过场戏当然必须热烈。这“热烈”，可以是热闹的情节，热闹的排场，炽热的气氛，也可以是热烈的锣鼓音乐。试看《打渔杀家》，剧情本是始于萧恩父女摇船打鱼，按舞台处理萧桂英先唱“闷帘导板”：“摇橹催舟顺流下”，萧恩接念一句“开船哪!”“水声”二人摇船桨上，圆场——只有“水声”相随，全无锣经伴奏。视听所及：水声隐隐，渔舟荡来；水声潺潺，渔人催舟。这个“水声”上场，相当别致，颇有意境。但用于全剧开场，既显冷清，又感唐突。前面垫一过场，“一锤锣”打上，“大锣凤点头”开唱，经“长锤”“一锤锣”打下；再上主戏，依然“水声”上场，意境保留，冷清消解。又如《白毛女》，主戏开始于喜儿盼父归家，舞台处理是小锣开场唱“南梆子”，确实显得温吞，前面加垫穆仁智过场，虽然没有紧锣密鼓，但是“南锣”唱上，唢呐伴奏自然热闹。这个过场安排，考虑形式结构，冷热因素似乎重于其他。

至于一些新编剧目的序幕（如现代戏《奇袭白虎团》）、楔子（如川剧《望娘滩》），本质上也是过场，也属于过场开戏，不过，安排使用的目的和意义，主要在于总括全剧精神，引出正文。

一般时间（非开戏时）安排的独立的过场戏，大都为了展开剧情，承上启下。剧作家范钧宏介绍说：“我写《猎虎记》时曾经遇到一个问题：毛太公赖虎后把解珍、解宝绑赴府衙，下一场原来是写‘公堂’，并准备叫孙立、乐和二人在公堂出现。可是这两个角色在前面都未出场，一旦在公堂出现，就会显得有点突然，而且有些问题（如乐和与二解的关系等）也很难交代清楚。怎么办呢？这里就穿插了一个过场戏。写孙立回家途中，遇见解珍、解宝被捕快们押赴府衙，紧接着乐和出场，向孙立略述毛太公赖虎和诬陷二解经过，孙立听罢，赶奔公堂与知府辩理。于是就在这个承上启下的情节中，交代了人物关系和他们对待这一事件的态度……”①无场次赣剧《荆钗记》一个过场很有意思。剧本这样显示：

［自由空间。四公差锁驿使及孙汝权过场下。

真可谓“一笔带过”。这简单的一笔，是对前半出戏中孙汝权篡改王十朋家书，妄图骗娶钱玉莲的勾当做个了断；也是为后半出戏腾出笔墨，集中描写王十朋与钱玉莲的情感纠葛。

有的过场戏，是给将要出现的情节稍做铺垫，而后立即进入中心情节。这类过场，往往也被称作“垫场”。试看湘剧《拜月记》第二场“认女”：

［蒋瑞莲上。

蒋瑞莲 （唱）慌乱逃奔，
哥哥不知何处寻。
教我进无路，
退又无门！（下）

［王夫人上。

王夫人 （唱）离开了安乐尚书府，
逃出了中都烽火城，
忽一时，途中纷乱人声震。
失散了我那瑞兰儿，苦我呼寻。
西边呼来，东边寻问，
总总的沿途不见人。

①范钧宏：《戏曲编剧论集》，上海文艺出版社1982年版，第172页。

我那儿呀！

娘再呼来儿再听。

瑞兰！

［蒋瑞莲内应“有”。

王夫人　（唱）谢苍天，可喜前边有应声。

［蒋瑞莲上。

蒋瑞莲　（唱）远远闻一声，

哥哥呼唤瑞莲名。

这一场王夫人“认女”，起因是蒋瑞莲的冒失应声，但在观众看来，蒋瑞莲的冒失一点也不突兀，反而显得那么合情合理、那么有趣有味，关键就在有了前面蒋瑞莲过场一“垫”。

再看昆剧《十五贯》第二场“受嫌”：

［熊友兰背钱袋赶路上。

熊友兰　（唱【粉孩儿】）

家贫寒，少衣食，难养双亲，

靠为人帮忙，苦度光阴。

主人经商家豪富，

我为他受尽苦辛。

走遍了苏、杭、湖、广、皖、赣、闽，

贩遍了绫罗、药草、海味、山珍。

终日里买货卖货，

为主人赚取金银。（下）

［苏戌娟疲倦地上。

苏戌娟　（唱【红芍药】）

两腿酸，脚痛难忍。

口儿干，汗水淋淋。

怕追赶，拼命往前奔。

跑得我四肢无力，头晕眼花，

不知此去皋桥还有多少路程？

啊呀，好苦啊！

（接唱）

身孤单，少亲人，似黄叶飘零。

谁怜谁问，眼前一线路，

皋桥投亲，对姨娘细诉衷情。（下）

[追赶凶手的邻人过场下，熊友兰上。

熊友兰　（唱【福马郎】）

做牛做马力用尽，

到头来难以养双亲，

但不知何日能养家，乐天伦。

[苏戌娟内喊："前面客官慢行！"

熊友兰　呀！原来是位小娘子。

（接唱）

莫非是把路问？

为何她一人独出门？

[苏戌娟上。

这里，一连用了三个垫场。第一、二垫场，以说书人所谓"花开两朵，各表一枝"的手法，分别展现熊友兰、苏戌娟各自的处境、心境及各自行路的情景，使主戏"受嫌"有个来龙去脉。又通过垫场，把熊友兰的"自报家门"、苏戌娟的"内心剖叙"一一做了安排，减轻了后面主戏的负担，使之更为集中洗练，特别是压缩了熊、苏二人在场上共处的时间，使"受嫌"来得更快、更急，更有瞬间生变之感。作为第三个垫场的"追赶凶手的邻人过场下"，看似可有可无，实则大有妙用。与前两个垫场相联系，它构成了情节的多侧面描述；构成了以免生旦两角冷清清轮流上下的冷热调剂；构成了情势紧张的悬念。但是，接连三个垫场，都是构成主戏之前完整的“一垫”：为主戏登场形成一种事发预感，引发一种观赏期待。

另有一些垫场，做如下应用：

延缓。当剧中人——一般是主要角色——需要大换装时（如扎靠、女改男装、男改女装等），安插一个垫场，用来填补时间，延缓剧情的发展。如传统剧《刘金定杀四门》中刘金定“披挂”，由马童“备马”做垫场;《荀灌娘》中荀灌娘突围前的“改扮男装”，即由丑角荀常单人垫场，一番调侃，借以延缓。

隔断。受剧情制约，在一前一后两场戏中，刚刚下场的角色顶场要上。如果真的安排角色刚下即上，一来看着絮烦，二来使场与场产生粘连，模糊了剧中两场之间的时间距离，于是两场之间插个垫场，形成隔断，使角色“刚下即上”的弊端得以化解。如传统评戏《绣鞋记》第七场，张春莲得知未婚夫被诬陷负案，连夜与堂妹商议：次日闯衙辩冤。计议已定，“二人同下”。第八场的主戏应是张春莲姐妹奔赴县衙。在这之前用了一个垫场：张春莲之堂兄张广太上，念：“身在官衙内，官差不自由。唉，我表弟受了冤枉，有心搭救，又想不出一点主意。清早起来，到县衙走走。”下场。而后，便是张春莲姐妹双双登场。这个垫场，短小又短小，平淡又平淡，而它非有不可，没有不行的意义就在于“隔断”。隔断眼中“上来下去，下去上来”过分单调的视觉印象；同时，“隔”出了“昨夜”“今晨”的时间概念。

连接。前后两场戏，时隔若干年，两场情节却要以主人公为起讫。处理成角色刚下即上，同样会模糊场次的“时间”性，与前例所不同的，给人感觉不是“粘连”，恰是“跳动”。两场之间安一垫场，贯通意脉，连接前后。如新编川剧《夫妻桥》，第六场“冤斩”以何娘子祷告亡夫终场，距前场“两年之后”的第七场“春祭”，其主戏以何娘子祷告亡夫为开端。就在主戏之前有个垫场：曾、范二歹徒感叹“清明时节柳絮飘”——点出时间，忌恨“何娘子阴倒在想修索桥”——点出妻继夫志，诅咒“伏龙渡神仙休想架鹊桥”——点出斗争在继续。两个捣蛋鬼，一场垫场戏，连接起夫妻修桥、前仆后继的来龙去脉。

使用垫场，并非都是高明的办法；有的垫场——如马童备马、荀常调侃等，亦非精致的篇章。故此，老戏剧家萧长华告诫说：“无论什么戏，都忌‘游场子’‘废场子’‘荒场子’；‘垫场子’也非到万不得已时不用。”[①]这个“非到万不得已时不用”的“垫场子”，当指纯为填补真空，消磨时间之类。今日作剧，理应有更巧妙的处理。

场中穿插过场，一般是“过场”与“主场子”两方面角色处于同一空间。

《盗御马》的窦尔敦潜入御营，由更夫过场得知御马所在；又追踪更夫过场寻到御马圈。《十三妹》中何玉凤登高瞭望，从骡夫一伙儿过场发现携带重金的旅客；又由骡夫过场得知其准备谋财害命。《艳阳楼》中花逢春等人在游春路上，通过高登与众打手过场，“观见高登马上驮定一女，不知抢得谁家女子”而顿生疑窦；潜入高家窥见高登扶婢过场而庆幸“看高登酒醉，此乃天助俺成功也!”

场中过场另一种巧妙形式，是“过场”与“主场子”两方面角色处于不同空间，而构成和谐完整的情境。例如，在《搜府盘关》中，太子田法章受宦官伊立迫害，藏于御史田丹府中，扮作妇人以逃避伊立搜捕，正当太子在府内改扮之时，随着一声喝喊出现了伊立带领校尉耀武扬威“趟马”过场，显示伊立正气势汹汹催马直奔御史府邸而来，把本已紧张的气氛渲染得愈加紧张。值得注意的是，这个小过场穿插于大场子中间，运用近似电影蒙太奇手法，使

---

①钮骠:《萧长华艺术评论集》，中国戏剧出版社1990年版，第67页。

"府中""街上"两个空间交替出现，一方"淡出"一方"淡入"，变换组接天衣无缝，情境、意境浑然一体。

京剧经典剧目《长坂坡》，以武戏样式表现历史军事题材"长坂之役"，唯其是一出演"大战役"的"大武戏"，除集中笔墨着力展示主人公大将赵云的忠勇外，安插了八个过场，鸟瞰式地观照广阔战场的方方面面。在样式运用上既有用于"曹兵追杀百姓""糜竺被擒"的一般过场，也有用于"曹兵设伏，引诱赵云"的垫场式过场，又有"张飞驻马桥头，迎甘夫人过桥"的场中过场；形式上，有"张飞迎甘夫人过桥"同一空间的场中过场，也有一方面"刘备一行赶路"，另方面"张飞督催百姓奔逃"的不同空间的场中过场；既有"曹兵搜索赵云"时的"两边上、双抄过场"，又有"曹兵冲散糜、甘二夫人"时的"二龙出水上、双翻下"的过场，充分显示了过场的灵活与多变，很值得研究借鉴。

当然，"过场多"为传统武戏常见，而如《长坂坡》之多是个特例，一般作剧安插过场要少而精，决不能多，更不要用没滋没味的过场戏去罗列情节过程。

3.暗场与"搭架子"。

戏曲剧作，不能像记"流水账"——"事无巨细，点滴不漏"。叙事，要有详有略；行文，要有实有虚；落实到场子上，应掌握好暗场处理、明场交代、明暗交错、虚实照应的结构方法。

（1）暗场的应用。

从情节角度讲，暗场应用于省略、回避、跳跃。

省略：通过暗场处理，省略那些与剧情有关但无须出现于舞台上的情节。

传统戏《周仁献嫂》中，受迫害的杜文学发配边疆、说降敌酋、得胜回朝、皇帝封赏等一系列情节概由暗场处理，仅用三言两语做个交代。因为该剧是以周仁为主角，以周仁献妻救嫂、忍辱负重为贯穿情节；简言之，"戏"是围绕主角——周仁展开的，配角杜文学的坎坷经历便自然“略而不表”了。

在莆仙戏《秋风辞》中，汉武帝刘彻对于“太子造反”的密报将信将疑，对于“赵婕妤与太子有前情”心存猜忌，以“一箭双雕”之计而“命赵婕妤前往东宫，查看太子有无造反，速来复旨”。此时，太监下场“传旨”，赵婕妤旋即上场“复旨”，“东宫查看”的情节以“暗场处理”方式做了表现上的省略。究其原因，在于“查看者”与“被查者”的关系特殊，查不出强烈冲突；赵婕妤与太子刚在前一场演过一段感情戏，也难再展开抒情。总之，很难出戏。况且，戏剧冲突诱导人们关注的焦点是赵婕妤如何复旨，并不在意她怎样查看，于是，“东宫查看”成为无须出现于舞台上的情节，作为暗场的处理也就顺理成章了。

回避：通过暗场处理，回避那些与剧情有关却不便出现于舞台的情节。

司马迁受宫刑、喜儿遭强暴、杨二娥被谋杀……无一不是至关重要却又不便呈现于舞台的情节，在新编历史剧《司马迁》、现代京剧《白毛女》、评戏《杨三姐告状》中都以暗场处理，一一回避。

跳跃：通过暗场处理，跳过那些可能拖延剧情发展，干扰戏剧冲突的情节。

在评戏《秦香莲》中，否认杀妻罪行的陈世美狡辩：“怎么有刀无有鞘?”秦香莲指证：“刀鞘现在韩琪腰。”包拯传命：“土地祠内搜刀鞘!”王朝领命下场，随即上场复命：“取来刀鞘相爷瞧。”在未间断的锣鼓声中，一个“下去—上来”，王朝便在暗场中完成了“搜刀鞘”的使命。在楚剧《狱卒平冤》中，为了缉拿元凶黄四方，巡抚派人去传监视黄四方的店家。刘师爷领命下场，紧跟着上场禀报：“黄四方带到……经店家指点，我等到武昌府搜查，方才拿获。”同样在一个“下去—上来”之间，于暗场中完成了先去传唤店家，再到武昌府搜查并拿获人犯的两件大事。从实际讲，“搜刀鞘”“捕人犯”总有一定路途，总要一些时间，总要经过一定长度的情节过程，岂能转瞬即归。但此时剧情发展刻不容缓，观众对揭露陈世美、捕获黄四方迫不及待，穿插进哪怕最微小的一些情节，也会起到干扰作用。于是，发挥戏曲舞台时空灵活的优势，以暗场处理跳过一段情节过程，使剧情发展更加顺畅而无磕绊，舞台节奏更加紧凑而不拖沓，舞台气氛更加圆满而不散漫。

传统戏《空城计》中的“三报”，更是个精彩的范例。诸葛亮看到街亭驻守图，预料街亭难保，立即闻报：“马谡、王平失守街亭！”他还来不及运筹，再次闻报：“司马懿带兵夺取西城！”当他尚未摆脱惊愕时，三次闻报：“司马懿大兵离西城不远！”连续三报，打破了时间概念，全不考虑探子侦察往返和敌方发兵行程。表面看来是跳跃，究其实质是浓缩。把数日间发生的事态变化集于一时，从而产生一种瞬息生变的紧张感、压迫感，造成一种有利于刻画人物性格，表现戏剧冲突的氛围。

戏曲剧作还用一种“大跳跃”——少则十天半月，多则数年，数十年一跳而过。如《赵氏孤儿》中的孤儿赵武，《乾坤福寿镜》中的弃婴林弼显，上一场还在襁褓之中，下一场已经长大成人。因为剧情中的“前因”，使人们期待尽快看到“后果”。在剧作篇幅限制下，宁愿用自己的想象填充中间一段空白，也不希望拖拖拉拉去看段琐碎的“成才史”。在这里，跳跃即是精简，跳跃即是集中；简化掉中间过程，戏剧情节更趋精练，戏剧矛盾更加集中。

传统戏《清风亭》是另一种跳跃。该剧情节的时间跨度长达二十年，大体分为三段：第一段叙述张继保降生被遗弃，张元秀老夫妻拾子回家；第二段已是十三年过去，描写张继保追询亲生父母同张元秀发生争执而出逃，张元秀追赶之间偏遇继保生母，继保决然随生母而去；第三段又是七八年过去，表现张元秀夫妻终日思念继保，值继保高中荣归，老夫妻认子不成反遭凌辱，悲愤至极双双碰死。这种“三级跳”的方式，同样是略去若干岁月中与正题无关的庞杂情节，但对一定时期内足以使人物命运发生转折的重要事件——如最初的“拾子”，十三年后引发冲突的“责子”“赶子”，又七八年后导致悲剧结局的“思子”“认子”等——抓住不放，刻意描写，全面展现戏剧矛盾发生、发展、激化、转化的各个环节。跳跃的情节，却推动着故事主线的连贯。

（2）虚实照应。

某些情节既已实行暗场处理，则必须通过明场明明白白地做出交代，否则，上文不清，下文不明，一笔糊涂账，不仅造成剧情叙述上的不完整、不完善，更会影响观众的欣赏。因此，凡用暗场处理，就要辅之以明场交代，做到前呼后应、虚实照应。

在一些戏曲作品，特别是传统戏中，往往把暗场处理的情节，由当事人直截了当地自我叙述“前者如何如何”。这是秉承说唱文学之遗韵，最简单的一种交代方式，尽管存在简单化的缺憾，却也有简洁明了的优点。

要超越简单化的交代方式，应当寻求暗场情节的交代与明场情节的发展有机结合。

前面提到《周仁献嫂》中杜文学立功凯旋作为暗场处理。在紧接的一场，凤承东惊慌失措地来向严年禀报：杜文学凯旋，情况不妙。严年强作镇定，校尉们冲入正告：严嵩已被拿到，奉杜元帅之命捉拿尔等。锁拿严年、凤承东而去。本场的中心是“捉拿仇敌”，凤承东及校尉是在情节不断发展中，先后交代出杜文学凯旋，严嵩罢官两段情节，两番交代又推动着“捉拿仇敌”这一情节的发展。尤其是凤承东战战兢兢绘声绘色地述说：“只见众百姓夹道欢呼，杜文学乘骑高头大马，旌旗招展，前呼后拥，八面威风，穿街而去……”这不再是为“交代”而交代，也不再是情节的一般交代，它是特定人物（杜文学的仇敌）对那情节的描述及心理反应，它已成为此刻情节的构成因子。

“以明导暗”，以实写带出虚笔，是融化在表现手法之中具有一定技巧性的交代方式。

《司马迁》中“受宫刑”已做暗场处理，接下来是玉儿探监，向外公禀告赎金凑齐，可望免刑出狱的喜讯。受刑已毕的司马迁，掩盖着肉体与精神的剧痛，打发玉儿快快离去。这时——

[老狱公扶司马迁下。玉儿出牢门，老狱公落锁。

[狱吏上。

狱　吏　老狱公！你把司马迁的血衣速速送去！李大人派人前来验刑。

老狱公　是。

[狱吏下。

玉　儿　（惊呆）什么？我外公他……他……动了刑了！（昏厥）

老狱公　唉！到了还是瞒不住啊！

玉　儿　（唱）天旋地转风云惨，

一腔悲愤对谁言。

（哭）外公啊！（扑向牢门）

老狱公　不要哭了！唉！

玉　儿　（唱）湛湛青天应有眼，

可曾见这重重的灾难千古冤！

苍天哪！

老狱公　玉儿，惊吓了太史公，他的伤可就养不好了！回去吧，这儿有我呢！

玉　儿　（抓住栏杆，轻声啜泣，声音凄厉悲哀）外……公……啊……

在这里，明场的玉儿探监，导出暗场处理的司马迁的受刑；实写司马迁之悲愤，玉儿之哀痛，老狱公之同情，带出受刑、验刑、李杜勾结、任安仗义等许多虚笔。作品是以被深深刺痛的心灵来折射那给人严重伤害的事件。这样一种非同一般的“交代”，更深刻、更强烈、更入戏。

总之，暗场处理的情节要做明场的交代，并以交代清楚为好；“交代”须要融到“戏”里去，避免为交代而交代；交代的手法可虚可实，灵活多样，要因戏制宜，力求创新。

（3）“搭架子”。

“搭架子”，本是专指剧中不上场人物在幕后与场上人物呼应搭话。如京剧《武家坡》中，薛平贵向“列位大嫂”打听王宝钏，不上场的“列位大嫂”在幕后的答话；川剧《踏伞》中，蒋世隆向“路人”询问可有轿子，不上场的应声者幕后回答：“兵荒马乱的，莫得轿子！”扩大一点，往往也泛指一切幕内道白，如剧中人上场前念的“走哇”“马来”“摆驾”“摧军”“掌灯”“带路”……以及喊杀、呼救、喝道、鸣冤等种种人声。“搭架子”（主要为前者）的特征，是把剧中某些人物推向幕后做“暗场处理”，只闻其声，不见其人；以“幕后声”配合，加强乃至构成“台上戏”，台前幕后半明半暗而浑然一体。

“搭架子”首先是作为一种经济手段，用来处理一场中局部的情节或细节。

传统戏《双李逵》，描写李鬼假冒李逵之名拦路抢劫，被李逵撞见制服，李鬼道出为养母而无奈行劫，最终得到李逵的谅解和周济。剧中有李鬼出门时“告别老娘”的情节，它向观众表明李鬼的老娘真实存在，为后面李鬼申诉做了具有可信性的铺垫。没有这个细节，便不能取信于观众，李逵的仗义疏财会被认为上当受骗。

显然，这个细节安排很有必要。但若真扮个老娘上场话别，确也实在啰唆。于是，剧作安排李鬼向幕内呼一声“老娘”，幕后答一声：“做什么？”李鬼编了一个出门的理由，幕内“老娘”嘱咐：“早去早回！”极省力、极明确地表现了“告别老娘”的情节。又如传统戏《吹箫乞食》中的专诸之妻“代母传唤”、《钓金龟》中的周伯伯“回答质询”，都以“搭架子”完成了重要细节的描写。

“搭架子”大都以明场情节为主导，以场上人物的“耳目所及”为条件。在赣剧《张三借靴》中，由于张三敲门讨酒吃，才引出隔门回绝的“搭架子”。在汉剧《宋江杀惜》中，是随着宋江“移步儿来在大街上”，才有“又听得邻居们说短道长”的“搭架子”。可以说，后台“搭架子”是台前人物行动的被动回应。

然而，“搭架子”却又可以变被动为主动，“以虚衬实”“虚中蕴实”，构成情景和意境。仍以《张三借靴》为例：张三敲门讨酒吃，门不见开，人不见面，只听里面有个声音说道：“席散了，客走了……剩菜剩饭喂了猪”；酒呢？“坛子都翻过来了！”茶呢？“炉上火都熄了！”吃口冷水也罢了！“潲水缸里有，你去吃了吧！”不开门，不见人，一句句谈话由门里传出，观众和张三一起尝到了“闭门羹”的滋味。在《宋江杀惜》中，宋江正向乌龙院走去，背后议论声起：“前面走的张文远，后面跟随宋公明，师徒二人共走一条道路，叫我等好笑！”冷语袭来，却又看不见说不清谁在议论，多少人议论，观众可以体会到好汉宋江陷入何等尴尬的境地。值得一提的是昆剧《十五贯》中的“见都”一场。况钟求见周忱为民请命，求见遭拒无奈击鼓。只听幕内一声威喝：“来呀！（众人应声）都爷有令，问是何来鲁莽小民，乱击堂鼓。若有状纸，先打四十，等候传问；若无状纸，加倍重打，赶出辕门！”众人应声后，传令者——中军官款款走上。当况钟在客厅苦苦等待，十分焦急时，又传出中军宣谕：“下面听着！都爷命旗牌客厅伺候！”又是等待……正是中军官这两段看似可有可无，抑或可以写成“台上词”、然而巧妙安排的“搭架子”，充分表现了周忱的倨傲、都府的森严，营造出沉闷、压抑的情境，为刻画况钟无私无畏、正直坚毅的品格提供了条件。

有时，“搭架子”也可以一种“以我为主”的姿态出现，或与“场上戏”互为主从，发挥其特定的作用。

在《除三害》中，被视为“三害”之一的周处，在幕内先喊一声:“好酒哇!”而后蹒跚登场，用“搭架子”显示出角色游手好闲、鱼肉乡里的顽劣，并为其带醉出场做了铺垫。又如《强项令》中“拦驾惩凶”一场，当湖阳公主庇护凶手、车驾行至夏门亭时，主人公董宣用“搭架子”程式在幕内朗声传命:“衙役们! 划地为界! 一字排开! 迎接车驾者!”随着“急急风”锣鼓上场，接唱:“臣斗胆——请车驾暂停道旁!”这个铿锵有力的“搭架子”，在主人公首次出场前，造成一种先声夺人的气势；同时，从刻画性格入手为刚正不阿的董宣造型：联系着“封腿”唱句——“车驾暂停”，名为“迎驾”，实为拦驾，“搭架子”又起到强化戏剧冲突的作用。

传统经典剧目《打渔杀家》，用“搭架子”程式巧妙表现暗场情节，虚实照应，明暗相衬，成为完美结构上的一大特点。剧中描写萧恩打跑大教师之后，到县衙去抢上告。接着，大教师跑回丁府，葛先生要用官府势力制服萧恩。作品对“公堂”一节，采用了暗场处理。明场写萧桂英焦灼不安地在家中等待萧恩，唱一段【西皮原板】，在“过门”里不上场的县官吕子秋在幕内“搭架子”威喝:“胆大萧恩，上得堂来胡言乱语，扯下去打!”随后是“一十……二十……三十……四十打完”的行刑，充分利用“搭架子”，渲染了萧恩在公堂被打的气氛。明暗结合，以实带虚，把同一时间、不同地点发生的事件，紧密地交织在一起，台前表现的是萧桂英惦念爹爹的焦急不安，幕后传来的是萧恩含冤挨打，台前幕后互相呼应，产生一股感染观众的强大力量。如此运用“搭架子”，也是构成结构严谨，场子集中的成功方法。

三、技术安排

戏曲“以歌舞演故事”，歌舞是手段，演故事是目的，歌舞要取决于故事叙述的需要。然而，戏曲故事是紧紧依靠歌舞而不是别的什么手段来表演的，歌舞便成为既服从于戏剧又为戏剧所赖以存在的必要条件，一切戏剧情节必须寻找歌舞表达的最佳方式。因此，一个完整的戏曲结构，一方面要有分场的故事情节，另一方面要有与之相适应的歌舞——唱念做打等技术安排。

这里，要探寻的是唱念安排、做打配置的一般规律和基本技法。

（一）唱念安排

唱与念，同属于戏曲语言，分属于两种不同的艺术形态、两种不同的表现手段，从而具有不同的艺术效果。从“语言”角度看，曲词宾白满布于戏曲剧本之中，几乎无处不在。但以“手段”论，则要讲究唱与念在剧中“为何存在”“如何存在”，要清醒、精细地处理好唱念安排问题。

1.前提。

构思唱念安排，不可忽视几项前提。

其一，内容。唱念安排的准则是从内容出发，从刻画人物出发，什么地方安排什么，怎么样安排，什么重一些，什么轻一些，都要以表现人物的性格、思想、情感、心理及人物之间的矛盾冲突的需要为依据。

其二，体裁。戏曲剧目，历来有唱工戏、做工戏、武打戏、唱念做打并重戏等不同的体裁。体裁的不同，反映出唱念做打比重的不同；或可以说，不同的体裁，正是安排使用唱念做打不同比重的直接结果。

确定剧目体裁的依据，一是人物，二是情节。一般说来，主人公外部动作不强而内心动作剧烈，属于悲剧命运的人物（如《三上桥》中的崔氏、《乌盆记》中的刘世昌、《西施归越》中的西施），大都适宜唱工体制。主人公行动性强而个性突出者（如《杨三姐告状》中的杨三娥、《打红台》中的肖方、《十三妹》中的何玉凤），大都处理为以念做为主或唱念做并重的体裁。情节简单又不具备舞蹈条件的戏（如《祭江》《鸿雁传书》《探皇陵》），自然处理为唱工戏。情节虽然简单却具备舞蹈条件的戏（如《桃花搭渡》《夫妻观灯》《天女散花》），当然是唱念与舞蹈相结合的体裁。以风格论，悲剧大多侧重唱工，喜剧一般侧重于念白、表演。

剧目的体裁，尽管主要依据人物与情节而定，作者却有按照自己的意图进行选择的自由。从而有必要、有可能先行明确剧目的体裁，在唱念安排上增强自觉，减少盲目。

其三，剧种。在唱念安排上，不同的剧种具有不同的“口味”，尤其对唱的运用差异很大。有的剧种唱得较多，动辄三五十句，甚至超过百句；有的剧种唱得较少，在剧中人动情的时刻才设置大段唱腔。例如，越剧《梁祝・楼台会》，唱词共有一百三十六句；同一题材的京剧《柳荫记・访友》唱词只有五十八句。据了解，越剧“唱句一般在三十句左右……京剧本的唱词，越剧唱起来嫌少，而沪剧本的唱词，越剧又嫌太多”。[①]显然，只有根据剧种的特点“度身定制”，唱念安排才能恰当妥帖。

其四，演员。剧作之搬演，有赖于演员的体现，唱念做打等技术编排，靠演员来发挥，而戏曲演员既有行当、专工制约，又不可避免地存在个人技艺的优长和不足，这一切都要反映到唱念做打等“四功”上。唱念安排就不能不考虑演员因素，因人制宜，扬长避短。

总之，唱念安排既取决于内容，也受形式的制约，还要认同演员因素的影响，方方面面不可偏废。

2.布局。

唱念安排着重布局，依次构思全剧布局、单场布局、段落布局。布局的关键是“安唱”，布局的要点是章法，是节奏。

---

①参见上海艺术研究所、浙江省艺术研究所:《艺术研究资料》(第六辑)，第190页。

唱念安排，唱居首位。在戏曲中，除少数以念白为主或侧重武打的剧目外，一般总是以唱作为表达人物情感、刻画人物性格的主要手段。同时，在很大程度上，唱也是技术布局与音乐结构的中心。唱的组织和安排，影响着全剧艺术上的统一和完整性。这就决定了“安唱”在布局中的核心地位和枢纽作用。安唱得当，布局稳定；一段不妥，就有可能扰乱全局。

戏曲情节结构讲究章法，作为戏曲技术结构中的一个组成部分，唱念安排也要讲章法。这“章法”即是“起、承、转、合”。剧作家范钧宏认为：“唱念安排的章法，表现在一场戏里，也表现在一个完整的唱段之中，唱段怎么起，如何收，哪里转，是一唱到底，还是唱中夹白？有的唱段起得自然，收得饱满，首尾呼应，层次分明；有的则起得生硬，收得突兀，或则头重脚轻，或则尾大不掉……往往在于章法的掌握。”[①]概括地讲，“章法”就是讲究完整性、层次性和逻辑性。

戏曲故事结构，自有其节奏，其中包括情节发展节奏和人物情绪节奏。可见，这“节奏”总要通过可听可视的唱念做打来体现。范钧宏指出：“就戏曲艺术来讲，舞台节奏应当是剧情发展节奏、人物行动节奏、音乐节奏的总和。整个剧本都在有形或无形中受到它的制约，唱念安排自亦不能例外。”“不该唱而唱，谓之节奏失调，该唱而不唱，效果同样如此。”[②]事实证明，音乐节奏协调，对于剧情发展可以推波助澜；音乐节奏含混，当会造成剧情表达的拖泥带水。唱念做打，特别是唱段所表现出来的节奏，往往可以主宰戏曲情节的速度和节奏。

那么，“安唱”以及章法、节奏如何把握呢？下面，结合全剧布局、段落布局，做进一步探讨。

---

①范钧宏：《戏曲编剧论集》，上海文艺出版社1982年版，第103页。

②同①，第121—122页。

（1）全剧布局。

全剧布局，即是设计整体结构务须树立“整体”意识，通观全剧，统筹全局。在考量“一部戏”“若干场”的整体中，设想唱与念的分布；在全面规划唱念做打等技术结构的整体中，构思唱与念的安排。

整体结构中的“安唱”有个原则：突出重点，省略一般，不滥不散，适当集中。首先，要在主要人物与一般人物之间重点突出主要人物唱段。

一部戏里，主要人物不能过多，可以一人为主，如《李慧娘》、《荒唐宝玉》、《蝶恋花》（杨开慧事）；可以二人为主，如《陈三五娘》《关汉卿》《曹操与杨修》；可以三人为主，如《强项令》《红灯记》。在“安唱”上，主要人物与一般人物有主次之分，要在全剧布局中为主要人物的抒发情感提供足够的唱段。

且以两种版本的越剧《西厢记》为例：

上海越剧院演出本（苏雪安执笔），张珙、莺莺、红娘并重，以莺莺为主角。全剧十四场，大小唱段七十段，其中红娘十九段，张珙二十段，莺莺二十九段——占总量的百分之四十。

浙江小百花越剧团演出本（曾昭弘改编），以茅威涛扮演的张珙为主角。全剧十场，大小唱段三十六段，其中莺莺、红娘各八段，张珙十七段——为莺莺、红娘二人唱段之合。

由主角到唱段安排的倾斜，足以表明角色分主次，安唱有重轻。无论一人为主或二三人为主，安唱总要向主角倾斜。至于主角众多的“群戏”，如《群英会》《赵氏孤儿》《金沙江畔》等，以展示演员阵容为目标，在唱段安排上“平分秋色”，则另当别论。

其次，在唱的总体安排上，有“戏”则重，没“戏”则轻。一般的交代情节，只做一般性交代，交代清楚也就是了。而与戏剧冲突、人物刻画息息相关的紧要之处，则用大段的唱来着重渲染。这也意味着“唱不滥用，适当集中”。如传统戏《空城计》，当诸葛亮得知街亭失守、司马懿带兵来攻，西城空虚，而只得施行空城计的时候，仅仅用了简要的四句唱，对当时的处境与心境做了极概括的交代。但当司马懿兵临城下，戏剧冲突最尖锐的时刻，则用大段的【西皮慢板】(“我本是卧龙岗散淡的人”)以及二十二句的【西皮二六】(“我正在城楼观山景”)，尽情渲染主人公临危不惧、泰然处之的大智大勇。新编淮剧现代戏《母与子》，也提供了实例。如一篇文章介绍:“《母与子》中的后母是整个戏的中心人物，编导对她的唱腔有个整体的构思，完美的布局，不给她频繁的唱，不滥用主要的曲调，而着力于几段重要的唱段。”[①]“第六场，儿子因误解而指责后母带派出所的人来抓他，女儿出走，丈夫误解，一家五口人四个人反对她，矛盾非常尖锐。一般处理这段戏：儿子的指责，好心被误解，该唱了；女儿出走，感情冲击大，该唱了；受丈夫误解，也该唱了。但是编导在这些地方都不让她唱，而是集中到最后，人物在众多的打击下，内心矛盾非常剧烈，就在这时迸自肺腑地唱了一段‘老淮调’。”[②]可见，无论传统戏，还是新编戏，在安唱上遵循着一个道理：重点的，大段地唱，只有放在“非长歌何以骋其情”的时刻，才是最恰当的地方。

再者，整个戏的节奏，必须全面统筹，整体安排，做到疾徐有致，层次分明，既不能有张无弛，处处紧绷，也不可能弛而不张，松松垮垮；更不能全然不顾疾徐紧松，疙疙瘩瘩。一个个唱段的节奏，要置于全剧中，考量酌定，切不可自行其是，杂乱无章。

综上各点，以京剧《曹操与杨修》、越剧《西厢记》(小百花本)为例，试做分解。

例一:《曹操与杨修》。

---

①董源:《现代戏音乐唱腔的几个问题》，载《论戏曲音乐》，中国戏剧出版社1983年版，第33页。

②同①，第34页。

<table>
<tr><th colspan="2">场次与情节</th><th>主要唱段</th><th>节奏</th><th>布局与章法</th><th></th></tr>
<tr><td>第一场</td><td>祭郭嘉杨修投曹操</td><td>杨修交代性唱段</td><td>轻松、舒缓</td><td></td><td rowspan="2">“起”</td></tr>
<tr><td>第二场</td><td>起疑心曹操杀文岱</td><td>曹操叙述性唱段</td><td>中速</td><td></td></tr>
<tr><td>第三场</td><td>赚客商杨修闻噩耗</td><td>杨修抒情与叙述相结合的唱段</td><td>轻快转急促</td><td></td><td rowspan="2"></td></tr>
<tr><td>第四场</td><td>激曹操逼死贤倩娘</td><td>曹操抒情性重点唱段，倩娘配合性对唱</td><td>松中有紧</td><td>戏剧性的突变</td></tr>
<tr><td>第五场</td><td>破谜诗曹杨双心斗</td><td>曹操、杨修叙述性唱段</td><td rowspan="2">渐紧</td><td>第一层次高潮</td><td rowspan="2">“承”</td></tr>
<tr><td>第六场</td><td>明心迹夫妻情益笃</td><td>杨修、鹿鸣女抒情与叙述相结合的重点唱段</td><td></td></tr>
<tr><td>第七场</td><td>两决裂曹操传杀令</td><td>杨修抒情性重点唱段</td><td>紧张、急促</td><td>第二层次高潮</td><td>“转”</td></tr>
<tr><td>第八场</td><td>行刑处曹杨辨是非</td><td>曹操、杨修与鹿鸣女的抒情三重唱</td><td>外松内紧，突然很紧</td><td>高潮</td><td>“合”</td></tr>
</table>

由图可见：第一，该剧唱段安排以曹操与杨修为主，以鹿鸣女与倩娘为辅。曹操的重点唱段安在前半场靠后，戏剧冲突初起之时；杨修的重点唱段（三大段），安在戏剧冲突尖锐化的后半场，体现出该剧重点在于突出描绘杨修的性格矛盾与心理矛盾。第二，全剧的节奏安排是：以舒缓开始，至中场（第四场）通过戏剧性的突变骤然紧张，稍作缓解渐次紧张，最后由外松内紧到突然很紧结束全剧。节奏变化丰富。第三，该剧采取非传统化的结构体制，由每一场内部的重轻、紧松、快慢，构成起伏跌宕。第四，该剧先设两层“次高潮”，最后掀起高潮，“起承转合”章法严谨并展示出戏曲剧作特色。

例二：《西厢记》。

<table>
<tr><th colspan="2">场次与情节</th><th>主要唱段</th><th>节奏</th><th>布局与章法</th><th></th></tr>
<tr><td>第一场</td><td>寺中邂逅</td><td>张珙交代、叙述性唱段</td><td>轻快地</td><td></td><td rowspan="2">“起”</td></tr>
<tr><td>第二场</td><td>月下唱和</td><td>张珙叙述性唱段</td><td>舒缓地</td><td></td></tr>
</table>

续表

场次与情节		主要唱段	节奏	布局与章法	
第三场	许婚解围	莺莺抒情性唱段	急促地		
第四场	食言赖婚	张珙抒情性重点唱段	骤然紧张	突变、次高潮	
第五场	思念修书	莺莺抒情性重点唱段	舒缓地		
第六场	西厢寄简	张珙、红娘叙述性唱段	舒缓地		“承”
第七场	跳墙赖简	莺莺抒情性唱段 张珙抒情性重点唱段	外松内紧	第二层高潮	
第八场	西厢欢会	莺莺抒情性唱段 红娘叙述性重点唱段 张珙叙述、抒情性唱段	轻快地		
第九场	拷红斥张	张珙叙述性重点唱段	紧张地	高潮	“转”
第十场	古道惜别	张珙、莺莺叙述与抒情相结合的对唱	外松内紧		“合”

由图所示：第一，主角张珙和重点唱段，分布于第四、七、九场，成为全剧的支撑点。中间插入莺莺（第五场）和红娘（第八场）重点唱段，使主、副角色的唱段安排错落有致。第二，节奏的大起大落，即松—紧—松—紧；快—慢—快—慢，具有鲜明的层次性。第三，最后一场“古道惜别”，处于戏剧高潮之后。用“尾声”的手法处理，洗练而凝重。

若把两个剧本放在一起，比较之下不难发现，京剧本的《曹操与杨修》唱念并重，相对而言唱段安排少而碎，曹操以架子花脸应工，念白占有相当比重，唱段向杨修倾斜。越剧本的《西厢记》以唱工为主体，以张珙为核心、为枢纽，唱段安排多而整。以节奏论，前者似小步跳跃，后者则大起大落、大开大合。在章法上，前者进入冲突快捷，“起”得简练，后者矛盾形成较迟缓，“起”的过程稍长，但两者都以突变促突转，速“转”—速“合”。许许多多的不同点，却也显示着共同的规律：突出重点，调控节奏，顺应章法。

（2）段落布局。

一场戏，总是由若干段落构成。从唱念安排看，剧中段落有以唱段组成的，有全以念白构成的，有唱念综合安排的，例如传统戏《打渔杀家》中“上门讨税”一场：从萧恩登场的“昨夜晚吃酒醉和衣而卧”重点唱段到萧桂英“急忙里捧香茶与父解渴”的四句【摇板】，为唱工组成的段落。接下来，大教师叫门，讨税，要讲打，为大段对白构成的段落。继而，萧恩怒唱“听一言不由人七窍冒火”，大教师插话叫横，为唱念综合段落（其中也有做打成分）。随后，萧恩盘诘，大教师吹牛，大段的念白段落。最后，萧恩打跑大教师去抢原告，以三言两语的念白结束本场。进一步研究发现，萧恩与萧桂英的上场，是“内心独白”式的自述中有抒情因素，因此安排为唱的段落。大教师（丑角）强讨渔税与萧恩对话，不用“说”不足以表现大教师低俗卑劣的流氓腔调，不用“说”难于表达萧恩勉强应付时软中有硬的语气，自然采用对白布局。萧恩被激怒——“七窍冒火”的情感宣泄，必然要唱，大教师一再恶语挑衅，这“插话”适宜用说，由此形成唱中插白，唱念综合的结构。大教师在萧恩盘诘下自我吹嘘，通过大段大段的如同叫卖狗皮膏药式的念白，把个外强中干、只会耍嘴皮子的可怜虫表现得活灵活现，同时增加了生活色彩。显然，段落布局首要问题是对唱与念的恰当选择，其次则是恰当地安排。

下面，分别就“唱功段落”与“唱念综合段落”做简要分析。

“唱功段落”结构，是用或长或短，或相等或不等的唱段来布局。

“一对一”结构：角色二人或三人，唱词或唱段一句对一句、一段对一段地滚动式展开。如京剧《武家坡》、湖南花鼓戏《刘海砍樵》，用“一对一”结构表现出男女主人公互相探询和心理交流。在豫剧现代戏《朝阳沟》中，拴保娘、银环妈和二大娘每人两句轮流开口，形成了老姐妹亲亲热热拉家常——三人联唱四十二句的大段落。在京剧现代戏《沙家浜》中，刁德一、阿庆嫂、胡传魁各自一句连环“背供”唱，形成了三人之间相互窥测、相互试探的段落。这种布局，适宜表现交谈、问答、顶嘴以及各怀异心、各自盘算等情景。唱段中有个极重要的因素——句的均衡、词的对仗。生动体现在传统戏《大保国》中，徐延昭与李艳妃的“顶嘴”唱段，形成一种针锋相对的气势。《沙家浜》中的“背供”唱“她态度不卑又不亢”“他神情不阴又不阳”“我待要旁敲侧击将她访”“我必须察言观色把他防”……凭借均衡、对仗，描绘出势均力敌的内心交锋。

“楼上楼”结构：在主要角色重点唱段之后，再加上一段，两段组合完成一个意境。如在京剧《上天台》中，汉光武帝刘秀赦免姚刚，并且语重心长地劝慰其父姚期。就在刘秀唱罢长达三十二句的重点唱段而下场之后，姚期跟上来，以八句“原板”兜底，感叹自家“买动了帝王爷心怀，我还怕着谁来?”喜中含悲，意境苍凉。越剧《红楼梦》，在情感强烈的宝玉哭灵大段独唱后，意犹未尽，再来一段“问紫娟”的问答对唱；问诗稿、问瑶琴、问花锄、问鹦哥，问及黛玉一切遗物，怀物思人深沉真切，情也绵绵，恨也绵绵。“楼上楼”的唱段，后段是前段的补充，前段的发展、前段的余韵，过分则喧宾夺主，不足则反似画蛇添足。不超长，不超强，神完气足地充当“尾声”，当会产生余音袅袅、隽永不穷的效果。

“水波浪”结构：一段戏里的若干唱段，几次扬抑，几次跌宕，掀起一个个波澜。如《白蛇传》中的“断桥”一段，小青斥责许仙，白蛇袒护，接下来的唱段：小青凄然拜别——情绪上扬；白素贞痛苦挽留——情绪上扬到更高一级；小青含悲劝慰——沉下气来，表示将对许仙拭目以待——再次上扬，戛然而止。三段唱词，划开四个段落，节奏越催越紧，情绪上一浪高过一浪。《四进士》最后的“宋士杰当堂上了刑”一段最为典型，并给人以启示。这个唱段，先是宋士杰自叹无辜受累，接下来杨春、杨素珍对唱进行劝慰；杨素珍发现“这大人好似那写状人”出现转机，宋士杰再进察院向毛朋施压——情绪一扬；毛朋辩解“柳林写状为百姓”——抑；宋士杰自称“宋士杰打的也是抱不平”——再一扬；毛朋指斥“百姓告官当问斩”——强力一抑；宋士杰回敬“柳林写状，犯法你是头一名!”高高掀起一个大浪；情势急转直下，毛朋叹服“你可算说不倒的老先生!”确是起伏跌宕，一波三折。正如范钧宏所言:“我们说，这个唱段布局严谨，就是因为‘起承转合’之间节奏鲜明，棱角突出。起于毛朋命宋士杰上刑，止于毛朋为宋士杰松捆，两个转折，两番跌宕，摇曳多姿，情趣盎然。”①须要留意，“水波浪”结构不是唱段的平行码放，唱段之间必须有起伏，有波折。后浪推前浪，一浪高于一浪。

“唱念综合段落”，有的以念带唱，有的以唱带念，有的念白介于唱段之间，千姿百态，灵活多变。

“以念带唱”结构：通过一段念白把唱段引出，构成一个单元。

例一：传统剧《十道本》。

褚遂良　容奏。臣这道条陈，奏的是夏禹王，做了一十七代香烟，四百五十八载。后出一君，名曰桀王，宠爱一妃，名曰妹喜。那桀王听信妹喜之言，以酒为池，以肉为林。忠臣良将，俱已遭害。到后来呵，

（唱）自古道，有道反无道，
汤王定计救黎民。
南巢岭桀王丧了命，
只落得江山一旦倾。

例二：京剧现代戏《黛诺》。

---

①范钧宏:《戏曲编剧论集》，上海文艺出版社1982年版，第101页。

黛　诺　我要说，我要说！你常常告诉我和勒丁，做人要像松树直，做事要像秤杆一样平。良心要如清水亮，骨头要像柚木一般硬。你的教导我牢记——

（唱）到如今为什么黑白乱，是非混，
伤黛诺，打勒丁，
新路不走走老路，
山官话儿句句听，
乡亲为你好暗着急，
我的爷爷呀！
亲人为你痛在心！

上面两例，以念开始，以唱告一段落；念——晓之以理，唱——动之以情，唱念结合，充分发挥语言功能，也显得形式活泛。

另一种“以念带唱”。实际是“以唱收拢”“以唱保底”。以京剧现代戏《智取威虎山》和《红色娘子军》最为典型，最有特色。杨子荣上山“献图”之后，座山雕与众匪欣喜若狂，在对白中梦想着未来胜利，高叫着：“祝贺九爷荣升！”杨子荣豪迈地唱道：“今日痛饮庆功酒，壮志未酬誓不休，来日方长显身手，甘洒热血写春秋。”洪常青打入南府，经一番较量，南霸天表示信任，众豪绅争相逢迎，洪常青踌躇满志地唱道：“众望所归根基牢，鸿图大展云路遥。且看明朝椰林寨，万紫千红分外娇！”两个唱段如七言绝句般短小精悍，内涵丰富：由规定情景所决定的一语双关、隐喻比兴，意境深远。特别是作为“保底”的唱段，既是本段落的收拢，更是前面情节方面一切斗争周旋、艺术形式方面一切唱念安排的最终概括和总结，小唱段大容量，强辐射，产生着强烈的感染和久远的余韵。

“以唱带念”结构：是先唱后念构成一体的布局。传统剧作体制有所谓“唱上，话白”，正是基本用法。

例一：京剧传统戏《击鼓骂曹》。

[祢衡上。

祢　衡　（唱）适才与贼一席话，
　　　　　　　气得我心中乱如麻。

酒逢知己千杯少，话不投机半句多。适才进得相府与曹操深施一礼，那贼扬扬不睬倒也罢了，明日大宴群臣将我用为鼓吏，分明是羞辱于我。我不免当着满朝文武公卿，将他辱骂一场。纵然将我斩首，也落得个青史名标。正是呵，明知山有虎，偏向虎山行。

例二：新编梨园戏《节妇吟》。

[颜氏上。

颜　氏　（唱）忽报春闱近，
　　　　　　　无端愁了，清门孀居人，
　　　　　　　心中事，诉无由，
　　　　　　　笺纸更难陈。
　　　　　　　留许满怀惆怅，
　　　　　　　一灵未泯。

颜氏，自入陆家半载而寡，到今已有十年。前年为我儿延聘一秀才沈生，我见他斯文姿质，才学过人，心里暗自倾慕。想我这家中，并无翁姑叔伯，百事由我一人做主，我都也有心要留他。谁知秀才却要辞馆赴试，我内心话，怎好启齿？不免请他过来试探一番。正是：

（念）岂是无愁强说愁，

十年秉节如楚囚。
世人莫笑卓家女，
中夜相从应有由。

显然，这一结构布局唱是引子，念是主体；唱要短小，念要成段：唱中略带抒情色彩，念白全为叙述；唱念结合用于“内心独白”。

“以唱带念”，也有用于场子中间人物交流的。

例一：秦腔《夺锦楼》。

边　氏　（唱）好意儿唤你们来将喜报，
不久的你二人即赋《桃夭》。
更难得两女婿有才有貌，
因何事只哭得珠泪滔滔？
儿呀，你们快坐下来，娘与你们道喜。（**琼、瑶不理**）你看这孩子，越大越不听话了。你全不想想，为娘离你们心近，还是你爹离你们心近？为你两个这个婚姻，这几年千挑万拣，好容易挑中了李赵两家。一家是盖县的财主，一家有十大号生意，真真是万中选一的主儿。你们但听你老子的话，那就把你们一辈子的事耽搁了。……千万要拿定主意。

例二：湘剧《拜月记》。

[王瑞兰晾裙后，二人同行。
王瑞兰　（唱）患难相逢又相伴，
今日恩情永不忘。

蒋世隆　（唱）若要恩情能永远，
　　　　　　来朝前路莫分张。
王瑞兰　请问君子，你要逃往何处？
蒋世隆　一时未定何方，但要平安所在。
王瑞兰　令尊令堂可也逃出来了？
蒋世隆　家父母俱已亡故。
王瑞兰　家中还有何人？
蒋世隆　还有一个妹子。
王瑞兰　没有……
蒋世隆　什么？
王瑞兰　别人？
蒋世隆　没有。既无兄弟，又无弟媳和嫂嫂。
王瑞兰　君子！你既无兄弟，哪来的弟媳和嫂嫂？
蒋世隆　我是说我那妹子她也没有嫂嫂啊！
　　　　［王瑞兰害羞前行。

第一例，是三人交流，一个角色——边氏连唱带念侃侃而谈。第二例，是两人交谈，在唱念中互相呼应。两个例子却也表明了这种结构布局的基本点：唱是后面念白的“由头”，念是前面的唱所导出的正文。唱是提出问题，念则是回答问题。

“念白介于唱段之间”的结构，或则在过门中插话，如京剧《空城计》“老军因何故纷纷议论”；或则过门中止，突出念白，如评剧《秦香莲》中之“琵琶词”；或则兼而有之，如京剧《三堂会审》，形式最多样，运用最灵活。下面，仅就两个具有代表性的范例，做一简要分析。

例一：京剧现代戏《红灯记》“痛说革命家史”。

这个唱念综合的大段落，采取了以唱带念、由念转唱的结构布局。开始时，一段“十七年风雨狂怕谈以往”的唱段，于叙述中兼有强烈的抒情色彩，把李奶奶对铁梅的关心、疼爱与期望表现得十分真切而深刻。“以唱带念”自自然然地转入到“说家史”的正文。由于选用的形式是“说”而不是“唱”，极大地发挥了念白语气鲜明、节奏自由的特点和优势。特别是中间加入铁梅的插话，形成对话。

李奶奶　……急急忙忙地走进一个人来！
铁　梅　谁呀？
李奶奶　就是你爹！
铁　梅　我爹？
李奶奶　嗯，就是你现在的爹。只见他浑身是伤！左手提着这盏号志灯！
铁　梅　号志灯？
李奶奶　右手抱着一个孩子！
铁　梅　孩子？
李奶奶　未满周岁的孩子……
铁　梅　这孩子……
李奶奶　不是别人！
铁　梅　他是谁呀？
李奶奶　就是你！

通过念白句法的巧妙处理，形象、生动地刻画了李奶奶既沉重又激动，而铁梅既紧张又惊奇的心理状态，把角色的情感交流推向了高峰。而后，随着李奶奶凛然一声：“挺起来，听奶奶说！”由念转唱：“记下了血和泪一本账，你须要，树雄心，立大志，要和敌人算清账，血债还要血来偿！”一段【二黄原板】转【二黄垛板】的铿锵唱段，淋漓尽致地抒发了李奶奶的满怀激情和豪迈气概。

“说家史”的成功，首先在于对“唱”“念”选用得精当，特别是突破以“唱”忆旧、以“唱”说古的传统表现方法，大胆采用念白，成为名副其实的“说家史”。这一说，突破了唱词唱腔诸多格式的束缚，把家史“说”得生动、形象，“说”得有声有色，感人至深；既然是“说”，即可插话对话，从而及时地灵活地进行情感交流，况且巧妙处理的语句使交流更为鲜活、精彩。其次，结构合理。既非一唱到底，又非一念到底，而是主体用念，首尾用唱，以唱带念，由念转唱，抒情叙事，叙事抒情，转换自然，一气呵成。

例二：京剧现代戏《智取威虎山》“献图”。

这段戏的结构是以唱为主，唱念交叉。且看其中一个段落：

杨子荣　（唱）人各有志不能勉强，
　　　　　　他不该……
　　　　　　他不该恶语伤人吐狂言。
座山雕　他说什么？
杨子荣　他说……
座山雕　说什么？
杨子荣　唉！
座山雕　（**急不可待地**）嗳，老胡，你说，你快说呀！
杨子荣　他说——
　　　　（唱）座山雕也要听侯专员——
座山雕　什么？
杨子荣　（唱）调遣！
座山雕　（**右腿跨椅子，转身，暴跳地坐下**）啊！什么？我听他的调遣？！
众金刚　去他的，什么玩意儿！
杨子荣　栾平他还有话呢！
众金刚　他说什么？
杨子荣　（唱）八大金刚无名鼠辈更不值一谈。

众金刚　（激怒地嚷叫）啊！这个兔崽子！

杨子荣　（唱）他自称凤凰要把高枝占，

　　　　　　侯专员树大根深是靠山。

众金刚　去他的吧！

杨子荣　（唱）说话间掏出图——

座山雕　图？

杨子荣　（唱）一卷！

　　　　［座山雕下位馋涎欲滴地围着杨子荣团团转。

杨子荣　（唱）投专员献宝图定可升官。

请看，杨子荣的引而不发、欲擒故纵，座山雕的迫不及待、馋涎欲滴何等活灵活现，其成功的关键是在唱念交叉中敢于“掐段”善于“掐段”。

所谓“掐段”，是把一个唱段或一句唱词“掐”成小段，中间插话，重新构成一个完整的语句。如传统戏《除三害》中周处的唱中夹白：

（唱）你快快说出他的名和姓，

（白）俺要剥他的皮！剜他的眼！（唱）我抽他的筋！

（唱）有俺在此何足论，

（白）他就是铜金刚、铁罗汉，（唱）难近某的身！

再如新编历史戏《满江红》中的周三畏闯帐：

周三畏　（唱）到此时顾不得吉凶多少。（毅然闯帐）

牛　皋　呔！胆大朝臣，不遵将令，擅自闯帐，定是奸佞之辈，休走看剑！

周三畏　且慢

（唱）我并非奸佞辈……

牛　皋　你是哪个？

周三畏　下官周三畏，（唱）元帅的旧故交。

两个例子，都有把本可以是一句的唱词（“他就是铜金刚、铁罗汉，难近某的身”，“下官周三畏，元帅的旧故交”），“掐”成两段——先念一段后唱一段；或者说是唱中夹白，把念白插于唱的上句之后、下句之前。前者“插白”使周处的性格、语气更为突出；后者“掐段”，便于牛皋父子插话，也有利于表现周三畏的从容。“掐段”是一种程式，也是一种技巧。

杨子荣“献图”，对“掐段”程式和技巧的运用相当高明。杨子荣的这个唱段有二十句唱词，插话倒有十六处，共三十八句。但是，“掐段”——断而不折，“插白”——碎而不散。道理何在呢？第一，唱念安排有一个完整的布局，内在逻辑之严密，章法之严整，使外部分割的若干段落形成一个有机整体。第二，在这个整体中，断句是地方，顿句有节骨眼儿，绝非“硬山搁檩”。因此，断句不散神，顿句有光彩。第三，也是关键的一点，熟谙舞台艺术的作者善于从表演的角度构思，使唱念与表演紧密交织，相辅相成，唱念安排为表演、为刻画人物提供了有利条件。

数例表明，唱念安排既是技术布局的重要组成部分，又是调动和调节手段的轴心，它密切地联系着表演、音乐及整个舞台节奏。研究把握唱念安排，不能脱离表演，脱离舞台，脱离程式和技巧，需要的是面向舞台，广泛借鉴，在写作实践中不断探索。

（二）做打配置

通常，“做”是指一般的表演动作（泛言之，凡面部表情、身段舞蹈、特技绝活儿无不属于“做”的范畴），“打”则是指打斗和翻扑的技艺。戏曲剧作结构中的做打配置，并非替代导演和演员具体选择“做”某一身段或“打”某一套路，而是要为运用做、打提出要求，创造可能，并为导演、演员及音乐等诸方面的二度创作，提供具有启发性、可行性的构想。

在戏曲剧目中，“打”总是联系着格斗、厮杀等特定的情节，“做”的使用则宽泛得多，“做”的配置也有着多种作用、多种方法。

“做”的配置将是我们研究的重点。

1.作用。

“内容决定形式”，情节需要决定“做”的配置，这是显而易见却又远远不够的。因为，除了“表现情节”这一根本作用外，“做”的配置尚有其他作用。可以从以下三个方面来把握。

（1）展现体裁的做工强化。

前面提到，体裁的不同，是与技术布局中唱念做打比重不同成正比的。被确定为“做工戏”的剧目或侧重做工的场子，需要强化“做”的配置。“做”的配置不足，做工不突出，怎么能称之为“做工戏”？

小戏《拾玉镯》，情节简单却充满着动作：孙玉姣的轰鸡、喂鸡、引线、绣花、拾镯、赏镯、藏镯，傅朋的动情、丢镯、往返敲门，刘婆的窥视、寻镯、挑逗、模仿……剧作所设想的一系列表演动作，构成了以身段、表演为主的技术布局，从而成为一出典型的“做工戏”，试问轰鸡、喂鸡、引线、绣花之类与故事情节有何关系？何以置于剧中并不惜刻意渲染？其自然是有利于增添生活气息和艺术情趣，但主要因素一言以蔽之，曰：强化做工。不妨设想，假如抽掉相当的一些动作，或以“唱”代“做”，那么“做工戏”的体裁将会改变，“做工戏”的风格也将不复存在。

（2）开拓表演的身段蕴涵。

先看一则剧例：

杨子荣 （唱）座山雕也要听侯专员——

座山雕　什么？

杨子荣　（唱）调遣！

座山雕　（右腿跨椅子，转身，暴跳地坐下）啊！什么？我听他的调遣？！

"右腿跨椅子，转身，暴跳地坐下"云云，显然是经过导演搬上舞台后的演出记录本，或叫作"演出本"。但须看到，唱词本身巧妙安排的"顿句"，即可启发导演开拓出蕴含其中的大幅度身段表演。应当说，剧作始终要把开拓表演作为第一要义，尽力地使身段表演的蕴涵启发导演的舞台处理，促使演员"动起来"。

这种身段、表演蕴涵，表现在"做"的配置上有十分明朗的，有非常含蓄的。明朗者，如《定军山》黄忠所唱："头通鼓战饭造，二通鼓紧战袍，三通鼓刀出鞘，四通鼓把兵交，向前个个俱有赏，退后项上吃一刀"；再如《杨门女将》穆桂英所念："且喜已见栈道，何愁大功不成！登悬崖！下绝岭！备火种，烧敌营！胜似那邓艾渡阴平！"鲜明的动词，鲜明的动律，明显地为身段表演提供着条件。含蓄者，如前例《智取威虎山》杨子荣唱念之"掐段""顿句"；再如《回荆州》一段：

刘　备　（唱）只望在此多潇洒，

失去荆州哪是家，

临行难说知心话，公主啊！

［孙尚香暗上。

刘　备　（唱）千言万语瞒过她！

孙尚香　啊！皇叔！

刘　备　郡主！

［刘备暗拭泪痕；同入座。

剧作家范钧宏称：“我们夸赞这四句唱词，就是因为作者在写词时，已经结合表演做了安排。一个‘瞒过她’的‘她’字，不仅出现一个富于戏剧性的身段手势，而且在‘她’字之后，还给演员留下表演余地，通过无言动作，展示双方不同心情，细致动人而又简捷明快，正是这个唱段的独到之处。”[①]诚如斯言：“瞒过她”蕴含着身段，叫一声“皇叔”、回一声“郡主”蕴含着身段，“刘备暗拭泪”蕴含着身段。但是，一切“蕴含”之源，在一个巧妙的“孙尚香暗上”。正因为有此“暗上”，才遇上了“瞒过她”、撞上了“身段手势”、引出了“双方不同心情”，并通过无言动作来“展示”。的确，身段的蕴含很有学问，很讲技巧。

（3）营造意境的动作升华。

戏曲是“剧诗”，戏曲剧作重意境。营造意境的手法很多，发挥“做”的功能，以身段动作“造境”是突出的一种。越剧《梁祝》之“化蝶”、昆曲《游园惊梦》之“堆花”是历史的典范，粤剧《关汉卿》之“蝶双飞”、湘剧《山鬼》之“幽会”是创新的结晶。且看新编川剧《田姐与庄周》（徐棻、胡成德编剧）中的一段：

［美丽的精灵们头戴花冠、手捧鲜花拥着楚王孙。

［田氏的孝衣变作红裙。她在如痴如迷的无字歌中与楚王孙跳起“爱之舞”。

［正情意浓时，渐闻庄周的鼓声。

［伴舞精灵隐去，花冠鲜花变成了黑色幽灵；同时，楚王孙变成庄周。

［田氏惊恐后退。她的红裙变为孝衣。

一组组动作，构成了一个个意境。一个个意境，充满情的韵

①范钧宏：《戏曲编剧论集》，上海文艺出版社1982年版，第116页。

致、诗的气息、象征的意蕴；内中的一个个动作，已经升华、幻化为情感驰骋的图画，心灵震颤的形象。在这里，“做”的配置与意境营造合为一体：“做”全然为了营造意境而配置；意境，没有“做”的配置则不能形成。

以上各点，无论展现体裁、开拓表演，还是营造意境，都要在“做”的配置上精心构思，不能指望“无心插柳柳成荫”。

2.保障。

有经验的剧作家认为：“唱念不能脱离表演，要为表演开路。这是一条。唱念不能挤掉表演，要为表演让路。这又是一条。”[①]“开路”也好，“让路”也罢，实实在在落到结构中有三条：“容功夫”“留空间”“给机会”。

“容功夫”，做到时间保障。一个动作，一组身段，一段舞蹈，当短则短，当长则长，从容不迫，熨熨帖帖。“保障”，不是讲导演的舞台处理，是对剧作的自我要求。如“说话间掏出图……一卷”“我这里举红灯光芒四放”之置于“唱”的上句，就是容开功夫——便于在上下句之间的过门、衬乐、锣鼓声中进行“掏出图”“举红灯”的身段表演。《定军山》中黄忠思得“拖刀计”，一段【西皮流水】下达作战命令，唱罢“三军与爷归营号”兵卒下场，“缝腿”接唱“到明天午时三刻立功劳”。这个“打发龙套下场”，“缝腿”结束唱段，便也是为了容出功夫让角色从从容容地做一段表现辗转反侧的“揉肚子”身段动作。

“留空间”，做到空间保障。讲“做”的配置，就得拿出必要的篇幅“预留空间”，不可等待导演强挤硬塞。蒲剧《少华山》“拷火”一折，通过“让火”“拷火”“争火”等一系列动作，揭示出一对少男少女的心理活动，把少女的纯情、书生的质朴表现得淋漓尽致，妙趣横生。这折戏处于主体的、无比绝妙的“拷火”表演，固

①范钧宏：《戏曲编剧论集》，上海文艺出版社1982年版，第119页。

然归功于导演创造，但有赖于剧作上唱念的简单而为表演提供了大有作为的空间。若是唱、念、做“三分天下”，或是唱念与做工各占一半，“拷火”表演难得舒展，这折戏自然也就变了味道。之所以有“让路”之说，道理就在于此。

“给机会”，做到契机吻合。动作表演，特别是大幅度、组合成套的舞蹈身段，犹如空穴来风，总要有“做”的前提和条件，没有“空穴”如何“来风”？没有前提条件便无从“做”起。构思“做”的配置，就要为“做”创造条件，让“做”既有必要又有可能，提供一个合情合理的契机，如《拾玉镯》《拷火》《挂画》《徐策跑城》《林冲夜奔》等，这类纯做工戏简而易明，那“拾”“拷”“挂”“跑”“奔”，即给身段做工提供了施展的机会。在综合型大戏中稍显复杂，也更需要技巧。如《杨门女将》“探谷”一场，穆桂英探明栈道即已完成本场“关目”，却生出下达作战动员令一节，作者讲其“主要目的是为了发挥舞蹈作用”。显然，“下令”即是“给机会”，无此“下令”就没有机会“发挥舞蹈作用”。但这仅仅是解决了问题的一半，另一半是如何才有了可能把“发挥舞蹈作用”的目的变成现实？作者进一步指出“它的特点是，不仅语言节奏鲜明，而且无论是唱是念，从内容到形式都要为舞蹈表演的身、法、手、眼、步提供相应的条件。‘登悬崖、下绝岭、备火种、焚敌营’正是具备了这个特点”①。

3.技法。

“做”的配置，技法丰富，下面简要介绍几种：

（1）唱念提示。

通过提示性的唱词念白，引出身段动作。如“我这里举红灯光芒四放”（京剧《红灯记》），“待我搜店一回！”（京剧《三岔口》）等。

---

①范钧宏:《戏曲编剧论集》，上海文艺出版社1982年版，第95页。

（2）唱中穿插。

利用“掐段”、顿句，把身段插入唱段中间。如京剧《智取威虎山》的杨子荣“献图”，湘剧《生死牌》之三女抢板等。

（3）载歌载舞。

运用富于动律的唱念，使歌（念）舞交融。昆曲《游园惊梦》《思凡·下山》《火判》《探庄》《盗甲》等最为典型；京剧《宇宙锋》之“装疯”，《廉锦枫》之“刺蚌”，《范仲禹》之“问樵”等，亦有代表性。

（4）无言动作。

不用唱念，全凭身段表达思想情感、态度反应和行为动作，近似哑剧手法。前面所举的“拷火”“挂画”、《田姐与庄周》之“幻境”及《定军山》之“思考”（“揉肚子”）等均属此类。

在川剧中，有一种叫作“眉眼”的表演程式，亦即无言动作。

例一：川剧传统戏《杀狗》。

曹　庄　你这贱人真不贤哪！（收拾柴担下）

焦　氏　（学状）唉唉唉……（眉眼：暗示曹母：“不要向你儿子说我把饭倒了，打了你了。”）

曹　母　（眉眼：“我没有说。”）

焦　氏　（眉眼：“你没有说，他回来见着我满脸怒气，是什么原因呢？”）

曹　母　（眉眼：“他打樵回来，肚中饥饿，你没有给他造饭，在发你的气！”）

焦　氏　（眉眼：笑眯眯的——“只要你没有说，二天我孝敬你。”见曹庄不在，又恶狠狠地揪曹母一爪）

这段“眉眼过场”，完全是以“做”代言，用于人物不便言说之处十分妥帖。

例二：川剧新编历史戏《卧虎令》。

[刽子手架唐丹下，全场呆立。法鼓大作，李栗吓瘫。

[吹牌子，刽子手复冲上，同跪。

剑　甲　（亮血刀）唐丹伏法！

董　宣　咋！（豹眼，验刀。万分激动的眉眼，身段过场）好，（沉重地挥手）下去！

众　人　（跪地高呼）青天老爷——万代乌纱！

[董宣宽慰、谦谢，眉眼过场。

董宣两番眉眼“过场”，前者是作为“万分激动”的内心外化，后者则是“宽慰”与“谦谢”内外结合的表达。川剧的“眉眼”程式，或以“做”代言，或以“做”表“情”（心情），极大地发挥着无言动作的表现功能。

须知，“做”的配置有技法，技法与程式关系密切。因此，掌握技法当与掌握程式同步。

4.“打”的处理。

与唱、念、做不同，“打”要绝对根据情节而定，不能无中生有，不能硬安。然而，一旦情节要“打”，就要在整体构思中，对于“打”的强度、“打”的样式、“打”的风格等进行精心设计。

以下几例，可供研究。

例一：京剧《失街亭》。

[会阵，王平、张郃开打，王平败下，张郃追下。

[（前略）会阵，张郃与马谡开打，马谡败下，张郃追下。

[（前略）马谡上山，张郃追上，枪刺马谡，互相

拉枪，双下。

［马谡、张部拉枪同上，王平上，三人开打，张部战败马谡、王平。

——这是文戏中的“武场子”，开打简略，近似象征，仅以两套对打，一个“档子”即表现了“街亭之役”的战斗历程。

例二：京剧新编历史戏《正气歌》(马少波本)。

［暗转。元兵暗袭宋军。杜浒、巩信等奋战，众寡不敌。杜浒掩护文天祥下。巩信断后，杀伤甚众，乱箭穿身，横眉怒目，尸体不倒。

［元将上。

元　将　启禀元帅，文天祥在五坡岭被擒。

——这是综合型剧目中的一场“大开打”，情节涉及文天祥兵败被擒，“奋战”“众寡不敌”“杀伤甚众”等语显现出“打”得火炽而壮烈。文天祥被擒做暗场处理，径直接在“开打”后“报信”交代，亦是妙笔。

例三：京剧《打渔杀家》。

萧　恩　(唱)听一言不由我七窍冒火。

［萧恩打四徒弟，大教师接拳架住。

大教师　你说什么，听一言不由你七窍冒火。教师爷我要打你个八处生烟。

［大教师击打萧恩，反被萧恩打倒。

萧　恩　(唱)只气得年迈人咬碎牙窝，

江湖上叫萧恩不才是我。

［萧恩打四徒弟，大教师打来一拳，萧恩接拳架住。

大教师　你说什么，江湖上叫萧恩不才是你。教师爷我也有名儿有姓儿，我叫左铜锤！

［萧恩抓住大教师打来的左拳，用来打中大教师左眼。

大教师　哎哟！买的不值——打了眼了！

——这里，“打”得认真，却也“打”得风趣。尤其是在唱段中插白、唱念中夹“打”，结构巧妙，别开生面。

例四：花灯剧《打舅娘》。

吴阁女　（唱）说打架就打架，
老娘就把裤脚扎。

张小山　（唱）说打架就打架，
老子就把袖头抹。

吴阁女　（唱）说打架就打架，
老娘就把鞋跟拔。

张小山　（唱）说打架就打架，
老子就把裤带挽。

吴阁女　（唱）动手不往别处打，
扭你小鬼红腮巴。

张小山　（唱）动手不往别处打，
老子把你鸡眼踏。

［吴阁女被踏痛脚上鸡眼，故作大惊小怪，一跛一跛。

——这“打”，虚张声势，喊打不打，出招怪打，滑稽可笑，与全剧整体的喜剧风格协调一致。

以上数例说明，在非武戏的一般剧目中，“打”的配置有大小、虚实、庄谐之分：区别选择的依据，在于具体的戏剧情节、人物性格特色的刻画及艺术效果的追求。

（本文原载于贯涌主编:《戏曲剧作法教程》，文化艺术出版社2002年版）

传统剧目的整理改编

戏曲古典剧目及各剧种传统剧目浩如烟海、蔚为大观，其中相当一批剧目——无论是宋元南戏或杂剧，还是明传奇或地方戏，从诞生之日起，一直处于被整理改编的变化过程中，并由此构成了戏曲剧目的流传和发展。可以说，整理改编是一个传统，是戏曲创作题内应有之事。

“所谓整理改编是指根据已有剧作所提供的基本故事轮廓、情节、线索、人物形象等方面而进行的一种或删削、或增补、或剪裁、或改写的艺术创造活动。”[①]然而，传统剧的整理改编，是一种复杂创作实践。其复杂在于：原作思想艺术方面情况复杂、斟酌取舍复杂、创作操作复杂。总之，“改戏”比“原创”复杂。因此，在技法上就有了如下一些相关的要求。

一、旨趣与方略

我们选择这一个剧目而不是那一个剧目进行整理改编，不能是盲目的，总会有一定的原因和目的。

戏曲理论家王安葵分析认为：“大体说来，整理改编有两种情

①贾志刚:《迈向现代的古老戏剧》，中国戏剧出版社1996年版，第25页。

况。一种是选择基础比较好的剧目，剔除其糟粕，发扬其精华；另一种是利用传统剧本某一方面的基础，进行脱胎换骨的改造。”[①]“有的作家着重发扬传统剧目的精华，着重继承传统观念中的积极因素；另一些作家则侧重于对传统剧目中糟粕的否定，侧重于对传统观念中消极因素的批判。”[②]两种“选择”，两种“侧重”，一在继承，一在批判，旨趣便有差异。但两者同样是着眼于传统剧目的“观念”，着力于思想观念的去芜存菁。

王安葵还提到：“有的作品某个部分内容不好，但是艺术形式上、表演技巧上有某些长处，在群众中有影响，整理者就要能巧妙地‘偷梁换柱’，使其内容起变化，艺术性并不减弱。”[③]文章用意是提醒整理者要“巧妙”用事。但是，我们注意到，选择这类作品整理改编，着眼于“艺术”而不是“观念”，所看重者是它的艺术方面的“某些长处”及“在群众中有影响”，以“偷梁换柱”为手段，以“内容起变化”作保障，保持并发扬其“艺术性”才是目的。

整理改编传统剧目，旨趣不同而修改方略不同，出发点不同而落脚点也就不同。这个旨趣，决定着对原作取、舍、增、修的或多或少、或大或小，制约着或调整、或变易、或创新等一切构思，是个先于一切、大于一切的课题。与此相联系的，一个是立意，一个是侧重。

（一）立意、侧重

一位从事传统剧整理改编的作者讲得对：“在古老的故事中如何开掘出新鲜的立意，这是改编的关键。”[④]

产生于过去时代的传统戏，不可避免地受到时代的局限，在

---

①安葵：《新时期戏曲创作论》，新华出版社1993年版，第204页。

②同①，第208页。

③同①。

④曾昭弘：《〈西厢记〉改编杂谈》，载刘厚生、顾颂恩主编《小百花〈西厢记〉创作评论集》，百花文艺出版社1994年版，第43页。

观念上存在着程度不同的消极因素，乃至成为糟粕。传统剧的整理改编，势必要首先着眼于思想观念的去芜存菁，把更新立意摆在首位。

且看以下几例。

莆仙戏《团圆之后》，系根据老本《施天文》改编。原本歌颂孝妇、清官，宣扬封建伦理纲常，是一出存在严重问题的坏戏。改编者从原作所暴露的封建礼教和封建社会的复杂矛盾中发现："但这个坏戏里面也包括一点旧社会人民的心愿在内，而且这个人民性很有文章可做。"[①]原作谴责郑司成和叶氏通奸行为的大逆不道，改本则肯定他们不顾家庭和社会压力而大胆相爱的叛逆精神；原作鼓吹柳氏为婆婆"保名节"、含冤赴死的孝道，改本则不无同情地揭示这个善良女人受封建礼教毒害而导致的悲惨牺牲；原作热情塑造杜国忠维护封建纲常的清官形象，改本则勾画出这个封建官僚自觉充当卫道士和刽子手的狰狞面目；原作赞颂皇帝封诰的崇高荣耀，改本则揭露皇帝所赐"贞节"匾额是枷锁，是造成人间惨剧的总根源。这就把原作的是非标准从根本上颠倒了过来，确立了控诉封建伦理纲常和宗法制度专横、荒谬、残暴、冷酷的全新立意。

昆剧《十五贯》，改编于清初朱素臣所著传奇《双熊梦》。原作情节驳杂，瑕瑜互见。它以巧合法把侯三姑、熊友蕙与苏戍娟、熊友兰两条线扭合在一起，由况钟夜梦双熊而使熊氏兄弟冤情昭雪。它一方面揭露昏官酷吏草菅人命，赞扬况钟的体恤黎民疾苦、为民请命；另一方面却又宣扬神明昭示、因果报应等宿命论迷信观念。改编本砍掉侯三姑、熊友蕙这条多余的情节线，删去了双熊托梦、神明指点的荒诞情节，以原作中"判斩""见都""访鼠"等三场好戏为依托，强化况钟对黎民生命负责、敢于抗争的顽强性格和细致办案的扎实作风。正如学者贾志刚所评："改编没有在昆剧

①陈仁鉴：《"长期积累，苟然得之"——从《春草闯堂》《团圆之后》谈推陈出新》，载《光明日报》1980年7月17日。

《十五贯》中加进原作以外的思想、人物、事件，也没有生硬地安上一个它无力承受的主题，而是从原作本身寻找积极的因素，然后进行丰富发展。”“昆剧《十五贯》选择了三个封建官吏对冤案的不同态度和思想作风作为中心，突出描写况钟如何深入调查研究、坚决昭雪冤案的行动，歌颂了他坚持实事求是和百折不挠的思想方法和作风，批判了过于执的主观主义和周忱的官僚主义。对这一主题的选择与发扬，显示出一定的思想高度和强烈的时代精神。”[①]这也就是改编本不同于原作的崭新立意。

经典名剧《西厢记》，思想性超凡脱俗，文学性精美绝伦，是不朽的千古绝唱。浙江小百花越剧团改编演出本作者明确认为：“我们只能找到其中与当代生活某种共通的东西，加以解释、强调、发挥，达到与观众的心灵共振，唯如此，戏才会从观众那里再次获得新的生命。”[②]于是，改编本以张生为主线，着重写他冲决网罗，写他的感情奔腾，刻意表现主人公对美好憧憬的执着追求和追求过程中的艰辛、曲折、磨难。如改编者所言，“这样的意蕴，不止是关于爱情的，也可以是关于人生的、事业的；不止是反对封建婚姻制度，而且是反抗礼教对人性的束缚”[③]。故事还是爱情故事，但内涵更丰富了。一个突出当代意识的新立意，把一部古典精品演绎成一出“充满时代精神和青春气息的完整的美戏”。

可以看到，三个戏的立意呈现出三种状态：《团圆之后》与原作针锋相对，反其意而用之；《十五贯》从原作本身寻找积极因素，丰富发展思想内涵；浙本《西厢记》，取精用宏，古典新解。由此决定了三个戏对原作改编上的各自侧重和不同的处理：《团圆之后》重在批判，为原作脱胎换骨；《十五贯》重在继承，对原作去芜存菁；浙本《西厢记》重在重新诠释，给原作锦上添花。

---

①贾志刚：《迈向现代的古老戏剧》，中国戏剧出版社1996年版，第191页。

②③曾昭弘：《〈西厢记〉改编杂谈》，载刘厚生、顾颂恩主编《小百花〈西厢记〉创作评论集》，百花文艺出版社1994年版，第43页。

此外，在古典戏曲，尤其是各剧种的传统戏中，另有一些立意比较简单，基质比较健康，舞台艺术很是精彩却不完善，思想内容略有瑕疵而无大碍，极具观赏性的剧目。这类剧目的整理改编，一般是在基本保持原剧风貌的前提下，采取拂尘拭垢、加工提高的处理方式，从而使其更加完美和富有光彩。京剧《九江口》、蒲剧《薛刚反朝》、评剧《花为媒》等，便是这类剧目整理改编的典范，其成功的经验值得我们学习借鉴。

（二）调查“摸底”

就整理改编而言，无论是大拆大改，还是小修小补，在构思之前须要完成一项必不可少的准备工作——“摸底”。

要摸清整理改编对象的“底”，既是指原作的“剧本底”，更有与剧本息息相关的“历史底”、“表演底”和“风格底”。

所谓“历史底”，即原作描写的史实出处或剧情所处的历史背景，摸清“历史底”，便于准确地把握历史脉络，传递历史精神，提供历史经验，避免产生主观臆测的反历史倾向或以今代古的庸俗社会学。

摸清“表演底”，即对原作的“场上”表演调查研究、分析理解摸清是哪一行哪一工的重头戏及重在哪里，表演有何特色，优长是什么，不足在何处，以利于保留精华，扬长补短。

所谓“风格底”，包括原剧的样式色调（悲、喜、正、闹）、艺术风韵（雅与俗）、语言风采、形象手法等诸方面。摸清“风格底”，以便做到新处理与老底子和谐统一，保持特色。

通过“摸底”，达到心中有“底”，即可转入构思，产生一个切实可行的整改方略。所谓“切实可行”，就是要切合整理改编对象的实际情况；自然是因戏而异，没有统一模式。然而，整理改编自有它的规律，依循“规律”也就存在着一些需要遵循的准则。著名剧作家马少波在改编《西厢记》时，提出了三条准则，具有普遍意义。这三条准则是：

> 尽力保留和发扬原作的精华和艺术技巧，保持其基本风貌，不宜相去太远，但又使之适合今日观众的艺术欣赏要求。
>
> 尽力剔除其糟粕，弥补其不足，以出新意；增删处力求合乎情理、风格和谐，不露斧凿痕迹。
>
> 尽力适当保留原作脍炙人口的隽语佳句，清理已被时代淘汰的艰涩难懂的陈旧语言，并注意结合音乐曲调，发扬剧种的艺术特色。①

这三条准则不仅适用于《西厢记》以及类似名著，对其他优秀传统戏的整理改编也是值得参照实行的。

著名剧作家范钧宏有一段意味深长的话语，很值得记取。

“整理改编传统剧目，往往会出现‘治一经，损一经’的情况，新观众欢迎它，老观众就是不批准。当然，能够得到新观众的欢迎，已非容易；可是，老观众又何以不批准呢？似亦不能等闲视之。原因自然是复杂的，但归根结底，大都是艺术上的问题。譬如，人物形象‘走样’了，戏的特色消失了，精彩的表演或唱腔看不见、听不到了，等等。如果原本思想内容有毛病，需要做‘脱胎换骨’的改动，那就罢了。（而且在这种情况下，老观众也往往会同意的。）如果是‘拔高’人物或无限度‘加强’主题思想的结果，那就不能简单地以‘习惯势力’责怪老观众为什么不来看改编的新戏了。”②

二、方法与技巧

整理改编传统剧目，一般采取修改戏词，调整结构，增删情

①参见马少波：《改编〈西厢记〉的设想与实践》，载《文艺研究》1983年第2期，第45页。

②范钧宏：《戏曲编剧论集》，上海文艺出版社1982年版，第235页。

节，修饰人物形象等方法。在这种方法中，也包括技巧的运用。

（一）修改戏词

在传统剧目的整理改编中，修改戏词——特别是修改唱词是最起码的工作。

整理改编剧目的唱词，遇到下列情况必须修改：

其一，内容不健康的（如色情、迷信、暴虐、肮脏、下流等）。

其二，不合情理或有损人物形象的。

其三，词语不通的（如“马能行”“马走战”“地溜平”等）。

其四，语言过时而艰涩难懂的（包括词语和典故）。

修改唱词，又必须注意两点。

第一点，对古典名著的改写新词，要如王季思所说：“不是以我们今天习用的现代汉语代替原著的曲词、旁白；恰恰相反，是采用跟原著接近的词汇、句法，修改、补充原著的缺陷。”①

马少波改编的《西厢记》即是范例。

原本《西厢记》中，曾有“颠不剌的见了万千，似这般可喜娘的宠儿罕曾见”；“当日成也是恁个母亲，今日败也是恁个萧何”等词。“颠不剌”是汉蒙混合语，意思是漂亮。“可喜娘”是瓦肆勾栏里的行话，用以形容美貌少女。“萧何”句，语出旧日民谚“成也萧何，败也萧何”。马少波改写的“美人儿见了万千，似这般端庄娴静何曾见”；“当日成，是你这老夫人，今日败，也是你这老婆婆”。在“惜别”一折，马少波把“马儿迍迍的行，车儿快快的随，恰告了相思回避，破题儿又早别离”的原词，改写为“马儿缓缓的行，车儿紧紧的随，才得了亲慈宽语，一早儿又告别离”。改本还补写了许多伴唱、合唱的新词，风格上跟原著相去不远，饶有古典诗词的韵味，更值得效法。

①王季思：《改旧与出新——谈马少波同志改编的〈西厢记〉》，载李慧中编《马少波剧作研究》，黄河文艺出版社1989年版，第321页。

第二点，优秀传统戏的改词，要尽量照顾原有的曲调唱腔。

如京剧《贵妃醉酒》，原有一段唱词是：

> 安禄山卿家在哪里？
> 想当初你进宫之时，
> 娘娘是何等的待你，
> 何等爱你。
> 到如今你一旦无情忘恩负义，
> 我与你从今后两分离。

这段唱词，原用来揭示杨贵妃的淫乱。新本把杨贵妃处理成一位饱受压抑的女性形象，借以暴露封建社会皇权所在的宫廷大内的冷酷无情。梅兰芳的改本唱道：

> 杨玉环今宵如梦里。
> 想当初你进宫之时，
> 万岁是何等待你，
> 怎生爱你！
> 到如今，一旦无情明夸暗弃，
> 难道说从今后两分离！

内容根本变化，但句式相同，唱腔依旧，保留了传统艺术的精致创造。

（二）调整结构

传统戏以至优秀的传统戏，大都存在结构松散、场子过碎、闲场子废场子多的弊病。整理改编的工作之一是调整结构。

整理改编本，从组织矛盾冲突、刻画人物性格及处理人物关系出发，也须要进行结构调整。

京剧《九江口》，原本共有二十三场，改编本压缩为十五场，并取消了张士诚方面的有关描写。它的调整，主要针对着“结构不够严谨，全剧二十三场，从第八场华云龙诈亲被张定边识破，才开始入‘戏’；同时，前后呼应不足，细节尚欠周密，以致出现一些漏洞”①。

换言之，以一场戏来看，豫剧《穆桂英挂帅》中“捧印”一场，原本里穆桂英思想变化脉络不清，改本从调整结构入手，通过“一惊”“二怒”“三激”三个层次，把穆桂英挂帅与否的内心矛盾过程表现得清晰而突出。

（三）增删情节

和调整结构紧密相关的是情节的增删。这里，我们着重研究“加戏”的问题。

有的戏，为弥补原作的某些疏漏或不足，就要“加戏”，如粤剧《搜书院》，原作对于侍婢翠莲和书院学生张逸民描写简单，“特别是对于这女的为什么要私奔，又为什么非私奔到书院来不可的客观因素和个人动机都交代不清楚”②，于是，改本在第一场设计了重阳登高、风筝断线、即兴题诗、以诗结缘等四段情节，交代出矛盾的缘起，为后面因诗惹祸、惨遭毒打、逃脱虎口等情节做了必要的、合理的铺垫。改本还增加了“翠莲被困柴房”一场戏，对于翠莲内心矛盾的揭示起到了关键作用；更充分发挥了戏曲唱功的抒情功能，用一大段撼人心魄的唱词，将翠莲的性格发展、心情变化做了生动的刻画。

“加戏”，离不开选增细节。

《九江口》的改编者介绍说：“戏中既然着重地写了斗智，就不能不注意呼应，不能不安排伏线，不能不选择细节，因而也不能不

---

①范钧宏：《戏曲编剧论集》，上海文艺出版社1982年版，第227页。

②参见中国戏曲研究院：《戏曲选》（第一卷），中国戏剧出版社1958年版，第455页。

对原本加以充实和丰富。譬如‘席前三盘’的那些针锋相对的问答，就是在前后照应、伏线交织的情景下进行着的。”①

昆曲《西厢记》中的某些细节是这样添加的：

原本《西厢记》“寺警”一场，面对孙飞虎的抢亲威胁，老夫人采纳了莺莺的第三计。法本即按老夫人原话传达：“两廊僧众，但有退兵之策的，倒陪房奁，断送莺莺与他为妻。”只是交代了一个情节。改本在法本喊话前加了一个细节：

法　本　小姐不是已经许人了吗？

崔　母　唉！急难中权变从事，救人要紧，也就顾不得许多了。长老，你快去说！你快去说！

仅仅三言两语，老夫人的精神面貌就比原来清楚得多。

又如“惊艳”中，增加了莺莺放走欢郎弹伤的燕子的细节，使张生不但惊异于莺莺的容貌，并且赞赏她的心灵，在一定程度上淡化了原作中的“一见钟情”；在“赖简”中，增加了红娘欲走还留，失声答应的细节，使莺莺的变卦赖简得到合理的解释。

浙本《西厢记》“拷问”一节，让在场的张生“默默走近老夫人，蓦地一跪”，唱出一腔无奈。改编者安排这个细节，意在“借此完成张生这个淡泊功名、愤世嫉俗、执着于理想追求、书卷气十足而遇大事不糊涂的古代书生形象”②。

（四）修饰人物形象

戏曲剧作以塑造性格突出、形象鲜明的人物为根本，剧作主题要通过人物来体现。整理改编剧目，必然要把目光和精力放在人物形象上，根据新的立意、新的构思，总要对旧本的人物形象进行一

①范钧宏：《戏曲编剧论集》，上海文艺出版社1982年版，第232页。

②曾昭弘：《〈西厢记〉改编杂谈》，载刘厚生、顾颂恩主编《小百花〈西厢记〉创作评论集》，百花文艺出版社1994年版，第45页。

定的修整或修饰。

新本《三岔口》把原本中黑店主刘利华，改写为见义勇为的豪杰义士，是彻底“整形”。改本《拾玉镯》把原剧中刘媒婆改为邻妪刘婆，去掉其“窥私癖”、拉皮条的丑陋习气，保留其老辣诙谐的性格特征，是局部修饰。

《贵妃醉酒》把一个令人生厌的荡妇形象，修饰为令人同情的深宫怨妇形象，得力于几段戏词的改写。浙本《西厢记》对于张生形象的修饰，是通过在情节上、细节上，去其迂阔，增其顽强来完成的。

可以看到，修饰人物形象要根据人物性格、善恶评价来重新确认。通过情节、细节以及唱、念、做、打等各个方面的重新处理来落实完成。

三、幅度与力度

传统戏的整理改编，因戏而异、因人而异——一部《西厢记》荀慧生演来突出红娘，茅威涛演来突出张生。然而，剧目本身存在问题的大小，问题解决的难易程度，决定着整理改编的幅度与力度。

着眼于整理改编的幅度与力度，大体有三种程度、三种路数。

一是小动。或稍改动戏词，或稍改动场子，或稍做增删，或稍做修补。一般为艺术基础较好、思想内容毛病不大的老戏（如小戏《拾玉镯》、大戏《秦香莲》等）采取之。这类剧目如果非要大拆大改，反而得不偿失。

一是大动。或脱胎换骨，或另起炉灶，只保留一点情节线索，只保留一点人物关系，从思想内容到技术内容全部重新结构，重新安排，名曰改编，实为新创。此种做法，主要针对这一类“历史的颠倒”的剧目（如《田姐与庄周》原本《大劈棺》、《狱卒平冤》原本《九命奇冤》、《团圆之后》原本《施天文》等）。小修小改无济于事，大刀阔斧则可“化腐朽为神奇”。

介于“小动”与“大动”之间的便是“中动”。一般是基本情节保留而进行结构调整，舞台技艺保留而要寻求新的展现。总之，从情节内容到表演技艺重新结构，以求“长善救失”，并使之较原剧情节更合理、艺术更完善、演出意义更突出、审美效果更强烈。戏剧界前辈范钧宏改编的《九江口》《战渭南》《调寇审潘》等剧均属这一类型。

“中动”，是一项操作繁难，成效并不十分显眼的工程。然而，传统剧中有待“中动”的剧目尚多，为了振兴戏曲，为了继承传统，为了丰富上演剧目，剧作者应持积极态度，以同等热情、同等用力，担负起各类传统剧的整理改编工作。

（本文原载于贯涌主编:《戏曲剧作法教程》，文化艺术出版社2002年版）

染时代色彩　扬古典神韵

——从《薛刚反朝》到《洗雪铁丘坟》的改编

受临汾市小梅花剧团之邀，担任《薛刚反朝》的改编创作，不禁产生几许忐忑、几多兴奋。

由蒲州梆子优秀传统戏整理改编的《薛刚反朝》，自1959年定稿，便以其深刻的思想内涵和精湛的舞台艺术，确立了经典剧目的地位。正因为它的经典价值及其经典光环，似乎构成一道无形的屏障，使任何一点改动都会面临费力不讨好的结果。迎着如此严峻的考验，怎么能够不忐忑？然而，以时代的目光审视经典、修饰经典、再塑经典，更具挑战意味，承担它诱人的挑战性创作，又如何能够不兴奋？

忐忑教我谨慎，兴奋给我激情。于是，就在忐忑与兴奋、谨慎与激情相交织的情境中动起笔来。

笔要如何动，戏要怎么改呢？有个基本思路，含细目三则，或可称之为“约法三章”。

其一，充分认识并充分尊重其历史成就，尽力修改、弥补其历史局限与历史缺憾，不伤筋动骨而力求改观。

其二，以现代舞台理念演绎历史经典，贴近当代观众，尤其是当代青年的审美旨趣，争取获得历久弥新的生存活力。

其三，作为“老戏翻新”，必得吃透“老”的精华，掌控“新”的巧用，切忌滥用，达到传统的延伸，现代的融入，古典美与现代美融洽无间，在古今交会点上呈现新意。

依循基本思路，试做如下处理：

一、人物定位与结构更新

纵观原作，从传统戏《归宗图》（系列折子戏）到整理本《薛刚反唐》，再到改编本《薛刚反朝》，一脉相承小说《薛家将反唐全传》情节内容，几近书中相关章节的一人一事悉数登台扮演，造成角色分散，情节庞杂。况且该剧系由“折子戏”连缀而成，最大限度地容留“折子戏”在剧中相对独立的地位及其演出套路，妨碍作为大戏、“本戏”所需要的缜密而有机的整体结构。

首先要解决的是，谁是主角？

剧目叫作《薛刚反朝》，按剧名指向，“反朝”应是贯穿情节，薛刚岂不该是主角？其实，“薛刚反朝”不过是“薛家将反唐”核心情节的沿袭，剧中薛刚的行为——戏剧行动——具有明显的被动性与陪衬性，绝非支撑全剧的主角。与薛刚形成鲜明对比的薛猛，愚忠怯懦、害人害己，为“反面教材”，远离全剧主要矛盾，何况“戏将始，身便死”，更难担当主角。

显然，在原作《薛刚反朝》这部“群戏”中，最突出、最鲜亮、最感人的人物形象是徐策。这位徐策，舍子换子、斗奸锄奸，挺身于全剧主要矛盾。可以认为，没有徐策就没有舞台上的这部《薛刚反朝》，徐策是理所当然的主角，但在原剧中，徐策登场较晚，戏剧矛盾有些延迟；叙事散漫，影响了形象聚焦；戏之收尾，更是草草了结，如凉水续茶——冲没了味道，令人无奈。

编剧人明白，写戏要写人，由人托出情，由情托出事，至于握笔结撰，便要翻转过来，通过人物行动来展现人物性格，完成人物形象塑造。本次改编，在明确以徐策为主角的基础上，从更新结构入手，“立主脑，剪枝蔓”，强化徐策换子这条主线，删除诸如薛猛“效忠”与薛刚“反叛”矛盾冲突的庞杂情节，并且“固本增新”——为徐策安排了步步递进的五个戏剧行动：“貌似保本”彰其勇，“法场换子”彰其智，“观图说仇”彰其仁，“承诺跑城”彰其信，“洗冤抒怀”彰其义……满蘸情感的色彩，描绘出徐策大智大勇、大仁大义的鲜明形象。

谚云：“水涨船高。”改编本有意识地增加了反面人物的笔墨。徐策冒死保本接连“三保”，权奸张台针锋相对寸步不让即有“三驳”，极尽巧言令色、蛊惑、构陷之能事。在这场“正”与“反”短兵相接的较量中，正是张台的狡猾奸诈、穷凶极恶，烘托出徐策的顽强抗争、不屈不挠。

改本中，薛刚之妻纪鸾英，与原作比照几近脱胎换骨。改写纪鸾英既是“水涨船高”题内应有之义，而且源于一己私见——本人内心活着一位不同寻常的巾帼豪杰。她，直面浩劫，沉着冷静，把生的希望送给丈夫，把死的危险留给自己；她，保护乡民，搏斗中分娩，见义勇为而赢得信赖；她，含辛茹苦教子成人，承担起洗雪屈辱，捍卫家门荣誉的使命……薛家将唯她最英勇、最明智、最坚忍，她是薛家的脊梁！如此刻画纪鸾英，彰显正义的力量与希望，与徐策的形象相映生辉，同时期望再为剧作平添一抹亮色。

二、主题开掘与思想升华

原本《薛刚反朝》，“忠实于原作”《薛家将反唐》，大体是历史演绎，旨意颇为复杂，有昏君当政（指武则天掌权）的影射谴责，有反朝复仇的正面赞颂，有愚忠受害的历史教训，有忠奸斗争的现实褒贬。这些题旨从不同方面反映了社会大众对于政治清明、社会公正的诉求，特别是忠奸斗争所展现的善恶有报、天理必胜的思想，表达了历史和道义的公正审判，具有鼓舞人心、抚慰良善的积极意义。然而，现今观察，舞台上或现实中演出的“忠奸斗争”，总是和一定的政治因素及人事关系相关联并受其制约，所谓的“反朝”“清君侧”又总是难以摆脱历史的局限性。把历史上这个“反朝有理”置于现今舞台，总有些不和谐之感。改编本寻求突破旧有题旨的局限，努力促使境界升华。

从原作的实际出发，借助现代文化观念，对忠奸斗争反复思量，终于发现了被这古老主题长期遮蔽的另一深层的思想内涵，这就是：正义可以超越人性，正义必将战胜邪恶。

中国传统美德，崇尚正义、憎恶邪恶、倡义举、罚奸行。张台所代表的邪恶势力，挟私构陷，致使薛家三百余口“灭门犯剿”，对人性肆意践踏，对良知卑鄙嘲弄。正当不义嚣张肆虐之时，强大的正义便以超常的能量来抗争。徐策违背“虎毒不食子”的常理，毅然做出舍子换子的超越人性的选择，更以现身正义无怨无悔的崇高情怀，显示出跃然升华的人性光辉，正义终将伸张，当是本剧确切主题。联系到现实生活，“私心膨胀、功德失律”，“趋利避害，行为失据”等种种现象，引发人们呼唤正义，切盼更多见义勇为的义行义举。“正义战胜邪恶”，表达了大众情怀，这一主题似乎有它更为普遍的社会意义和审美价值。

主题开掘，要落实到人物的塑造，只有人物的传神刻画，才能鲜明深刻地揭示主题。通过加大以情叙事、以事抒怀的力度，以及在人物行为描写中强化思想情态和精神风貌展现等方法，使新题旨揭示中的老故事、老人物增强了一点点新鲜的历史感和现实感。

三、形式把握与风格营造

剧目改编，意在“推陈出新”。目标之一，便是扭转“老戏老演”，实现“旧貌换新颜”。就文本而言，舍弃诸如“过场”“垫场”“打朝”“排山”，以及角色上下场与分幕相合，实写与虚写相照应，带戏开幕与亮相闭幕相搭配，以及“留悬念”、“存回味”、序幕开场、尾声蹲底等方法，更运用了“跳跃式”时间演进与“镜头推移式”空间迁移等创新手段，使剧情得以明快、流畅地表述，期待产生清新养眼、引人入胜的剧场效果。

立足剧种艺术特点，力求保持原作艺术风格——是自家制定的又一目标。试看:“外显粗狂、内在细腻、雅俗兼容、古朴醇美”，似可视为蒲剧艺术特点之一二；悲喜交错，大气恢宏，似可视为原作《薛刚反朝》艺术风格之一斑。愚见尚无大谬，窃喜改编中做过一点努力，有了一点感悟，也收到一点成效。

四、文本创作与表演传承

原本《薛刚反朝》，倾倒观众，轰动梨园，一言以蔽之：表演精绝！当下改编演出，无须讳言“去芜存菁”，但在表演技艺上绝对是重在“存菁”，既要舞台形态面目一新，又要表演技艺毫发无损，乃至更新扩展技艺空间。为此，改本各场各节（特别是新增部分），老老实实奉行“戏不离技”“技不离戏”之古训，加大唱念做打综合运用的容量，认认真真用足用透表演技艺，人物刻画得到有力支撑，剧目观赏性得以增强，让优秀的演员、演奏员得以“用武之地”，广大观众得到美的享受！

从《薛刚反朝》到《洗雪铁丘坟》的改编，是向原创大家秦学敏、行乐贤、阎逢春、杨虎山、王秀兰、张庆奎等先贤致敬；是为未来的再改编进行一次探索；也是对时代、社会、大众负责任的回应。

演出了！落幕了！愈加兴奋也愈加忐忑了！在兴奋与忐忑交织的情态中，恭请大家指正。

（本文原载于《蒲剧艺术》2014年第1期）

净山先生：倾心打造悲喜剧

——关于《唐知县斩诰命》的剧本创作

（刘志梅　整理记录）

题记：

净山先生——贯涌老师，剧作丰富，演员乐演、观众乐见，好评满满，获奖多多。其中饱含的创作追求、成功经验，值得探索和借鉴。于是，选择以先生代表作《唐知县斩诰命》(《斩诰命》) 为话题，约请先生畅谈编剧过程中的心路历程。访谈中，先生将自己的喜剧创作归拢为一个核心:“打造幽默悲喜剧。”这既是先生的喜剧作品的特点，也是值得研究的编剧理念，故以此为题，结成这篇专访。

由于专访过程中，疫情陡起，病毒来袭，师生各自隔离，其间，先生以手机微信隔空传达，于是口述变成了笔谈。对先生口述略加整理，对先生笔谈原文照抄，便形成了这篇访谈、笔谈交织组合的特殊文章，与知音同享。

访谈之一：知底

刘志梅：先生好！2000年您编写了一部豫剧《唐知县斩诰命》，2002年参加河南省第九届戏剧大赛，荣获大赛金奖和“编剧奖”；2004年由长春电影制片厂将其拍成戏曲电影片，更名为《七品知县卖红薯》，获得了第十届电影华表奖“优秀戏曲片奖”。《唐知县斩诰命》已经成为豫剧舞台上的经典保留剧目，后来还有多种版本呈现。目前这部戏的观赏，仅线上观看，包括电影、演出录像各种形式、各个版本，达两万多人次，有很多观众留言表达观看此剧的激动心情。我摘录了几条——“古老的戏曲内容，崭新的时代精神”“戏曲地方戏的精品”“真正的人民艺术”等，还有观众更直接的评价：“为编剧加分！”您的这部《唐知县斩诰命》登场即火，而且二十多年来始终火热如初，可以说《唐知县斩诰命》不仅唱响了、留住了，而且传开了。对于这样的成果，您能不能谈谈它的成因。

净山先生：《唐知县斩诰命》是我千禧年后创作的第一个作品，也是我退休以后写的第一部大戏。今天看来，这个剧目经受住了时间的检验，赢得了观众们的认可，积淀了金不换的表演艺术，这一点令我深感欣慰。

写这个本子，的确花费了不少心思，至于是不是成因，或者说属不属于“成因”，且慢下结论。不过，倒可以聊聊创作过程中的一些思考、一些筹划、一些做法，给有兴趣的朋友提供点资料，留些参考。

1999年，鹤壁市文化局邀请我为刚刚获得梅花奖的年轻丑角演员金不换专门编写一部戏，剧目题材商定为“七品芝麻官”唐成——《唐知县审诰命》（《审诰命》）的续篇。既要“量身定制”，更要名剧续作，这就比一般剧作多了一道工序：洞察根底，筹备构思。

“量身定制”先要“量身”，量准之后才能定“制”。量什么？演员的“专业三维”。一是技艺长短，二是创新潜能，三是流派纯杂。我的目标是：把握准确、扬长避短、促进提升。写本子与做衣服有个绝大不同，做衣服要的是“合身”，写本子“合身”——合于演员的艺术“身材”——只不过是个基础，重在促进并展现演员的艺术才华。这个本子必须给金不换一个动力、一个抓手、一个依托、一个空间，让他从容发挥所长，努力寻求创新，充分显示升华。在舞台导演和电影导演的引导下，金不换实现了剧作“量身定制”的特定预期。

刘志梅：我知道先生一向重视“场上之作”，赞成“为演员写戏”，只有对特定的演员计量三维，做足了准备才进入剧本构思。是不是可以说，对于特定主演金不换的“洞察根底”、心中有数，是您对这部《唐知县斩诰命》进行构思的必要准备和工作基础呢？

净山先生：可以这样认为。不过，论必要的准备和基础工作，还有另一方面，另一个更加重要的课题——察明前作。

这出《斩诰命》是《审诰命》的后续故事，是“续集”、是“后部”、是“下本”，摆明了是要作“名作续篇”。既然接受选题，承认这层赓续关系，必得体察前作，知根知底，明白无误。

《唐知县审诰命》原本是一出传统老戏，经过整理改编，作为国庆三十周年献礼剧目登上1979年的首都舞台，反响强烈。由艺术家谢添导演，在一番深加工后拍成电影，轰动一时。在戏中，唐知县与严诰命构成一对尖锐矛盾，突出展现唐知县小官有大志、小官讲大义（电影更名叫作《七品芝麻官》，再三强调“小小芝麻官”），蔑视严诰命行凶作恶所依仗的大权力、大威势、大靠山，“以小斗大”的勇气和智慧。特别是戏里有个脍炙人口的金句：“当官不为民做主，不如回家卖红薯。”通过知县唐成的嘴，说出老百姓的气话，强烈表达老百姓的恼火和诉求。也正是敢于担当、“为民做主”的芝麻官，审判并且斗倒了作威作福的权贵命妇，这出长百姓志气、灭权贵威风的《唐知县审诰命》因此受到最普遍的喜爱。很明确，《审诰命》透过“为民做主”而张扬的为民意识、民本观点，正是如今这本《斩诰命》须要赓续的核心精神。

刘志梅：我们第一次坐在剧场看《唐知县斩诰命》的时候，就特别强烈地感受到了“为民意识”“民本观念”是《审诰命》和《斩诰命》前后赓续、血脉相通的纽带。何玉人2005年出版的《中国戏曲新时期编剧》一书，把您的《唐知县斩诰命》视为河南地区新编剧目中的首要代表作，认为这部作品“为民请命”的主题充分彰显了戏曲的人民性，令人快意淋漓，是为时代、为人民而创作的新编历史剧的优秀代表。《唐知县斩诰命》的时代性非常突出，您对《唐知县审诰命》做了哪些突破呢？

净山先生：在戏剧情节、人物关系、矛盾冲突等方面，的确是相续相接的；精神思想上也有相当的一致性，然而——不能回避这个“然而”——作为传统戏《审诰命》存在不可避免的历史局限性，落在作品上几粒灰尘。

一是写唐成遭受严嵩索贿打压，无比忌恨。被强调的这宗个人恩怨，很容易冲淡善与恶的矛盾斗争；很容易对《审诰命》引发“挟私报复”的质疑，若不是有“为民做主”的宣示和践行，也很容易遮盖这出戏的积极立意。

二是强化遂民心称民愿的《审诰命》，却忽略了追究徐国公家将的过失杀人，有意或无意地陷入“道德高于刑法”的糊涂观念。

还有一些，比如唐成与徐国公的模糊关系等。这就决定了当下作品与原有作品既要相续相通，必然也要有相异相隔。但不能大差离格相逆相左。

刘志梅：先生瞻前顾后，两个“心中有数”，为名作续写新篇做足了准备。

可以说《唐知县斩诰命》对唐成做了全面瘦身，让他没有了与严嵩的个人恩怨、没有了与徐国公的亲属关系，也没有了徐国公家将的牵扯。您让唐成干干净净、匹马单枪、无依无傍，他面对的不只是诰命这一只真老虎，更要面对狡诈的宰辅严嵩、圆滑自保的徐国公、荒唐的嘉靖皇帝，唐成的“斩诰命”之路也可谓是难于上青天了。

净山先生：是的，唐成的《斩诰命》是一场没有同盟的斗争，不过，没有同盟他要创造同盟，难于上青天，他要造出上天梯来。这一点后面再谈。

说到准备，按我的习惯，还要查一查历史，找一找根据，清醒清醒头脑……资料有用，无须尽用。比如“嘉靖皇帝迷信仙道”，用了；所谓“对严嵩公正评价”，没有用。保持头脑清醒嘛！

创作剧本，我有个宗旨：戏可杜撰，不可胡编，求其可信、可感、可赏、可娱、可供戏曲俊杰施展才能。历来恪守，奉行不悖，编写《斩诰命》当然不会例外。

访谈之二：求新

刘志梅：很明显、也很突出地感受到，您内在的精神是民本观念、人文关怀。

净山先生：剧本不是论文，任什么内在精神、思想内涵都得通过戏剧情节人物行动来体现。

在这场斗争中，荒唐的皇帝、狡诈的宰相、愚忠的国公，三个强权的典型围绕在唐成周围。徐国公不是他的靠山，只是他要利用的工具，唐成要把他变成与自己联手的同盟军。但是，徐国公满脑子里装的都是君臣关系，所以他没有唐成在面对林秀英沉冤时的换位思考，徐国公的处事是圆滑的，这就使得唐成的斗争更加孤立、艰难。我在这部戏里，对嘉靖皇帝有一些思考。我要把这部戏写成传奇历史戏，希望具有更强的传奇色彩，虽然一个知县能够进入京畿之地这么折腾毕竟还是带有一定的传奇色彩。但是，在这个基础上我又利用嘉靖皇帝这个特殊人物创造了更多的“奇事奇情”，许多反映嘉靖皇帝这个时代的文学作品、戏剧作品把斗争的矛头指向严嵩，却轻轻放过了这个荒唐透顶的嘉靖皇帝，我的这部戏让他成为一个与唐成较量的人物。我借用了“大明朝”的“明”字，拆为日、月二字，借林秀英之口唱出来“大明朝日月不明无公理”，嘉靖皇帝迷信修仙学道，十几年不理朝政，所以才任凭严嵩把持大权，我深深知道没有皇帝的吐口诰命是斗不倒的，所以，我紧紧把握了嘉靖帝的荒唐，让唐成巧妙地利用这份荒唐。换言之，如果不是嘉靖的荒唐，唐成是不可能取得斗诰命的胜利的。那么，在这个之间，我也没有把严嵩写成过分外露的形象，而是着力刻画他的奸诈狡猾、喜怒不形于色，这就使得唐成的斗争更加艰难、险恶，使这个戏更有深度。

唐成的人设：他是一个饱读诗书、三场科考金榜题名的文人，他心中装的是治国平天下的大情怀，基于这样的创作目标，我赋予了唐成拉、拒、诫、抗、跪这么几个戏剧动作。

拉，智拉入局。通过智激，把个畏惧皇权、打算息事宁人的徐国公拉过来做帮手。

拒，拒绝色诱。伪装醉酒，戏要陪酒女，嘲弄老奸雄，粉碎美人计，保住案卷铁证。

诫，沉痛告诫。以罪犯严诰命为借鉴，痛心告诫众官员严格自律、守官箴、爱百姓。

抗，抗拒皇命。这里，多说两句，历史上清官除奸，往往靠的是“尚方宝剑”，况且“遵圣旨”“奉王命”天经地义，怎么敢抗拒。（唱本戏台上的《佘太君抗婚》，本是民间演义，百姓戏说。）严诰命行凶作案，皇帝昏庸乱判，唐成不仅不遵还要抗。没有那份资格和足以抵抗王命的力量怎么办？嘿，拿你的祖宗来管你！于是，搬出开国皇帝的御颁《大诰》，反制当下皇帝的“金口御言”。这至高无上的虽说是皇帝祖宗，却是治国大法。法治取胜，皇权出局。

跪，祈祷公平。一心“为民做主”的唐知县，面对权贵穷凶极恶，苦主恐惧撤诉，无限的怜悯、愧疚、迷茫、愤怒倏然而生，并把满腔的哀、忧、怒、悲付之一跪——“祈祷平民百姓不再受屈！”这一跪，强化了对公平、法治的诉求。

我在想，一路走来的唐知县，前期充满理想主义、浪漫主义，热热闹闹的《审诰命》已经收场，“为民做主”的豪情承诺已经成为泡影，面对着和小民苦主林秀英同样的严酷现实和惨烈压迫，哪还用什么“换位思考”？他被压到“民本位”“原生态”；逼出来最为根本的人性特质以及“三诉求”的人文新境界。

刘志梅：唐成的“五个戏剧行动”，形成了超大超强的信息量——矛盾冲突的环环相扣、戏剧情节跌宕起伏的情势、主人公的诉求、人物间的关系张力、人物的情感张力，每一个情节单元都很抓人。

净山先生：对，故事单纯化，情节复杂化，还有个核心要素——人物（主人公）性格的多面性。我想后边再谈。

笔谈之一：人物性格

刘志梅注：疫情陡起，病毒肆虐，我对先生的对话访谈改为隔离笔谈。先生首次来函即是专讲唐成的性格设定，接续上文，照抄如下。

剧作人熟知，戏剧必须塑造性格鲜明的人物形象，编撰喜剧必须刻画喜剧人物的喜剧性格。按“喜剧将那无价值的撕破给人看”的定义，喜剧人物总是关联着愚昧、贪婪、卑鄙、顽固等性格特征，成为讽刺与批判的反面形象。与此相反，我心目中的这位唐知县，具有博大的胸怀、仁爱的心肠、乐观的精神和洒脱的气概，是一个敢做敢当、风趣潇洒的正面喜剧人物。然而，在为民请命的跋涉中，面对荆棘载途生死考验，他也有惊悸惶恐、痛苦悲哀，以及自卑自馁、自怜自矜的“不良反应”，究其原因，性格使然。依我设想，这个人仗义却又自卑，果敢却也怯懦，达观却也脆弱，自信却也自负，机智却也狡黠；有那么一抹“英雄本色”，却又掺杂些许“凡夫俗子的杂质”；也崇高，也滑稽，分明是个混合体。

或问，难道这是喜剧性格？

是的。我认定这就是喜剧性格，是新型正面喜剧人物的喜剧性格。在当下，可以更明确地讲，它就是我这部悲喜剧（请注意：此处先生指明是“悲喜剧”——抄者）主人公的喜剧性格。

这一个，就是“这一个”。

笔谈之二：幽默

刘志梅：先生好!《唐知县斩诰命》作为《唐知县审诰命》的续篇，况且要展现豫剧丑角戏的艺术特色，那自然是部喜剧。可是，当我们观看演出或阅读剧本的时候，感觉到了《斩诰命》的不同于《审诰命》的喜剧风格，甚至不同于一般喜剧，包括您的其他几部喜剧《草根秀才》、《石武举别传》、《徐九经还乡记》(剧本名为《徐九经弃官记》)、《憨憨公子扳倒爹》、《姜子牙走淇河》也是这样，总是让人或者笑中隐忧，或压抑中不觉怡笑开颜，真是别有一种独特的味道。

净山先生回信：

不错，我确实有别样的喜剧追求——幽默悲喜剧。不妨先来谈谈“幽默”。

幽默常被看作滑稽的构成元素之一。换个角度就会看到，滑稽与幽默是两种不同的意味和方法。我作喜剧，当然不会丢掉或忽视滑稽（美学特征），也要运用滑稽（方式方法）。坦诚地讲，我更偏爱幽默，对滑稽有点顾忌：怕过分，怕露骨，怕油滑，怕粗俗，怕自己火候不到过犹不及。

我真喜欢幽默，喜欢它的含而不露，喜欢它的意味绵绵，喜欢它的游戏姿态，喜欢它给作者智力才华施展的空间。

这部《斩诰命》，我追求的是一种整体性的幽默，我主要运用幽默手法，构成幽默特色。例如：

在语言上……

在情节（细节）上……

在结构上……我举了方方面面的例子——不必“见诸文字”，拿本子一看便知——无非说明，这“幽默”要总体把握，而且无处不在。换句话说，正是无处不在的幽默，构成了幽默的总体特色。

笔谈之三：悲喜剧

净山先生文：

《唐知县斩诰命》本是邀约创作，量体定制，根据丑角主演以及芝麻官既定题材，必须作成一部喜剧。绝难想到，一旦进入构思，一个个悲剧情节、悲剧场景迎面而来挥之不去，重重压抑与痛苦凝成莫名悲戚填满胸间而难以解脱。我意识到，这应该是唐知县斩诰命历程中无法逃避的遭遇；从戏剧冲突考量，却也是必定要“有”，决不能“无”的要素。此刻，闪出一个关键词：主体意识。以悲感为基础，以喜感为核心，呈现“痛并快乐着”——或叫作“快乐的痛”——便成为我作这部戏的主体意识。

戏甫开场，忽降圣旨：命知县唐成护送诰命到京进宫赴筵，事变突然，凶多吉少。唐成灵活应对，昂扬宣告要让百姓见青天，“不怕小命上西天！”“大步朝前不问天！”悲凉弥漫，乐子不断。

唐知县冒死见皇帝，巧妙递诉状。严嵩挑动，皇帝发威，唐成搬出皇帝祖宗辩护，逃离断头台。出生入死，苦乐交集。

面对严嵩行凶、被害小民撤诉，唐知县雨中长跪，为民祈祷。接下来，唐知县胜券在握，戏耍风尘女，嘲弄严阁老。前一场大悲，后一场大喜，否极泰来，悲喜相错。

呀！我作成了一部悲喜剧。

且容我梳理一下：

戏剧冲突所蕴含的悲戚，构成本剧创作意识的基础；

“为丑角主演写喜剧”的初衷，着力张扬的喜感，构成本剧创作意识的主体因素，并且取得了主动权。

一悲一喜、又悲又喜，双重情节，构成本剧整体结构，由此引发“含泪的笑”“笑和哀愁”——悲感和喜感相混合构成的幽默，而幽默引导人们领略本剧中心人物“平凡而不凡”的人格魅力。

我喜欢幽默！我喜欢编撰幽默的悲喜剧！

刘志梅：对于先生的悲喜剧，我略谈自己的感受，在《斩诰命》的斗争中，先生把唐成的隐忍、坚忍、诙谐、自嘲等大智若愚的性格，一律置放在强势、高压下写——在嚣张的诰命夫人、专横奸邪的宰辅严嵩、生杀予夺的荒唐皇帝层层重压之下，唐成这个小小知县不得不忍。但是，唐成的忍，是隐忍、是策略，外表上唯唯诺诺，实质上他要暗度陈仓、步步为营，暗暗施展乾坤大挪移的智斗战术。唐成的内心仿佛是一座冷却的火山，涌动着抗争的火焰，闪烁着幽默的光彩。

访谈之三：“不是题外话”

刘志梅：先生好！终于又见面了！您看对于《唐知县斩诰命》这部戏的创作，您还愿意再补充几句吗？

净山先生：我已八十五岁，编写这本《斩诰命》也已经过去整整二十年。想起这么多，说了这么多，也算可以了。

由这个戏，想到一个切身体会，说给大家听听，并不是题外的话。

我写《斩诰命》和其他本子，多为受邀结撰，量身定制，具有“为他人作嫁衣”的特性。一方面，剧作不同于小说、诗歌，剧本文学虽属一度创作，但其第一性能却是表演，“量身定制”与主角艺术身材对接，使案头之作转化成场上之作，更易于上演。故此，我乐于“为他人作嫁衣”，甚至提倡“量身定制”。另一方面，我争取、我维护创作中的自我追求。这种自我追求或是思想内容的，或是艺术手法的，有可能与“他人”很难无缝链接。决不能由于“为他人”而妨碍自我（追求）；也不该因为体现自我（追求）、维护自我（追求）而让他人削足适履。解决好这对矛盾，是作者的责任，也体现作者的水平。

刘志梅：先生的分享甚是恳切，对于为舞台写作的人来讲，如何在“我手写我心”的“自我”与“量身定制”的“从他”的矛盾中找到平衡，的确是剧作者能够坚定自己艺术追求的一个关键问题。感谢先生和大家分享经验！感谢先生的金玉良言！

铁镜公主与《四郎探母》

关于京剧《四郎探母》(《探母》) 的评价问题，争论已久，分歧很大。不论持否定态度，还是持肯定态度，大都是围绕着如何评价杨四郎这个人物而得出自己的结论的。

诚然,《探母》是以在辽宋战争中被擒招赘十五年之后的杨四郎思亲探母为主要情节，并由此展开矛盾冲突的。但是，我们认为剧中另一主要人物——铁镜公主，才是这出戏的“戏胆”，杨四郎探母的愿望只因得到她的帮助才成为现实，也正是由于她的积极行动才使矛盾冲突得到最后的解决。因此，分析《探母》不可不分析铁镜公主是怎样的一个人物，不可不分析作品通过这一艺术形象表达了什么思想。

铁镜公主是怎样的一个人物呢？她是国势强盛的辽邦的公主，以“金枝玉叶”之尊，下嫁被俘的一名宋军将官，她对这个俘虏丈夫，毫无鄙夷之意，更多敬重之情。四郎因思亲忧闷，她猜是什么原因，首先猜的是“莫不是我母后将你怠慢”，唯恐四郎受了委屈；当四郎吐露了真实身份，她即恳请四郎“十五载休怪我多有怠慢，不知者不怪罪你的海量放宽”。在当时辽强宋弱，辽邦对宋用兵不断取胜的情势下，身为辽邦统治层的公主，全无强胜者的高傲，竟能跳出民族相仇的藩篱，跃上民族相敬的思想境界，这无疑是对本朝掠夺政策的背叛。而她对英勇善战的杨家将及其所代表的汉族人民，则充满无限敬仰的深情，并形成了支配她全部言行的思想基础。

铁镜公主是一个感情丰富、性格可爱、精神美好、品行端庄融为一体的典型。当她突然得知结婚十五年的丈夫居然是个隐姓埋名的人，马上发作起来，确实显得相当骄矜；但她一旦了解到杨四郎的本来面目，则无微不至地关心和维护这个宋朝名将、本国敌手的安全，又显得那么敦厚善良。杨四郎探母心切，苦于没有过关的令箭，她主动承担盗令的使命。虽然很担心四郎一去不返，自己将失去丈夫，并有可能连同孩子一起丢掉性命，还是毅然决然地冒死盗令，为帮助四郎实现探母的愿望，甘愿做出自我牺牲。在银安殿上，她巧妙从容地赚得令箭。萧后查明真相要斩四郎之际，她又不顾个人安危，挺身而出，大胆辩护。作品从各个侧面，生动地表现了铁镜公主的大仁大义、大智大勇。

探母——是杨四郎在辽邦对宋挑战、民族矛盾激化的情况下采取的一个大胆行动。支持还是反对杨四郎探母，实际上是如何对待和处理民族关系的问题，是在辽宋之间倾向哪一方的问题。铁镜公主认为，杨四郎探母这一行动天经地义，完全合理，毫无过错，据此问罪完全是“母后的不是”，为此，再三向四郎赔礼道歉。她还认为，辽宋之间的亲戚往来应该是正常的，破坏和阻挠是没有道理的。所以，在剧本的最后当萧后警告四郎“再若探母，提头来见”的时候，在一旁听得真真切切的铁镜公主，转脸却对四郎讲：“母后命你把守北天门，将功折罪，可别探母了。再要是探母啊，——可想着早点回来！”（末句有的演员念“可别忘了回令啊！”）与其说是告诫，不如说是鼓励。这感情炽烈而富有幽默感的话语，把一个质朴、纯真的契丹女子，期望辽宋通好的美好心灵，刻画得入木三分。

早先的演出，铁镜公主送别四郎过关探母之际，对自己不能同行深表遗憾，还有这样一段词：

驸马！此番回去，多多拜上婆母，就说为媳妇我不孝了！

（唱）铁镜女泪涟涟，

尊一声驸马听我言，

此番见着婆婆面，

你与我带上几句言：

儿愿太君康宁健，

儿愿太君福寿绵。

儿媳薄面虽不念，

还看你杨家后代接香烟。

此时此刻，她的自我感觉，不是什么契丹族的公主，实实在在的倒是汉家儿媳，并且有的是一个儿媳妇在民族矛盾阻碍下不能略尽子媳孝道的痛苦心情。作品通过铁镜公主既是契丹公主又是汉家儿媳这一典型人物的思想行动，表明了“辽宋一家”好，以及要想实现之，就必须消除民族隔阂的思想。

《探母》的作者，没有大汉族主义，也没有任何民族偏见，他在铁镜公主身上，注入了人民所具有的机智勇敢的特质和自我牺牲的精神，展现了中华民族妇女特别突出的善良、纯洁、爽直、贤惠的美德。作者虽然把故事情节摆在了辽宋战争的背景之下，却通过剧中人物之口，反复提出“两国不和常交战，各为其主夺江山”“两国不和何时解”的看法。假如说《破洪州》《打韩昌》一类杨家将剧目，是体现了反对民族压迫的思想，那么《探母》则是表达了期望民族和睦的意愿。

如何对待民族矛盾和民族斗争，是评价《探母》思想意义的核心和焦点。在多民族的中国历史上，由于不同民族统治集团的利害冲突，导致了民族之间既有和睦相处，也时常兵戎相见，呈现出极其错综复杂的局面。然而，恰恰是这种联合—斗争—再联合的情况，促进了民族融合、版图统一。传统戏中比较多的是揭示民族的矛盾，往往渗透着汉族正统观念，在舞台上出现的少数民族人物形象，一般总是凶恶丑陋的反面角色。像《探母》这样透过民族斗争的表象，表达民族和睦的理想，特别是塑造了铁镜公主这样一个有见识、有气度，善良但又勇敢、贤惠但又坚毅、富于内在美的少数民族妇女的艺术形象，的确是少见的。

当然，《探母》瑕瑜互见，并非绝无谬误。历史上的辽宋战争，是由辽朝统治者鲸吞宋朝土地，掠杀汉族人民所起，对于这场战争的性质，作品没有是非分明地给予揭示；在杨四郎这一人物的塑造上，极力渲染他“想起了当年事好不惨然”的颓唐思想，突出刻画他一遇矛盾便哭天抹泪的懦弱性格，作者还以赞许的态度，赋予杨四郎在萧后刀下跪倒求活、甘心为敌方把关效劳的卑怯行为。这些缺陷和糟粕，给作品带来一定的消极影响。然而，就《探母》的总体看，它的主旨在于要求民族通好和睦相处，对杨四郎也主要表现的是隐姓埋名十五年，不忘亲人故土的正当行为，热情赞扬了铁镜公主超脱狭隘民族观点的正义感和同情心。作品积极的思想倾向是可以肯定的。像其他不少传统戏一样，只要在“推陈出新”的思想指导下，进行一番去芜存菁加工提高的工作，《探母》仍不失为一出较好的剧目。今天，我国各族人民已经实现了“平等的联合”，《探母》所表达的民族和睦的意愿，对于促进国内各族人民的团结共进该是有利的吧！

究竟如何评价《四郎探母》，这是一个学术问题，或者说是对作品的认识问题，本来完全可以在马克思主义的思想指导下，通过同志式的讨论、通过实践的检验，求得看法上的一致。但在某些时期，政治见解排除了学术见解，行政决定替代了民主讨论。粉碎“四人帮”后，有人提出重新评价《四郎探母》的问题，以期净化学术空气，寻求正确的认识，其意义远远超过评价《四郎探母》的本身。有的评论，把这种很有意义的争鸣，斥之为“甚嚣尘上”；有的文章更极力提倡那样一种既不组织学术讨论，又不允许群众鉴别，而是简简单单“禁止上演”的，很不利于百家争鸣的做法。对此种种，实在是令人不敢苟同的。

从《四郎探母》争论的历史中，可以看到文艺界所受内伤外伤之重，我们要习惯于“民主的讨论方法”该有多难啊！为了在实践中学得一点马克思主义，学得一点文艺评论的方法，我们不揣愚陋，略陈管见，以求大家指教。同时，在此发出一点呼吁：希望评论家们，不唯站在“圈外”写出入情入理、恰如其分、令人信服的批评文字，对今天的观众给予正确的引导；最好还能站在“圈内”多出一些点子，帮助搞演出实际工作的同志改好此戏。当然，如果认为毫无修改价值，则另当别论。不过，那也大可不必“不教而诛”，让它在观众的严格检验下，明明白白地淘汰也就是了。

（与史若虚合撰，本文原载于《人民戏剧》1980年第5期）

仗义执言　激愤抗辩

——京剧《四进士》导读

京剧《四进士》，是传统戏中思想性和艺术性均属上乘的一部杰作。

《四进士》，一名《节义廉明》，又名《宋士杰》。作者不详。故事取材于鼓词《紫金镯》，剧作曾经历较大演变。最初，故事叙述新科进士毛朋、田伦、顾读、刘题四人盟誓，一定为官清正，决不贪赃枉法，结果是田、顾、刘贿赂渎职，遮掩杀人命案，被毛朋依法惩处。剧中详细描写田伦之姐在婆家为霸家产而毒死小叔、骗卖弟媳，买通刘题并迫使田伦行贿顾读，并且有田氏教唆其子杀害侄儿，以及婆母陈氏带领孙儿潜逃，巧遇宋士杰夫妇等情节。枝蔓庞杂，剧目冗长，为四本轴子戏，需长达四天才能演完。后由著名演员孙菊仙、汪桂芬主持压缩整理，删繁就简，去芜存菁，四进士宦海沉浮退居背景，小人物宋士杰不畏权势抱打不平的生动形象走到了台前。百余年来，随着剧作和表演艺术的发展，宋士杰的地位日益突出，原来以毛朋为主角，以颂扬清官为主旨的《节义廉明》，最终被巧妙地更迭为赞美小人物高尚情操和人格魅力的《宋士杰》。

现今这部《四进士》，依托杨素贞申冤告状这一中心事件进行叙述，围绕着宋士杰“包揽词讼”展示戏剧冲突。这位被革退公职的前刑房书吏宋士杰，全然不顾“为打抱不平，挨了四十大板”的前车之鉴，刚一登场便大发恻隐之心，念叨着“这个抱不平就是要打的呀”，救下被地痞纠缠的杨素贞，并且认作义女，助打官司，由此卷入了一场艰难的诉讼。不料，州官受贿，申冤人杨素贞反被拷打监禁。他满怀义愤，主动承诺“干父与你申冤”，于是转变成这位热血老人与一批赃官墨吏短兵相接的斗争。他“年迈苍苍”却忍受四十大板的残酷刑罚，明知“百姓告官当问斩”，却甘愿付出牺牲性命的巨大代价，顽强地、悲壮地把那些为非作歹、气焰嚣张的官员统统扳倒，使正义战败邪恶，终于赢得一场百姓小民的胜利。

作为一部杰出的作品，《四进士》有大量精彩的铺陈和精彩的笔墨，合铺陈与笔墨于一体而最精彩的场子，当是人们津津乐道的“三公堂”，即宋士杰三上公堂与赫赫高官及虚伪律条的三番较量。“头公堂”：带领杨素贞越衙告状的宋士杰，被传唤上堂，刚刚跪倒，便听到一声喝问：“宋士杰，你还不曾死吗?”宋士杰不紧不慢地答道：“阎王不要命，小鬼不来传。吃得饱，睡得着。你叫我怎么死啊?”这一问，莫名其妙；此一答，妙不可言。这一问，与咒骂毫无二致；此一答，以嬉笑回应。这一问，气势汹汹，锋芒毕露；此一答，避开锋芒，以柔克刚。接下来便是宋士杰一大段关于“包揽词讼”的辩解。宋士杰临场编故事，顾读心知肚明而无可奈何，观众明知是谎却鼓掌欢迎，原因在于故事“编”得合情合理，滴水不漏。老讼师的善良热情、老辣干练、机智狡黠，初步显露，得到人们会心的微笑和由衷的赞许。“二公堂”：宋士杰眼见杨素贞受刑遭禁，已然明了州官贪赃枉法，大喊一声“冤枉”，被带上公堂。“大人，你这官司审得不公道。”宋士杰直截了当地提出质疑和抗议，并且针对顾读关于杨素贞“私通奸夫、谋死亲夫”的污蔑，一连串地提出五项反诘。顾读无言以对，竟然冒出一句：“你口口声声护庇那杨素贞，莫非你受了贿了?”宋士杰含笑作答：“嘿嘿，我受贿不多。”顾读追问：“多少?”宋士杰坦称：“三百两!”顾读呆了，观众笑了——此正是田伦与顾读行贿受贿之数。人们尽可以揣摩：

此时此刻，此言此行，是老头子气急败坏，揭露私弊？抑或是最后关头提出警告？只可惜，顾读在错误的路上走得太远，根本无意掉头，他要用残酷的责打镇压宋士杰的反抗，并且威胁说：“我这道台衙门，就不许你来。”“再若来时，我定要你的老命！”宋士杰索性直白地回答：“哼哼，不定是谁要谁的命呢？”老头子的倔强、刚烈、勇敢、无畏，展现无余，令人肃然起敬。“三公堂”：宋士杰向八府巡按毛朋出示田伦与顾读行贿受贿的证据，“一状告倒两员封疆大臣，一名百里县令”，却受到边外充军的惩处。正义的行动换来悲惨的结局，正当人们辛酸难忍，愤愤不平之时，在杨素贞、杨春指认下，宋士杰向毛朋大胆提出：“你在那柳林写状犯法头一名！”毛朋只好“亲下位来忙松刑”，由衷地承认“你可算说不倒的老先生”。人们在长舒一口气之后，一面赞赏这个“大团圆”结尾，一面引发若干思索：宋士杰的“大团圆”是必然，还是侥幸？毛朋的清正是真实，还是虚伪？总之，《四进士》给予人们的是娱悦，却也不仅仅是娱悦。

人们一致评价《四进士》剧作艺术高超。表现之一，结构严谨，针线缜密。从情节看：一条线四进士宦海沉浮，一条线姚家命案诉讼，一条线宋士杰为正义而抗争，三条线或粗或细，或重或轻，合理扭结，主线分明，叙述清晰，而且一波三折，环环相扣，卖关子、留扣子，引人入胜。表现之二，语言精彩，凝练传神。本剧作为一出“大文戏”，一反以唱为主的常规常态，一切叙事、抒情、写意表达心理活动尽由念白担当，构成了独特的剧作风貌。这些语言极富动作感、节奏性，岂止是“声务铿锵”，乃至可以引发表演。特别是宋士杰的道白，具有火热的情感，耿直泼辣的品格，风趣幽默的味道，形成人物—语言密可不分的同一性，似乎是宋士杰必然说着这样的言语，不会是别的言语；这样的语言只有从宋士杰口中说出，不会在其他任何人口中出现。表现之三，形象生动，性格突出。剧作着力刻画宋士杰的急公好义、精明老辣、智慧果敢，成功地塑造出一个“小百姓—老好人”的形象，却也不无批评地揭示他的恃才自傲，喜好奉承，好酒误事，倚老卖老，耍小聪明捉弄人等不良性情和“老讼棍”的特有毛病。如此多侧面的描写，使人物性格血肉丰满，艺术形象鲜活灵动，这个宋士杰虽不完美高大，却是可信可爱。其他人等，如憨厚的万氏、质朴的杨春、跋扈的顾读，也都栩栩如生。表现之四，游戏笔墨，妙趣横生。通过性格反差，情节跌宕，插科打诨，不时制造出轻松谐趣的喜剧气氛，使作品充满观赏快感和审美愉悦。

《四进士》一剧，流传百余年。或说“清代花部乱弹作品，据1842年成书的杨掌生（蕊珠旧史）《梦华琐簿》记载，这出戏在十九世纪三十年代曾在北京三庆班作为大轴戏演出”[①]。或说“《四进士》原为汉剧剧目……至清光绪初，《四进士》才改为京剧本在北京演出”[②]。意见纷纭，莫衷一是。

二十世纪三四十年代以来，享誉剧坛的“南麒北马”（麒麟童周信芳和马连良）均擅演此剧，各具特色。周信芳的表演被拍摄成电影艺术片，影片名《宋士杰》。

［本文原载于杜长胜主编:《中国京剧昆曲剧目导读》（一），学苑出版社2010年版］

①《中国大百科全书》（戏曲　曲艺），中国大百科全书出版社1983年版，第364页。

②北京市艺术研究所、上海艺术研究所:《中国京剧史》（上卷），中国戏剧出版社1990年版，第157页。

“旧剧开了新生面”

——京剧《三打祝家庄》导读

京剧新编历史戏《三打祝家庄》，任桂林、魏晨旭、李纶等编剧，延安平剧研究院于1945年2月首演。该剧是延安时期执行“推陈出新”方针，进行戏曲改革的标志性成果，毛泽东高度评价“此剧创造成功，巩固了平剧革命的道路”①。

《三打祝家庄》的创作背景是这样的：抗日战争时期，以革命圣地延安为中心的广大解放区，本着文艺为工农兵服务的方向，积极推动包括京剧（当时称作平剧）在内的戏曲改革与创新，特别在毛泽东《在延安文艺座谈会上的讲话》发表以及为延安平剧研究院题词“推陈出新”以后，文艺工作者更为自觉地注意面向现实，面向工农兵。1944年1月9日，毛泽东就中央党校编演的新编历史京剧《逼上梁山》，给创作演出单位写信说道：“历史是人民创造的，但在旧戏舞台上（在一切离开人民的旧文学旧艺术上）人民却成了渣滓，由老爷太太少爷小姐们统治着舞台，这种历史的颠倒，现在由你们再颠倒过来，恢复了历史的面目，从此旧剧开了新生面，所以值得庆祝。……你们这个开端将是旧剧革命的划时期的开端，我想到这一点就十分高兴，希望你们多编多演，蔚成风气，推向全国

---

①中国延安精神研究会编，任葆琦主编：《戏剧改革发展史》（上册），中央文献出版社2016年版，第238页。

去！”[1]

因于“多编多演，蔚成风气”的期望，在《逼上梁山》公演不久，毛泽东向延安平剧研究院提出了“能否把《水浒》中三打祝家庄的故事编成平剧上演”[2]的建议。此前，毛泽东在《矛盾论》一文中，就曾详细论述过“三打祝家庄”的战例，并指出：“《水浒传》上有很多唯物辩证法的事例。这个三打祝家庄，算是最好的一个。”延安平剧研究院欣然接受建议，并指派任桂林、魏晨旭、李纶等三人进行集体合作。

剧本编写，以毛泽东的有关论述为指导，即“宋江三打祝家庄，两次都因情况不明，方法不对，打了败仗。后来改变方法，从调查情形入手，于是熟悉了盘陀路，拆散了李家庄、扈家庄和祝家庄的联盟，并且布置了藏在敌人营盘里的伏兵，用了和外国故事中所说木马计相像的方法，第三次就打了胜仗”[3]。又听取时任中央党校常务副校长彭真的意见，“《三打祝家庄》不要写成农民暴动，而要写成策略斗争，庄内的革命群众，混进庄内的孙立等人，再加上庄外的宋江军，庄内庄外结合起来才能打破坚固的堡垒，三者缺一不可”。[4]同时，采纳了富有经验的地下工作者的分析：“里应外合的关键是寨楼问题，因祝家庄城高水深，只从外面攻打是不行的，必须派人混进庄去；进庄之后，也要上下配合，也就是上层掩护下层，下层进行活动……打入敌人的巢穴之后，经常会遇到料想不到的意外，那就要沉着镇定，随机应变，方能化险为夷，转危为

---

①《中国戏曲志》编辑委员会、《中国戏曲志·陕西卷》编辑委员会：《中国戏曲志》（陕西卷），第844页。

②文化部党史资料征集工作领导小组延安平剧活动史料征集组编：《延安平剧活动史料集》（第一集），第269页。

③张学新、王之望：《毛泽东文艺思想与实践大观》，天津人民出版社1993年版，第485页。

④陈培仲：《业绩不朽　风范长存——纪念任桂林先生百年诞辰》，载《中国戏曲学院学报》2015年第3期，第73页。

安。”[①]于是，创作组根据地下斗争的原则，在生活的基础上进行了艺术形象的创造。创作演出成功，获得毛泽东的高度评价，彭真也指出，“《三打祝家庄》的演出，证明了平剧可以很好地为新民主主义政治服务，即为人民服务。特别是第三幕，对于我们抗日战争中收复敌占区城市的斗争是有作用的”。[②]

这部作品，取材于《水浒传》小说第四十六回到第五十回梁山泊三打祝家庄的故事，在情节上删除了原作中时迁偷鸡、李逵洗劫扈家庄、吴用计赚李应上梁山等内容，从策略斗争的角度，着重表现梁山义军总结战争失利的教训，依靠群众、调查研究、分化敌人、里应外合等经验，终于取得胜利，确立了讴歌人民群众创造历史伟大作用的主题。

“三打”事件，情节复杂，涉及祝、扈、李三庄与梁山军等四个方面从上到下各色人等——特别还有本剧所追求的“表现群众力量”——很难袭用传统的“一人一事”剧作模式，因而采用了“众人一事”结构法：登场角色有姓有名者就多达三十四人，是一部典型的“群戏”。

这部群戏，没有常规意义的主人公。但作者以精细的笔墨，刻画了一批性格鲜活、形象鲜明的大小人物。如第一幕中，石秀乔装进入祝家庄打探，只见他机智应付盘查，巧妙深入群众，艰难探明军情，毅然挺身报信，表现出大智大勇。与其相对照的，是杨林的粗鲁莽撞。他自以为是不听忠告，狂妄自大轻敌冒险，硬把愚笨当聪明，终于落入敌人罗网，成为一个可笑而可悲的人物。又如第三幕中的乐和，以先发制人的策略手段，击败了祝小三一次次险恶的盘查。乐和的精明、机敏与祝小三的狡猾奸诈，不仅形成强烈的性格对比，同时构成了引人入胜的戏剧冲突。反面的小人物老五，一肚子贪婪，一肚子不满，晋升正目后说道：“新升的正目，得给弟兄

①任桂林：《任桂林戏曲文集》，中国戏剧出版社1992年版，第64页。
②中国延安精神研究会编，任葆琦主编：《戏剧改革发展史》（上册），中央文献出版社2016年版，第237页。

们训训话去!”只此一句台词，小人得势的嘴脸活灵活现。

在这部作品中，舞台艺术的革新同样显而易见。

该剧本中有个特别说明:“这个戏里有几个人物与京剧中固有的角色不同，而是比较新的角色。”[①]新在哪里?新在人物塑造与角色表演上，实施一整套革新创造。它指出:“杜兴，既不是武丑，又不是武净，揉脸，说京白，性爽朗、热情、机警，有英雄气概。钟离群既不是小丑，又不是老生，说韵白，净脸，不戴髯口，是正派人物……乐和，近似武丑，但不画丑脸;顾大嫂近似彩旦，却比较正经。”[②]这说明，要塑造新人物、新角色，必须伴随舞台艺术的创新而对行当有所突破、有所发展;伴随着行当的突破，必然要在语言运用、唱念安排以及表演尺度、形象装扮等方面做出相应的调整和变革。

作者还说明，“三幕中之士兵甲、乙、丙、丁装束与一、二幕相同，且亦做龙套使用，但不能以普通的龙套饰演，而应该配备比较重要的演员，因为他们的戏都相当重”。[③]究竟有多“重”?通过剧本可以看到，这些士兵有念白，有武打，要表演，而且要开唱!(如第三幕第十七场)这种“做龙套使用”而“不能以普通的龙套饰演”，确是具有革命性的大胆处理。按剧作思路来考量，这些士兵是梁山农民起义军中的英雄好汉，不能是原来意义上的、只作为符号使用的、那木雕泥塑般的龙套，必须还原为舞台上有血有肉、生气勃勃、“有发言权”的角色。

《三打祝家庄》体现了以历史唯物主义做指导的创作理念，加之勇于推陈出新的舞台变革，堪称一部具有鲜明时代特征的典范性作品。

[本文原载于杜长胜主编:《中国京剧昆曲剧目导读》(一)，学苑出版社2010年版]

---

①② 任桂林:《任桂林剧作选》，花山文艺出版社1993年版，第6页。

③ 葛一虹主编:《中国新文艺大系·戏剧集》(1937—1949)，中国文联出版社2000年版，第1320页。

早期戏曲现代戏的成功典范
——评剧《杨三姐告状》导读

《杨三姐告状》是评剧奠基人成兆才的代表作，也是评剧形成以来最早获得成功的一出现代戏。

成兆才（1874—1929），字捷三（一称洁三），艺名东来顺，河北滦县（今河北省滦州市）绳家庄人。出身于一个贫苦农民家庭。十八岁学唱莲花落，二十二岁成为职业演员。1909年在唐山组成庆春班（后称警世戏社），借鉴河北梆子和京剧艺术，对莲花落进行全面改革，创造了平腔梆子戏（即蹦蹦戏、唐山落子），为后来的评剧艺术奠定了基础。从1900年开始边演出边创作。1909年以后近二十年间，他作为戏班专职编剧，整理、改编、创作评剧剧本近百出，其中很大部分流传至今，成为评剧舞台上的传统戏。作为农民出身的剧作家，成兆才家境寒苦，幼年失学，从一位秀才先生学到一点文字，又从听讲《今古奇观》和《聊斋》故事中受到一点文学熏陶，但他刻苦自修习文练字，凭着丰富深刻的社会阅历、广博精深的舞台经验和警世劝善的创作理念，写出了古装戏《杜十娘》《花为媒》《马寡妇开店》，时装戏《枪毙驼龙》《安重根刺伊藤博文》等一大批风格上豪放明快、主人公气质爽朗刚烈、语言通俗而讲究、在广大群众中深受欢迎的好戏。他的剧作为评剧文学奠定了基础，也对评剧风格的形成起到重要作用。《杨三姐告状》一剧，全面体现了成兆才剧作的艺术特色和精神风貌。

《杨三姐告状》，又名《枪毙高占英》，根据1918年发生在河北滦县的一件实事编写。剧情描写农村少女杨三娥，其二姐猝死夫家，因见种种反常迹象，疑为被害，于是不惧二姐夫高占英的压制和恫吓，赴滦县，闯天津，顽强上告，终于使真相大白，杀人凶手高占英最终被绳之以法。该剧虽然是写真人真事，却不为真人真事所局限。它敢于突破生活原型，进行了大胆、合理、巧妙的虚构和加工。戏一开始，便表现高家父子吞没股金、坑害孤儿寡妇的奸邪行径，暴露他们“全凭奸狡兴家业，不昧良心不发财”的歹毒信条。这一“凭空结撰”，撕破了高占英之父在人前所谓“慈善忠厚”的假面，更重要的是借此揭示高占英犯罪绝非偶然的渊源所在。剧作把高占英与金玉一人通奸，改写成与大嫂裴氏、五嫂金玉二人通奸，丑恶的关系愈加丑恶，从蔑视家庭伦理而到践踏社会道德，必然激起公愤。戏的结局乃至当年的剧名，就是《枪毙高占英》。然而，在当年剧本写作时，此案案情已然明朗，凶手已经查实，可还没有最终宣判。也就是说，当高占英的命运悬而未决之时，却在舞台上被剧作家宣判了死刑。这个非常大胆的处理，充分表达了强烈的民心与民意。

剧中核心人物杨三娥，是作者精心塑造的一个令人同情、招人怜爱，并足以使人肃然起敬的勇敢少女形象。年仅十五岁的农村少女杨三娥，在同财主高家诉讼较量中，始终处于劣势。她一上公堂，状纸被驳回并摔在地下；二上公堂，眼见兄长被无理关押；三上公堂，无奈以死相拼；四上公堂，有理难辩；五上公堂，被迫接受调解；六上公堂，前景难料；七上公堂，争得开棺检验的许诺；八上公堂，命案告破，终于等到公正审判。居然是八上公堂，六遭责难，不屈不挠，斗争到底。剧作笔法高妙，妙在以劣势写顽强，于困境写奋斗。杨三娥慷慨陈词，驳斥昏官可见泼辣；“县长不准状，拼死在公堂”，足见勇敢；假意接受调解，用高占英的钱再告高占英尤显智慧……这位农村小姑娘，融汇纯真、善良和壮美，为评剧舞台树立一个非常现实又特别理想化的偶像。

围绕着主人公，剧作塑造了杨三姐母亲、兄长、大姐一家及未婚夫一家等纯朴、憨厚、友善的农民群像。站在反面的高占英、高贵和、裴氏与金玉及牛成之流，其卑鄙无耻也被刻画得活灵活现。两类人群善恶分明，美丑对立，生死决斗。杨三姐告状，告的是高占英一家人，牵涉的则是社会各层面的矛盾冲突。成兆才把一个公案剧的题材，成功地写成了一部社会剧，发挥了揭露黑暗、伸张正义、警示世人的作用。

《杨三姐告状》一剧，在运用语言刻画人物性格、表达人物情感上，也有极高的成就。

且看第六十四场牛成与杨三娥的一番问答：

牛　成　杨三娥！

杨三娥　有。

牛　成　你多大岁数？

杨三娥　民女诉过三次了，一十五岁。

牛　成　你十五岁有这么高？到底你多大？

杨三娥　你嫌我高？给我去半截。

牛　成　你属什么的？

杨三娥　我属猫的。

牛　成　胡说！十二属相上也无有属猫的。

杨三娥　……也没有你这样一个做官的！我为我姐姐报仇，又不是叫你给我批八字的。你是叫高家洋钱买的胡说咧！

问得凌厉，答得犀利，一个刁钻阴险，一个聪明泼辣。在一问一答中，呈现出鲜明的人物个性。

再如，杨三娥劝母告状的唱段，唱段长达三十句唱词，由母亲中间插白而掐为四段，首先讲事，然后说理，有条有理，条理清晰；有起有伏，层次分明。从始至终渗透一个“劝”字，在劝说中却也表达了劝人者痛苦、急切的心情。其间，有几句词唱道：

女儿我三国列国全不懂，
也不知前朝典故是谁家。
我听过鼓词看过影，
有几个奇女儿全记下。
有一位替父从军木兰女，
缇萦救父出监人可夸。
她是女子儿也是女，
莫非说许她们有烈胆就不许
孩儿我心侠？
女儿我主意拿定了，
明日到滦县去告他。

十分准确地表现出杨三娥的年龄、知识、阅历、性格等特征。这语言不像作家笔下所写，活脱脱从人物口中自然流出。

《杨三姐告状》出自民国初年剧作家成兆才之手，自然不可能摆脱时代与作家世界观的局限：其一，剧中存在着对清官的依赖，无形中削弱了杨三娥的斗争精神；其二，“杨二姐托梦说死因”的迷信情节，导致“因果报应”的错误观念，并且由此冲淡了杨三姐不屈不挠的人格魅力；其三，剧本内容庞杂，不够集中凝练，这也是那时作品的通病。

《杨三姐告状》，1919年由警世戏社首演于哈尔滨庆丰戏院。

近五十年来，中国评剧院对该剧进行了三次修改。

1956年，将原本七十场合并压缩为十六场，分上下两集。删去了“杨三姐游城隍庙”“杨二姐鬼魂托梦”等恐怖、迷信的情节，保留了清官私访断案的大致内容。但是，改写部分与原剧风格不够统一，演出效果不够理想。

1962年，进一步删掉一些可有可无的人物与情节，将上下两集精练合并成一本，共十七场，特别是新本删去了清官华治国这一人物，代之以沽名钓誉的杨厅长。这位武将出身的杨厅长，本无心受理杨三娥的控状，而杨三娥利用他的沽名钓誉，以激将法调动他“新官上任三把火”，赢得了官司的胜利。这是一次创造性的改编，取得非凡成就的改编。

“文革”以后，剧本经再次加工整理，提炼压缩。1981年，由谷文月、赵丽蓉主演的该剧被新闻电影制片厂搬上银幕。

［本文原载于杜长胜主编:《中国地方戏曲剧目导读》(一)，学苑出版社2010年版］

一家人情感冲突的家国情怀

——豫剧《穆桂英挂帅》导读

“穆桂英挂帅”的故事，出自明代小说《杨家府世代忠勇通俗演义》（简称《杨家府演义》），作为戏曲剧目最早见于豫剧，原名《老征东》，又名《平安王》《杨文广夺印》。1954年，经宋词改编，删去了原本中杨文广被俘、招亲等情节，突出展现穆桂英挂帅出征的心路历程，更名为《穆桂英挂帅》。曾获得河南省首届戏曲观摩演出大会剧本一等奖及全国优秀剧本奖。

《穆桂英挂帅》讲的是北宋时期，宋王宠信奸佞，猜疑忠良，佘太君率杨家将愤而辞朝。辞朝二十载的佘太君，身在原郡却心系国家，得知辽东安王兴兵犯境，即刻命曾孙杨文广兄妹赴京探听消息。恰逢宋王苦于满朝文武无人领兵御敌，征召天下英雄比武选帅。眼看奸臣兵部尚书王强之子王伦就要夺得帅印，杨文广兄妹不服，下场比武一显威风，文广刀劈王伦于马下。寇准保奏，宋王询问，喜闻这位武艺超群的少年竟为杨门之后，立赐帅印，命杨文广回郡要穆桂英点兵挂帅。穆桂英因宋王近奸远贤而不愿挂帅，经佘太君激励劝勉，雄心再起，接帅印、披铠甲，于五十三岁再次挂帅出征。

改编本《穆桂英挂帅》，通过暗探军情、勇夺帅印、责子反思、接印挂帅等情节，交织杨家祖孙几代人的情理纠葛，生动地表现了杨家将一门忠义、高风亮节、保卫家园的英雄气概。作者以先抑后扬的方法来设置情节，并不急于表现剧中主角穆桂英，而是把表演空间给了两个不谙世事、懵懂幼稚的孩子——杨文广兄妹，借两个孩子既鲁莽又英勇的夺帅行动，彰显杨门英雄家风。杨文广的形象十分生动。该剧通过校场比武，写他初生牛犊不怕虎的勇气和胆量，写他英姿飒爽、出手不凡，在回答宋王问讯中表现他作为英雄后代的自豪。同时，剧作又着意描写了他的单纯天真，尤其在他和母亲穆桂英对话中，人们看到的是一个顽皮可爱、稚气未脱的孩子，并由此使人们自然而然地理解了由他牵动的做母亲的穆桂英的心。

《穆桂英挂帅》把矛盾的焦点放在了穆桂英作为母亲和英雄的内心冲突上，同时又以文广的冲动执着和老太君的报国心切为外力，不断加剧穆桂英内心的自我较量。最初，穆桂英由于爱子惜子之情，不愿让文广兄妹赴京探听军情，不愿让文广涉足国事。然而，她教育的孩子必然地继承着她和杨家的英雄传统，竟然比武夺魁，争来帅印，将要负起卫国的使命。此时此刻，穆桂英则是又气又喜，亦喜亦忧：她气恼杨文广不知轻重无端惹事，使她面对王命和帅印进退两难，让她更加气恼的是宋天子近奸远贤，昏庸无能；欣喜杨文广一时间成长为一个少年英雄，从幼年文广身上看到杨家的希望，却也担忧文广将步杨家七郎八虎之后尘。穆桂英曾是威风八面、豪气冲天的绿林客，放弃无拘无束自由自在的江湖生活，随杨家一起抵御外侮，眼见杨家用七郎八虎与老令公的鲜血、生命保卫宋王稳坐江山，一门忠烈换来的却是宋王“杨门功高或可盖主”的疑虑，是宋王信用奸佞、轻贱忠良的嘴脸，她岂能为这样的君王献上第四代的生命。作为母亲，穆桂英本能地想要保护自己的儿子，她拒绝接受帅印。然而，穆桂英毕竟是一位忠勇爱国的女将，虽然久离戎马，却是壮心不已，在外敌寇边社稷安危之际，她又怎么能袖手一旁熟视无睹？“老太君她还有当年的勇，难道说我就无有了当年的威风？我不挂帅谁挂帅，我不领兵谁领兵！”真可谓一腔热血、万丈豪情、义薄云天、激动人心，并由此完成了穆桂英巾帼英雄的形象塑造。

作者给予佘太君的笔墨并不多，但这位老人家作为杨家将的精神支柱和最高权威，始终牵引着剧情的发展。剧作开头便描述，离朝二十年的佘太君，时时刻刻都在关心着边防动静和国家安危。正由于她的拳拳爱国心，导致了文广进京探军情，勇夺帅印归。面对杨文广捧回的帅印，佘太君心胸豁达地“为国家讲不起往日之恨”，毅然决定“到府门去鸣钟快整三军”。当穆桂英面对帅印举棋不定时，佘太君一番开导，一番激励，对穆桂英走出犹豫、接印挂帅起到关键作用。剧作中的寥寥数笔，却凸现出佘太君为民无怨无悔的精神境界。

《穆桂英挂帅》把握戏曲长于抒情的特点，把一个战争题材的故事，放在家庭冲突中表现，以家庭成员之间的情感矛盾及其解决，揭示忠勇无私、大义卫家园的主题。这样的题材处理，进一步写成一出“唱工戏”，非常有利于发掘主人公的内心情感，也为舞台表演提供了更多更大的空间。

再者，作为一出整理改编的传统戏，《穆桂英挂帅》在剧本体制、舞台形态等方面，基本保持了传统样式，特别是保留了传统样式中许多很有特色很有意味的东西。如第一场，佘太君、杨宗保、杨思乡、穆桂英等四角色依次上场，各唱一段互不联系相对独立的唱段：佘太君开口便唱“老身祖居在河东，佘氏太君受皇封”；杨宗保唱道“杨宗保当年雄心傲，南征北战立功劳”；杨思乡唱道“杨思乡生来是虎将，我父本是杨八郎”；穆桂英则唱的是“穆桂英家住在山东，穆柯大寨上有我的门庭”。实际是四人四段“自报家门”。杨宗保、杨思乡、穆桂英及随后上场的杨文广兄妹各自唱罢，分别登堂向老祖母问安，最后，以佘太君在笑声中起唱的“一家安乐多和顺”的唱段，结束了一整套上场程式。这套程式用在这里，恰当地表现了天波府长幼有序敬老爱幼，一家和顺其乐融融的景象。

其第五场，即最后一场，戏剧至此一切矛盾冲突都已解决，似乎已经没戏可写，偏偏是主角穆桂英长达五十三句、一大段荡气回肠的唱段，将表演引上了巅峰。况且，这段唱特别具有民间说唱艺术的色彩和韵致。开头几句近似“开篇”和“书帽”，是主人公对自家军容军威描写、夸耀的“赞语”，气势恢宏；结尾处，穆桂英立誓杀敌，以抒豪情寄壮志来“收煞”，振奋人心。中间主体是整本大套的“唱故事”：穆桂英回叙文广进京、比武夺印，太君授意，自己挂帅的剧中已经敷演过的全部故事情节（俗称“倒瓤子”）。但故事述说得活灵活现、情感激昂，特别是主人公溢于言表的那份自强、自信与自豪，给人以强烈的感染。这段唱完全叙事，却也尽在抒情，以情叙事、借事抒情的手法在这里得到很好的运用。

该剧在1954年由河南商丘专区豫剧一团首演，马金凤饰穆桂英。1956年夏，该团代表河南省洛阳市晋京演出，在戏曲界引起极大反响。1958年由江南电影制片厂拍摄成戏曲艺术片。1959年，由梅兰芳策划，陆静岩、袁韵宜移植改编为京剧，郑亦秋导演，梅兰芳主演，作为庆祝中华人民共和国成立十周年的献礼剧目，此后成为京剧的保留剧目。该剧还被评剧、河北梆子、越剧等许多剧种移植，其中，评剧名家筱俊亭和河北梆子著名演员张惠云的版本广受欢迎。

马金凤饰演的穆桂英，兼收青衣刀马旦技艺之所长，创造了以刚柔相济、端庄凝重与俊逸英武为特点的“帅旦”行当，对豫剧艺术的发展产生很大影响。梅兰芳也是看到马金凤的演出而受到启发，创作了京剧的《穆桂英挂帅》。

［本文原载于杜长胜主编:《中国地方戏曲剧目导读》（一），学苑出版社2010年版］

穿越“传奇”

——《风雨同仁堂》漫议

古都北京，有一家享誉全国、驰名海外的药店——同仁堂。这家“同仁堂乐家老铺”，有着自康熙八年（1669）开业而绵延三百年的悠久历史，有着严格到似近苛刻的生产经营规范和道德自律，有着供奉御药房充当皇商的身价，有着济困扶危的慈善声名，有着兴衰交替、沉浮嬗变……从中生出许许多多传奇故事。北京京剧院创作演出的《风雨同仁堂》，描写同仁堂劫后余生，“重兴祖业”中经历的风风雨雨，取材于传奇，体现于传奇。

传奇传奇，无奇不传。“传奇”，本是古典戏曲的固有特征，也是《风雨同仁堂》特定题材所具有的特质，但在这部戏里，它已退化为故事情节的一种形态，戏剧表层的一道涂色，穿过“传奇”这一浅表层面，我们看到的是深邃的文化意蕴。剧中描写，八国联军入侵北京，同仁堂铺面被烧，乐家老宅遭抢，一个严峻的课题摆在面前：如何“振兴祖业”？同仁堂店员的回答是：遵行祖训，同修仁德。剧中引用“祖训”，反复强调“可以养生、可以济世者，以医药为最”，“炮制虽繁，必不敢省人工；品味虽贵，必不敢减物力”。于是，舞台上出现了一幕幕动人的场面：因药箩过期使用，一批丸药制成了次品，女主人乐徐氏不顾资金匮乏而又损失惨重，毅然决然地亲手毁箩焚药，坚决维护质量信誉。当炮制紫雪散，需用黄金做药引时，乐徐氏带动同仁堂上下人等，捐献出自己仅有的首饰金器，情绪昂扬地表示："精工制药遵祖训，同志同心筑同仁。"这一切行动，高扬"同仁精神"，表现出对"仁"与"义"的崇高与躬行。

中国传统文化中的"仁""义"，是中华民族伦理、道德、情操的核心，也可以说是中国伦理经验与精神自觉的集中表现，反映着社会的价值观念与价值理想。"儒商"，即是"仁商"。所谓"重义轻利"，就是要把"先义后利，以义制利"作为商业经营的哲学基础，使"诚信守义"成为商人处世立业之道。这个戏大力召唤"同修仁德"，其文化蕴含的积极意义是鲜明突出的。尤其是第一场，同仁堂正为缺少重新开业的资金而一筹莫展，洋奴买办黄维廉以五万两银子诱惑同仁堂为联军洋兵酿造"如意长生酒"，乐徐氏不为所动，怒斥道："洋鬼子在京城烧杀掠抢，天怒人怨罪昭彰，岂能为银子五万两，违背祖训谄虎狼。"她那朴素的仁义之心，陡然升华为爱国主义的大仁大义、大智大勇，使人肃然起敬。《风雨同仁堂》想方设法营造着观赏传奇的愉悦，却又随时随处被它自己内在文化精神引发的思考、感悟所代替。

女主人公乐徐氏是生活在"最富于传奇性"故事当中非"传奇式"的现实人物。创作者赋予她善良贤淑、精明干练、坚忍沉毅、果敢顽强的性格，是现实生活中那种能持家、能掌柜、能联络、能应变的"主事大奶奶"。以其具有很强的典型性，从而具有很强的现实性。她难中受命，拒绝诱惑，当匾赊料，除劣守信，访贤译疑，采取一个又一个实实在在的行动，克服着一个又一个现实困难。或许因为创作者给予人物更多现实观照，主人公在困难中跋涉的艰辛、同命运抗争中的悲凉，无不引起观众的共鸣。在心灵沟通、文化认同之中，历史的距离在缩短，现实的联系在加强，一个距今百年的故事，却不感觉遥远。

《风雨同仁堂》讲北京的"事儿"、演北京的"味儿"，在探索、弘扬北京地域文化上面做出了努力。

看京剧《风雨同仁堂》，似乎有着看北京人艺话剧《茶馆》《天下第一楼》的相同审美感受。究其原因，在于两者都在寻求对旧北京人物的言谈举止、禀性气质、情趣格调等进行生动的艺术再现。且看郑太监迷戏走火入魔，乐八爷侃戏云山雾罩，演来惟妙惟肖，京味儿十足。六姑爷、六姑太沾染的旗人派头，药行管事、先生、学徒养成的规矩礼法，各自出彩。

作为一出新编近代京剧，它探索着整体写意与局部写实相结合；歌舞表演之写意与生活气息之写实相结合。年四十以往的主人公乐徐氏以老旦应工，本身就是个创造。在表演上，运用老旦之声，吸纳青衣之形，统一于人物的典型性格和具体的情感表现，形成了基于行当、超越行当的“这一个”，为京剧人物画廊增添了光彩动人的崭新形象。

白璧微瑕，剧作忙于叙述，情感宣泄不足：对“祖训”直白的阐述也嫌过多；声腔方面，特别是老旦的唱，老调新腔尚欠和谐。据闻，北京文化局、北京京剧院两级领导，树立精品意识，精益求精，决定一改再改、磨精磨细。相信《风雨同仁堂》必定越排越好。

（本文原载于《中国戏剧》1998年第2期）

小剧场戏曲的可贵探索

——看小剧场京剧《马前泼水》

不久前，一部（或许是戏曲史上第一部）小剧场京剧的演出，引起方方面面的关注。

“小剧场”，历来是“先锋”“前卫”戏剧的实验室；“小剧场戏剧”，素以思维超前、手法翻新、表演切近为标识，并由此构成了区别于一般演剧的独特的审美特征；走进小剧场的观众——多数是青年——寻求着现代化的美感享受和世俗化的情理沟通。可以说，“现代化”是小剧场的灵魂。然而，被视为国粹的京剧，则是“传统”的化身。特别传统的京剧进入特别现代的小剧场，且要回应并满足来这里的接受特别审美需求的观众，显然需要创造一种足以缩短艺术与观众距离的演剧形式。《马前泼水》为此进行了一次成功的尝试，大胆而巧妙地运用了疏离的手法。

《马前泼水》采取“倒叙”手法，从崔氏拦马认夫、朱买臣泼水拒认开始，闪回当年饥寒交迫、夫妻龃龉的情景，接着追溯到花烛之夜、夫妻砥砺；而后，再返回表现崔氏逼休、夫妻分张；最后，回到“现在时”的覆水难收、崔氏猛醒。情节叙述方式突破常规，打破了时序，依循着主人公意识的流动而反复跳动，倏忽来去。于是，氍毹之上，景也朦胧，境也随意。可以是通衢大道，可以是寒舍陋室，可以是蜿蜒山路，更可以是崔氏人格超越的一块精神的高地、心灵的净土；却也可以什么都不是，明确告诉观众“此处无非串戏场”。且看：挂着戏装的衣架置于台上，充当着炉火等道具；乐队明场坐到台前，并以邻人、路人等角色身份同剧中人不时交流；崔氏竟从乐队身后来来去去，一位便装现代人居然来为朱崔主持婚礼……然而，戏剧情境之营造，人物情感之宣泄，却又是真真切切、实实在在。颠倒的时间流程，抽象的造型空间与虚虚实实的舞台处理紧密结合，形成了与现实的疏离。

“疏离”与“间离”极其相似而大有区别。在布莱希特那里，“间离”旨在发人深思；这里运用的“疏离”手法，意在诱人观赏。它不时提醒人们：这是在演戏。它营造着理想的观赏环境和氛围，促使观众心态轻松地观赏演出并获得极大的审美愉悦。这个疏离，以其自身的魅力，吸引了观众特别是新观众、青年观众接近京剧、接受京剧、欣赏京剧。况且，该剧声腔优美，表演到位，唱、念、做、舞打磨得十分精致，使重技艺、重观赏的京剧更好听、更耐看，观众所享受的确是一份艺术美餐。

小剧场的一个舞台特征，表现为空间关系的灵活多变。《马前泼水》以戏曲艺术无比自由的空间意识，实施着十分灵动的舞台调度。从街头到洞房转换流畅，从“幕后”（演员当众换装）到台前衔接自然。尤其是山间与舍下双重空间的“叠印”令人称道。可贵的是，导演并不满足于驾轻就熟的“景随人至，人行境迁”，而是着力开拓并刻意展现人物的心理空间。崔氏新婚，以一箱陪嫁的蜡烛激励丈夫秉烛苦读，博取功名，一个大调度——崔氏走向舞台深处并拾级而上，天幕上无数红烛一齐点燃光芒四射，构成恢宏壮观的画面，这一审美化了的意象，象征着崔氏心中无限光明无限高远的憧憬。马前泼水，崔氏震动，一组起伏跌宕、大开大合的身段，在震撼人心的一通鼓乐中，形成了内涵丰富的肢体语言和音乐语言，生动地描绘了崔氏由震惊、失望到悔恨、猛醒而急遽变化的心路历程，产生了强大的冲击力和感染力。结尾处，崔氏决然告别，登程离去，走上高山悬崖，斜身亮相，顷刻间数条白练似瀑布奔流直下，构成覆水难收的意境，蕴含着冲刷心灵尘埃的寓意，产生了强大的感染力量。

这部小剧场的京剧《马前泼水》，吸收融汇了心理结构、意识流、隐喻、象征、荒诞等现代手法和形式，使戏曲艺术的写意、表现、意象、自由时空等审美方式得到珍视和保留。我们看到，该剧的编导演等创作者，当他们极力促进戏曲现代化的时候，竟是在虔诚地巧妙地发扬传统戏曲审美文化的张力。

一番探索给人以启发，却也留下些许课题有待探讨。从物理的角度审视，小剧场毕竟是“小”，戏曲固有的夸张表演及音响过大的伴奏，与之存在天然的矛盾。弃之，恐失戏曲本色；留之，总有抵牾。这些期望在今后探索中合理解决。

（本文原载于《中国戏剧》2001年第5期）

教育与教学

戏曲教育遗产的继承与发展

教育是一种社会现象，它随着时代的发展而发展，随着社会制度的改变而改变。在不同的时代和不同的社会，教育的目的、内容、形式和方法，总是带有历史的规定性和不同的阶级制约性；由于任何时代任何阶级的教育，总要多方面地吸收和利用以往历史阶段的教育成果，教育本身又有着历史的继承性。戏曲教育同样不能超脱这一客观规律。

戏曲教育的发展过程中，有一个由无组织、不系统的教学活动，向有组织、有目的、有计划的学校教育的过渡；有一个由封建统治阶级影响到无阶级领导、由非社会主义到社会主义的质变。从戏曲教育与社会的联系当中，考察一下戏曲教育性质变化的种种因素，有利于我们认识、把握戏曲教育这一社会现象的客观规律。

一、戏曲教育的历史沿革

戏曲教育是伴随着戏曲艺术的产生而产生，随着社会及戏曲艺术的发展而发展的。

戏曲艺术由多种表现形式、多种表现手段高度综合而成，正像它在漫长的孕育期吸收融汇歌舞百戏一样，戏曲教育最初继承的，是前代歌舞百戏教习传统。在唐代，歌舞百戏的传习教练，民间多是父子相传、母女相袭，目的在于“衢路丐食”，做谋生手段；皇家设置了专门机构——教坊，“平人女以容色选入内者成为皇家艺妓”，如有“忤旨”即可“命内官缢杀”，这种艺术教育和表演机构，实际是蓄养奴隶的处所。当然，无论是为生活所迫，还是为“王命”所逼，歌舞百戏教练活动确是传习了艺术技能，也积累了教学经验。宋元时期，以“戏文”“院本”“杂剧”的出现为标志，中国戏曲正式形成。据元人《青楼集》记载，早期戏曲教育活动依存于“教坊”和叫作“行院”的民间表演机构之中，许多“名师”与“高徒”的事迹表明，学徒制是它的主要方式，并且有了“流落江湖，以教师为终”的专业戏曲教师。师承关系显示出技艺传习的鲜明特点及其在戏曲教育中的重大作用。值得注意的是：这时的艺人师徒全要“落乐籍”为娼为妓，封建统治阶级迫使戏曲教育成为培养艺妓的“贱业”。作为演员兼娼妓的艺人们，一方面要胜任专业表演，另一方面要适应陪客侍宴的需要：“妙歌舞、善谈谑，亦颇涉猎书史”，“能诗词，通文墨”，因此决定了教育内容的广泛性，学徒掌握技能的全面性。到了明代，官宦豪绅以蓄养庞大而高水平的家庭戏班夸耀富贵，这种家班多由少年“家僮”组成，学员—演员—奴仆三位一体，教员是雇用，戏曲教育依然有着阶级与阶级压迫的鲜明烙印。然而，家班的存在，产生了整体施教、集体教学的形式，促使学徒制向科班制过渡，这是戏曲教育的一大进步。明代末期，由于社会动荡，广大农民离开土地，许多人用表演乡土歌舞、民间说唱谋生存，促进了地方戏曲的形成与发展，并使民间职业剧团大量涌现，这在戏曲教育上带来三个变化：其一，由官宦豪绅的“家班”过渡到主要由艺人举办的“科班”；其二，由依附于表演机构逐步独立出来，更趋于专业化；其三，农民出身的艺人成为教员，而做演员不再需要陪酒侍宴、诗吟酬对等文化活动，教学内容走向单一化，知识面缩小，文化水平下降。总的来看，戏曲演员从娼妓、奴仆地位转变为自由职业者，戏曲教育获得某些自由，但这时的戏曲职业、戏曲教育仍然是受制于封建统治阶级的“贱业”。

创立于清代的科班，是一种集体培训制。男童从六岁起可以入学，陆续凑足四五十名编为一科，学徒年限一般为七年，教学内容是单一的专业技术，但有着（唱念做打）全面打基础、循序渐进、因材施教等一套比较完整、行之有效的培训方法。迫于给班主赚钱、维持科班生存的经济需要和演员人才的培训需要，科班以“以班养班”为方针，以“千学不如一练”为指导思想，组织学生经常演出，促进了教学与实践的结合，也使学徒们通过舞台实践增长了才干。清末以来的嵩祝、玉成、小荣椿及喜（富）连成等科班典型，以教学与演出质量优异、成才率高而引人注目。科班在教育思想、管理制度上，具有浓厚的封建色彩。学徒奉班主为师父，入学要立字据，其中规定：学徒必须服从师父，专心学习梨园生计。该徒倘有疾病死亡等情，须视命中注定；若是私走出逃，任凭师父责罚。教学教育中普遍实行打骂体罚，称为“打戏”，学徒生活紧张、疲劳、艰苦、压抑，被视为“七年大狱”。除艺人子弟和贫苦子弟外，几乎没有肯入科学艺的。

清末民初，在“西学东渐”和辛亥革命、五四运动影响下，随着学堂学校在中国的建立，戏曲教育诞生了学校机构，如易俗社（1912年）、南通伶工学校（1919年）、中华戏曲专科学校（1930年）等。戏曲学校摒弃了种种封建制度，对科班教育做了许多除弊兴利的探索，采取了许多进步措施。然而，在培养目标、办学方式、教学组织、教育与教养、专业教学等方面，没有彻底的变革，这些戏曲学校仍然保留着科班的性质。

在科班兴盛、戏曲学校已经出现的时候，私人带徒弟和个人授徒作为一种重要的补充，始终与科班、学校并存，作为一种重要的戏曲传习手段，始终被沿袭使用。私人带徒弟，大多是贫苦子弟卖身学艺；个人授徒，以中上层演员子弟拜师学艺或“请先生”学戏者居多。在教学上，两者大都从学生实际出发，针对性强，实授量大，并且能够“精雕细刻”，但教学内容更加单一，而且很少舞台实践机会。

总括来看，旧时代“优伶则贱业”，是被打入社会底层的职业，戏曲教育也成为“低贱”的职业教育；一方面它摆脱不了封建统治阶级思想的影响，另一方面又承受着主要来自统治者的压制和摧残，这就极大地限制了它的完善性。标志历史进步的戏曲学校萌芽，由于得不到应有的扶持和维护，也难以存活和成长。尽管如此，历经数代的戏曲教育实践，毕竟给后世也留下了丰富的遗产。

二、戏曲教育遗产评价

戏曲教育遗产，特别是近代科班教育遗产非常丰富，认真分析，科学评估其中的精华与糟粕、成果与不足，有利于我们对戏曲教育规律的认识。科班教育的优长，即符合戏曲教育规律的部分，表现为：

1.讲求真才实学。

戏曲艺术是技术性强、难度大的一门表演艺术，若要胜任工作，尤其是若要成为好演员，必须具备真本领真功夫。为了适应这一点，科班实行“正戏打底子”，使多数学徒能够学到担任主角的“正戏”，能学到主角“正戏”所具有的表演技巧，同时兼顾唱念做打基本技术的全面训练。它依照循序渐进的原则，把剧目和武功项目排成教学序列，由入学开蒙到满师出科扎扎实实地按部就班，绝不混乱。

2.实行严格训练。

对于戏曲演员来说，不实行严格训练就不能掌握高难度技巧及技术、表演的程式规范。科班教学中，对于一招一式、一板一眼，无不严格要求严格训练，首先要求教师准确示范，进一步要求学徒达到规格标准，决不允许马虎懈怠。

3.注重表现能力。

演员的本职是表演，缺乏表现力的演员绝不是好演员。因此，科班在培养学徒表现能力上极为重视。通过七年的学戏并倡导旁听偷学，使学徒每人掌握数十、近百个剧目，从中学得各种类型、各种性格人物的表演；又通过“四功五法”的严格训练和大量的舞台实践，力求使他们达到“会做戏”“会讨俏”的程度。

4.主张因材施教。

不可否认，人在生理、素质等方面存在差别，科班主张的“量体裁衣、因材施教”，符合客观实际情况。它针对学徒不同的生理条件、艺术素质和才能状况，实行归行（行当）、归工（专工）、归路（档次）等一套办法。对“尖子”学徒，在教师、剧目、演出方面给予特殊安排；对才能不足的学徒开辟门路——如“打武行”、学“场面”（音乐伴奏）、改“箱倌”（舞美工作）等，使其最终有一口“戏饭”吃。科班学徒大多能学有所长，学以致用。

5.重视舞台实践。

演员的舞台表演才能，须靠舞台实践来锻炼和养成。科班组织学徒演出虽然更多出于经济目的——有“以班养班”之说，却也不能抹杀它对人才培养的积极意义。经常大量的舞台实践，检验并巩固了教学成果，提高了学徒的表现能力和舞台适应能力。

上述五点是科班的主流，也是它育才效果明显的基本要素。其缺憾或不足之处表现为：

其一，单纯专业技术传授，知识不完善；

其二，教学要求限于刻板模仿，阻碍了创造能力的培养；

其三，一科之内学徒大小混杂，谈不到按学生生理、心理发展水平实施教育；

其四，因材施教往往与天才教育相混淆，教学安排上等量而不等质，人为造成学徒的两极分化；

其五，封建性的管理，打骂体罚制度，不健康剧目的潜移默化和封建伦理道德的教育，给学徒的身心健康带来负面影响。

三、社会主义制度下的戏曲教育

中华人民共和国成立后，戏曲教育成为国民教育的组成部分，纳入了国家事业，在全国各地建立了新型的戏曲学校（各地科班在二十世纪四十年代末纷纷解散），其与旧式戏曲教育机构有着显著的区别。

其一，由国家投资兴办，以“培养国家建设人才”为任务，使以“替祖师爷传道”为最高宗旨的行业行为，转变为“为国家培育人才”的社会行为，从而改变了戏曲教育的社会地位及方针与任务。

其二，废除了封建制或半封建制（如订契约、立字据、打通堂等），实施民主集中制的领导与管理，以“为人民服务”的思想，激发教与学的自觉性和积极性。

其三，有计划地设置了专业课、思想政治课和文化体育课，促进戏曲人才的德智体全面发展。

其四，戏曲专业教学内容推陈出新，注意吸收新的艺术成分，改善教学方法，以适应社会需求和戏曲艺术的发展。

其五，实行计划招生、班级制组织管理，改变了学生大小混杂的局面，为教育科学化提供了条件。

其六，批判地继承了科班教学的合理成分，实行因材施教，讲求真才实学，重视舞台实践。

其七，引导师生深入生活，深入群众，参加各类社会实践。

明确地讲，作为国民教育组成部分的戏曲教育，不再是科班式的单纯技艺传授，或像早期戏校那种“科班加文化”的旧式职业教育，它已成为正规的学校教育，具有重要意义的培养“人”的教育。戏曲教育的目的是：

其一，培养学生具备从事社会主义戏曲活动，推进戏曲艺术发展的职业功能；

其二，培养学生在德智体美劳等诸方面都得到发展，构成戏曲艺术工作者最佳素质结构；

其三，培养学生有理想、有道德、有文化、有纪律，成为人生观、世界观、社会主义核心价值观“三观”健全、具备使命感与责任感的社会主义社会成员。

当然，戏曲教育毕竟是专业性教育，有着区别于普通教育的专业性要求。戏曲教育的首要任务是培养戏曲专门人才，并非如普通教育那样仅仅是培养各类人才和社会劳动者的“后备军”。这就需要以培养学生专业成才为出发点和落脚点，以专业教学为核心，遵循戏曲教育规律，继承和发展戏曲教育遗产，在全新的历史条件和社会要求下，理所应当取得超越历史的新成果、新业绩。

（1985年初稿，2014年整理，于京华仰酸斋）

新型戏曲教育的探索

——以中国戏曲学校为例

中国戏曲学校，筹办于1949年，成立于1950年，是中华人民共和国所建立最早的中等戏曲学校。在当年，它受文化部直接领导，坐落于首都北京，以培养京剧表演人才为主体，被社会大众看作是科班的自然继承者，又被全国各地兄弟戏校视为全新戏曲教育的开拓者和领头雁——它最初的校名便叫作“戏曲实验学校”。从1949年至1966年由被“文革”所中断之前的十七年历史中（“文革”后由中专升格为高校），中国戏曲学校对于戏曲教育遗产继承和发展所做的种种探索与实验，具有历史的代表性和现实的启发性，尽管时至今日早被大家“习以为常”了。试举几例，以见一斑。

一、关于“因材施教”

朱熹讲：“孔子施教，各因其材。”“因材施教”是个古老而优秀的教育传统，却也是科班教育成功经验最显著之处。而科班“因材施教”集中体现于归行、归工、归路三项措施。

科班收徒，来者不拒，先行试学，而后归“行”（即行当）。归行之举，使演员学徒与未来担任之角色（行当）相吻合相适应，实属无比重要之有效环节，却也是基于当时历史条件而收徒无拒无序的对策。

戏曲表演，特别是京剧表演，分工精细，类别庞杂。科班授徒先已归行，再行归工，以使弟子学有专工、业有所长，有利于发挥学徒才能优势，有利于人才的供需对口。

所谓“归路”，情形复杂。在表演团体中，确实存在主演与配演、头路与二三路演员、正牌武生武净与“众武行”等级差。但是，若在学习阶段即如此“归路”，虽有“量才为用”“找一口戏饭吃”的良苦用心，却对学徒在挖掘潜能、拓宽艺术道路以及增强上进心进取心等方面，无不带来不利影响。况且，科班容易出现的“才能唯一”、牵强分档、人为分化等情形，往往也是“归路”不公、“归路”有失引发的负面结果。

同是“因材施教”，中国戏曲学校吸纳归行、归工、归路的“合理内核”，进行了重大修正。

在招生上，中国戏曲学校实施有计划、分班级（统一年龄和文化程度）、按比例（男女学生比例、各行当比例）并依据行当艺术特点及其标准统一招考，分行录取。所取新生，必须具备京剧演员素质潜能，更须达到行当特色要求，是一种定向性的录取方式，可以称之为“归行入学”，用口语说是“归了行的入学”，这就要求不断加强选材的科学性、严密性，确保取材的准确性。

在“归工”上，中国戏曲学校主张“艺有专攻，学无专一”，全面培养，扬长补短。如学老生，无分唱功做功；学武生，无分长靠短打；学花脸，无分铜锤架子；学旦角，或青衣刀马、或刀马花旦、或花旦武旦……主张一专兼擅。但于教学安排中，把重点放在比较准确地研究解决学生专在哪里，兼擅什么？使他们以开放的技能结构，拓展自己的艺术道路，适应未来工作岗位的要求。

至于“归路”问题，中国戏曲学校明确认为，“归路是到剧团的事”，“在培养目标上没有‘底包’‘零碎’这一条”，面对学生才能发展中的变化，重在统筹兼顾，解决好“尖子”与一般学生的教学资源合理配置，尖子学生要吃好，一般学生要吃饱，面对全体、面向未来。“面对全体”，逐一地培养才华，挖掘潜能（不容才能歧视）；“面向未来”，为受教育者量身定制艺术发展规划。

由此，中国戏曲学校在现实工作中，把归行、归工、归路的“合理内核”，变革、发展成为选材、辨材、育才三大环节、三大措施。附带讲一下，或许由于归行、归工、归路的“归”字影响过大，“辨材”曾经称作“定材”，而后意识到所育之才始终处于发展变化之中，岂是能“定”的？如果是既“定”之材，培育工作还有何意义？于是“辨材”替代“定材”之说。并且把“辨材”与“育才”结成一体，贯穿始终。使指导思想更符合唯物论、辩证法，使培养措施更富于操作力度。

二、关于舞台实践

中国戏曲学校认为舞台实践十分必要，没有不成，过多过滥也不成。一旦失去节制，就会冲击教学，打乱秩序。而一旦演出成为主导，教学陷于被动，就会发生“余活”“攒戏”“漂学”（所谓“萝卜快了不洗泥”），讲求“真才实学”将成为空话。

为使实践真正有利于教学，订立两条原则，实施两个措施。原则之一，课堂教学为主，课堂教学与舞台实践相结合。确立课堂教学为主的地位，使课堂教学雷打不动，不受干扰，有效地维护了教学秩序。原则之二，教学文件规定，完成剧目教学计划的指标是彩排实习，换句话说，只有学生通过实习彩排，才算是完成教学计划。这样，用实践来完成教学，检验教学，真正实行着课堂教学与舞台实践的结合。

措施之一，拓宽舞台实践空间，校内实习人人有份，校外演出保质择优。

措施之二，专设排戏课，使学戏课与排戏课互补而不互扰。正是通过排戏课排群体，排大戏，细磨演员与乐队伴奏的严丝合缝，锤炼“一棵菜精神”，培植崭新的舞台艺术风格。

如此这般，事例多多，不能一一列举。

总括来看，十七年的历史，中国戏曲学校在对戏曲教育遗产的继承发展中，形成了自己的办学新特色、新特点，可以归纳为办学“三求”、育才“四重”。

办学“三求”：

求实。培养目标与培养规格符合现实所需，对学生授以真才实学，在人才培养上讲求实效而不务虚名，以朴实无华的风格立于社会而决不哗众取宠。

求新。树立全新教育观念，全面进行新型学校教育。在教学上积极吸纳新内容，探索新方法，求解新课题，攀登新高度，努力培养具有时代精神、致力于推陈出新的一代新人。

求变。追随社会进步而不断变革，展望戏曲发展而自觉变易；摒除不思进取的凝固化，防止“心血来潮”的随意性和急功近利的投机性。

育才“四重”：

其一，重专业基础与专业规范，使学生在知识与技能、理论与实践、继承与创新等方面获得受用终生的基础之学与通用之学，具有较强的工作适应力和发展潜能，在校避免专工专派之偏颇而出道或能发展成为某工某方面领军人物。

其二，重文化学识与文化素养。坚持社会标准，不弱化、不淡化、不搞特殊化，培养学生具有社会认可和社会所需的一般文化学识。更从“培养文化人”的高度，开辟第二课堂、第三课堂，组织引导学生接触社会、领悟生活，广泛涉猎话剧、舞蹈、音乐、美术，做到会欣赏、懂借鉴，使之成为有文化品位的戏曲工作者。不经意间，为他们中产生编剧、导演、作曲以及理论人才奠定了基础。

其三，重艺术理念与艺术风格。学校构成一种风气、一种氛围：端正艺术观，建立并维护展现时代精神、朝气蓬勃、清新大方的艺术风格，自觉抵制一切陈腐低俗的货色，以至于有观众评论：只要往台上一站，就可以看出是中国戏曲学校的毕业生。

其四，重道德修养与道德实践。在学生中讲品德，讲公德，讲艺德，扶植良好道德风尚，积极推动道德意识向道德行为转化。

今天看来，中国戏曲学校的办学成果和经验，也已成为遗产，需要我们珍惜和传承。

（1985年初稿，2014年整理，于京华仰酸斋）

一门特殊的人才工程学

——论戏曲表演尖子人才的培养

在推进戏曲艺术大变革、大发展、大振兴时期，人才的作用十分明显，对于人才的需求非常迫切，造就人才问题格外重要。人才之中最可贵、最难得的是尖子人才。

戏曲教育，特别是戏曲演员的培养教育，有造就尖子人才的传统和经验，很值得总结、继承和发展。但今天，尤其需要研究新历史时期尖子人才的新标准、新要求，探索尖子人才的成长规律和教育规律，使造就尖子人才的工作更自觉、更科学、更有成效。

“尖子”，即出类拔萃者。这个定义，人所共知并无异议。然而，具体谈及：什么样的戏曲演员能够称之为尖子？什么是“出类拔萃”的标志？却又众说纷纭，莫衷一是。如理解为或解释为“挑梁的”“唱一出的”“全才演员”“好角儿”“新秀”，等等。实际上，各类剧团水准不一，演员阵容构成不同，勉为其难的“主演”大有人在，“挑梁的”或“唱一出的”不一定是尖子，而尖子也并不都是“全才”；“好角儿”、“新秀”与“尖子”定义相近，但用来给“尖子”做注脚，不过是用概念解释概念，很难说明具体内涵。很明显，对于“尖子”解释不清，反映着把握不准，而如果不能确切把握尖子之实，又怎么能培养尖子之才？既然要造就尖子，就需要首先弄清何谓“尖子”。

从人才结构上做考察，戏曲演员中的尖子，是少数而多系统、高档而多层次的动态的演员阶层。

与一般演员相比，尖子演员艺术水平高、人数较少，是如人们日常称谓的“不可多得的高超人才”。可是，居于少数的尖子演员，产生并存在于生、旦、净、丑，及文武各工，诸多行当系统。凡属尖子演员其艺术必在高档之列，却又不在也不可能在同一水平线上，他们中有“头路”尖子与“二路”尖子（如荀慧生之于芙蓉草、新凤霞之于赵丽蓉），有尖子中的特殊尖子；有的是同辈中的佼佼者，有的是某个剧种的代表，也有如梅兰芳这样的一个时代的标志，于是形成了多层次。所谓动态，即尖子演员所必然产生的浮沉升降。在艺术发展和个人成长中，他们有的不断前进、飞跃、升华，有的徘徊、停顿、落伍，尖子人才构成及各层次中的尖子总会有所变动。也就是说，没有一劳永逸的“尖子”，也不存在静止的、永无变化的尖子阶层。

尖子演员何以为尖子呢？显著的特征是其具有出类拔萃的艺术品质。

戏曲演员的艺术品质，由天赋、技艺、才华、艺术气质等四个部分所组成。所谓天赋，包括生理素质（嗓音、扮相、体态官能等）与智力素质两方面，是从事戏曲表演的先决条件；技艺，指戏曲的唱念做打等艺术手段及各种艺术技巧，是戏曲演员必备的表演功能；才华，系以外在形式所反映出的高度智力技能，也即戏曲演员艺术表现力与艺术创造力的集中体现；艺术气质，即戏曲界通常所说的“份”，是戏曲演员扮演角色时所展现的精神风貌与舞台气派。这四个部分，在不同的演员身上有其差异性和不平衡性，但尖子演员可以全面具备并高度发展。更明确地讲，良好的天赋、高超的技艺是构成尖子演员的基本成分，优异的才华、非凡的艺术气质则是尖子演员到达一定的艺术高度的重要因素和鲜明标志。事实证明，天赋好而缺少才华者成不了尖子，技艺高而才华平庸者算不得尖子，艺术才华高低把戏曲演员中的高才与庸才区别得清清楚楚，戏曲演员之分为“头路”“二路”，艺术气质强弱起着决定作用，尖子与一般、特殊尖子人才与较为优秀人才的分野，往往就在于艺术气质上的差异。当然，尖子演员若要长久保持“尖子”桂冠而不被淘汰，还必须具备顺应时代发展而发展自我的能力。

现时代的戏曲尖子演员，不仅要和以往的任何尖子一样达到相当的艺术高度，尤其重在树立新思想观念，应该具有开放意识、竞争意识、主体意识、自审意识，由此种种凝聚而为时代意识与事业意识，民族责任感与社会责任感，崭新的艺术价值观与人生价值观。具体说来，就是要面向世界，善于吸收，奋力拼搏，大胆进取，有独立见解而志在发扬民族戏曲艺术之光，能容纳批评建议而不耻于修正错误，以建设社会主义精神文明为己任，以为人民服务为人生最高价值。此外，今日之尖子演员，亦应具备较高文化素养和较强的革新创造能力。

以上诸方面，当是造就并构成尖子演员的标准与要求。

年龄因素是造就戏曲尖子演员所不容忽视的重要因素。

表演艺术工作者常常慨叹的“艺术青春”，系指进行艺术活动的“妙龄期”——最佳年龄区。戏曲演员最佳年龄区，女演员一般在十八岁到三十岁之间，男演员一般在二十岁到三十五岁之间，最佳峰值年龄大都在二十五岁左右。这一时期，演员们精力旺盛，才华喷涌，艺术创造来潮，处于艺术活动最佳状态。培养尖子演员应走在最佳年龄之前，注意早期发现，早期培养，提早完成基础教育和专业训练。

当年，造就戏曲演员突出一个“早”字:“六龄童”粉墨登场，“十岁红”脱颖而出。早培养、早上台、早见成效、早出人才——可以概括前辈艺人的成长规律。现今，戏曲学校招生年龄推后，演员学生的启蒙期、登台实践期、“开窍”成熟期有所延迟，但只要掌握人才培养规律，认真进行科学探索，尖子人才的早期发现、早期培养不仅完全能够做到，也是可以争取提早的。以中国戏曲学校历届有代表性的尖子学生早期发现来看：刘秀荣为十四岁，李光、李欣在十二三岁，李维康则是在十一岁。众多实例表明，除少数大器晚成外，尖子“苗子”一般在十一二岁或一、二年级即可发现。

从这里引出个“如何发现”问题。

“尖子”有其质的规定性，真正的尖子“苗子”必然具备优良的艺术品质。在学艺不久，接触戏曲艺术和艺术实践不多的情况下，其优良的艺术品质不易显露，而成为一种比较隐蔽的“潜才能”，可是一遇机会或得到适当条件，便又不禁迸发才能的火花，闪烁着艺术的亮点。所谓发现，就是以敏锐的洞察力和准确的判断力，及时捕捉学生艺术才华的“亮点”，经过缜密的分析，对其“尖子”资格给以科学的鉴定。

这种“亮点”既离不开熟练的技术发挥，又绝不仅仅等同于“技术熟练”，它所反映的是学生表演艺术上的才气和灵气。学生才华不同，“亮点”各异。它伴随着学生的个性特点，在技巧的运用上、表演神情的把握上、舞台气质与舞台风貌等方面，表现为唱得挂味、舞得灵巧、演得活泛、有台风、有神采等种种形态。当然，这时专业上还很幼稚的学生，演得活泛而并不多么深刻，或唱或舞都还达不到精巧娴熟，只不过是“挂味”“灵巧”而已，况且对于自己才华的发挥，也还很不自觉、很欠把握，这就使得最初闪现的“亮点”，存在着一定的局限性和不稳定性。

根据以上各点，对“亮点”的捕捉和尖子“苗子”的早期发现，一要将学生个性特点与所演行当相结合，以行当要求为主要依据。例如，老生、青衣、文净、老旦，重在声腔有味；花旦、文丑，重在伶俐有神；武生、武旦、武丑、武净，重在边式而沉稳……作为演员学生的全面要求当然不止如此，把握主要依据的目的在于避免考查学生才华与专业不对口，学生个性特点与专业要求“错位”。二要评估适度，切忌求全责备和要求过高。如果硬以“文武兼备”“声情并茂”“表演深刻”及诸如此类的标准来衡量，恐怕一个“合格”的尖子也难以发现。三要把握主要特征。戏曲界旧日把尖子“苗子”称作“好角儿胚子”，道理在于透过他那未经打磨的“粗糙”表象，不难发现其“好角儿”的本质。这“好角儿”之“质”常常比较集中比较突出地表现在舞台气质与舞台感觉上。也可以说，具有良好的舞台气质和舞台感觉，是尖子的主要特征及其与“一般”的显著区别。把握这一主要特征，将有助于对尖子“苗子”的发现。

演员学生的表演艺术才华，只有通过舞台表演才能充分、准确地反映，捕捉“亮点”——表演尖子人才的发现，必须以舞台为主，课堂为辅，才能多一点把握性。因此，要为尖子“苗子”脱颖而出、为尖子“苗子”的早期发现创造条件，应当给学生更多的演出机会。

尖子人才是人才中的特殊人才，“尖子”教育是教育中的特殊教育。按照戏曲教育所坚持的因材施教的基本原理和基本原则，对于尖子由选材、设计、施工直至成才的全部教育工程，即成为一门特殊的人才工程学。

其“特殊”，表现在如下两个方面。作为教育对象的尖子“苗子”，既有优良的艺术品质，而且大都智力很强，能力发展也快，每每“违背”戏曲教育的常规，对于一般的“循序渐进”和一般的培养规格，总要有所突破，或有很大突破。从“尖子”教育方面来讲：首先，以本人专业素质和艺术特点为依据，以发展着的戏曲艺术高水平为着眼点，确立一个具有鲜明个性、符合客观标准、超过“一般”而又确实可以达到的高档人才规格和培养目标；进而，根据其良好的智能基础及发展，设计一条人才成长的“短程线”，制定出具体的总体规划和阶段性措施，由加大高难度的教学内容、加强精密度的质量要求、加快速度的培养进程等一系列安排，形成新的“序”。也就是说，要自觉地破格，有计划、有章法地“迅进”和“超越”。

进行“尖子”教育工程，有三大关节、四项注意。

重大关节之一，对尖子学生的专业教师、学习剧目与舞台实践，统筹安排、全面“优化”，形成三位一体的教育优势。

尖子“苗子”的培养目标、培养规划确定之后，教师、教学内容（剧目）和舞台实践便成为决定成败的因素。教学中起着主导作用的教师，对于人才质量具有绝对影响，甚至可以决定人才的发展方向和艺术前途。唯其有胜任于培养“尖子”的教师，才能出尖子人才。好“苗子”遇不着好教师，是最大的不幸！所以，要在教师与学生专业对路、供求对口的前提下，为尖子“苗子”选派技艺精、造诣深、教学得法的最好教师。如果各门课程都有最佳教师当然很好，但实际上很难做到。一般情况下，以主课——学戏、专业基础训练作为重点，确保主教教师“优化”。

演员学生通常由学戏、排戏来学习和掌握各种技艺手段及各类角色表演。各种剧目、艺术技巧的高低优差水平不同，人物表演的深浅难易程度不同，对学习者的作用和效益也各不相同。为尖子“苗子”选择教学剧目，一要与其艺术特点及未来发展相适应；二要能够解决其培养中须要解决的实际问题，使其有所提高；三要确是教师所擅长；四要“见戏见人”——戏的排演成功与人才的培育成效相辅相成，同见于舞台。这“四要”以及教学剧目的“优化”核心是：坚持以尖子“苗子”培养成长中的需求来选择最适宜、最精彩的剧目，通过教学和排演，争取人才培养上的最佳效果。反之，如果只着眼于剧目本身的优劣，忽视学戏者——尖子“苗子”这个矛盾的主要方面，置人才成长的需求于不顾，任凭剧目再“好”也无益，甚至可能对人才成长有所妨害。此外，所选之戏与所学之人在专业应工、艺术特点等方面取得一致，目的在于扬其所长，但为了补其所短，有时特意安排某一非应工戏，如演老生者学一武生戏而训练功架，演花旦者学一青衣戏而增强气质，虽然艺术上不尽对路，却与培育需求对口，这里的“优化”在于精心选择最能适应需求、最能解决问题的剧目。

演出实践是戏曲表演教学的重要组成部分，也是培养尖子人才的一项重要措施。它使学生得以巩固课堂训练成果，加深理解并逐步掌握舞台表演规律，增强舞台感觉并学会培养与激发舞台（人物）情感，有效地提高表现能力、创造能力和舞台适应能力。它的意义有二：一是通过舞台表演而造就精于舞台表演的演员，把“可能的”尖子人才转化为“现实的”尖子人才；二是通过实践而准确地考查人才成长的进度、水平和艺术才能的实际状况，严格地检验所实行的培养计划和训练措施，从而获得信息反馈，使尖子人才培养工作在调整中更为完善。作为“尖子”教育工程中重要措施的演出实践活动，要纳入整体计划之中，服从教学训练及人才成长的实际需要，以相当的数量为必要条件，以一定的质量、效果为预定目标，多中求好，力争“优化”。在具体安排上，讲求艺术性，突出目的性，实现有效性。艺术性，即对于在什么时候、什么场合，演出什么剧目，摆在什么位置等一切细节，周密考虑，巧妙安排，做到自觉而不自流，灵活而不零乱。演出的巧妙安排，服从于一定的目的，比如，某一时期多些校内实习以增强技术熟练，某一时期多些对外公演以提高“实战”能力；演出于重要场合而“见世面”，演出于基层群众之中而接受检验、联系感情、扩大影响；有时为了“压”——“压担子”、锻炼“挑梁”，要置于“大轴”，演的是《失·空·斩》、全部《玉堂春》；有时为了“保”——特定情况下的保护性演出，则置于“倒二”，演一折“讨俏”的《空城计》、《女起解》或《三堂会审》。无论做出怎样的安排，一要依从人才培养训练的需要；二要视学生的火候——竞技状态、心理状态、可能达到的演出水平；三要把握客观的时机——能够提供理想条件，可能产生最佳效果的某一时间、某一场合；四要适量适度而不可失控，力求做到不演则已，演必收效，切忌避免劳而无功，多而不当。概括来讲，培养尖子学生的演出实践，数量求其多，质量求其精，演出对象求其广，演出效果求其好，更辅之以充分的排练准备，搭配整齐的“四梁四柱”（主要配演），这便是“优化”。

教师从优、教学剧目从优、演出实践的场次条件从优，三位一体地作用于尖子“苗子”的茁壮成长。在它们之间，既不可顾此失彼，也不能割断联系、各行其是。

重大关节之二，对尖子学生的课程与课时，放开、搞活，保障并促进其智能发展的加速和艺术才能的飞跃。

如前所说，尖子学生以自己优越的智能及其发展，绝难满足于普通的课程量与课时量，总要突破一般的“循序渐进”。根据这一特定的情况以及造就尖子人才的特殊要求，“尖子”教育工程把课程与课时加以扩充，给予培养对象比一般学生更为充分的专业训练、更为丰富的知识和技术。前一关节所体现的是“优质教育”，这一关节则体现着“优量教育”。

“优量教育”的核心是课程课时的全面开放，合理增加。其具体做法有：

补充教学内容——在计划学时内，完成超规定的教学剧目或其他教学内容；

双轨行课——在同一时期，安排两个教学剧目或两种教学内容，由两位教师平行授课；

加大实授量——缩小编组或进行“单兵教练”；

课外加课——在课程课时计划（课表）外，进行单独辅导，个别加强；

……

实行“优量教育”，须要“搞活”。一方面，根据不同对象的不同情况，决定采取上述做法中的某种或几种措施；另一方面，由于培养某一人才的特殊需要，既可以就某种某类课程课时做“量”的调整，也可以专将某一课程内容的高难度加以强化（如文行学生强化唱工与做工，武行学生强化形体技巧与武打，各行尖子学生所学剧目的艺术性、技巧性及其高难度的强化），做“质”的变革。这一切，都要因人制宜，灵活运用。

按辩证唯物主义来看，量中有质，量是一定质的量，不同的量并不一定是不同的质，在一定范围内，数量的增减并不影响某事物之为某事物，只有当量变超出度的范围，才能产生质的变化。“优量教育”实际包括两个方面、两层含义：一是同等教学内容扩大、同等技术训练的加强，作用于尖子学生知识领域的拓展和专业技能的熟练；二是把量变超出度的范围，在高于普通水准教学内容和技术训练上的增多和加大，作用于尖子学生的知识深化、技巧提高和才能升华。在“优量教育”的实施中，两者不可偏废，而后者是主要成分和决定尖子“苗子”能否真正成才的主要因素。因此，“优量教育”一定要同“优质教育”结合起来，量中求质，质中有量，量变促质变，大力推动人才成长的加速、人才智能的飞跃。

“优量教育”与“优质教育”常被比喻为“开小灶”，或叫作给尖子学生“加餐”“吃偏饭”。但是，“加餐”要当心“消化”，决不可搞“填鸭”；“吃偏饭”要讲“营养配餐”，决不可形成“偏食”而导致“营养失调”；此外，还须认真选好“进餐”时间，以求更好地“吸收”。

重大关节之三，对于尖子学生的道德品质与政治素养，精心培育，积极诱导，促其红专并进，健康成长。

造就尖子人才，必须红专并重，德才兼顾，使之既有发扬民族的戏曲艺术的坚强信念和优异才干，更有为社会主义奋斗的崇高理想和实际行动，成为发展戏曲艺术与建设社会主义精神文明相一致的骨干。这是“尖子”教育工程的方针大计，也是一件无比重要、极其艰巨、相当细致的工作。对于尖子学生的品德塑造，动手要早，从小抓起，自发现“苗子”之日，思想政治工作就须走在前头。“尖子”教育工程的组织者和“施工”人员——学校的领导和教师，务必树立这样一种思想：尖子必须是跟定中国共产党、走社会主义道路、忠诚于祖国和人民的坚定分子，对于尖子学生的关心、帮助、教育、引导，是社会主义事业的要求和人民利益之所在，是意义重大的自觉行动，而绝不是某些眼界狭小者认为的所谓“贴金”和“刷色”。

“尖子”教育工程之区别于天才教育，就在于前者坚持德才统一观，具有明确的政治内涵，重视人才成长中后天的而不是先天的、主动的而不是被动的教育因素。其具体落实，表现为思想政治工作的主动性、渗透性和针对性。

主动性：以极大的热情、恳切的希望、严格的要求、耐心的诱导，关怀和帮助尖子学生思想品德的成长，思想政治教育走在专业教育之前，品德塑造走在学生思想成熟之前，在学生已有觉悟、已有要求基础上的团党组织发展走在成才之前，防微杜渐走在问题产生之前。

渗透性：不做表面文章、不搞空洞说教，把思想政治工作渗透到生活与学习、思想与作风、政治与艺术等一切领域。特别要结合专业特点，渗透到专业教学、排练演出及艺术活动、学术活动中去。

针对性：一是针对尖子学生的特点和思想实际，诱导其正确对待正确处理五大关系，即天赋与勤奋的关系，个人拼搏与组织培养的关系，自身优越与谦虚待人、团结群众的关系，生活与事业的关系，争取荣誉与贡献人民的关系。二是针对尖子学生的年龄特点和成长状况，帮助其“树三观”“迈两步”，即树立以为人民服务、为社会主义——共产主义奋斗为核心的人生观，以唯物主义为思想基础的世界观，以高尚的创新精神为主体的艺术观；及早迈出有思想、有道德、有纪律的第一步，相继迈出第二步——参加共青团、参加共产党，为实现共产主义而奋斗。

“尖子”教育工程中的四项注意是：

其一，能动地顺应客观情况（学生的具体条件和社会的实际需求），顾及本人的专业志趣，不可以领导者个人的好恶为取舍。

其二，坚持发展的观点，进行经常的定向分析和定量分析，注意反馈调节，不可陷入静止的、不变的主观主义。

其三，依据客观标准，严把质量关，避免华而不实或拔苗助长两种倾向。

其四，全面训练而不求全责备。就艺术技能而言，一般演员要“宽”，尖子演员要“专”，而一个人的专长，往往是同他的短缺交织在一起的，真正的全才是少有的。在专业教育中，及早培养创造能力，抓紧培育艺术气质和时代气质，当是造就尖子人才的重点。

（本文原载于中国戏曲学院研究所:《戏曲艺术论文选》，文化艺术出版社1995年版）

戏曲表演专业大学生智能结构初探

人才之成为人才，关键在于智能发达；培养人才，重在智能培养。但是，“智能发达”的标准是什么？“智能培养”的规格在哪里？究竟如何达到标准和规格，培养出具有最佳智能的优秀人才呢？答案是：寻求并且实现一个理想的智能结构。

智力是人的各种能力的总和。按照一般说法，智能包括感知、记忆、思维、想象、实践等五种基本能力，以及如观察、分析、判断、鉴别等许许多多的智力技能。智能结构即关于智力中有多少独立成分，其相互间如何联系、如何综合的问题。

在现实生活中，人们的各种智力技能，一般总是参差不齐地发展，并且按照各自的方式组织内部联系，每个人自然形成一定的智能结构。这种自然的智能结构，在各种智力技能的发展比例和配合关系上有优有劣，对于客观需求的适应性有强有弱。

就从事戏曲表演的演员、学生来说——

有的能够敏捷地感知导演意图，主动地进入角色创造；有的却是反应迟钝、启而不发，只能被动地“请”人摆布。

有的善于观察、记忆，为表演人物积累了大量素材；有的粗枝大叶，记性不如“忘性”，在新角色面前茫然无措。

有的想象丰富，可以设计并表现多种多样的人物形象；有的头脑木然，扮演角色千人一面。

有的创造才能非常突出，能够塑造性格鲜明的典型形象；有的只能死死板板地进行单纯技术的操作。

还有更复杂的情形——

有的观察与记忆能力很强，想象与创造能力不佳，善于模仿而不能创新。

有的很能想象，却因思维不善，观察失误而歪曲人物。

有的在感知、记忆、思维、想象等方面都很不错，但因为缺乏舞台实践能力，终究不能成为好的演员。

有的感知与想象能力较差，仅凭着记忆和思维，慢慢地、死死地记住导演（教师）的规定，再加上有一点舞台表现力，却也能够较好地完成人物表演。但毕竟不可能成为出色的演员。

诸如此类，千差万别，但我们从中看到两种智能结构，两种截然相反的类型。一种：基本符合客观的需求，各种智力技能全面发展，配合比较和谐，于是产生正反馈，收到良好效果。另一种：同客观的需求大相径庭，智力技能畸形发展，比例失调配合不当，于是出现负反馈，造成十分糟糕的后果。我们也注意到，以往人们所形成的智能结构，即便是像前一种较好的智能结构，大都带有自发性，缺少自觉性。

我们要寻求和实现的理想的智能结构，是根据特定的对象、特定的要求，自觉地使智力技能发展到一个相应的广度和高度，并且依据一定的原因和方式，构成一个相互协调、完全合理的关系。从智能培养的角度讲，它既是“施工”的蓝图，也是检验“工程质量”的规格标准。从人才方面说，它又不仅仅是一纸方案，而是要成为智能建筑的实体。这样的智能结构，当然不能满足于自然形成的自然状态，而要通过设计、培养和主观进取，追求达到比较理想的境界；它也决不容许主观主义的随心所欲，必须是完全符合客观实际的科学规范。

智能结构的科学范畴，我个人认为大体上有两个基本因素、三个主要依据。

我们知道，人们的智力发展具有普遍性，如动态平衡、不断深化等；人们的智能结构也具有共性特征，如各种智力技能的相互依存、相互作用、相互制约等。确立任何一种智能结构，都不可以背离其共同性。可是，必须承认，不同人才对智能结构需求不同。如观察力，一般被看作是智力的门户，认识运动的基础，但生物学家的观察较之音乐家更需缜密。再如想象力，它是科学假设与艺术构思的“灵魂”，但艺术家以形象思维为核心的想象，同科学家以逻辑思维为核心的想象却有很大的不同。在这里，确立任何一种类型的智能结构，又无不具有特殊性。一个共同性，一个特殊性，是确立智能结构的两个基本因素。

三个主要依据之一，是人才所属学科（专业）的特点。无论理、工、农、医，还是文史、政法、体育、艺术，各学科专业都有各自的研究对象，都有各自的工作方式和方法。即或是同一学科、同一研究对象，由于门类不同、科学分工不同，也会在工作的方式方法上具有鲜明的特点。比如，科学要通过抽象化使认识不断深化和本质化，艺术则要通过形象化使认识不断深化和本质化。同属戏曲艺术领域的评论工作和创作活动，前者通过理论的表述对艺术作品进行鉴别和判断，指导人们的审美活动；后者则通过形象的塑造，对生活进行提炼并给予直接的表现，满足人们的审美要求。以上列举的抽象化、形象化、鉴别、提炼、表现等，既是某一学科（专业）活动的特点，也是某一学科（专业）人才确立智能结构的主要依据。不难想象，某一学科的工作者，偏偏缺少本学科活动的能力，那就很难期望有所成就。换句话说，我们要培养专门人才，不仅要使其在学识技能上有所专长，而且在智能结构上也需要有一个“专门化”。

依据之二，是人才培养的规格。人的智力发展为年龄所制约，智能结构同知识结构紧密相连、相辅相成。从小学到大学的各个教学阶段，是智力不断发展，智能结构逐渐形成而不断完善的过程。如果说中学阶段智力技能全面发展，是为形成智能结构奠定基础，那么大学阶段，便要促使智力向更高层次发展，着力培养专业所需的特殊能力，促进理想智能结构的形成，进一步得到巩固的发展。大家都能理解，大学生在走上工作岗位后，必须独当一面，理应凭借自己的智能有所发现、有所发明、有所创造、有所前进，这种独立地分析问题和解决问题的要求，当然是确立大学生智能结构的又一主要依据。具体到戏曲表演专业的大学生，其区别于“中专”、高于“中专”的培养规格是，要具有独立完成角色创造的能力，它们的智能结构必须同这一培养规格相一致。

依据之三，是事业发展的趋势与要求。培养人才必得一定的时间，培养人才的进程往往总是落后于事业、知识和技术的发展。而我们此时培养的大学生不仅要能够适应于彼时（毕业后）事业发展的要求，而且应当能够“走在时间的前面”，成为推动或带动知识发展的人才。因此，确立大学生的智能结构必须着眼于未来，要造就一种“进攻”型，决不可形成一种保守型或落后型。仅就戏曲艺术领域来看，虽说尚无“信息爆炸”之“威胁”，但毕竟进入了改革与创新的时代，作为一名合格的戏曲表演人才，要善于创造新的艺术手段，塑造新的历史人物和现代人物，仅凭记忆吃饭——死背若干传统戏是行不通了。所以，确立戏曲表演人才理想的智能结构，假如不能适应这一客观现实，便根本谈不到“理想”二字，人才就可能成为“庸才”！

根据以上认识，我们对戏曲表演专业大学生的智能结构，试做一些初步的探索。

一、值得注意的“附加成分”

戏曲表演专业大学生最理想的培养目标，是“大器早成”——

成为戏曲表演艺术的专门家。不妨可以说，戏曲表演专业大学生理想的智能结构，是作为一个戏曲表演艺术家应当具有的智能结构。

戏曲表演艺术家区别于其他专门家，也区别于平庸演员的显著标志，是其能够出色地、创造性地运用戏曲表演艺术手段，塑造生动、鲜明的舞台人物形象。显然，戏曲表演艺术家的智力技能，是服从着、推动着艺术创造的智力技能，同时还是服从着、推动着塑造舞台人物形象的智力技能。正因为这样，戏曲表演艺术家的智能结构，虽仍然是以感知、记忆、思维、想象、实践等五种基本能力为要素，却生发出某些附加成分。感知，重在审美感受；记忆，突出情绪记忆；思维，需要形象思维；想象，需是伴随着情感的想象；实践，更需是富有创造性和艺术表现力的实践。

由此，我们注意到，这种“附加成分”对于构成戏曲表演专业大学生的智能结构具有极重要的意义。

唯有具备审美感受能力，我们的大学生才能以“艺术家的眼光”精细地观察生活，迅速而准确地摄取事物的感情具体特征，通过感觉和知觉产生深刻的体验。唯有具体审美感受能力，我们的大学生才能把生活的体验广泛地迁移，转换为对角色准确的舞台感觉——把握角色、年龄、禀性、气质、性格乃至体形、声音特征的自我感觉。

在记忆能力的各种成分中突出情绪记忆，是优秀戏曲表演人才取得重大艺术成果的因素之一。戏曲演员要能歌善舞，当然需要语词概念记忆和形体动作记忆；要从生活中和艺术作品中搜集素材，必然也需要感知形象记忆。但是，优秀戏曲演员之所以达到“声情并茂”，总是“以声传情，以情带声”：优秀戏曲演员“形神兼备”的精湛表演，总是“以神似为上品”，刻意追求“神情第一”。我们的大学生唯有具备很强的情绪记忆能力，才能动情和传情，使角色具有活的灵魂。

形象思维是一切艺术创造活动的基础，是艺术家完成从感性认识到理性认识的主要思维方式。尤其是演员创造角色，以形象的构思开始，以完成形象塑造告终，“形象化”贯串于整个过程。我们的大学生之特别需要形象思维能力，无须多说，脑子里仅有概念一堆，其后果也是可想而知的。

想象而富有强烈的情感因素，是艺术构思、艺术创作及其传达活动与科学假设、科学实验根本性的不同。戏曲表演艺术家研究的对象、表现的对象是人，是具有高级情感活动的人，这同建筑艺术家、风景画家还有不同。当我们的大学生展开想象，对角色的精神世界进行开掘的时候，理所当然地要体现着鲜明的爱憎，同时充满着情感的体验。

关于实践活动能力，就戏曲演员来说大体上存在三种状况：其一，初步的、一般的实践活动能力——只能搬弄技术、不能表演人物者即是；其二，具有艺术表现力的实践活动能力——可以刻画人物的多数演员属于此列；其三，创造性的实践活动能力——能够以艺术的独创性塑造人物形象的戏曲表演艺术家，无不具备这种本领。戏曲表演是实践性极强的艺术，演员必须能“演”是起码的要求。我们的大学生岂止要“能演”，而且要善于表演，精于表演。不仅应当懂得刻画人物，还必须能够创造角色，这就需要把他们的实践活动能力，提高到创造性的高度上来。

在戏曲舞台上，某些演员（包括某些学生）表演水平十分低下，细加考察，他们既非智力不足，也不存在智能结构失衡；究其原因，主要是在智力技能中缺少上述“附加成分”所致。我们研究戏曲表演专业大学生的智能结构，这一情形很值得我们深思。

二、必须具备的特殊能力

人所共知，从事艺术创作活动，必须具备专属于它的特殊能力。戏曲表演艺术，是把戏剧的内容同歌舞的形式高度结合起来的一种特殊的戏剧艺术种类，这就又给从事戏曲表演的演员提出若干特殊的需求。

戏曲表演，是以演员自身的声音、形象、形体动作为材料，以唱念做打等技艺为手段，在演员间情感交流中进行人物创造的。为此，戏曲表演专业大学生要具备曲调感和节奏感、形体动律感、巧妙灵活地综合运用唱念做打等各种手段的能力，还要具备敏锐的刺激反应能力和自我控制能力。

作为戏曲表演专业的大学生，在深入生活和进行艺术创造中，需要掌握“筛选法”，善于区别现象与本质、真善美与假恶丑，这就要求具备对生活的鉴别能力和艺术鉴赏能力。

当然，戏曲表演专业大学生如其他学科大学生一样，还要有主动、独立而广泛地汲取新知识、新成果的能力以及其他一些能力。但是，应当看到，在戏曲表演专业大学生智能结构中，这些特殊能力是决不可以缺少的重要成分。

三、近似合理的结构方式

上面，我们研究了戏曲表演专业大学生所需的智力技能，那么这些智力技能当是怎样的一种结构方式呢？我个人认为，戏曲表演人才的智能结构是以形象思维能力为核心，以想象能力为纽带，联系着各种智力技能，通过创造性的实践活动能力来升华、来展现的。有两个事例可供说明。

著名表演艺术家盖叫天，曾经从袅袅上升的一缕轻烟受到启发，从而设计创造了一个“扭麻花”式的优美动作，赢得观众的赞赏。而我院七八级一名女生，从现实生活中一个迎婚场面得到借鉴，从而在舞台上感情细腻地再现了古代少女出嫁时的复杂心境。这两个年龄阅历不同、艺术造诣相距甚大的演员，在从事艺术创造的心理活动上，竟有许多完全一致的地方。第一，他们都是以形象思维来进行观察和体验的；第二，他们都以丰富的艺术想象对原材料进行了加工和制作；第三，这种加工和制作是以他们创造性的舞台实践来展现的。

对于一位艺术家和一名大学生来说，上述两例算不得他们的重大成就，而对于我们研究智能结构来讲，却有重要的典型意义。它向我们揭示了戏曲表演人才智力技能的应用状况，揭示了一个近似合理的结构方式。我在这里所以称之为“近似合理”，因为这是我们很初步的分析判断，如何才是完全合理或是非常理想，将有待进一步研究，并且要用大量的事实加以证明。

（于京华仰酸斋）

戏曲大学培养编剧人才的探索与思考

【论文提要】

如何培养戏曲编剧人才，为业内人士所关注。戏曲大学设置编剧专业，施以正规的本科教育，是途径之一、方式之一。本文以中国戏曲学院本科四年制编剧专业为实例，从戏曲编剧人才规格依据入手，对招生条件、培养目标、课程设置进行了全面的论述。在详细阐明戏曲艺术特点特色的基础上，探讨了各门课程的任务、方法及其培养学生“案头”“场上”兼擅双美的关键作用。文章提出，专业教学重点在于培养学生“三力”：脑力、眼力、笔力，亦即创造性思维能力——其中不可忽视戏曲程式思维，审美感知力（对生活及艺术之美的审美判断力）——其中不可忽视精神境界对审美的决定作用，文笔功力——不可眼高手低，更不可满足于案头之作。同时提出了教学难点及解决途径。最后，文章认为，要依据学生素质条件和发展状况，实行分类施教、分级施教、分工施教的因材施教。要承认编剧有天赋灵气，应当善于发掘和发现，着力培养人才苗子。要面对市场，正视需求关系，当下培养编剧人才应当“少其量”“优其质”。对比研究各种培养方式及其成才率，作者主张“不拘一格”。

一个课题——加紧培养戏曲编剧人才的课题，早已摆到我们面前。

大家愈来愈明确地意识到，大力繁荣戏曲创作，关乎维护戏曲文化珍贵资产，弘扬戏曲艺术优秀传统，并且对于推进戏曲艺术全面发展，以适应时代需求与进一步现代化，开创当代戏曲事业新局面，具有至关重要的意义。繁荣戏曲创作的前提和必要条件，则是必须有一支从事于戏曲创作的基本队伍。这便需要有效地、持续地培养编剧人才。

然而，在悠久的戏曲教育历史上，从古代的教坊、家班，到近代的科班、戏校，从“手把徒弟”到“团带班”，无一不是单纯造就演艺人员，创作人员之培养竟是一片空白。这个培养编剧人才乃至如何培养的问题，也就成为现今戏曲教育领域一道有待解决的新课题。

作为综合性戏曲大学的中国戏曲学院，1978年重建伊始，即设有编剧系，确立了以培养编剧、导演、作曲等创作人才构成高等戏曲教育主体的办学方针。尔后，编剧系改称戏曲文学系，重在培养编剧人才则是始终如一，并且为此进行了方方面面的探索。本人供职于此，参与其事，现仅就个人所历所思略陈心得。

为要育才，先要选材。

戏曲编剧专业学生入学的基本条件，似应具有热爱戏曲的情感及一般的戏曲知识，对于文学较为深刻的理解，丰富的想象和语言所构成的创作潜能。选材的工作，仅靠高招统一考试显然难以完成。于是，在高招进行统考之外，必然地设有专业考试。其一，笔试：测试考生文学、戏曲知识根底和文笔水平。其二，口试：测试考生对于小说、戏剧等文学作品接触多少，阅读深浅，有什么见解，进一步考察其文学素养与审美情趣。通过“命题编故事”，深入测量其艺术构思和语言表达能力。

在运作中发现，中学生课程压力大，课外阅读少，接触文学作品微乎其微；与戏曲非常隔膜，相关知识贫乏；日常作文拘谨，少有机会涉及戏剧文体的写作。面对这样的考生——几乎占考生的大多数——专业加试无从谈起。作为应对措施，定期举办考前辅导班，对有意报考者普及戏曲知识，讲解戏剧文体及其写作要领，实实在在地进行一场戏曲启蒙。随着办班经验的积累和思想认识的进一步明朗，更为自觉地把考前辅导班当作学前预科班来办；一面普及戏曲知识，一面培养学生对于戏曲的感情；一面讲授戏剧写作，一面开掘学生戏剧写作的潜能；一面是服务于专业考试的考前辅导，一面是十分专注十分细致地观察和发现人才苗子。无可回避，考前辅导班似乎存在着“为考而教”“教过再考”这种不得已而为之的消极因素。但主要的积极的方面也不可否定。这就是普及了戏曲，扩大了生源，发现人才苗子并促其报考入学而避免流失，消极因素已经转化为积极的成果。

既是培养人才，“人才”自有规格，培养应有目标。培养目标的实现，在学校主要依靠妥当的课程安排。

戏曲编剧的人才规格，当是有学有术。具备高度文化和理论修养谓之有学，谙熟戏曲舞台艺术并精通戏曲剧作谓之有术。据此确立的戏曲大学的编剧专业培养目标，单就专业而言可以概括为“三基一创”，即培养学生掌握从事戏曲编剧所需的基本理论、基本知识、基本技巧和创作能力。

为了完成培养目标，给学生奠定厚实的专业基础，同时为他们拓宽知识面，大学本科四年制编剧专业实施普通文科与戏曲文学双轨并行的课程结构。

普通文学课程　安排有中国文学史、中国文化史、外国文学、外国戏剧、艺术概论、美学、哲学、历史专题、外语等。显然，这些课程大都在普通大学中国文学专业课程范围之内，经过筛选组合，更为适应培养戏曲编剧人才的需求，呈现出鲜明的专业特色。

戏曲文科课程　包括专业课、专业基础课与专业辅导课三个系列，是一个复杂的系统工程。全方位地看，所谓戏曲编剧具有编剧理论的论之维，又有编剧技巧的技之维，更有理论与技巧相结合而付诸编剧创作的作之维，三维一体构成一门戏曲剧作学。体现在教学上，便分解为三门课程：系统讲授剧作原理的戏曲编剧概论，侧重于技巧描述与探讨的戏曲剧作法，专门于技能实践并构成剧作训练体系的写作课。三门课程在帮助学生全面理解和把握戏曲剧作学上目的一致、相辅相成，在教学内容的组织上各具特色。

戏曲编剧概论　全面论述戏曲剧作原理，宏观观照与微观考察兼顾，基础理论与应用理论结合，力求把戏曲编剧上升到思维模式和心理机制的剖析，对剧作原理进行哲学和美学的概括。

戏曲剧作法　广泛阐释戏曲剧作的方法、章法与技法，构成戏曲剧作法知识体系。本课强调戏曲剧作首先是戏曲文学作品的文学性，强调语言艺术的功用，仔细分析戏曲剧作“唱、念、做、打皆为语言”的特点。同时，本课坚持“填词之设专为登场”的舞台性，认真领会受其制约、为我所用的戏曲程式性，深入研究程式性体现在语言格律、角色行当、场子结构、唱念安排、做打配置等方方面面的技术方法。此外，它注意到戏曲剧作基本法则的统一性，应用于各个不同剧种的灵活性和多元化。

写作课　教学目的，在于培养学生笔墨功力和创作能力，最终培养真正懂编剧、会编剧的编剧人才，是专业课的重中之重。本课的教学宗旨是，服务于剧作，服从于剧作，训练内容并不局限于剧作。在四年学程中，不同文体的写作训练呈阶梯式递进。

第一级　小说写作

关于戏曲的特性，王国维曾有一个著名论断，叫作“以歌舞演故事”。关于小说的基本特性，按照英国小说理论家E. M. 福斯特的经典概括，“小说的基本面即故事”“小说就是说故事”。由此看来，“故事”是戏曲与小说的基本相同点，两者都有艺术叙事的特点，叙事是两者相通之处。小说以人物、情节和环境为叙事三要素，戏曲何尝不是以人物、情节和环境为要素而构成叙事的剧作。（当然，戏曲与小说分属不同艺术门类，概括和表现生活的技巧和方式不同，文本形态也不相同。）两者同样是叙事，但较之戏曲，小说在语言、时空、视觉等方面，更为简便，更为自由。故此，小说写作列为写作训练的起始，侧重训练人物刻画、情节铺叙和环境描绘，为此后进入剧本创作垫底铺路。

第二级　话剧小品写作

面向舞台，把“说故事”转向“演故事”。训练中，注意舞台时空限制而由此要求的情节凝练和环境稳定，注意人物语言与行为的同一性而防止客观描写和语言失禁。尤其注意戏剧冲突的设置和人物性格的刻画。话剧与戏曲相比绝无高低级之差别，但源于“模仿生活”的话剧，毕竟少有戏曲那些格律和规程，便于学生动笔，有利于学生初识舞台，故作为剧作训练的开始。

第三级　戏词写作

语言是戏曲剧作的第一要素。所谓戏曲“剧作”，几乎全部是由人物的语言——戏词构成。掌握戏曲文学语言艺术，首要是通晓编撰戏词，须从唱词撰写起步。戏词训练，培养学生懂辙韵、识腔体、知格律，学会运用虚实相生、形神兼备、雅俗相宜的表达方式和方法，善于通过语言的艺术性、技巧性，以及情景交融、动静和谐等修辞手段来充实丰满戏曲语言意蕴。

第四级　戏曲剧本写作

本课是写作课的主体，专业课的核心。从小戏写作到大戏写作，从部分重点到整体要求，教学划分四个步骤：

小戏写作。突出人物性格刻画，注重情趣意蕴。

中型戏写作。重在解决好样式风格，戏剧冲突和主题立意。

传统戏整理改编。经过小戏、中型戏写作训练之后，在大体掌握戏曲剧作要领的基础上，插入这样一个课目，是出于如下一些考虑。

戏曲古典剧目及各剧种传统戏浩如烟海，蔚为大观。其中，相当一批剧目——无论是宋元南戏或杂剧，还是明清传奇或地方戏，从诞生之日起，一直处于被整理改编的变化过程中，并由此构成了戏曲剧作的流传和发展。可以说，整理改编是一个传统，是戏曲创作题内应有之事。但是，传统剧的整理改编，是一种复杂的创作活动。其复杂在于，原作思想艺术方面情况复杂，斟酌取舍复杂，修改操作复杂。总之，改戏比原创复杂。这就有必要作为一门学问，进行单独教学训练。通过训练，使学生学会选择修改对象，摸清底细（该剧思想艺术诸方面的精粗美恶）并制订方案，进一步实施修改戏词、调整结构、增删情节和修饰人物形象等方法。

大戏写作，即毕业作品。全面涉及选材立意、剧本结构、人物塑造、技术安排，要求作品讲文采、有意境、求意蕴。这当是四年来全部写作训练的总结，是学生编剧才能的最终检阅。

专业基础课　有中国戏曲史、中国戏曲通论、戏曲学等。这三门近似辅助性课程，以其重要性和特色鲜明引人注目。

诗词鉴赏　学者专家云：戏曲是“剧诗”，“中国之平剧（指京剧）及各地方剧，大体皆诗化”，“诗的成分弥漫剧中”。中国戏曲是有人物、有故事，可以唱、可以演、有舞台形象的叙事诗。显然，戏曲乃诗之一脉，具有非常充沛的诗性精神。诗词鉴赏课之设，不同于普通大学文学系，是要求学生以追根溯源的态度到课上去读诗，带着对诗情诗境的领悟到课下来品戏。通过鉴赏诗词，自觉提高诗学素养，努力涵养诗人气质。

戏曲舞台形态　这门课程，可以看作是打开台帘，登上舞台，站在九龙口，认真仔细地观察戏曲表演及与其相配合的音乐、美术等诸方面所形成的独特舞台形态。诸如唱、念、做、打之表演手段与表演特技，上场、下场与传统舞台调度，不同腔体板式、不同锣经与情感表达，音乐过门、曲牌与舞蹈身段，动作身段与虚拟表演，舞台空间，传统桌椅摆放与拟境，服装体制、人物装扮与角色表演……引导学生认识戏曲舞台，把握戏曲舞台，编写出真正属于戏曲舞台的“场上之作”。

表导演体验 拍唱优秀唱段，学习折子戏或新戏选场，自编自导自演小品小戏，通过多种方式获得“二度创作”的经验，强化对于“场上情形”的体认。期望有利于培养案头场上兼擅双美的戏曲编剧人才。

情况表明，这套课程从四面八方奔向一个目标：培养合格的戏曲编剧人才，承担并完成了构建学生专业所需的知识结构。

戏曲编剧专业全部教学工作，重点是培养学生的剧本创作能力。这种创作能力，通俗地讲，是由脑力、眼力和笔力等多种素质能力相互联系，相互作用，综合而成。

脑力，是指动脑筋想问题，科学称谓是思维。就戏曲剧本创作能力讲思维，自然是讲创造性思维。创造性思维是由概念思维（概念、判断、推理）和直觉思维（想象、直觉、灵感）两种形式的思维所组成。包括剧作家在内的一切艺术家的创造机制，总是建立于和想象力、直觉力密切相关的形象思维和灵感思维。这里要提出的是，戏曲编剧要善于运用程式思维。

所谓眼力，是指对于艺术作品、生活现象的精粗美恶之观察判断力，或可称之为审美感知力。的确需要依靠掌握美的标准和真伪辨识方法来解决。但是，眼力之本却在精神境界，精神境界的高低决定眼力的高低。换言之，只有精神境界高，才有眼力强。于是，寓德育、美育于专业教育之中，用心培养学生严肃的人生态度，高雅的艺术情趣，抵御低级趣味的侵蚀，以此统率对生活事物与艺术作品的观察判断，由此掌握艺术造诣与精神内涵相统一的审美标准，据此锻炼敏锐的眼力。

当然，戏曲编剧人才须是眼力与笔力相结合，眼力落实于笔力，最要避免眼高手低。故此，动笔成为专业教学的起点和落点。

写作成为课程的主体和核心。四年学程无一日停止练笔。教学最精心、最细微莫过于写作指导，千方百计提高学生的笔头功夫。

作为一种演剧方法，戏曲艺术以特有的“程式性”显现出其外部特征：戏曲程式即是由各种艺术程式组合而成。人们津津乐道“表演程式”——举凡角色行当、声腔道白、表演动作、舞台调度，都有固定的规格和规则。但岂止表演有程式，诸如剧本的体制，曲白格式，音乐的腔体、板式和锣鼓经；服饰的样式和搭配，以至兵械、仪仗、桌椅、器物的使用规程等，都有定制。程式不是某项单一的形式技术，而是一个完整的体系，它贯彻于戏曲舞台艺术的整体和戏曲表演的全过程。这个体系中的戏曲文学，有它自身的程式，还需负载表演、音乐、美术等其他方面的程式，更要为舞台上程式的体现提供可能。可以说，运用戏曲所独有的程式，是构成戏曲剧本与其他剧本相区别的要素之一。运用程式，被认为是戏曲编剧的基本功，从事戏曲编剧必须掌握的一门本领。如果说艺术家要强调创造性思维，就戏曲编剧而言就有必要强化与创造性思维息息相关的程式思维。也就是说，那形象思维须有程式之形象，那灵感思维是要运用程式的灵感，提高戏曲剧作的创造能力，基础便是提高创造性地运用程式的思维能力。因此，在教学中强化戏曲程式的灌输、渗透和熏陶，扶持学生运用程式思维并养成习惯，以程式思维带动创造性思维，而落实于剧本创作能力的提升。

戏曲编剧专业教学的难点是，戏曲艺术博大精深，它假象会意、时空自由、程式规范等艺术形态的显性内容与写意传神、气韵生动等美学追求的隐性内容构成独具特色的戏剧景观。而学生们面对戏曲却是十分陌生极端茫然。要在短短四年学程内，使这些学生比较全面透彻地了解戏曲、理解戏曲，牢固掌握戏曲艺术的独有特色特点，并且转化为依据戏曲艺术特点撰写戏曲剧本的实际能力，确是勉为其难。

学生中出现下列情形，教学难点可见一斑。

不解“特色”，话剧加唱；漠视“特色”，全无“戏”味；食古不化，刻意仿旧；自诩创新，不伦不类；风格单一，专注正剧（对悲剧、喜剧、做工戏、武打戏等样式不甚了了）。

教学难点的解决，一靠讲授：讲“特色”，讲“形态”，讲其“然”，更讲其“所以然”；讲继承更讲发展，讲改革创新更讲切忌简单粗暴。二要观摩：观摩传统折子戏，深刻领会传统舞台样式，特别是它突出表演技艺的优长；观摩本戏，理解行当搭配与人物塑造、性格冲突之关系，理解技术安排与情节安排之关系，理解分场结构与分幕结构之不同要领；老戏与新戏、古本与今本对比观摩，从中领会题旨立意与技艺形式变化发展的不同审美意味。三要研讨：写作前后要研讨（写前研讨选材立意及撰写思路，写后研讨作品得失）。观摩之后要研讨：某些课程（如戏曲舞台形态、表导演体验）采用讨论式教学法。学生自身研讨、师生研讨、观摩后邀请该剧主创人员共同研讨，在自由活泼的氛围中，集思广益，互相启发，得出恰当的结论。

难点攻关与解决的过程，即是学生学习消化理解把握的过程。解决难点要有预案，要有计划，要有方法，要有耐心，知难而进，引导学生对戏曲艺术获得真知，获得戏曲编剧的真才实学，力戒满足于书本“案头”和不切实际的空洞理论。

学校教学在探索，本人在探索中思考，遂有如下浅见。

戏曲编剧人才成才要素：文学素养、戏曲知识、人生感悟、审美感知、文笔功力等五方面缺一不可。然而，学生条件不一，发展不同，这就须要填平补齐，因材施教。

当下学生入学，年龄二十上下，涉世未深，观念未稳，所谓“人生感悟”，有待于年龄增长、阅历增进而随之成熟。就读期间，无须强求，也不可能靠外力“恶补”，能够做的是积极诱导，顺其自然。戏曲知识与文笔功力两项，是编剧根基、专业之本，是填平补齐的第一着眼点。如有欠缺或学程中出现滞后，须以负责精神加紧补齐（确因素质所限，填也难平，补也不齐，则另当别论）。文学素养与审美感知，决定编剧才能的强弱和作品水平的高低，要培养合格的编剧人才、未来的戏曲文学家而不是“打本子”的写匠，这两项绝对不可或缺，就要指导学生广泛阅读文史哲方面的书籍。在广阔的艺术领域打开视野，虽不能效法古人全面精通琴棋书画，也要练就能够品察音乐美术的一双耳朵和一双眼睛。

因材施教，既是教学原则，又是具体要求；既有较宽的定义，又有明确的做法。实行因材施教，首先是分类施教。根据学生或长于创作或长于理论，分成不同类型，在教学内容上各有侧重，教学要求上各显特点。其次是分级施教。学生才能不同，总会形成不同的层次级差，即可按上、中、下三级定出相应的要求并给予对应的指导，按肚量下菜单，避免有的吃不饱，有的吃不了。尤其要给人才苗子学习尖子“开小灶”“吃偏饭”，个别加量指导，使其脱颖而出。最后是分工施教。此“工”字，“善其事”也。在剧作上，学生情趣不同而选材有别，或写历史或写现实，或写官场或写市井，或写正剧或写闹剧；学生籍贯方言不同而选择剧种有别，或写京剧或写地方戏，或写汉族剧种或写少数民族剧种；还有文化与审美差异，有的崇雅，有的通俗……决不能统一模式，强制划一。更不能强要闽粤学生写梆子腔，陕甘学生编黄梅戏。必须是按其所“工”，分别指导。

学校教育如同集体伙食大锅造饭，然而艺术教育则必须重视并观照学生的个性区别，不能无视更不能抹杀这种区别。为此，编剧专业要实施集体授课，个别指导，因材施教，使学生各展才华。

编剧要有“灵气”，优秀的编剧人才大都具有超凡脱俗的天才禀赋，这是一个无可回避的事实。正规培训中，要善于发现、挖掘、发挥学生的天赋才能。（向社会大力推介他们的作品，在业内确认他们的艺术成果。）极度缺乏创作天赋者，理应“另做安置”，实行一年淘汰，二年分流——创作与理论专业分流，三年补课——对部分即将转行转业学生，补充谋职技能，于公于私都很有利。教师与学生都要认识到“一入编剧系，必成剧作家”只能是神话和笑话。面对现实，冷静选择，是应取的态度。

戏曲编剧人才，既不可能也不必要“大批量生产”，量的酌定，要依据剧种大小、剧团多寡等实际情形。须看到近年戏曲界的重大变化：剧团只要剧本，不养编剧。剧作家已被推上社会、推向市场。买方市场只要成熟作家的成熟剧作，看重知名作家的“卖点突出的作品”。一些作家已经打破剧种界限，扩大了地域占领。戏曲市场不景气，上演新戏的几率降低。如此等等，无不增加了新生编剧的压力。据此，目前培养戏曲编剧人才，似应“少其量”“优其质”，防止人才资源的积压和浪费。

大学教育，性质上属于学历教育，重在素质教育，这同戏曲编剧的专业教育人才教育，存在着种种矛盾。大学教育招生对象的主体，必然是高中毕业生，而高中毕业生又必然地欠缺文学修养、戏曲知识和生活阅历，经过短短四年教育便成为社会所需的戏曲编剧人才，真是谈何容易！实际情况是，戏曲高等教育，培养的却是戏曲编剧人才的后备军，尽管在教学上积极探索，不懈努力，备尝艰辛，其成果（成才率不高）仍不能令人满意。

从历史上看，戏曲编剧人才大抵由两种人构成：一是艺人，粗通文墨的艺人；二是文人，深谙戏曲的文人。无论艺人，还是文人，总归绝非高中应届毕业之辈。如关汉卿、汤显祖、孔尚任等先贤，具有卓越的文学素养和才华，深刻的人生洞察和感悟，再加上圆熟的戏曲表现手法，才能写出传世之作。作为一代大师，说到底，他们才是有学有术的戏曲编剧人才。

联系到现实，戏曲文学系建系以来，举办过编剧进修班、青年作家培训班、戏曲剧本写作研讨班等多种短期的、成人的、非学历教育的编剧人才培训。这些学员与高中毕业生相比，起点高、基础好，教学上时间短、见效快，何乐而不为。

因此，在培养戏曲编剧人才上，应是长线与短线，学历教育与专业培训，常规教育与成人教育，多种方式多种渠道相容并举。本人的主张是“不拘一格”。

（2004年2月10日于京华仰酸斋）

寻求戏曲教育的进步与发展

——史若虚教育思想及其实践

中国戏曲学院首任院长史若虚，是当代中国艺术教育史上有重大影响的教育家。他自1949年投身于戏曲教育事业，主持创办了我国第一所社会主义的新型戏曲学校，在建立新的戏曲艺术教育体制和教学体系等开创性的工作中，进行了大胆的开拓和富有成效的探索，不断地寻求并推动戏曲艺术教育的进步和发展。

一、破除旧章法，坚持正规化

旧戏曲教育是残缺不全的“教育”，是充斥着陈规陋习的“教育”，著名戏剧家焦菊隐在1940年就曾著文指出：“现在全国旧剧学校极少，既或有，也都在试验中、摸索途径中，办法也尚不能供我们仿行。而各地科班的组织又全是旧有程法的因袭，正是我们要改革的对象，其中自然有可采取的地方，但大部分是需要废除的。”[①]“旧时的科班之训练法、教导法及一切习惯生活方式既有上述各种弱点，我们就不能不急于寻求另一种合理的方法，从速去矫正它。”[②]最难者是旧剧教育制度并无参考之处，所以必须就事实上的

①《焦菊隐文集》编辑委员会:《焦菊隐文集》(第二卷)，文化艺术出版社1988年版，第22页。

②同①，第40页。

需要试验不同的新方法，且每一微细的小节都得去试验。

1949年北平解放，史若虚接管隶属于国民党青年军二〇八师的四维戏剧学校，并奉命创建一所新型的戏曲学校。横在面前有三难：其一，所谓的四维“剧校”，是个旧军队+旧科班的烂摊子，只有“从速去矫正它”，绝难成为新建校的基础；其二，“旧剧教育制度并无参考之处”，难寻借鉴；其三，戏曲教育领域旧有章法、习惯势力根深蒂固，难于触动。史若虚明确认为：戏曲学校首先应当是一所纯正意义上的“学校”，戏曲艺术教育的个性和特点要依靠教育科学来张扬而决不应该是排斥民主与科学的特殊对立物。在新建的戏曲实验学校（即中国戏曲学校，后发展为中国戏曲学院），他首先倡导建立了招生考试制、班级教学制、全面课程制和教学民主制。

旧日的科班和戏校，学生多是艺人子弟和贫苦儿童，就入学而言是随时吸纳，来者不拒，从来没有招生考试之说。即或考试，也有难点。焦菊隐感叹：“投考学生常识及格，演剧条件不一定及格；演剧条件具备，则常识不一定充足，甚且目不识丁，其间的调剂至为不易。”[①]新建的招生考试制，在对投考学生规定年龄及相应文化程度的前提下，以一般文化知识为基础，以专业条件为重点，察其自然禀赋，测其艺术素质，考其文化常识，全面平衡，择优录取，科学、合理地解决了“至为不易”的调剂问题，使戏曲学校的招生选材有了依据、有了标准。

旧日科班、戏校的学生，大都以分科排字构成序列（如富连成科班依次为喜、连、富、盛、世、元、韵等七科，中华戏校为德、和、金、玉、永等五科），但同在一科的学生入科学艺有早有晚，年龄和艺能存在差距，心理发育及性格成长参差不齐。新建的班级教学制，在一个班里，使同时入学而年龄相近的学生，有个大致相同的文化水平，有个统一的培养计划、同一规格下大致相同的学习

---

①《焦菊隐文集》编辑委员会：《焦菊隐文集》（第二卷），文化艺术出版社1988年版，第26页。

内容，形成一个共同学习、演出、生活、娱乐……相对独立的集体，从而便于全面教育和科学管理。

在旧日，科班只是单一传授专业技术，个别戏校略有文化课，而在课程、课时安排上非常随意。有识之士焦菊隐曾提出：对于一个学生，“专门训练他的技巧，则他的普通课程便无法学习；顾到他的普通课程呢，他的演技一定训练不好”。[①]由此呼吁：“在这不能兼顾的困难事实中，我们必须寻得一个兼顾的途径。”[②]新建的全面课程制，抵制了当时一些对设置文化课所持的怀疑和反对态度，使坚持设置的政治文化课、专业理论课和专业技能课，按比例、有计划、合规格、有条理地进行，真正“寻得一个兼顾的途径”。这些（课程）对于端正学生的创作思想，开阔艺术视野，提高艺术思想，增强辨别精、粗、美、恶的能力，树立健康优美的舞台风格，都是必不可少的。“事实证明：学习文化课非但没有耽误专业课，恰恰相反，学生有了文化知识对专业学习起了积极的促进作用。”[③]

长期以来，学戏要打，名为“打戏”，打骂责罚成为不容置疑的戏曲教育方式。新戏校态度鲜明地提出“废除打骂、实行民主、尊师爱生、团结进步”的变革要求，建立了教学民主制。史若虚日后总结回忆说：“废除打骂、实行民主，这在戏曲教育史上是一件破天荒的大事，实行起来可不是那么容易……然而，我们还是坚持了循循善诱、启发帮助、因势利导的做法，充分地发挥了政治思想工作的威力，教育学生树立正确的人生观，为了掌握为人民服务的本领而勤学苦练。”[④]

新中国第一所社会主义戏曲学校的建设，是从“零”开始的。

---

①《焦菊隐文集》编辑委员会：《焦菊隐文集》（第二卷），文化艺术出版社1988年版，第25页。

②同①，第26页。

③史若虚：《三十年戏曲教育工作散忆》，载《戏曲艺术》1980年第3期，第6页。

④同③，第5页。

新中国的戏曲教育，正是以上述四项制度的创立为标志，破除了旧章法，走上了正规化。

二、“史氏体系”的建树

史若虚认为，戏曲人才——无论表演、导演、音乐、舞美，他们的技能与才华无一不是要落到“戏”上，通过“戏”来发挥来展示；然而，戏曲人才的技能、才华状况如何？水平怎样？也要通过“戏”来检验、来促进；唯有通过精彩的戏，方可见到富有才华的人（人才）；也唯有高质量的人（人才），才能排出而见到高质量的戏。见戏见人，相辅相成，“见人”是最核心、最重要的目的和要求。

基于“见戏见人”的理念，在教学上就要倡导学“戏”、排“戏”，实施“成品教学”。史若虚指出，我国的戏曲艺术是一种综合艺术，综合的艺术就必须综合地接受、综合地学习、综合地继承。任何一个时代的精湛的表演艺术和优秀的剧本，都是通过成品、通过表演艺术传下来的。提倡成品教学，就是以学戏带动全面的基本训练。[①]

在史若虚看来，“‘因材施教’是我们学院最基本的一条教育原则，是专业教学中的一个核心的问题”。[②]他进一步阐述道：“‘因材施教’要求根据教育对象的实际情况采取相应的教育措施……学生从入校到毕业，始终处于发展变化之中，如嗓子好的变得不好，接受能力慢的变为快，适合于‘文’的变为适合于‘武’……反之亦然。这就需要以‘因材施教’来协调这个变化，不断调整原来的教学安排，制定新的措施以适应新的情况。”[③]他十分清醒地意识到，

---

①史若虚：《三十年戏曲教育工作散忆》，载《戏曲艺术》1980年第3期，第7—8页。
②同①，第10页。
③史若虚：《对于戏曲教育规律的几点探索》，载《戏曲艺术》1979年第1期，第27页。

最敏感的就是所谓“拔尖子”的问题。他毅然决然地要求：“对于一些突出的学生，应当加以精心培育。对于他们，应当有重点地配备教师，安排重点剧目，尤其要给他们提供比较多的舞台实践机会。一句话，要适当地给他们吃‘偏饭’。”[①]他提醒大家，因材施教的基础是普遍培养，即因每人之才来施教；没有普遍培养，就不可能做到因材施教。点、面关系的处理，一定要统筹兼顾、适当安排。这个问题如果搞不好的话，在学生思想中，在教学中，就会带来很大的后遗症。[②]在相当长的一段历史时期，“史氏体系”构成了中国戏曲学校——中国戏曲学院的专业教学体系。一个“成品教学”，使学生有了真才实学；一个“因材施教”，使学生都能依据自己的素质条件，扬长避短，增长才干。“国戏”成才率高，“尖子”众多，成为社会公认的事实。

同样，在相当长的一段历史时期，由于盲目学习斯坦尼斯拉夫斯基教学体系，形成了主张“元素教学”而反对“成品教学”的风气。可以说，史若虚的理念、教学方式和教育原则是在实践中形成的，同时在不断的批判中愈加显露出它颠扑不破的合理性和成效性。

三、引进“新因素”，实行“半导体”

社会在进步，艺术在发展，史若虚也在不断地推动戏曲教育的推陈出新。早在二十世纪五十年代初，他就把芭蕾舞训练引进了京剧表演专业课堂。六十年代以来，随着现代化题材剧目的发展，戏曲表演程式的突破和变革，他又为表演专业增设了民间舞蹈课程。在他的策划组织下，教师们编排了《碧波潭》《四川白毛女》等历史、现代

①史若虚：《对于戏曲教育规律的几点探索》，载《戏曲艺术》1979年第1期，第28页。

②史若虚：《三十年戏曲教育工作散忆》，载《戏曲艺术》1980年第3期，第10页。

题材剧目，以及《中山狼》《娃娃店》等一批儿童剧，借以补充和更新教学剧目。他非常重视把社会上成功的创新作品和创新经验及时地纳入教学。他明确主张，教学就是要不断引进“新因素”。

史若虚极力倡导建立独具“学院派”特色的、健美的、有魅力的舞台艺术风格，这一风格，其内容内涵是：严谨的技术规格，昂扬的艺术气质，光彩的角色风貌，生动的人物塑造。这一风格，为全校师生所珍视，共同追求、共同培植、共同维护。这一风格，成了“国戏”毕业生的共同标志。崭新舞台风格的建立，也成为培育新时代新人才的新因子。

旧式戏曲教学，讲究“口传心授”，以模仿为主。大学体制建立后，史若虚提出：戏还是要教，但要废止注入式，运用启发式，实行“半导体”，即半教，半导（导演），一招一式地教，一点一滴地导。“教”技巧，“导”创造。于是，剧目教学就从技巧传授走上了能力培养，特别是创造能力培养的新台阶。

中国戏剧家协会副主席刘厚生先生对史若虚有如下评说：“他具有高度的事业心，为了多出人才，出好人才，数十年如一日地勤奋工作；……公而忘私，以校为家，……经常下课堂、到剧场，了解教师的教学情况和学生的进步成长，几乎熟悉每一个学生。……他尊重传统，倡导革新，支持创造，爱护人才，更善于在师生干部中发现人才，识别人才，从而因材施教，量才使用，做到人尽其才。学校的历届学生无不受过他的教益，他的学生遍四方，桃李满天下。”[①]这正是历史对史若虚做出的准确评价。

（于京华仰酸斋）

①刘厚生：《刘厚生同志在史若虚同志追悼会上致的悼词》，载《戏曲艺术》1983年第4期，第5页。

史若虚戏曲教育思想概要

史若虚先生长期从事戏曲教育领导工作，以科学精神艰辛探索，把新中国戏曲教育建设成为一门学问，影响深远，并为后世留下一份遗产。

论及史若虚戏曲教育思想，笔者梳理归纳为二十个课题。

第一，坚持“成品教学”，反对效法西方模式——拆解唱念做打综合体（剧目）的零件教学。

文艺界曾有一股强势，以“推陈出新”之名，主张戏校摒弃“教戏”，代之以“先元素、后合成”的全西化教学模式。史若虚给予坚决反对，强力支持“技不离戏，戏不离技”，有情节有人物的完整成品（剧目）教学，明确维护有实效、有特色的戏曲教育传统方式。

第二，安排教学剧目，“两条腿”走路。

教学剧目要准确评估训练价值和演出价值，以训练价值为主，以演出价值为辅，一主一辅、两者兼顾，即“两条腿走路”；既有训练价值又有演出价值的剧目优先安排，这是指传统剧目而言。新编剧目进课堂，必须经过前期舞台成功实践，使教学效果、教学目的有所保障，不能拿学生“做实验”。

第三，设立“校戏”，完善培养规格。

所谓“校戏”，不是学校代表作，不是政绩工程，而是“校定”“校行”的各个行当必修剧目。以旦角为例，武旦须学有唱有念的《三击掌》，文旦须学有舞有打的《扈家庄》，以使“武行能张嘴、文行能动胳膊腿”，由此完善培养规格，避免偏颇。

第四，提倡半教半导“半导体”，克服单纯模仿“磕模子”。

“导”，即导演之导。戏曲传统教学特别是剧目教学，一般凭借教师示范与学生模仿来完成技术技巧、表演方法的传授，这就很难避免完全“注入式”与单纯模仿结合产生的“磕模子”造偶人。提倡“半导体”，就是要发挥表演教师半是教员、半是导演的职能，一方面循规蹈矩地教，另一方面循循善诱地导，以开导、诱导、疏导的“启发式”使学生走心、动脑、开窍。

第五，建立排戏课。

在剧目课（学戏课）之外单独设立排戏课，承担小戏合成（避免冲击分角色小组教学）、大戏群体排练、与乐队磨合，特别是有利于实施与剧目课（学戏课）相区别的导演制的剧目排练。重在培养学生的全局意识、“一棵菜精神”、对剧目的总体把握，并加强舞台创造的认知。

第六，引进新因素。

把非戏曲传统表演手段的民族舞、民间舞等新因素（元素）引进课堂，以适应发展新程式、搬演现代戏。

第七，课程精简，不能减精。

随着时代发展，学制要缩短，课程要精简，势在必行（戏曲表演专业中专学制由最初的八年，改为七年，再改为六年）。在落实中，要保持清醒，明辨粗精，绝不可以盲目“一刀切”，必须保留住课程的精华和命脉。

第八，充分利用演出机能。

演出实践，是培养表演人才的重要手段和途径，同时也是检验并展示教学成果的绝好机会。校内实习，人人均等；对外公演，择优登台，通过选剧场、派戏码、定次序等诸般环节有机结合培养

“科里红”。

第九，树立健美的舞台艺术风格。

舞台艺术风格，反映着表演者（个体或群体）的艺术态度、艺术趣味和精神风貌。培养新时代的新演员，必须着力引导他们树立良好的艺术思想和艺术品位、健康的生活追求和生活作风，使优美艺术与时代精神在舞台上完美结合，扫除一切庸俗、粗俗、媚俗的表现，营造出一派大气、清新、明朗、艳丽的艺术气象。

第十，立足校园，关注舞台。

培养戏曲人才，意在担当传承与发展的使命。培养工作背靠历史而面向未来，必须关注当下——关注当下的舞台。当下的舞台正是历史与未来的连接点、发展的风向标、戏曲变革新成果的展示平台。

第十一，对教师“知人善任”，面向学生“因材择师”。

“知人”，即清楚知道教师水平、擅长、短板、特点特色及所适应的任课年级（适宜“打基础”，或适宜“画龙点睛”），有针对性地妥善任用。从学生方面讲，是要根据学生的培养需求（或“打基础”或“强化技能”，或“扬长”或“补短”）选择教师，即是说，根据学生（状况）选老师，而不能任由老师挑学生。

第十二，实行“转益多师”，不搞“一包到底”，避免“克隆”。

在专业上，教师有所专而学生待拓宽，教师有所短而学生要避免。如果师生教学之间一包到底，其负面影响是必然的，“克隆”的后果是极其不利的，实行“转益多师”是必定的选择。

第十三，流派风格兼容并包，纳入教学审慎筛选。

各家流派、各种风格都是艺术家的非凡创造、百炼结晶，本应无一例外地得到敬重和包容。然而，任何一个流派无不具有艺术风格独特性及技术规格变易性，这便与培养学生所要求的艺术风格普通化、技术规格周正型有所抵牾。如果纳入教学则安排于中高年级，更要根据学生条件适宜与否审慎筛选。

第十四，实施段落式计划教学与剧目教学双轨制。

把学制年限的全过程分为初级、中级、高级三个教学阶段，每阶段订有具体的培养目标和课程安排，每学期仔细分析学生才能的发展变化，根据变化的实际情形做出及时、妥当、具体、可行的调整。“三段制”使学生专业上的由浅入深、由低到高成为可控、可育的计划操作，学生生理心理上由少年到青年的发展也得到稳妥过渡。学期计划更使“因材施教”的原则，落实为最具体、最细微、最切合实际的目标与措施。

剧目教学是专业教学的核心课程，涉及学生的“归行、归工、归路”，关系学生艺术才能的成长与否。在同一时期安排两位教师，教授两种类型剧目或两种教学内容，实行一主一辅双轨制，合理解决主演角色与配演角色、一专与兼能、扬长与补短等问题。剧目教学双轨制，同样是因材施教的得力措施。

第十五，培养学生“扬长补短”。

史氏认为“扬长避短，越避越短”，培养人才要“扬长补短”。“补短”，要清醒把握“短”在哪里，如何弥补，要合理安排，适可而止，要防止劳而无功、过犹不及，学生的时间与精力浪费不得！

第十六，学生培养工作要“提上头、带下头”。

学习戏曲表演的学生，或因天赋所别，或因悟性不同，在专业进度与才能水平上自然形成先进与后进、“上头”与“下头”的差异。培养工作（包括各种措施、各项计划）须要“提上头、带下头”、“拔尖子”、树标杆。培养出类拔萃人才，是戏曲教育无可回避的使命。

第十七，坚持因材施教，反对平均主义。

因材施教，是从选材、辨材到育才的一整套细致工作。因材施教的基础是普遍培养，而“施教”则要各因其材，由此形成的矛盾突出反映在教育资源（如专家任教、“开小灶”、演出机会）分配和占有上。争要“机会均等”，抵制选拔尖子，阻碍因材施教，有可能造成国家资源被浪费，优秀人才被埋没，戏曲教育事业遭受损失。平均主义要坚决反对，要以耐心细致的思想教育化解之。

第十八，维护戏曲特色，反对“武行主义”。

“武行主义”的特征及危害在于群体淹没个体，竞技代替演戏，武戏挤对文戏，以“群武行”排斥“角儿”的艺术。归根结底，抹杀戏曲特色，违背戏曲教育的任务和规律，属于必须纠正之列。

第十九，德育与智育相结合。

有自觉和道德自律，端正学习目的，树立良好学风，增强集体荣誉感，力争成为德艺双馨的戏曲人才。同时做到德育与智育相结合，深入专业领域，做好“活的”思想政治教育，引导学生解除业务上的苦恼纠结，放下包袱，立志成才。

第二十，调查研究“三深入”“三了解”。

深入师生、深入课堂、深入生活，了解动态、了解思想、了解诉求，及时掌握现实中最准确的信息，及时解决工作中最实际的问题。

总括来讲，构成史若虚戏曲教育思想，有三个精神内核。

其一，把握规律。

史若虚戏曲教育思想，形成于戏曲教育而运用于戏曲教育，通体显示戏曲教育独有特色。“因材施教”本是各类教育的普遍原则，在这里化作了“选材、辨材、育才”，“归行、归工、归路”，“出人出戏”等一项项切实、具体、可行、可验的行动细则。戏曲艺术是集体艺术，戏曲人才培养拥有“单兵教练”的特性。在这里，“单兵教练”巧妙融入群体性学校教育，更把选拔培养优质人才（“拔尖子”）视为“因材施教”的题内应有之义而摆在重要位置。特色反映规律，规律派生特色，史若虚戏曲教育思想特色之源，正是对于戏曲教育规律的准确把握。

其二，以生为本。

从“因材施教”到“扬长补短”，从“因材择师”到“转益多师”，从“出人出戏”到德育与智育相结合，一切措施、一切考量无不以学生为主体，以学生为根本。在一切关系哪怕是利害关系中，学生利益——“有利于人才培养”是维护的重点。史若虚戏曲教育思想可以概括为一个词语：“学生优先。”

其三，辩证思维。

戏曲教育面对一对对关系、一个个矛盾体，诸如师与生、教与学、教与导、主体与客体、主动与被动、天赋与培养、素质与能力、继往与开来、传统与时代，以及学生的先进与后进、点与面等，史若虚戏曲教育思想都有清晰的认识和妥善的调处，贯穿辩证思维的强大智慧。

纵观史若虚戏曲教育思想，涉及戏曲教育基本规律、基本原理及戏曲教育实际工作的方方面面。它诞生于戏曲的中专教育（或可称为职业教育），但对于高等戏曲教育或其他艺术教育不无启迪和借鉴。

（本文原载于《戏曲艺术》2018年第4期）

论剧目教学

戏曲专业教育中的剧目教学，历来被认为是表演教学的核心，培养演员的主要方式，而教学剧目的选择和安排妥当与否，直接影响着人才培养的效率与效果、规格与质量，关系到学生能否成才。目前，在戏曲表演仍以剧目教学为主的情况下，研究剧目教学的规律性和教学剧目的选择、安排的科学性，具有理论上和实践上的意义。同时，根据“两分法”和时代发展的要求，对于剧目教学的不足，值得注意的问题及其可能产生的变化，进行一些探索也是很有必要的。

一、剧目教学的本质和职能

何谓“剧目教学”？它是以有情节、有人物、有特定的表演、有服从着人物表演的艺术技巧可供直接上演的舞台剧目为教学内容，把知识传授、技术训练同具体人物塑造紧密结合、融为一体的教学活动。其基本点，也是最主要的特点在于教师所教、学生所学的是“戏”，通过“戏”来进行知识和技术的教学，而在知识和技术的教学中，从始至终贯穿着“戏”（具体人物表演）的具体要求。因此，在戏曲表演专业教学方案、教学大纲及课程表上，名为“学戏课”。戏——剧目，乃是“成品”，已非未经组装的技术“零件”

或单项的表演“元素”，所以剧目教学往往又称“成品教学”。

这种以学戏为核心的剧目教学，是我国民族的戏曲教学特有的方式。一般认为，戏曲表演行当分工之细，流派区别之大，技术运用及表演处理之不同，乃至丰富的技巧、多样的表现手段，无不寓于一个个具体的剧目之中；某些专门化的表演（如孙悟空、关羽、娄阿鼠、钟馗等），某些特技（如《火烧裴元庆》中的舞锤、《打红台》中的藏刀、《挂画》中的登椅等），更同剧目中的具体角色融为一体；只有通过学戏，才能使学生掌握本行本工所必备的技术技巧。也就是说，根据戏曲表演技术的特殊性，剧目教学有其适应性和必要性。这种分析见解有一定的道理。但是，进一步研究证明，作为一种教学方式，一种教学活动的剧目教学，在教育科学上则更具有合理性和积极意义。这表现在：它把“学以致用”作为自己的出发点、贯穿线和最终目的，大大强化“技”与“戏”的结合，充分体现学习知识技术与运用知识技术的一致性。

教育与教学从来不是无目的的、盲目性的活动，学习知识技术的目的在于运用。因此，任何一种讲实效的教学活动，大都注意有的放矢，联系实际，力求处理好学与用、知与行的关系。然而，其措施是否有利，方法是否科学，却又决定着教学目的能否达到，能否培养出学用一致的人才。通过教学来培养戏曲表演人才，这“表演”是同知识、技术的舞台应用密不可分的。须知，戏曲表演艺术不是单项竞技活动，它的“技”是为“戏”服务的。戏曲谚云“技不离戏”，其本意在于反对离开剧情和人物的单纯卖弄技术，恰好说明了“技”是寄于“戏”而用于“戏”的，“技”一旦离开“戏”，便失去了真正的作用和价值。显然，要使学与用结合，就必须在教学过程中使技与戏结合。实行剧目教学，运用学戏的方法，不仅解决了并且大大强化了技与戏、学与用的结合，并且会带来一系列积极的成果。

首先，它牢固地树立了“戏”的观念，使学生意识到知识技术是为表现人物服务的，始终坚持学用结合的自觉性。

其次，它使学生学的是“有的放矢”，能够直接运用的知识和技术，从而可以发展学生的表现力和创造力。

最后，由于剧目的存在，具有实习演出的可能性，为学生提供了“学而时习之”的实践机会，使他们的学习收获在实践中得到检验、巩固和发展，并且进一步激发学习的兴趣和动力。还应指出，“学以致用”“学而时习之”是中国教学思想的优良传统。戏曲的剧目教学，正是这一优良传统的体现。即便按现代的眼光来考察，它也不失为一种合理的、行之有效的教学方式。

根据以上分析，戏曲剧目教学的本质（即质的规定性）和职能，似可这样认识：

剧目教学是专业教学，当然以传授专业知识、训练专业技能为主要任务。但是，由于有人物、有情节、有主题的剧目成为教学的核心内容，因此具有一定的思想性，只要教学剧目选择得当，较之一般知识技术教学更能发挥教育的功能。

戏曲表演艺术，技术繁难，手段丰富，综合性强，并且要把各种技术与表演手段综合地运用于剧目——人物塑造之中。剧目教学以剧目为教材，以具体人物表演为蓝本，在知识传授、技术训练中体现着综合运用的规律性，讲求技术运用的具体化，突出课堂教学与舞台实践的结合。较之一般知识技术教学，它更具有直接应用性，也就更富于实践性。

剧目教学实行教材内容“成品化”，使学生接触剧作，学习具体人物表演和塑造人物的技法。它比一般知识技术教学，更能向学生提供生活与舞台的经验、文学与历史的知识，从而更能增强学生艺术修养、文化修养和认识生活的能力。

总括来看，剧目教学是以传授专业知识、训练专业技能为基本任务，以塑造角色为核心，以教学与实践紧密结合为主要特征，同时具有思想文化熏陶作用的专业教育。在现代戏曲教育中，其职能是在专业领域对学生进行知识与技术、掌握技术运用规律与塑造人物，以及艺术修养、文化修养与思想修养的综合教育，使之成为适应社会要求，发展中国戏曲艺术所需要的人才。

二、剧目教学的规律性

剧目教学这一概念，用来指两种事物而具有两种含义：一是指“成品教学”这样一种特定的教学方式；一是指“教戏”这个具体的教学活动。我们这里研究的不是后者而是前者——戏曲专业教育中实行剧目教学的规律性。

像一切事物一样，剧目教学有其固有的客观规律。它是教学，当然与一般教学有着共性和共同规律，但它在运用“剧目”这一点上，却又有着很强的个性和特殊规律。唯物辩证法告诉我们，要对任何一种事物进行科学的研究，就必须注意把握它的特殊的矛盾运动规律。剧目教学的特殊规律，大致可以从以下几个方面来把握。

第一，思想内容与教育目的统一规律。

在剧目教学中，剧目的思想内容（包括剧目所反映的政治倾向、思想意识、生活态度乃至艺术趣味等），对学生具有潜移默化的作用。思想内容健康有益的剧目，将给学生有益的影响，有利于他们形成正确的人生观、健康的艺术观、高尚的道德情操和作风。反之，思想内容腐朽有害的剧目，将给予学生消极的影响，如果影响严重，有可能诱发学生走向歧途。很明显，教学中有剧目就有剧目的思想内容及其影响，这种影响无论是积极的还是消极的，都将作用于学生思想乃至心理、体魄的养成和变化。

我们社会主义的戏曲教育，在于培养德智体美劳全面发展，有理想、有道德、有文化、有纪律的戏曲艺术人才，这一教育方针和培养目标，对戏曲教育领域中一切教学活动，具有明确的规定性和严格的制约性。剧目教学必须遵循教育方针，积极地、自觉地把有利于实现教育目的的剧目纳入教学，坚决排除有害内容和丑恶的表演。某些虽非有害但与学生身心成长有抵触、有矛盾的情节表演，要根据影响大小，能否消除而决定取舍（如“卿卿我我”的爱情戏，便不宜教给小学生）。因此，面对一般社会剧目，特别是大量的传统戏，一定要从教育着眼，取精华、去糟粕，慎重筛选。某些情节内容不甚妥当，但在技术训练上极为需要而又无法代替的剧目，必须十分注意消除其不利影响，把这种不利影响控制到最低点。这样做，正是按客观规律办事，增强剧目教学的思想性，更大地发挥它在教育上的积极作用。

第二，“训练价值”规律。

大量的社会剧目，是为了供人们欣赏而编演的。一个剧目能否在舞台上立住，能否继续流行，主要取决于它是否适应时代的、群众的欣赏要求。适应的，即有演出价值；不适应的，便没有或不再具有演出价值。

剧目教学，完全是为了实现教学目的而采用的。一个剧目是否能纳入教学，能否在教学中继续存在，主要取决于它是否适应专业训练的需要，它所包容的技术技巧、人物表演有无训练价值。

显然，表演教学与剧团演出都需要剧目，但前者遵循着“训练价值”规律，主要作用于培养人才；后者遵循着“演出价值”规律，主要作用于娱悦观众。

“训练价值”规律包含着哪些内容？它向剧目教学提出哪些要求呢？其一，依据专业训练的需要和剧目的适应性选择教学剧目。其二，要准确地分析所选剧目技术难度的高低，训练价值的大小，并遵循从易到难，由浅入深，循序渐进的教学原则，把众多的、一个个独立存在的剧目，编排为科学合理的教学剧目序列，使剧目中之技术与人物表演的难度与教学进程要求一致。其三，随着时代和艺术的发展，不断吸收采用体现新技术新水平的剧目，代替那些相形见绌而不再具有训练价值的剧目。其四，某些内容欠佳或表现形式“老化”（相对而言），已经失去演出价值而依然有训练价值的剧目，在教学中予以保留，可“教而不演”，发挥其训练作用。

在教学剧目上，重训练价值并非盲目排斥其演出价值。如果大多数剧目不具演出性，也就丧失了剧目教学的优越性。在明确“训练第一”的前提下，应当更多选择既有训练价值又有演出价值的剧目，以利于学生的舞台实践。某些训练价值不大而剧场演出很受欢迎的剧日，因其可以提供较多的表演机会，使学生增长舞台经验，或用于搭配其他剧目的上演，从而使更多的剧目得以演出、更多的学生得以登台，故此也可以适当地选用，安排在适当的年级、适当的教学阶段。选择安排这类剧目，关键在于确立正确的目的，切不可盲目追求“票房价值”和表面的剧场效果。其数量也不能多，以免冲击教学与训练需求，防止造成学生的华而不实。

总之，依据“训练价值”规律选择教学剧目和组织剧目教学，必须以服从教学、适应教学为准则，以训练技能、培养人才为首要目的，着眼于长远效益，重在打基础，使学生掌握真才实学。违背“训练价值”规律，剧目选择失当或只求一时演出效果，搞花架子，是很难培养出合格人才的。

第三，技术处理与教学要求相适应规律。

在戏曲舞台上，一个剧种内的同一剧目，往往有多种处理、多种演法，形成多种“版本”。同是一个戏，技术上有所增益或有所删减，技术上从难或从易，可以导致规格、档次的变化。不同的“版本”，体现了表演个性强弱不同，技术内容繁简不同，技巧特质难易不同，艺术水平高低不同。这说明，剧目本身虽然具有相对稳定性，而技术技巧的容量和质量又有一定的可变性。这种情形带到教学中来，某一剧目由于采取不同的“版本”或进行不同的处理，从教学要求到教学效果必有差异。例如，一出《盗仙草》，强化“出手”，简化“出手”或完全不要“出手”，其规格要求和教学成果当然不同。剧目中技术技巧容量和质量的可变性，给专业规格要求带来了灵活性，即不同的技术处理，具有不同的规格要求。

但是，剧目教学是循序渐进的，从启蒙到毕业有不可逾越的阶段性，每一学年都有具体的、不容马虎的教学要求，它制约着剧目的选择和剧目的技术处理。也就是说，某一教学剧目究竟选择哪种“版本”进行怎样的处理，必须根据教学的要求而定，决不可以让教学要求去适应“版本”。比如，京剧《战太平》，余叔岩的技术处理和表演具有相当的难度和深度，放在教学上，就比一般路子质量标准高、规格要求高。在高年级采用余的“版本”，教学难度与教学要求将成正比。假如放到低年级，学生无法适应承受，教学效果适得其反。同样，对某个剧目选用一种简本或取一种简化处理，偏偏放到高年级，必然不能达到阶段的教学要求。

剧目的技术处理与教学的要求相适应规律不能违背，却是完全可以而且应该充分运用的。这就是：根据教学要求灵活处理某些（不是一切）剧目，使剧目的技术容量、质量规格适应教学要求，并且保持高度协调。同样一出唱工戏《二进宫》，用作低年级基础教材，即采取最基本的唱腔，使学生掌握规范的唱法和简单的板式变化；用作高年级补充教材，则增强唱腔难度，提高学生的演唱技法。同样一出载歌载舞的《林冲夜奔》，用于低年级打基础，即突出其动作规范性，训练学生的“横平竖直”及动作的协调；用于中年级充实提高，则发挥其抒情性，使学生增强刻画人物内心世界的表演能力，并掌握舞蹈身段的韵律。以上两例说明，具有可变性的剧目，按其技术处理变化的状况，均可形成低、中、高三档规格，剧目教学可以根据教学的要求，通过对某一剧目的技术处理或“版本”选择，变更它的技术容量和质量，恰当地利用三档不同的规格，使它符合与低、中、高三个教学阶段对教材分量、程度的实际需求，极大地发挥剧目作为教材的功能。

技术容量，技巧难度的可变性，是某些剧目自身提供的。充分运用这一可变性，使剧目所体现的规格要求更准确、更恰当地用来对学生进行技术训练和能力培养，这是剧目教学的又一规律。

上述三个规律相互关联，制约着培养目标和培养规格。为实现社会主义的教育目的而讲求教学剧目的思想性；为培养具有真才实学的表演人才而讲求教学剧目的训练价值——技术性和艺术性；为完成专业教学要求而运用技术处理的灵活性，三者结合，相辅相成。违背哪一条，都不利于培养“合格的”人才。

三、教学剧目的合理安排

教学剧目的合理安排，即是应符合学生身心承受力与专业教学进程；符合学生专业特点与戏曲艺术规范；符合学生才能发展变化与实现培养目标。主要体现为以下三点：

一是程序化。教学方案规定了培养目标，专业课教学大纲规定了进度要求及每一阶段可供选择的教学剧目，在制订教学计划落实具体剧目时，应十分明确地朝向培养目标，充分考虑到学生目前与长远的发展，把选择安排的每一个剧目，都作为并且成为带动学生由“此”至“彼”的整个“链条”中的一个“环节”，从第一学期直至毕业，构成一个由低到高、由浅入深有机连接的剧目程序。经由这个程序，通过一个戏又一个戏的教学训练，使学生逐步提高不断前进，最终达到培养目标。

程序化的关键在于剧目教学的循序渐进。在安排教学剧目上如不“循序”而杂乱无章地叠床架屋或者是颠来倒去，势必影响正常的教学进程，阻碍人才的成长。如果偏要把“渐进”变成“跃进”，把“先易后难”变成“先难后易”，剧目本身的技术强度和艺术高度超过学生的身心承受力、专业基础和接受能力，其愿望无论多么美好，结果都将适得其反。

合理构成教学剧目的纵向序列，是程序化的主要方面，但其中包含着横向联系。一个教学班有诸多行当的众多学生，安排教学剧目必须面向全体，统筹兼顾，注意横向协调，注意行与行、组与组之间的剧目平衡，各行各组所选剧目的分量要大体相等，尽力避免厚此薄彼或顾此失彼，按照全班（不是某一两个行当）教学剧目序列，使各个行当同步发展，推动班级整体前进。

二是规范化。戏曲艺术具有严谨的规格和规范，训练戏曲演员要重视“规格”，凡属纳入教学的剧目，都应符合艺术规范。戏曲演员的舞台表演与角色的创造，以生活为依据、以“行当”为基础。戏曲舞台艺术的规格与规范，主要是“行当”的技术规格和表演规范，不仅生旦净丑不一，各种“专工”有别，不同的剧种更表现为不同的形态和要求。当戏曲表演和教学上尚不能离开行当的时候，按行选戏（教学剧目）并且讲求艺术规范是必要的。尤其要突出一个“准”字，“行当—剧目—规格”三者吻合准确无误。这绝不意味着排斥吸收与借鉴、突破与发展。最忌学者所学剧目东鳞西爪，杂拌拼凑，因规格与规范不严导致学生艺术上的不伦不类。

三是个别化。学生们的专业素质和艺术才能各有不同，无不具有自身的个性特点、长处和短处。他们的智力与能力在不断发展、变化，又总是不平衡的，似乎每个人都有自己的成长速度和成长方式，突破本有的差异，又产生新的差异，始终存在着千差万别和“千姿百态”。因此，安排教学剧目要紧密结合实际，着眼于学生的个性特点而有的放矢，决不可“一刀切”，套用一个模子，并且还要根据已经变化的状况，不失时机地进行调整和修正。

实施教学剧目个别化，不仅要针对具体学生的具体情况，更要使具体的学生、具体的剧目、具体的教学目的三者结合。正所谓“一把钥匙开一把锁”，某个学生安排某一剧目，是为扬其所长，还是补其所短？是为增强技能，还是仅为丰富剧目？是为巩固已有成绩，还是向前推进？是“主攻”方向，还是辅助措施？安排“这一个”剧目，能否达到“这一个”目的？都必须是明确的、自觉的、妥善的，从而也是有效的。教学剧目的个别化，为因材施教提供了先决条件和基础。但是，正确的措施来自正确的判断，对于学生的个性特点，先要有个准确的分析，才能有教学剧目“非一般化”的合理安排。

四、教学剧目与剧目教学的范畴

安排教学剧目和进行剧目教学，要注意其中的若干范畴，用辩证法来处理若干矛盾关系。

必修剧目与选修剧目。造就某行演员，实现某种培养规格所必需的剧目为必修剧目，适当补充的或依据教师流派、专长而特殊列入的备用剧目系选修剧目。两者仅仅是提供一个范畴。选修剧目在与教师学生专业特点对口、确能解决训练问题时，就有可能成为必修。

基础戏与高档戏。前者用于基础训练，后者用于提高和深造。同一剧目用之于不同学生，有可能因学生才华不同其功效不同。准确评估剧目的高低档次，在安排使用上既严格地区分阶段性，又因人制宜地掌握灵活性，是十分必要的。

主角戏与配角戏。两者之间，具有不同的规格和质量。要贯彻普遍培养的方针，必须使每个学生都能学会一定数量的主角戏。要承认学生才能的差异，实行因材施教，在学生学习掌握主、配角剧目上，又有一定的区别。关键是依据学生的才能状况搞好比例关系。

数量与质量。没有一定的数量便没有一定的质量。因为一定数量的剧目中，包含着众多的表演技能、众多的人物形象，没有这个数量，定造成学生艺术手段贫乏，艺术道路狭窄。然而，数量并不完全等于质量。如果教学剧目尽是“大路货”，学生学得再多也不能成才。所以，必须坚持质、量统一观，量中求质，使学生学得更多些、更好些。

综合训练与专项训练。综合训练是剧目教学的核心与命脉，但有时为了训练学生某种技能、某种功夫，利用一些剧目在唱念做打“四功”上所侧重的某一方面，或利用其中突出的长靠、甩发、矮子步等特技，作为专业化的教材，进行专项训练，由此构成的训练比较单一。在剧目安排与剧目教学中，应当从实际出发，注意训练综合性与单一性的有机结合。此外，“以戏带功”和“以功促戏”，也是值得重视的两个侧面。

五、剧目教学的不足与改进

剧目教学确有不可抹杀、不可代替的优长，但并非完美无缺天衣无缝，其不足之处表现为：

第一，“成品”教学，所学的皆是前人创造的成果，且偏于模仿，易于忽视指出创造途径，授以创造方法。

第二，“成品”教学，强调从头到尾，每招每式，一字一腔成套教学，致使剧目中大量基本动作、基本唱腔等基本技术一次又一次、一年又一年，毫无意义地重复训练。

第三，“成品”教学，局限于一个个剧目的具体化、技巧化，很难融入系统理论。

要寻求剧目教学的改进，一要加强创造训练，运用启发式、导演式教学法；二要技术训练与剧目教学适当分离，各有侧重，实行“成品”教学与“零件”教学相结合，使剧目教学成为有理论、讲技法、重角色、能实践、更完善的表演教学，由此而培养出更好的表演人才。

（本文原载于曹林主编：《戏曲教育改革与实践》，中国戏剧出版社2012年版）

附　录

贯紫林

紫林为大元、盛习之父，乃王八十的徒弟，武旦戏都很精彩，不过同时有朱文英、侯幼云诸人，所以他名不大显。他生于同治末年，最好的时间，是光绪二十年（1894）前后，他正是二十岁上下，最漂亮出风头的时候，不过不但有朱、侯诸人，压他一头，且彼时正是梆子班最盛时期，梆子班中，特重武旦，好的武旦较多，这于他更受影响，所以他名不甚大，然技术则确很好，虽不及朱文英，也差不了多少。

（本文原载于齐如山:《京剧之变迁》，辽宁教育出版社2008年版）

贯大元

大元乃名武旦贯紫林之子，生较晚，他大致是光绪二十二三年生人，然在宣统年间，已在喜连成班登台，可以算该班之台柱，恒与梅兰芳、小穆子三人，合演《二进宫》，彼时梅与他合演，还得算是高攀。他也是贾立川、姚增禄他们给开的蒙，所以一切都很规矩，惜倒嗓以后，没再常演。老生行以他为最末一人，因他生虽较晚，但清末已红。

（本文原载于齐如山：《京剧之变迁》，辽宁教育出版社2008年版）

贯盛吉

在京剧丑角里，贯盛吉的格调是比较高的。他的表演，自成一格，人称“贯派”。他的念白很特别，每一句话都是高起低收，好像一个孩子在被逼着去做他不情愿做的事情时的嘟囔。他是个“冷面小丑”，北京人所谓“绷着脸逗”。他并不存心逗人乐。他的“哏”是淡淡的，不是北京人所谓“胳肢人”，上海人所谓“硬滑稽”。他的笑料，在使人哄然一笑之后，还能想想，还能回味。有人问他：“你怎么这么逗呀？”他说：“我没有逗呀，我说的都是实话。”“说实话”是丑角艺术的不二法门。说实话而使人笑，才是一个真正的丑角。喜剧的灵魂，是生活，是真实。

不但在台上，在生活里，贯盛吉也是那么逗。临死了，还逗。

他死的时候，才四十岁，太可惜了。

他死于心脏病，病了很长时间。

家里人知道他的病不治了，已经为他准备了后事，买了“装裹”——即寿衣。他有一天叫家里人给他穿戴起来。都穿齐全了，说：“给我拿个镜子来。”

他照照镜子：“唔，就这德行呀！”

有一天，他让家里给他请一台和尚，在他的面前给他放一台焰口。

他跟朋友说：“活着，听焰口，有谁这么干过没有？没有。”

有一天，他很不好了，家里忙着，怕他今天过不去。他嗡声嗡气地说："你们别忙，今儿我不走。今儿外面下雨，我没有伞。"

一个人能够在病危的时候还保持生气盎然的幽默感，能够拿死来"开逗"，真是不容易。这是一个真正的丑角，一生一世都是丑角。

赞曰：

拿死开逗，滑稽之雄。

虽东方朔，无此优容。

（本文原载于汪曾祺：《汪曾祺说戏》，山东画报出版社2006年版）

贯涌 著

贯涌戏曲文存

下卷 剧作补遗

華文出版社
SINO-CULTURE PRESS

作者近照，年八十有七

目　录

贯涌剧作·序

我已年届八旬，笔耕几近六十春秋，收获大、小剧作五十余部，今结集存档以慰平生。

岁月飘忽，去日颇多，回望前尘，苦乐错杂。

儿时，姐姐手上一函《芥子园画谱》，厅堂壁上一幅吴昌硕画作，也曾引我萌生习画作画之童年梦幻。然而，既生于“梨园世家”，亦困于“梨园世家”，“秉承家学，唱戏为业”似天经地义。于是，六岁学戏，九岁入科班，十四岁因科班报散而投师搭班跑戏园子，成为一名童工式小艺人，处于“搭班如投胎”之无边恐惧中。斗胆私考文工团，欲借“南下”摆脱命运羁绊，岂料行前家访露馅，此番革命归于失败。未几，参加戏曲演员讲习班，听闻“编导”“创新”等论如醍醐灌顶，急忙忙寻得一篇小故事，兴冲冲编出一个新剧本，得到教师评价：勇气可嘉，力不从心。一沓废纸扔进茅厕，一粒种子——创新——却已栽入心田，渐次化为憧憬形成志向：由台前转至幕后，必以创新为专业。然变更专业谈何容易？入读中国戏曲学校后，两次申请转学而两番遭拒。当我惶惶终日不知所措之时，蒙教导主任曹慕髡先生极仁爱之理解，极开明之安排，得以跨行领受萧长华、姜妙香诸大师教诲，跟随李紫贵、刘木铎两名家见习受教，助我全面认识戏曲艺术精髓，打下甚为难得之戏曲舞台艺术基础。信乎，福有双至，否极泰来！嗣后，剧作家、教育家晏甬先生继任校长到校履职，我忐忑求教，先生悉心指点，一而再，再而三，竟至耳提面命三年不置，先生耐心教导助我完成系统编剧功课。谨记晏师叮嘱：编剧成才在于素养。遂捧起小说、戏剧、历史、哲学，古今中外各类大部头、小本本死啃恶补，若黄卷青灯、夜以继日。学兄怜念："何必自己摧残自己！"吾自默诵保尔名言："不以虚度年华而悔恨。"师妹调侃："梅花香自苦寒来。"自我解嘲曰："谁晓来日花香几许，吾嗜此时苦寒良多。"坦言之，跑图书馆、跑北大与当年跑戏园子之心境大相径庭，寒窗苦读竟有这般乐趣。感谢苍天眷顾！待毕业分配时，一纸通知写明："单位：留校；工作：编导、研究"，所谓"专业"终得实际确认，真想欢呼一声"天翻地覆慨而慷"！

创作生涯自兹始，是年公历1956年。

第一个十年。前半期"鼓干劲、争上游"，倾心竭力奉上一批编导作品。其时也，激情与"跃进"相伴，兴奋同文思共生。后半期奉调进入思想工作部门，进行半明半暗之曲线写作，宣教性业余性小节目应运而出。实非骋志得意，却足以遣兴练笔。

第二个十年。前半期拉进"牛棚"挨批被斗。后半期赶到部队农场。万种恐惧，万般无奈，决计告别笔墨，从此与写作绝缘。孰料被发往基层捉刀代笔，炮制两部"战士剧作"出炉。

第三个、第四个十年。"拨乱反正"，改革开放，职务提升，事务繁重。复转入半业余创作。曾为某地编导一剧，排练仅为一月而返京理事竟达五次之多，抱愧歉疚难以言表。由此主动收心，抑制技痒。身在学院，忝列教席，课授编剧。以一部自编《戏曲剧作法教程》尽述毕生心得，苦心教练雕虫篆刻。己所不济，望弟子济之。切切此心，天地明鉴。

最近二十年。退休之日即吾自由之时，一如老骥脱缰，奔驰千里。自此淡忘流年，疏远功利，纵笔消闲，伏案作乐。试看，辑入本集者大抵近作。况且，多为受邀结撰，量身定制，故针对性强，观照特色；品类多样，力脱窠臼；追随变革，尝试创新；易于搬演，尚获嘉许。正编撰不止，其乐无穷也。

剧集编讫，一句俗谚撞击心头，谓:“人无完人，金无足赤。”思之，再思之，沉思之。人生并非完美，剧能完善乎？吾不敢言！

贯　涌

2014年6月10日于京华仰酸斋

多媒体史诗京剧

大舜·公天下

本剧几点说明

一、本剧冠以史诗之名，意在展现凝重、恢宏的古史古诗意蕴，张扬上古伟人大舜的不朽精神。与此相适应，采取“合歌舞演故事”的样式，加重了“舞蹈化”的场面，这就需要加大舞蹈叙事功能，构成“歌舞剧”的艺术效果；此“舞蹈”是不大可能凭借若干程式身段或几组套路所能实现的。其中，民众所唱，非西皮二黄之板腔体，是似【水仙子】【寄生草】等唢呐牌子之群曲，重在抒发群情，渲染气氛。

二、本剧情节由相对独立的五个部分构成，故事篇幅和历史跨度较大，故适当吸收新式的结构方法，做无场次分段式的舞台呈现。这既可能成为一种探索，也有利于二度创作时的裁剪连缀。然而，若要“段而不断”，便有赖于音乐完成“连贯性”“整体性”之要务，这也是“歌舞剧”题内应有之义。

三、依据人物性格和整体搭配，剧中主要角色的行当有如下设想：

虞舜——沉稳、刚毅、大度，以正净（铜锤）应工，以唱工为主要表现手段，在神态做派上似可吸取红净红生（关羽）某些表演特色，用来体现威仪。剧中偶有活泼的、身段化的呈现，旨在多侧面刻画大舜精神，对于“铜锤”程式表演或许触发突破和探索。

女英——端庄、贤淑，能歌善舞，以花衫应工，发挥演员唱做兼擅功力。

伯益——忠厚、耿直，以正生（老生）应工，与虞舜有较重的对唱（近似传统戏《断密涧》《铡美案》），故应考量彼此调门与嗓音特色。

皋陶——守本分，略固执，做派老生。

老妪——老旦。只有一段唱，但是很重要，应为全剧增添彩色和亮色。

苗王——彪悍、朴实、爽朗，以武生扮演，做正面刻化。

东不识、秦不空、州牧——大约都是丑角。

其他角色适当搭配。

人物表

虞　舜　姓姚，名重华，有虞氏，史称虞舜。据说，公元前2317年生于东夷诸冯。据《史记》记载，在位三十九年，百岁去世，葬于湖南九嶷。

唐　尧　姓伊祁（从母姓），名放勋，陶唐氏，史称唐尧。据说，生于公元前2377年，在位七十年，九十岁禅让于舜，一百一十八岁去世。

娥　皇　唐尧长女，女英孪生姊，虞舜长妃。幼舜十四岁。

女　英　唐尧次女，娥皇孪生妹，虞舜次妃。幼舜十四岁。

义　均　虞舜长子，女英生。先封于山西虞城称虞均，后封于陕西商州称商均。幼舜三十四岁。

大　禹　姓姒，名文命。治水功臣，舜帝禅让继位。幼舜十四岁。

伯　益　嬴姓。虞舜故友，尧舜两代重臣。幼舜十岁。

皋　陶　姓偃，字庭坚。曾为东夷族首领，尧舜两代重臣，舜时掌管刑罚。

弃　姬姓，号后稷。尧舜两代重臣，掌管农业。

契　子姓。舜时重臣，分管教化。

夔　舜时重臣，分管典乐。

东不识　虞舜故友，社会贤达。

秦不空　虞舜故友，社会贤达。

州　牧　一州长官。

老　妪　帝都近郊庶民。

阿　夏　帝都近郊庶民。

胄子甲　贵胄之子。

胄子乙　　贵胄之子。

胄子丙　　贵胄之子。

苗　王　　三苗族长。

黎　酋　　九黎族长。

中原百姓若干。

三苗、九黎、瑶族百姓若干。

役卒、人犯若干。

第一章　任贤能

［古乐鸣奏，大气磅礴。

［影像投射：上古时期，中原大地，山川壮丽，草木葱茏。

［一位中年文士，翩翩登场，弹琴吟咏。

文　士（吟）

古国泱泱，古史煌煌，

尧天舜日，万古颂扬。

大舜开新宇，不惜为国殇，

缔造公天下，史诗展华章。

［文士隐没。

［影像投射：电闪雷鸣，江河激浪。

［景象转换：彤云密布，庙堂巍峨。

［字幕：尧都，明堂——顶层议事堂。

［明堂外，广场。

［四方百姓汇聚阶前，表达着恐惧与热望。群体歌舞。

百姓们（唱）哎——呀！

山崩地裂，

滔滔洪水从空泻，

桑田成沧海，

人畜成鱼鳖。

凄绝，惨烈，

满眼汪洋生灵灭，

天降这巨灾，
人造这浩劫。
感恩称谢，
大舜殛杀崇伯鲧，
渎职的严惩，
谋逆者处决！

[一束强光，尧帝出现在明堂阶上。

尧　帝　（唱）顺民心虞舜殛杀崇伯鲧，
深忧虑犯官处决患未绝。
存水患天下乱民瘼难解，
安天下治水患迫在眉睫。
立明堂开诚布公问四岳，
鉴前车选贤达何人补缺？

[无人应声，一片寂静。

尧　帝　（唱）无应答无声息何其静也？

[猛然传来虞舜发言："微臣保举！"声若洪钟，四维回响。

尧　帝　何人保举？

[虞舜内声："虞舜。"

尧　帝　保举何人？

[虞舜内声："文命。"

尧　帝　（颇觉耳生）何人？

[虞舜内声，清晰有力地："文命！"

[朝野议论，公众愕然。

众　人　文命不就是禹吗？禹乃崇伯鲧之子。大舜殛杀的崇伯鲧便是文命之父！对禹来讲，可有杀父之仇啊！（困惑地）哎呀，大舜啊！
（唱）忘了吗？这死结！

[切光。

［光复起。

［虞舜气宇轩昂走出明堂，迈下台阶。伯益紧随其后。

伯　益　舜大人！（叫住前行的虞舜）你当真要保举崇伯鲧之子文命吗？

虞　舜　尧帝已然恩准，任命文命主宰治水。

伯　益　是你力举文命主宰治水，竟然立下生死担保。为了一个仇家之子，值得拼上身家性命吗？

虞　舜　水患不息，世无宁日。我岂能置天下安危、百姓生死于不顾啊！

伯　益　重华兄啊！

（唱）我与兄是故友同族东夷，
知兄长性良善急人所急。
蒙尧帝以德识人招为婿，
小草民将称帝今非昔比，
这机缘这荣耀兄要珍惜。

虞　舜（唱）怀一颗感恩的心把珍惜牢记，
最珍惜摄政任重天下依。
我立誓报效百姓身相许。
我发愿公天下与共休戚。
怎忍见哀鸿遍野百姓泣，
怎忍见桑田尽毁满目疮痍。
怎忍见天下惶惶民心乱，
怎忍见大好河山危岌岌。
两年来苦心孤诣细寻觅，
喜文命比其父卓有见识。
治洪水救苍生胸怀大计，
不畏难不避险敢破困局。
全凭着一个信字力保举，

纵有差池，我以死谢罪不足惜。

弱肩头但把重任担当起，

治洪水化敌为友两心合一。

伯　益　（唱）重华兄秉公荐贤行大义，

怎奈我不识文命存犹疑。

虞　舜　哦，“不识文命存犹疑”？

伯　益　不错，不识文命存犹疑！

虞　舜　（思索）这“不识文命”？……

［大禹上，走出明堂，迈下台阶。

虞　舜　（望见大禹）文命大人，请留步！（郑重地）伯益听旨。

伯　益　在。

虞　舜　命你前往治水前线，辅佐文命成就大业。

伯　益　（不明所以）这……（诚意地）遵旨！

大　禹　文命时刻听从大人指教！

伯　益　岂敢！

大　禹　承蒙大舜司马以身家性命保举，又命伯益大人鼎力相助，文命纵然肝脑涂地，这知遇之恩也难报答也！

虞　舜　（心情沉重地）文命啊！

（唱）休说感恩报知遇，

人道你我是仇敌。

恩仇二字值几许，

天下为公心同一。

我虞舜，你大禹，

两箩一担不相离。

共为天下尽心力，

任凭他人论是非。

［四方百姓汇聚而来，虞舜、大禹、伯益隐没。

［百姓们集结。群体歌舞。

百姓们 （唱）公天下，
心同一，
治水人役，
八方来集。
信虞舜，
随大禹，
干起来哟，
干起来哟，
天下人为天下——
苦战不息！

［影像投射：治水前沿。

［大禹率众苦战，凿山疏水，场面壮观，群体舞蹈。

［影像投射：雨雪交替，四时轮转。

［景象转换：大雨滂沱，江河咆哮。

［景象转换：洪水降服，万物向荣。

百姓们 （欢呼）降服了！洪水降服了！

［大禹紧握伯益，无限欣慰。

［切光。

［光复起。

［影像投射：舜都长街，枝头扎彩，路饰鲜花，一派喜庆气氛。

［字幕：舜都，街头。

公元前2278年，大禹治水成功。

公元前2255年，尧帝逝世三年，舜登帝位。

［四方百姓汇聚道旁，欢庆太平，欢迎英雄。

百姓们 （唱）尧帝宾天，
泪雨涔涔。
舜帝登基，
甘露淋淋。

大禹上位，
花雨纷纷。

［虞舜挽大禹上，二人亲切地走向人群。百姓讴歌。

百姓们 （唱）前年遭洪灾，
治水今除害。
舜帝重大禹，
吾民喜英才。

［歌声中——

［一少女向虞舜敬献鲜花，虞舜大度地让大禹受礼。

［一老翁向虞舜敬献美酒，虞舜谦让大禹，大禹接酒敬天敬地。

百姓们 （欢呼）舜帝！舜帝！

虞　舜 （把大禹推到前方，引领欢呼）大禹！

百姓们 （相随欢呼）大禹！大禹！

大　禹 （不安地）岂敢！岂敢！

虞　舜 当得的！当得的呀！
（唱）一十三载，风雨苍茫，
披艰历险，苦难尽尝。
赤胆为民显志向，
堪与华夏为栋梁。
（赞叹高呼）大禹！大禹！

百姓们 （相随欢呼）大禹！大禹！

［群情激昂。

［光暗，众隐没。

［影像投射：街头一角。

［追光下站立着伯益与义均及东不识、秦不空。

伯　益 （眼望此情此景，气色阴沉地）义均！

义　均 叔父大人！

伯　益　面前何人？

义　均　是我父王，舜帝。

伯　益　推向前面，那个备受拥戴的人呢？

义　均　被父王器重，必将继位的大禹。

伯　益　将你怎样安排？

东不识　（争说）封地虞城。

义　均　又从虞城转封到商州去了。

秦不空　耶，路更远，地更贫啊！

伯　益　这怎么使得呀！

［切光。

［升光。

［影像投射：舜都，帝宫——粗实、简阔。

［字幕：舜都，帝宫。

［娥皇、女英热诚接待虞舜乡亲秦不空与东不识。伯益忍耐等待。

娥、女　二位兄长安好！

秦、东　二位弟妹……王妃好！

娥　皇　二位嫂嫂可好？侄儿侄女可好？

秦不空　好，好！

女　英　邻里亲戚可好？家乡父老可好？

东不识　好，好，好着呢！

伯　益　（忍耐不住，上前一步）我们要见舜帝，有大事禀告。

［“哈哈，哈哈……”舜帝大笑上场。

虞　舜　到底是伯益爽快！（示意娥皇、女英回避）还从故乡搬来两位老朋友。看来此事非同小可。

伯　益　（直截了当地）伯益辅佐治水一十三载，近观文命，人才难得。大材重用，托付总理百揆重任也就够了，难道还要禅让大位吗？

虞　舜　大禹贤德，百姓拥戴，朕有此意，朝臣议决。

伯　益　你可是他杀父的仇人哪！

虞　舜　事隔五十载，你还未忘怀？

伯　益　非是为臣未忘怀，须防善意酿祸灾！

秦、东　太可怕了！

虞　舜　呀！

（唱）虞舜闻言心头震，
飘来过往一片云。
殛杀伯鲧平民愤，
大禹忍性守恂恂。
根治水患解民困，
行德天下顺民心。
虽然与我有仇恨，
他是百姓有道君。

伯　益　（唱）有道君，有道君，
须防他得手要弑君。

虞　舜　（唱）漫说是得手要弑君，
百姓称意我献身。

伯　益　（唱）“献身”二字无须论，
当避则避务自珍。

虞　舜　（唱）有道是“外举不避仇”，

伯　益　（唱）又道是“内举不避亲”。

虞　舜　（唱）内举之亲是何人？

伯　益　（唱）内举之亲是义均。（扯出躲在秦不空与东不识背后的义均）

虞　舜　（唱）将义均比大禹德才两逊！

义　均　（坦诚地）义均与大禹相比愧无资格。

东不识　不能听你的！

秦不空　（举着兽皮书写的《请愿书》）要听大伙儿的！

伯　益　拿过来！（拿过《请愿书》）

（唱）让义均继大位天下归心！（呈上《请愿书》）

虞　舜　（接过《请愿书》端详）请愿书……（展读）“天道恢恢，义均继位，传位义均”……（苦笑）哈哈，哈哈……

［娥皇、女英闻声走出。

虞　舜　想我虞舜，生于东夷诸冯，耕历山，渔雷泽，陶河滨，本一匹夫，蒙尧帝垂爱，妻二女，委摄政，禅让帝位。有人不服，恳请尧帝让位于皇子丹朱……

娥　皇　我父言道：授舜则天下得其利，而丹朱病；授丹朱，则天下病而丹朱得其利……

女　英　（接过话来）终不以天下之病而利一人！

伯　益　世人皆知，丹朱是个不孝之子；义均乃是当世贤才。义均继位，天下归心。

秦、东　（起劲地）义均继位，天下归心！

女　英　伯益大人，二位兄长啊！

（唱）说什么让义均天下归心，
自古道知儿莫若娘亲。
我均儿始造舟弓有本领，
造民福得民望未必能称君。
我愿他建封地勤勤恳恳，
我愿他保一方祥和安宁。
我愿他不骄不躁不任性，
我愿他做庶民、守本分、戒私心、孝悌忠信、仁德公谨，做一个高大的人。

虞　舜　义均听着！天下乃人人之天下，非一人之天下。天下为公，有德者居之。传我御令，准备大典，禀告上天：大禹摄政。

［众人凝视，感情不同。

［役卒跑上，把东不识、秦不空拉出画面。其他人物隐没。

役　卒　二位，到帝都干什么来了？

东、秦　做生意。

役　卒　做生意？二位的货物被抢了，有个强盗被二位的伙计给攮了，二位的伙计被过路的大汉给绑了，来仨醉鬼把绑人的汉子三拳两脚打得嚷了两声就不嚷了！

东、秦　（急切地）往下呢？

役　卒　往下？往下就靠您去想了。

东、秦　咦！乱成一锅粥，总得有个章程管管哪！

［役卒两手一摊，无可奈何。

［光渐收。

第二章　拟象刑

［古乐悠悠，悲咽凄凉。

［影像投射：诸般刑具，血腥恐怖。

［文士登场，弹琴吟咏。

文　士　（吟）舜帝授命，皋陶作刑。

刑法严酷，苦哉百姓。

执法思仁爱，慈心恤民情。

缔造公天下，大舜拟象刑。

［影像投射：舜都，公堂之外，一派肃杀之气。

［字幕：舜都，公堂（即审判厅）之外。

大舜实施德法兼治，以“象刑”取代“肉刑”。

［公堂外，广场之上。

［百姓聚集，观看审判。

［一批人犯绑于木桩，皋陶指挥衙役将红色罩具分别套在人犯头、手、脚、胯等部，以示当受诛、刖、宫等刑。人犯亲属悲痛欲绝；秦不空、东不识在场观望，震惊愕然。群体歌舞。

百姓们　（唱）天网无漏，

严刑峻法鬼神愁。

奸淫割其势，

抢掠断其手。

无赦，无宥，

罪大极刑斩其头。

一犯累一家，

悲泪伴血流。

当惩？当救？

天地茫茫谁与筹？

［虞舜带侍者上，巡行于百姓及人犯亲属间，观察，思索。

百姓们　（唱）一犯累一家，

悲泪伴血流。

当惩？当救？

天地茫茫谁与筹？

当惩？当救？

天地茫茫谁与筹？

虞　舜　（耳闻歌哭，心生悲悯，决然地）轻惩，实救！

（和前腔）天地仁慈当与筹！

［众人隐没。

［秦不空、东不识立在虞舜面前。

秦不空　大王，可怜可怜这些受牵连的人吧！

虞　舜　宽宥人犯才是根本。

东不识　大王，要宽宥人犯？

虞　舜　（感叹地）人犯本是民众！普天之下，量甚广、身甚微的平头百姓啊！

秦不空　（感动地）大王老兄，心怀仁慈，以德执法，法中育德。好！好啊！

东不识　恐怕咱们的老族长，当下执掌刑法的皋陶大人……（指衙前刑具）还别着点劲吧！

虞　舜　（唱）欲沟通吾正要登堂会见，

秦、东　沟通……请，快请！（闪在一旁）

虞　舜　（向侍者）向前通报。

［侍者走进衙门，役卒拦阻。

役　卒　公堂禁地，来人止步！

侍　者　大王驾到，快去通报。

役　卒　是，是是！（匆匆下）

虞　舜　（唱）见皋陶平心静气细商谈，

施宽宥免伤害网开一面。

［役卒上。

役　卒　启禀大王，皋陶大人说了：判案决狱不可中断，恕难接驾。（下）

秦不空　（愕然）啊？这老头，他……

虞　舜　（抑制地）唔！

（唱）心虽急情勿躁……

东不识　（愤愤地）他拒不接驾？！

虞　舜　（唱）我耐等门前。

秦、东　（愈加愕然）啊！

［虞舜伫立耐等，心潮难抑，来回踱步。

秦不空　（不忍地）大王，回去吧，明天再来。

东不识　要不，你下道旨令，把他叫到宫里去。

［虞舜示意不可，并请二人自便。秦不空、东不识去留迟疑。

［一批又一批待行刑的人犯被押解走过，虞舜大有感触，激动不已。

虞　舜　（唱）眼见得案件已决天已暮。（急步登阶）

［役卒上前。

役　卒　来人止步！

侍　者　大王驾到！

秦、东　快请皋陶大人接驾！

役　卒　启禀大王，皋陶大人说了，断案已毕，力尽精疲，告罪告辞，回家休息。

秦不空　（惊愕地）他，走了？

役　卒　走了！是从后门走的。

东不识　真不够意思！

虞　舜　（哑然一笑）嗬嗬！

（唱）我不在乎！

［切光。

［光复起。

［影像投射：舜都，公堂正厅。设有屏风、公案。皋陶坐堂，衙役站班。兵士看押，蛮夷二头人匍匐于地。

皋　陶　（念）上善若水，法典如山。尔等蛮夷猾夏，扰我边境，掠我民财，伤我民众。若依古法，诛尔首领，剿灭族群！舜帝仁慈，不忍残杀，颁行新法"流宥五刑"。今依舜帝新法，免尔死罪，流放千里夷狄之地。尔等必须知恩改过，戒贪戒暴，重新做人，方不负舜帝苦心也！

（唱）免死流宥到北狄，

感化向善有作为。

从此离乡南徙北，

防寒保暖要安绥。

［皋陶示意，兵丁为二头人撤掉锁链，披上裘皮氅衣。

二头人　（痛哭，叩头）帝君仁德！帝君仁德！

［皋陶挥手，兵丁监督二头人下。

［虞舜从屏风后走出，侍者随上。

虞　舜　（唱）老前辈力行新法可钦可敬。（欲行又止）

［众衙役押三名人犯上堂，呈上案卷。

皋　陶　（审卷，批判）斩！斩！斩！

［众衙役为人犯套上罩具，押下。

虞　舜　（唱）似这样宽严两端是何原因？

［皋陶幻影在虞舜脑海浮现。

皋　陶　（念）流宥驱除外患，严惩保障内安。

虞　舜　（唱）拟新法去肉刑恤民为本，
行德政又怎能内外区分。

皋　陶　（念）施峻法心顺手顺，去肉刑我不通！无能！（隐没）

虞　舜　噢！明白了！
（唱）他不通我怎能空泛议论。
［役卒上，发现虞舜。

役　卒　（惊呼）大王……

虞　舜　（制止地）嘘！
（唱）莫惊扰老前辈，我也走后门。（转到屏风后，悄悄下）
［役卒上堂，走进伏在案上的皋陶。

役　卒　大人，大人！大王他……

皋　陶　（起身）他走了吗？

役　卒　噢，您没睡呀！
［光渐收。
［光渐升。
［影像投射：舜帝居所。北风呼啸，大雪漫天。
［室内，一灯如豆。虞舜离案。

虞　舜　（唱）风啸啸雪漫漫天寒地冻，
急切切闷悠悠心似火烘。
几天来拟象刑如痴如梦，
有志者事竟成我兴冲冲。
（大声地）快来看哪！快来看哪！
［女英匆匆上。

女　英　（制止地）嘘！娥姐睡着了。

虞　舜　（压低声音）你快来看，快来看哪！
（唱）站立案头小陶俑，

我重拾旧艺运巧工。

女　英　（唱）这小俑，一足涂黑黑如墨，

虞　舜　（唱）此形象正与刖足同。

女　英　（唱）这小俑，有衣无领空洞洞，

虞　舜　（唱）此形态象征斩首项上空。

女　英　（唱）这小俑，双鞋两色好难懂，

虞　舜　（唱）此汉奸淫刑为“宫”。

墨刑犯，但把黑巾蒙头顶，

劓刑犯，扎根草绳便可充。

多少废人变有用，

多少刑犯可争雄，

多少泪眼含欢笑，

万民欢笑天下兴隆。

［虞舜兴奋不已，女英大有感触。

女　英　（唱）平日难见这般笑，

如此快活似顽童。

［深受感染，拭泪。见案头冷饭。

（嗔怪地）哎呀呀，午饭不曾用，这晚饭已结冰。恰好女儿打来一只野兔，我与你做些羹汤来。

虞　舜　噢，有野兔？

女　英　（出示）你看。

虞　舜　好！走！走！走！（抱起陶俑，拎起野兔，拉起女英走向门外）

女　英　哪里去？

虞　舜　你呀，与我帮帮忙。

女　英　（不解地）要我帮忙？

虞　舜　非你不可。

［二人走出原演区，灯暗。

［景象转换：雪夜，寂静长街。

［追光下二人奔走街头。

虞　舜　（唱）扯起王妃健步走，

相扶相帮好匹俦。

女　英　（唱）偏是夜深风雪骤，

难得乘兴踏雪游。

虞　舜　（唱）一脚深一脚浅摇摆左右，

女　英　（唱）时而平时而陡高低随流。

我——挽着你的臂，

虞　舜　（唱）我——牵着你的手，

虞、女　（唱）走啊，走啊，走、走、走！

［二人兴奋前行，一跤跌倒。

虞　舜　（自得地）嗬嗬！

（唱）美煞人，晶莹雪花滚满头。

虞、女　（对视，畅笑）哈哈，哈哈……

［切光。

［光复明。

［影像投射：皋陶居所。

［皋陶心事重重，踱来踱去。

皋　陶　（唱）循先例施肉刑从严执法，

百姓惧天下安依仗格杀。

大舜帝心仁慈意欲软化，

我皋陶难转圜且不应答。

虞　舜　前辈！（早已进屋，此时恰与皋陶对面）

皋　陶　（错愕、脱口而出）舜帝！……你是怎样进来的？……

［皋陶妻挽着女英边说边上。

皋陶妻　是我开门迎进来的。

女　英　前辈！

皋　陶　不敢！王妃！（施礼）

女　英　打得野兔一只，甚是肥美，重华与我特来送与前辈尝尝鲜。

皋　陶　多承王妃美意！只怕大王别有用心吧？

虞　舜　前辈所言不差。舜在宫中十分烦闷，特寻前辈博弈一回。

皋　陶　咦，这倒奇了！时至午夜，大雪弥漫，大王王妃双双驾临，却只为与臣博弈？

虞　舜　哎，这倒奇了！当年皋陶大族长与舜所居仅为一墙之隔，你我两家来来往往，进进出出，讲过什么白日黑夜、刮风落雨。来来来，摆上！摆上！

皋陶妻　是啊，当年随时来往亲如一家，只不过一墙之隔。

女　英　姐姐在那壁歌唱，我在这壁听得是真真切切的呀！

皋陶妻　唉！我最喜歌唱，如今不消说唱，就是听——都听得少了啊！

女　英　哎呀呀，我在近日听得几首新歌，感人肺腑。偷学几句，唱与姐姐一听如何？

皋陶妻　快快唱来，快快唱来！

皋　陶　呃！夜深人静的听什么歌，切莫打扰王妃！

女　英　不妨事。

虞　舜　人家姐妹之事，与前辈无关。来来来，下棋！下棋！

女　英　（唱【刑人谣】）

天寒彻，地冻透，
残花败草无人收。
失了脚，失了手，
失了子孙继千秋。
愁煞留下一张口，
生难求，死也难求。

皋陶妻　听似刑人之谣。

女　英　正是。

皋陶妻　这断手刖足，确是生不如死。

皋　陶　这叫作恶有恶报，罪有应得！

虞　舜　是啊，“罪有应得”；只恐有些残忍吧？

皋　陶　（触动）这……

虞　舜　下棋！下棋！

女　英　下面还有。

皋陶妻　请王妃唱来。

女　英　（唱【寡妇谣】）

云惨惨，风凄凄，
断头鱼虾塞沟渠。
妄作死，无人惜，
撇下爹娘儿与妻。
哭问苍天谁搭理，
一家人号寒啼饥。

皋陶妻　囚犯一死倒也爽快，只是撇下一家数口，老的老，小的小，啼饥号寒，无力生存，真真令人悲伤啊！（拭泪）

皋　陶　是呀，总要设法排解才好。

女　英　这排解嘛！听我唱来。

虞　舜　前辈，下棋。

皋　陶　（不屑地）呃！请王妃快唱，快唱。

女　英　（唱【民愿谣】）

地也阔，天也宽，
刑罚融情民可安。
疏民愠，解民忧，
万众合力建九州！

皋　陶　（恍然）嘀嘀，大王到此，下的是这盘“游说”之棋吧？

虞　舜　哎呀！前辈呀！虞舜继位，秉持天下为公，民众为本，设立刑罚以行爱民护民之道，并非苦民害民之谋。叵耐古传肉刑甚是残酷，难免罚一伤众，导致家破人亡，舜心不忍，必以象刑代之。苦思冥索夜以继日，今思得良策，欲来相告。只是前辈有言：千古刑罚，行而不改！强施象刑有伤前辈；不施象刑恐伤民众！舜左思右想万般无奈，这才偕同王妃，不顾夜深不顾雪大，冒昧登门，歌唱游说。务请前辈体察万众所求，体恤万民之心，从权计议，改弦更张。再三恳请前辈鉴谅啊！（将陶俑摊在棋盘上）

皋　陶　（感动地）舜帝呀！

（唱）我服你怀仁慈心存百姓，
　　我敬你秉仁义不伤老臣。
　　服也敬也增信任，
　　皋陶从权施象刑。

虞　舜　怎么讲？

皋　陶　（坦诚、毅然地）皋陶从权施象刑！

虞　舜　（冲到门外，仰天长叹）皋陶大人要施象刑了！

［切光。

［升光。

［影像投射：公堂外，阳光灿烂。

［百姓们欢呼着拥进广场，拥向公堂。

［一批已被执行的人犯，衣着象刑走出公堂，人犯亲属迎上去相拥相认。

［秦不空、东不识走出人群，从人犯中扯出自己的伙计，递给一条驱策牲畜的鞭子。伙计望着幸存的双手，眼含热泪接过鞭子。

［百姓们欢呼跳跃。群体歌舞。

百姓们　（唱）阳光增暖意，
　　冰雪融水滴。

啊，大舜！
啊，舜帝！
挽救我生命，
保全我残躯。
建九州，
心凝聚！

［灯暗。

［一侧追光下，秦不空与东不识向一对父子（其子着无领衫）发出感叹。

秦　东　养而不教，父之过也！

虞　舜　（自省）养不教，父之过……这民不教，朕之失啊！

［光渐暗。

第三章　制五典

［古乐绵邈，轻柔欢快。

［影像投射：细雨滋润，禾苗争长。

［文士登场，弹琴吟咏。

文　士　（吟）治国治民，重在教化，
　　　　　　人伦和谐，社会一家。
　　　　　　大舜倡五典，五典擎大厦，
　　　　　　修养高人品，缔造公天下。

［文士隐没。

［影像投射：舜都，明堂前。

［字幕：舜都，明堂。

大舜推行“五典”，以“父义、母慈、兄友、弟恭、子孝”的“五典”美德淳化民风，亲和社会。

［明堂前，广场上，百姓们席地而坐。

［一队贵胄子弟正在表演《五典》，载歌载舞。

胄　子　（唱）习五典，铭于心，
　　　　　　践五典，行有准。
　　　　　　父仗义，母仁慈，
　　　　　　兄友善，弟恭敬。
　　　　　　子孝顺，举家亲，
　　　　　　此五典，美人伦。
　　　　　　涤不良，道德淳，

天下睦，日月新。

［契上，立于明堂阶上。

契　各位父老！五典之教，家喻户晓，天下蒸蒸，日显新貌。奉舜帝旨令，对遵行五典之楷模评定嘉奖，今在明堂之前，当众认定。恭请女英王妃，东不识、秦不空二贤担任监察。请监察入席。

［女英、东不识、秦不空上，于明堂阶上。百姓雀跃。

契　胄子队宣讲！

［胄子队甲乙二人出列。

胄子甲　（上前一步，背述）五典之中，首推父义；义者，遵行正义也。其二，母慈：仁慈和善也。其三，兄友：友好互助也。其四，弟恭：恭敬谦让也。其五，子孝：孝亲——尊崇双亲，听从教训；嘘寒问暖，奉养殷勤；添福不添乱，不啃老、不坑爹，不叫爹娘活得揪心，此孝子贤孙也！（退后一步）

东不识　照本宣科！

秦不空　死记硬背！

女　英　记下义理，也算难得。

契　此不过类型之一。往下听来。（大声）讲！

胄子乙　（上前一步，做表演状）今舜帝，亲父冥顽，继母嚣张，老弟傲慢，舜帝能和以孝，不失子道，兄弟友善，治家向上，绝无劣迹。实乃五典之典范矣！（后退一步）

东不识　大舜故事，人人尽知。若是人人学大舜，人人皆大舜，咱这天下不就成了圣贤天下了吗？

女　英　二位兄长，重华是最不喜欢人家歌功颂德的！

契　请往下听。（大声）庶民队宣讲！

［从百姓中走出老妪和阿夏。

老　妪　老身姓花，

阿　夏　小民姓夏。

老　妪　本是两家，

阿　夏　亲如一家。

老　妪　胜似一家！

（唱）那一年发洪水神惊鬼怕，
吞噬了全村人十有九八。
好阿夏担道义怜悯孤寡，
收留我三门四老两幼娃。
他爹娘仁慈仗义宽宏量大，
与我们同甘共苦温饱无差。
阿夏他做兄长情无虚假，
教幼弟懂理义、知廉耻、尽孝道，人品端正、行事磊落、人见人夸。
某一天娃受欺遭人殴打，
惹怒了阿夏火起要去拼杀。
是老身站柴门一声喝咤，
只见他刹住了双脚、垂手侍立、泪如雨下，怕只怕带坏了幼弟他自请责罚。
好阿夏践行五典不讲空话，
引得来众人效法遍地开花。

女　英　好啊！

（唱）听他言罢心振奋，
舜帝教化理会深。
治家五典为根本，
本壮枝荣享浓荫。
仁义恰似泉源水，
滋养万物生爱心。
世事和合兴天下，

爱心挥洒万木春。

百姓们 （呼应，齐唱）

世事和合兴天下，

爱心挥洒万木春。

[弃匆匆上。

弃 请王妃速速回宫，舜帝病了！

[切光。

[追光下，东不识、秦不空、契等三人拥弃走到前场。

契 弃大人，舜帝疾病暴发，是何缘故啊？

东、秦 是啊，有什么因由啊？

弃 唉，舜帝一心增民财富，兴腾农牧。而今，半载无雨，大灾降临，田地受害，人畜受难，舜帝岂能无动于衷？

秦、东 他这是急火攻心哪！

契 舜帝，你把心都操碎了哇！

[光暗。

[一束追光，照射沉思的弃。

弃 是啊，他把心都操碎了哇！

[光渐收。

第四章　增民财

［古乐急奏，沉郁雄壮。

［影像投射：牛羊漫坡，禾苗茂盛。

［文士登场，弹琴吟咏。

文　士　（吟）粮畜充足，天下富庶，

欲增民财，发展农牧。

部署而督饬，养畜播五谷，

缔造公天下，大舜用心苦。

［文士隐没。

［影像投射：烈日炎炎，禾苗焦渴。

［光复起。

［景象转换：舜帝居所。

［虞舜疲惫憔悴拄杖前行，娥皇、女英左拦右阻。

娥　皇　舜帝，药已煎好，服药去吧。

女　英　医官言道，大王必须卧床静养。

虞　舜　我如何能静养啊？

（唱）耳畔萦绕苗哭喊，

虞舜辗转不成眠。

卧床卧不来水救旱，

察灾决策要到田间。

奔向郊野心如箭……（向外奔去）

娥　皇　舜帝……（阻拦过急，不慎倒地）

女　英　来人哪，护理王妃！（抓起斗笠，追下）

［收光。

［光复起。

［影像投射：郊野，祭坛一侧。

［人来人往，忙忙碌碌，或将美味佳肴送往祭坛，或将光碗净盘从祭坛端回。

［女英扶头戴斗笠的舜帝上。从祭坛那边传来劝酒声、让菜声，嘈杂刺耳。

虞　舜　啊？

（唱）一阵阵劝酒声刺破青天。

（就近问一百姓）州牧何在？

百姓甲　官长正在宴上。

虞　舜　（恼怒）把他……

女　英　（扯动虞舜衣袖，示意制怒）重华！

虞　舜　（抑制地）请了出来。

［百姓甲下。弃从另一侧匆匆上。

弃　（吃惊）大王！为何抱病前来？

虞　舜　有人比我病重。

弃　是哪个？

虞　舜　（颤抖着，指向祭坛）是……

女　英　重华！重华！（搀扶虞舜坐于矮石）

［州牧醉眼蒙眬，跌跌撞撞上。

州　牧　喔，弃大人到了，请来入席。

弃　啊？入的什么席？

州　牧　祈雨祭神，众享福荫。

弃　大旱成灾，不思解救，眼见颗粒无收，还有什么福荫？

州　牧　救？拿什么救？

弃　朝廷拨下雇工的粮米呢？

州　牧　分了——给百姓们分了！（似辩白又似怜悯地）唉，穷苦百姓得活呀！

弃　（直逼要害）你——分得多少？

州　牧　我……身为一州官长，终朝每日为百姓操劳，就是多分点——嗳，也算合情合理吧！

虞　舜　（忍无可忍，爆发地）尔大胆！

州　牧　（发现，惊愕）舜帝！

虞　舜　（唱）胆大州牧特狂妄，
无法无天甚嚣张。
凭借着祭祀之名开宴飨，
一口餐吞食百姓半载粮。
这雇工引水救灾的粮、农田畜类保命的粮，
竟敢瓜分饱私囊。
似这等如鼠如狼贪婪样，
怎与百姓把家当。
无耻之尤失民望，

百姓们　（怒吼）撤了他！撤了他！

弃　大王，撤了吧！

虞　舜　罢！
（接唱）撤换他保黎民免受重伤。
何人可代州牧？

百姓们　（齐呼）阿夏！阿夏！

虞　舜　阿夏何人？

女　英　阿夏近前。

阿　夏　（走出人群、施礼）参见大王。

虞　舜　（打量）喔，可是那五典贤才？

女　英　正是此人。

虞　舜　阿夏！旱灾紧迫，怎样解救？

阿　夏　凿井开渠。

虞　舜　雇工专粮已被分尽，筹措不及。

阿　夏　灾情不待，只有调遣大禹治水原有大军，再打一场饮水大战。

虞　舜　好啊！州牧撤职查办，阿夏代理，乡民水军各自为战，即日开工凿井开渠！

［百姓欢呼。虞舜呈现病态，女英忙扶。

［光暗。

［光复起。

［影像投射：郊野，田畔。

［阿夏带领百姓凿井，群体歌舞。

百姓们　（唱）禾苗枯焦，牛羊哀号，

农夫心似烧。

凿啊，凿，

清水早来到。

牛羊不屈，禾苗不挠，

农夫不辞劳。

凿啊，凿！

清水就来到。

［虞舜、女英、弃等现身劳作百姓之中，持簸箕往来运土。

［虞舜体力不支，由女英扶坐路旁。

［稍远处人声鼎沸："见水了！见水了！"

［阿夏与百姓们拥一女孩捧水碗上。

女　孩　舜帝！王妃！水，可甜了！小牛小羊像吃奶一样，喝得没完没够。

［虞舜要去接碗，女英抢先接过，喝过几口，放心地转交虞舜。虞舜饮水，百姓们投来探寻的目光。

虞　舜　（赞美地）甜，甜啊！

百姓们　（欢呼）甜啊！

［女英情不自禁翩翩起舞，姑娘们欢快相伴。

虞　舜　（大笑）哈哈，哈哈！

［光渐暗。

第五章　抚三苗

［古乐恢宏，煊赫悲壮。

［影像投射：三湘两粤，风光旖旎。

［文士登场，弹琴吟咏。

文　士　（吟）大舜德懋，勤政辛劳。
主张亲和，众族交好。
一统大中华，拳拳情感召，
缔造公天下，南巡抚三苗。

［文士隐没。

［影像投射：舜都城外，通衢要道。

［字幕：大舜南巡苍梧，抚慰三苗。

［舜都城外，通衢要道。

［大禹、伯益、契、弃等守候路旁。

［东不识、秦不空匆匆上。

东不识　伯益大人，舜帝还没出发吧？

伯　益　尚未。

东不识　（拭汗）总算赶上了。

秦不空　（向大禹）摄政王！

大　禹　秦公！

秦不空　风传三苗在江淮、荆州反叛作乱，您不派兵征伐，反倒认同舜帝南巡，况且要深入三苗腹地。这般冒险的行动，难道有什么高深绝妙的计策不成？

大　禹　（难言地）这……唉！

伯　益　秦公啊！

（唱）摄政王也曾要派兵征讨，

虞舜帝主施德力戒动刀。

视天下为一体光华普照，

驾南巡抚三苗他要亲走一遭。

秦不空　咱们来这儿是送行呢，还是阻行呢？

契　最后关头，阻行也好。

大　禹　遵从舜帝决策，我是不阻拦的了！

东不识　大舜的思谋必有他的道理，虽然咱们都不放心，还是——送行吧。

［不远处传来人声："舜帝到！"

［虞舜、女英、义均、夔上。

众　人　（施礼）舜帝！

虞　舜　众卿，公务繁忙却劳相送，免了礼仪，回去了吧。

众　人　（犹豫）这？

虞　舜　回去吧！

大　禹　遵命！

虞　舜　大禹、伯益！

（唱）大禹摄政伯益助，

朝纲偏劳众卿扶。

天下大事尽托付，（紧握大禹）

坦坦然然我上征途。

众　人　恭祝大王南巡平安，早日回銮。

东、秦　大王老兄，保重啊！

虞　舜　义均相随，夔卿相伴，扈从照料，决然无事的！二位、众卿请回！

［众人下。

虞　舜　王妃也请回去吧！

女　英　皇姐卧病不能相送，就让女英送你一程吧！

虞　舜　有劳王妃！

［义均、夔前行，下。

女　英（唱）路漫漫，水茫茫，

一别济水下潇湘。

两情依依君去也，

从此不觉更漏长——相逢在梦乡。

悠悠岁月徐回望，

情似蜜汁润心坊。

曾随你，同尽孝恬然无怅，

曾随你，选贤任能快意非常，

曾随你，兴农劝农喜畅旺，

曾随你，《韶乐》同奏，天地回响，百鸟鸣唱，美传八方，天下繁昌。

数十载夫妻们苦乐共享，

数十载一心只为百姓忙。

忙至今禹摄政得闲半晌，

偏偏的苦旅南巡自担当。

胸怀天下我体谅，

比翼单飞意彷徨。

身难相随魂魄往，

日夜守在君身旁。

重华但见江河水，

思量女英情更长。

言及情字情感伤，

顾不得美仪容、肃端庄、在大路上，人来人往，泣不成声，两泪汪汪。

［马嘶声声。

马嘶催人把路上……

重华，保重了！（毅然转身，下）

虞　舜　（追行几步，呼叫）王妃！

［夔上。

夔　请大王登车。

［虞舜频频回首，步履迟迟，缓缓地走向车驾。

［光渐暗。

［光复明。

［影像投射：苍梧之野。

［字幕：苍梧之野，三苗腹地。

公元前2217年。

大舜南巡，来到湘粤已有四年。

［苍梧之野，圩场。

［苗、黎、瑶等族民众即兴舞蹈等待开市。

［义均、夔与三名苗人背竹篓上。

夔　（唱）伴驾南巡已四春，

义　均　（唱）风传叛乱似有因。

夔　（唱）舜帝来到压住了阵，

义　均　（唱）抚慰苗黎结同心。

［数位苗黎族众围拢上来，用对歌方式与夔对答。

苗　民　（唱）中原大哥好精神，

天生是个对歌人。

我问你答肯不肯？

夔　（唱）跑调不怕羞死人！

［众笑。

苗　民　（唱）一位老爹进山林，

种茶本领教苗民。

姓名可是叫大舜？

夔　　（唱）大舜正是这个人。

黎　民　（唱）有位老爹慈爱心，

育化泼皮能自新。

名叫重华准不准？

夔　　（唱）重华正是这个人。

乞　丐　（唱）有位老爹怜苦民，

嘘寒问暖如父亲。

说给头人不肯信，

（试探地）是、舜、帝？

夔　　不错，是舜帝！

（唱）大家所说是一人。

众　人　（欢呼）舜帝！舜帝！舜帝！

［众人兴奋，激动，群体歌舞。

众　人　（唱）舜帝啊，日神！

舜帝啊，父亲！

无限的暖，暖天下，

满腔的爱，爱众人。

义、夔　告辞！

众　人　去哪里？

夔　　山阴突发瘟疫，山民纷纷病倒，大有蔓延之势，情形危急险恶。舜帝看在眼中痛在心上，派遣义均大人与我等即刻上山采药，速与山民医治。

众　人　快去！快去！

［义均、夔与三名苗人下。

苗民甲　难得舜帝这样关怀臣民，还派遣自己的亲儿子上山采药！

黎民甲　他把百姓看得比自己的儿子还亲呢！

乞　丐　听中原大哥讲，舜帝常说一家亲，公天下。天下民众都是亲人哪。

乞丐甲 （感动）一家亲，公天下……

黎民甲 （感动）亲如一家……

众　人 （激动地）天下一家亲！一家亲！

［猛然传来喝喊：“打冤家啦！”

［众人惊呆，恐惧地分为两阵。在一声声强烈喊叫的刺激下两阵对峙，怒目相对。

众　人 （吼）打！杀！

［切光。

［光复起。

［影像投射：一片旷野，不远处之九嶷山清晰可见。

［苗、黎族众各持棍棒、刀矛，列阵对峙；苗王、黎酋杀气腾腾，阵前督战。

黎　众 唉咳，唉咳——杀！

众　人 杀！杀！

［杀声震天，两阵逼近。血腥恶斗即将爆发。

［忽然，一支恬静温煦的乐曲飘至战地，听得众人心头回暖，忘却打斗。

乞　丐 （发现地）是舜帝！

众　人 （兴奋确认）是舜帝！是舜帝！

黎　酋 怎么，舜帝来了？

苗　王 咳咳，舜帝到了！

［虞舜在前，侍者及一班乐手随后，同上。众人让开道路，分列左右，虞舜款款走到两阵中间。

虞　舜 苗王！黎酋！又要开战吗？

苗　王 （诚惶诚恐）三苗鲁莽，屡屡兴兵作乱，蒙舜帝仁厚，派遣大禹行德感化，我三苗心悦诚服依规朝贡。今，又蒙舜帝南巡抚慰教诲，我等感恩不尽，何敢再战。

虞　舜　苗王误会了！孤问的是因何持械列阵，这般杀气腾腾？

黎　酋　九黎不可欺！

苗　王　三苗不可辱！

黎　酋　（同时）打冤家啊！

苗　王　（同时）打冤家啊！

［苗黎两阵蠢蠢欲动。

虞　舜　住手！

（唱）一时间烈火燃拼命厮打，

仇恨增情谊绝自相残杀。

打冤家打来了多少孤寡，

又多少伤残者苦海挣扎。

人丁减百业凋民生愈下，

到头来两败俱伤哪有赢家！

［苗黎族众深受启发，逐渐放下兵器。

虞　舜　（唱）苗黎同在青天下，

共生大地同根芽。

放眼望，三苗九黎东夷华夏，

九族亲睦合众万邦四海一家。

感上天无私无偏并养育，

便应当亲民爱众、强不凌弱、众不欺寡、不蛮不霸、以人为本、大爱无涯。

南来巡狩多牵挂，

眼见民瘼心愁煞。

我欲因之歌一曲……（招手，接过侍者送上的五弦琴，在随行乐手伴奏下弹唱《南风歌》）

“南风之薰兮，

可以解吾民之愠兮。

南风之时兮，

可以阜吾民之财兮。”

愿各方族众共享嘉年华。

众　人　（感激涕零）舜帝！

苗　王　舜帝大爱无疆，心系万民；亲和九族，敦睦万邦。三苗醒悟，从此弃战，友好各族！

黎　酋　帝君垂范，我等效法，亲和九族，永不言战！

苗　王　（决然折箭）和！

黎　酋　（响应折箭）和！

众　人　（狂欢）和！和！和！

［传来急促人声：“帝君！”夔与三名苗人狼狈上。

夔　帝君！……（哽咽难言）

苗人甲　帝君！我们随二位大人上山为寨民采药，偶遇巨石坠落，义均大人眼疾手快，把我等推向一旁救下性命。义均大人他……却被落石砸中，掉下山崖，又被溪水冲下江河！（呈上义均背篓）

虞　舜　这……（接过背篓，昏厥）

众　人　（关切地）帝君！

苗　王　速备舟船，沿江寻觅！

黎　酋　登山寻找！

［切光。

［升光。

［影像投射：水域辽阔，水流湍急。

［九嶷山下之水域。

［苗王与夔各率轻舟一队，或顺水或逆水焦急寻觅又似招魂。（群体舞蹈）

众　人　（呐喊）义均！大人！回来吧！

［轻舟击浪，喊叫随风。隐没。

［暗转。

[光起。

[影像投射：山峦叠翠，峭石耸立。

[九嶷山间，“三分石”处。

[虞舜呆坐，侍者、黎酋守在身旁。苗王、夔缓缓走到虞舜身边。虞舜左顾右盼，二人抱歉摇头。

[虞舜一阵昏迷，待缓过神魂，似见女英走来。

虞　舜　女英，王妃！你来了？义均儿采药去了。你看，就在前面。（呼）义均儿呀！

（唱）儿呀，儿呀，你慢些走，

听父一言且回眸。

自从我儿降生后，

为父在家少逗留。

我为百姓去苦斗，

儿尽其力争上游。

好难得偕南巡父子聚首，

多少话讲未透欲说还休。

我儿无愧舜之后，

此一番为民解难、高飞远走、大义凛然，儿忠烈千秋！

[苗王、黎酋、夔拭泪。

[虞舜似见大禹走来。

虞　舜　（唱）这一旁走来了百揆元首，

大禹君继帝位吾心无忧。

我信你巧运筹得心应手，

我信你善观风未雨绸缪，

我信你建新朝承前启后，

我信你造福百姓民无愁。

愿天下千万代年丰人寿，

愿天下千万代太平歌讴，

愿天下千万人贤良宽厚，

愿天下众族同心、稳固金瓯、繁花似锦、美不胜收、

富强昌盛、看我神州！看我神州！看我神州！

（畅笑）哈哈哈……

［虞舜在憧憬与欣慰中与世长辞。

苗　王　（悲呼）舜帝宾天了！

夔　（宣告）遵照舜帝遗愿：圣体葬于三苗九嶷。

［各族百姓漫山遍野，齐声呼唤：“舜帝！大舜！”

［万道光华，照耀虞舜。

［景象转换：九嶷山，大舜陵。

画　外　（男声朗诵，字幕同步）

大舜走了，已经走了四千二百年！他为后世留下一份珍贵遗产——“民为本”“公天下”！

［唱响毛泽东诗词《答友人》：

九嶷山上白云飞，帝子乘风下翠微。

斑竹一枝千滴泪，红霞万朵百重衣。

洞庭波涌连天雪，长岛人歌动地诗。

我欲因之梦寥廓，芙蓉国里尽朝晖。

［歌声中，剧中人纷纷登场，组成造像——代谢幕！

苗王、黎酋、夔、义均——“祥和南国”

东不识、秦不空、老妪、阿夏——“五典蔚然”

弃、契、伯益、皋陶、大禹——“继往开来”

娥皇、女英——“泪滴竹斑”

虞舜和各族百姓在一起——“公天下”

——剧终

本剧结尾第二方案

[虞舜在憧憬与欣慰中与世长辞。

苗　王　（悲呼）舜帝宾天了！

夔　　（宣告）遵照舜帝遗愿，圣体葬于三苗九嶷。

[各族百姓漫山遍野，齐声呼喊："舜帝！大舜！"

[万道光华，照耀虞舜。

[景象转换：九嶷山，舜帝陵。

画　外　（男生朗诵，字幕同步）

公元前2208年大舜溘然长逝，三年之后大禹继位。公元前2195年大禹去也，大禹之子夏启自行袭位。从此，尧、舜、禹三代相继的禅让制结束，世袭的夏王朝正式诞生。

——剧终

豫剧

陈桥旭日

人物与扮演

赵匡胤　宋朝开国皇帝，大周名将，职授殿前都点检，归德军节度使，初登场为二十四岁，其后为三十四岁。生行扮演，勾红脸，是传统“红脸”代表。

韩素娘　后更名赵京娘，乡间女子，初登场为十六岁，其后为二十六岁。旦（闺门旦）行扮演。

赵　普　著名谋士，职授归德军掌书记，年四十二岁。老生扮演。

范　质　大周宰相，性格圆滑，年近六十。丑行扮演。

韩　通　大周重臣，刚愎无谋，职授侍卫都指挥使，年五十余。净行扮演。

陶　谷　无德文人，大周臣子，职授翰林学士承旨，年四十三岁。丑行扮演。

高怀德　将官，职授侍卫马军都指挥使，赵匡胤亲信兄弟，年三十岁。小生扮演。

潘　美　赵匡胤亲信将领，年四十余。净行扮演，勾黑脸。

党　进　赵匡胤亲信将领，年三十五岁。丑行扮演。

李处耘　赵匡胤亲信将领，年四十余。净行扮演，勾元宝脸。

刘守忠　赵匡胤亲信将领，年三十许。老生扮演。

王全斌　赵匡胤亲信将领，年二十八岁。武生扮演。

赵匡义　赵匡胤之弟，年二十六岁。小生扮演。

符太后　大周皇帝柴荣遗孀，二十三岁。旦（小旦）行扮演。

小皇帝　即柴宗训，大周皇帝柴荣遗孤，七岁。由儿童客串，或娃娃生扮演。

其　他　禁军、兵丁、宫女、太监、丫鬟、婆子、朝臣等。

序　歌

[幕启：彤云密布，遍地狼烟。

[兵戎混战，杀伐不止。打“乱档子”。

[各“国”兵将把书有“周”“汉”“吴”“楚”“蜀”“越”“闽”“唐”等字样的大纛旗抢插大地。

[兵勇喊杀，声声不绝，乱成一片。

[暗转。

[陈桥镇外，东岳庙前。

[夕阳西垂，天色渐暗。

[赵匡胤牵马，韩素娘乘骑上。

赵匡胤　（唱）打打打杀杀杀称王称霸，
把一统大神州裂土分刮。
好男儿建功业提刀驰马，
闯关西走湖北浪迹天涯。
乱军中救了这弱女娇姹，
不忍教暴徒强寇再伤她。
结拜成义兄妹名分定下，
心安然，不尴尬，坦坦荡荡，潇潇洒洒，不远千里，坠镫牵马。

韩素娘　（唱）千里路哥步行让妹骑马，
恩上恩情上情难以报答。
我只为奔葬外公随娘南下，

遭战祸母女失散顷刻天塌。
偏又是落魔掌危在瞬霎，
幸得遇赵大哥孤胆冲杀。
搭救我免受凌辱免遭践踏，
又送我千里返乡涉水登崖。
一路上解难排险心细胆大，
半月来关怀备至呵护有加。
他一腔真诚无虚假，
他秉性憨直少浮夸。
他言语温存可把冰雪化，
他有胆有识、有勇有谋、有情有义、是个豪侠。
哎呀呀，我就爱上了他！
当怎样向他吐露心中的话？
（思索、得计）咦！
行来在何处所这等光华？
赵匡胤　（唱）封丘县陈桥镇东岳古刹，
镇有威庙有灵名满中华。
韩素娘　（唱）哥曾讲家住汴梁近咫尺，
小妹要随哥到府探望老人家。
赵匡胤　（唱）学大禹三过其门而不入，
送你到家，我再回家。
韩素娘　（唱）再往前行妹害怕，
况是这夜深人困马疲乏。
赵匡胤　（唱）东岳庙外且歇马。（扶韩素娘下马，拴马）
韩素娘　哎呀（惊叫一声，扑进赵匡胤怀中）我怕，我怕！
赵匡胤　（观察，叹息）唉！
（唱）那本是月移花影壁上爬。
韩素娘　哦！

（唱）原来是花好月圆良宵无价，

赵匡胤　（唱）怎奈是月照残山人愁煞。

韩素娘　（唱）看天上牛郎织女情洽洽，
切盼着灵雀鸟儿把桥搭。

赵匡胤　（唱）小豪杰愿将铁肩担道义，
为天下平沟填壑四海一家。

韩素娘　（唱）我敬你胸怀大志心存天下，
难道说报国都要披袈裟？

赵匡胤　（唱）细思量小妹狡黠兄也不傻，
岂不解儿女私情暗表达。
赵匡胤行仁义光明正大，
酬壮志立业建功去厮杀。
我需防声名留污人笑骂，
更需保小妹白玉无瑕。
小妹呀！
兄妹名分不能变化，
兄妹之情，情深必开花。
待等小妹再长大，
为兄与你寻婆家。
定寻个体面出息的后生娃，
贤妹，你就放心吧！

韩素娘　（唱）无可奈何拜谢了……
哥哥！你……（欲言又止）

赵匡胤　我？怎样？

韩素娘　（掩饰地）……你看，天亮了！

赵匡胤　（唱）但只见旭日东升现彩霞。
旭日啊，旭日！

（慷慨吟诵）

欲出未出光辣挞，
千山万山如火发。
须臾走向天上来，
逐却残星赶却月！

［韩素娘为之振奋，满怀敬仰。

赵匡胤　小妹，上马赶路吧。

［韩素娘乘骑，赵匡胤牵马，迎着朝阳前进。剪影。

第一场

［幕启：都点检衙署。

［禁军列队进驻衙署。

［潘美、高怀德、李处耘、刘守忠、王全斌、党进六将上，进衙巡视。下。

［赵普上。

赵　普（唱）我赵普幸遇英杰赵匡胤，
赵将军志恢宏谋勇超人。
八年前投郭营冲锋陷阵，
持金刀扫群雄勇冠三军。
保郭王建大周开国立本，
老王殁保新王屡建功勋。
下南唐迫强敌献城让郡，
征北汉赢得来众望民心。
战高平奇袭大捷兵不血刃，
破契丹夺三关威震燕云。
既善听又善断决策精准，
既爱将又爱兵义重情深。
孚众望一呼百应共奋进，
人中龙待春雷际会风云。
难得他礼贤下士知人善任，
我要学诸葛亮赤胆忠心、鞠躬尽瘁、扶保刘主君，我竭力报知音。

六年来将军长褂元戎印，

今受封殿前点检领禁军。

新衙署好一派喜庆气氛，

［众将上。

六　将　（喜悦地）掌书记，赵先生！

赵　普　（接唱）众将军也这样光彩照人。

潘　美　大哥荣升，我等沾光，为此啊——是这般容光焕发、光彩照人。

李处耘　你叫潘美，又这般光彩照人，活脱脱一个大美人。

党　进　正好给高怀德将军当媳妇，他还打着光棍呢！

刘守忠　人家小白脸儿，看不上这个黑脸婆。

王全斌　哎，和你可好是一对儿。

［众人大笑。

［内声："新封殿前都点检，赵匡胤大将军回衙！"

高怀德　休得取笑！大将军回衙，我等列队迎候。

［禁军列队，众将出迎。

［赵匡胤、赵匡义上。

赵匡胤　（唱）一从投军建大周，

征战沙场已八秋，

今日升任禁军之首。

众　人　迎接都点检！都点检请！

赵匡胤　众家兄弟少礼！赵普先生引路，大家同行便了！

（接唱）谈笑同行聚朋俦。

［众人进入衙署，禁军下。

众　将　兄长大将军荣升殿前都点检，乃是禁军之首，我等特来祝贺！

潘　美　客气话不说了。来来来，开宴哪！

赵　普　（司仪）开宴！

［兵卒排宴，众人入座。

赵　普　（举杯）一杯酒——

潘　美　恭祝兄长大将军荣升！

赵匡胤　（唱）大家共饮齐心酒，

同抵风雨济同舟。

［众人一饮而尽。

赵　普　（举杯）二杯酒——

高怀德　恭祝点检兄长福禄齐天！

赵匡胤　（唱）弟兄们共饮欢欣酒，

富贵同享乐悠悠。

［众人共饮。

赵　普　（举杯）三杯酒——

赵匡胤　（制止）慢！

（唱）兄弟们慢敬这杯酒，

赵匡胤举杯向天祈求：

我主君壮志凌云展宏构，

统雄师破强军收服敌酋。

战之必胜拓疆土，

远谋大业一统神州。

不料想染沉疴医药难救，

怕的是一旦无常万事休、他壮志难酬。

他壮志难酬损大周，

神州分割百姓愁。

请神灵降福施庇佑，

保我主消灾添寿筹。（酹酒）

众　人　（接唱）请神灵降福施庇佑，

保我主消灾添寿筹。（酹酒）

［内声："休得乱闯，拦住她！"
［韩素娘挎篮子上。

韩素娘　不要拦我！不要拦我！

（唱）韩素娘连闯两门精神抖擞，
哥的兵懂礼节容让女流。
兴冲冲进庭院向里忙走。

［二禁军向前阻拦。

二禁军　何方女子擅闯辕门，快快出去！

韩素娘　（接唱）二军爷且从容细听缘由。
小女子到汴梁投亲靠友，
好难得才摸到这高大门楼。
我非是行不轨奸细盗寇，
望二位且放行顺水推舟。

二禁军　军机重地，闲人莫入。快快转去！

韩素娘　（接唱）二军爷莫怪姑娘性子㤘，
小女子犯了脾气犟过牛。
常言道不到黄河心不死，
姑娘我不见亲人不回头。

二禁军　你走！你走！

韩素娘　（接唱）不走！不走！……（思索、得计）我放声吼——
（喊）我要见赵匡胤！

［二禁军惊愕，韩素娘趁机跑进厅堂。

赵匡胤　（唱）何方来个疯丫头。
是何人因何事要见赵某？

韩素娘　咦！

（唱）大将军开金口，可是礼貌欠周。
何须问下位来瞅上一瞅。

赵匡胤　（唱）罢罢罢，我下位来——

下位来仔细看你是……

（惊喜地）义妹！

韩素娘　（激动地）义兄！

赵匡胤　素娘妹子！

韩素娘　匡胤大哥！

赵、韩　（同唱）啊……兄妹相逢泪双流！

赵　普　大将军，这就是当年结义的妹子，韩素娘小姐吗？

赵匡胤　（唱）正是我小义妹情同手足，

贤妹！

（接唱）与众将见一面莫要害羞。

韩素娘　（唱）喜今朝得相识兄长好友，

深施礼道万福，您福逾九丘。

众　人　（慌忙地）不敢，不敢！还礼，还礼！

韩素娘　各位将军！（从篮中取物）

（唱）我带来花生红枣酱牛肉，

还带来香醋荞麦芝麻油。

尝一尝咱家乡的土物可顺口，

有道是礼轻情重望容收。

众　人　愧受了！

韩素娘　（接唱）哥哥呀！

我为你送礼物盘算许久，

巧思谋做件氅衣轻且柔。

里子用纱、面子用绉，

大领长袖用丝绸。

金丝丝锁，银丝丝扣，

金锁银扣、襟边上锁扣着万字不到头。

五彩绒线我精心绣，

线线针针费运筹。

且看那皂黑绒的线、雪白绒的线、湛蓝绒的线、橙黄绒的线、红粉绒的线、红粉绒、绒粉红翻正竞走，绣出来光闪闪、亮晶晶、鲜艳艳、一个狮子滚绣球。
非自夸这绣衣世间少有，
针针线兄妹情千金难求。

众　将　（唱）韩姑娘心好、手巧，

高怀德　（接唱）模样俊秀，

赵　普　（接唱）这绣衣可称是神品一流。

赵匡胤　（唱）收宝衣谢贤妹情深义厚，
问一声伯父可是安好无忧？

韩素娘　（悲愤地）提起我老爹爹不堪回首，
怎能忘三年前灾难临头。
契丹兵似虎狼越界入寇，
北汉王为虎作伥无耻之流。
两股兵烧杀抢掠不住手，
进庄来破门而入到处搜。
我躲在枯井中逃过劫难，
好可怜啊，
好可怜老爹爹在屠刀之下断了头！
一庄人遭杀害有七十余口，
眼睁睁汩汩鲜血溢壕沟。
小妹我为爹守孝三年后，
一路寻一路问来把亲投。
请宽心，兄妹名分我恪守，
望怜我无依无靠孤苦哀愁。

赵匡胤　（唱）韩贤妹诉说了荼毒遭受，
钢铁汉也心痛悲泪暗流。
贤妹啊！

想当年战乱中你我邂逅，
结下了兄妹谊手足相侔。
到如今老伯惨死你无亲无友，
兄就该尽心尽力，为你遮风避雨、叫你笑口常开没
　　有忧愁。
这府邸望贤妹莫嫌简陋，
藏书楼且改作妹的妆楼。
两三个婆子丫鬟伴你左右，
闲时同刺绣、闷时伴出游。
三餐茶饭一定要顺口，
叫厨下常做削面少熬粥。
妹今朝恁般憔悴恁般瘦，
待来日换来个身姿丰腴、神采风流。
贤妹，你就安心住下吧！（安抚素娘）
暗骂声契丹强寇北汉走狗，
丧心病狂吞国土把百姓践蹂。
叹天下四分五裂乱局持久，
争无休战无休百姓痛无休、何日是了头？
赵匡胤身为战将披甲胄，
理应当分担国忧与民愁。
赵点检从容伸展擒龙手，
保我主平南剿北、重整山河复金瓯。
盼我主离病榻健壮依旧，
再跨雕鞍、壮志得酬。

众　人　（接唱）盼我主离病榻健壮依旧，
跨雕鞍平天下壮志得酬。

［钟声大作，弥漫着不祥之兆。

赵匡胤　啊，景阳钟声大作，莫非……

［“报！”兵卒喊着，急上。

军　卒　禀报点检，宫中传出消息，我主柴王驾崩了！

［众人惊愕、哀伤、茫然。

赵匡胤　众家哥弟！

（唱）少安毋躁恪职守，

　　待等号令战敌酋。

众　将　静候点检令下。

［赵匡胤沉着冷静。

［众将心悦诚服。

［韩素娘充满敬佩。

［亮相。幕落。

第二场

［幕启：皇宫大内，崇元殿。

［金色殿堂，黑色幔帐，相互掩映，气氛哀伤。

［陶谷持笔、册上。

陶　谷　（记录着）先皇晏驾，幼主登基，太后临朝，国事由范质宰相权衡，军政多依都指挥韩通决策。（有所见）不得了！说韩通，韩通就来了！

［韩通上。

韩　通　（唱）都指挥官高权不小，
中枢决策某操劳。
道我刁！刁钻只为把国保？
骂我暴！不暴岂能镇同僚？
赵匡胤先皇亲信膀臂依靠，
现如今岂容他左右当朝。
小皇帝也需我费心调教，
我目中无龙无虎尽是羊羔。
捡一把金交椅我且坐了。

打茶来！

［宫女甲、乙捧茶盘茶杯上。

［宫女甲上茶，韩通饮茶不满，掷杯地上；宫女乙立即上茶，韩通饮茶意惬，宫女甲、乙收拾碎杯，忙下。

韩　通　（接唱）等候了范宰相把国事推敲。

[范质上。

范　质　（唱）我在两朝为宰相，

宰相难当也好当。

论大事我唯命是从全依皇上，

办小事我松心放手属下忙。

咱大周主帅英才多良将，

我乐得大树底下好乘凉。

奈如今大树倒小树未壮，

范宰相胸有成竹心不慌。

出门来环顾四周看风向，

迈官步不快不慢稳当当。

话说三分，留个多半句，

深思半晌、点头摇头还得再商量。

不洒汤、不漏水、不求有功求无过，

也无得、也无失、做一个太平宰相我衣锦还乡。

上金殿议国事走走过场。（进殿）

韩将军！

韩　通　范宰相！

范　质　（接唱）定国策筹军务你尽管主张。

韩　通　唔。

[陶谷引小皇帝、符太后上；宫女、太监随上。

符太后　（唱）我儿七岁登大宝……

小皇帝　（见韩通，大哭）哇！

符太后　我儿为何啼哭？

小皇帝　（指韩通）我怕他！

符太后　为娘在，不怕、不怕！（叹息）唉！

哀家临朝似坐牢。

（接唱）担惊受怕何时了？

孤儿寡母受煎熬。

［内声：“殿前都点检赵匡胤将军，殿角候旨求见。”

符太后　传见。

范　质　（附和地）传见。

韩　通　不见！

范　质　（忙改口）不见！

陶　谷　今天不见，明天也得见，晚见不如早见，何况这调任旨意也要……

韩　通　嗯……传他觐见。

陶　谷　是，赵匡胤觐见哪！

［赵匡胤内白“领旨”上。

赵匡胤　（唱）站立在殿角下用目张望，

不由得人一阵阵心内凄惶。

实难忘崇元殿日前景象，

我们君臣共谋大计、同心同德、意气激扬。

到如今难和鸣剩我孤掌，

凭一颗报国心力谏君王。

稳一稳心绪把殿上。（进殿）

小皇帝　赵叔叔！（扑向赵匡胤）

韩　通　（制止地）嗯！

［符太后将小皇帝抱回龙位。赵匡胤跪拜。

赵匡胤　（接唱）臣叩拜陛下万岁，太后安康！

符太后　赵将军晋见何事？

韩　通　你快讲！

范　质　只说那关键词。

赵匡胤　（唱）先王病榻对我讲，

叮咛嘱咐事三桩。

第一桩调配精兵与强将，

第二桩备足草料与军粮，
第三桩举国一体为战场，
东西征南北剿复国兴邦。
大一统救分割百姓期望，
我大周顺民意荣耀担当。

韩　通　赵将军，先王晏驾，我朝正该休养生息，从今以后这征剿二字，你免开尊口。

赵匡胤　（唱）休养生息把时机丧，
前功尽弃愧对先王。

范　质　赵将军，当今幼主登基，太后临朝。您却是张口先皇、闭口先皇，这恐怕不大对劲吧！

赵匡胤　（唱）尊先皇敬幼主绝无异样，
秉衷心无杂念敢对上苍。

韩　通　秉衷心就好！赵匡胤听旨！（取出圣旨，交与陶谷）

陶　谷　（读旨）“上命赵匡胤改授归德军节度使，兼检校太尉……”（对赵匡胤悄悄地说）归德军驻地商丘，这就把您给支出去了。

范　质　（善意地）赵将军，是非只为多开口，烦恼皆因强出头。眼下朝廷已经惴惴不安，您就别添乱了！

韩　通　赵匡胤！限你三日内到任，倘有延误，休怪军法无情！（亮剑）

赵匡胤　（气恼地）这……

小皇帝　我怕呀！（逃下）

符太后　陛下！皇儿！（追下）

范　质　陛下、太后保重啊！（随下）

［宫女、太监四散，下。

［韩通威胁近逼，赵匡胤压抑忍让。

［陶谷警惕张望。

韩　通　哈哈，哈哈。（洋洋自得地下）

陶　谷　（惶恐地）唉！皇帝幼小伶仃，国家飘摇不定，人心惶惶问前景，懵懂懵懂！

［赵匡胤被深深触动。

［民谣传来，自远而近。

陶　谷　听！

［民谣："旭日当可俟，点检做天子！"

陶　谷　点检做天子……（回味，大惊）

［赵匡胤极度惊愕。

［幕落。

第三场

［幕启：都点检衙署，后园。

［二丫鬟、二婆子伴韩素娘上。

韩素娘　（唱）取下首饰换衣装，

系好围裙出厅堂。

只为着咱哥今日心神不爽，

韩素娘挽起袖子下厨房。

且把我家传的手艺亮一亮，

要给他做一碗甜甜丝丝、酸酸溜溜、喷喷香香、醒脑健胃汤。

小姐妹、二大娘，随我把灶上，

四　仆　是。

［赵普持地理图与高怀德同上。

赵、高　韩小姐！

韩素娘　（施礼）赵先生！高将军！

（接唱）这时候不回家如此奔忙。

赵　普　在下寄居汴梁，无家可回。高将军嘛，年纪轻轻，却是一个鳏夫。

韩素娘　（不解地）鳏夫？

赵　普　就是光棍儿，亟待安家呀！

高怀德　（唱）千里缘一线牵婚姻有望，

赵　普　（唱）直勾勾盯上了一位姑娘。

韩素娘　（唱）一句话说得我脸颊滚烫……

我要下厨去了！

高怀德　（唱）如若是搬粮运米我来扛！

［丫鬟、婆子、韩素娘急下，高怀德追下。

赵　普　哈哈、哈哈！（发现地）点检将军回衙来了！

［赵匡胤上。

赵匡胤　（唱）悲伤未止添惆怅，

又闻流言起彷徨。

赵　普　（唱）将军满面焦虑相，

莫非是进宫谏言有感伤？

赵匡胤　（唱）有什么焦虑与感伤，

军国大事亟待商。

托先生画地图画得怎样？

赵　普　（唱）地图绘就请参详。

赵匡胤　（唱）来来来，展图共瞻仰，

赵　普　（呼叫）高将军！

［高怀德上，与赵普展图。

赵匡胤　（唱）叹江山壮美却有伤。

南汉刘𬬮据两广，

南唐的李璟占据金陵锁长江，

在西川乱中称王后蜀孟昶，

在吴越是钱俶雄霸一方，

还有那北汉老儿把燕云割让，

小刘钧勾结契丹开门引狼，

一个个无仁政万民失望，

更何况行霸道百姓遭殃。

怎容忍裂神州你争我抢，

怎容忍自命霸主各称王，

怎容忍把黎民荼毒戕害，
怎容忍螳臂挡车自逞强。
恨不能立驰战马把群顽扫荡。（激愤亮剑，慷慨挥舞，一股懊恼袭上心头）唉！
怎奈我陷困境烦恼满腔。

赵　普 （唱）大将军因何故烦恼惆怅，
莫非是被韩通暗箭所伤。

赵匡胤 （唱）先生胜过诸葛亮，
料事如神尽昭彰。
韩通弄权施伎俩，
逐我即日出汴梁。
见此时朝堂上人心动荡，
正所谓主幼国疑甚渺茫。
下朝又闻路人讲，
道是“点检做天子”、一时间飞短流长。
离汴梁犹恐朝中生变故，
若抗命又怕入瓮中埋藏。
看起来前后左右生险象，
倒教我举步维艰失了主张。

［韩素娘暗上，一旁静听。

高怀德 （唱）弟兄们龙潭虎穴随你闯，
大兄长这般犹豫忒反常。

赵　普 （唱）三十六计走为上，
学个养晦与韬光。
耐等春雷一声响，
拨开云雾现太阳。
街谈巷议恐非虚妄，
那是天意与民意流布四方。

君子胸怀坦荡荡，
英雄气概勇担当。

韩素娘　（唱）一旁听得诸位讲，
心里发痒想搭腔。
治国安邦我不懂，
且把做饭打比方。
烙馍和面面要醒，
可急不得、慌不得；不急不慌，不迟不早，软硬适宜在时光。
上灶炒菜如同打仗，
配良将，好比是炝锅的大蒜、葱和姜。
兴兵布阵，就把油盐酱醋使用巧，
攻守进退的火候要相当。
保密防奸最紧要，
可不能混进个苍蝇毁了一锅汤。
莫怪我正事当作笑话讲，
只为着我的哥开心顺气免忧伤。
倘若是笑话难解你的闷，
小妹献丑为你舞霓裳。

赵匡胤　（局促地）哦……免了吧。

高怀德　（兴奋地）舞起来！

［韩素娘大方起舞，活泼奔放。

赵匡胤　（畅快大笑）哈哈，哈哈！

韩素娘　咦，我哥他笑了！

赵匡胤　（问赵普）三十六计“走”为上？

赵　普　“走”为上！

赵匡胤　走！高将军，传令下去：大军拔寨，开往商丘。

高怀德　是！大军拔寨，开往商丘！

［赵匡胤挽赵普下，高怀德随下。

韩素娘　哎，喝汤，喝汤！（无可奈何）

［幕落。

第四场

［幕启：汴梁，民居。

［二丫鬟上。

二丫鬟　（唱）将军领兵离汴梁，

赵普先生腾出了房。

姑娘入住多闲空，

日夜刺绣无事忙。

［赵普拎包袱上。

赵　普　（唱）躲避耳目穿小巷，

重来旧居见姑娘。

丫鬟与我去通报，

丫　鬟　有请姑娘。

［韩素娘上。

韩素娘　赵先生！你不是随军去了商丘吗？

（唱）又为何事回汴梁？

赵　普　姑娘啊！

（唱）去商丘，走得忙，

忘记大事有一桩。

要绣要做袍一件，

做工绣品要精良。

即时备用工期紧，

难坏绣房与作坊。

访遍了长街与里巷，
情急无奈来求姑娘。
韩素娘 （唱）论绣工我是半瓶新醋不够八两，
怎么敢接你的考题急就章。
赵　普 （唱）请姑娘莫讲笑话莫谦让，
你来时一件氅衣露了光。
我赵普看在眼里记心上，
遍天下第一绣女是姑娘！
韩素娘 （唱）你无须阿谀奉承谬夸奖，
赵先生有求我怎能不帮。
先看看材料和图样。
［赵普打开包袱，取出材料和图样。
韩素娘 （奇怪地）咦？
（唱）黄缎、青龙不寻常！
赵　普 （掩饰地唱）黄缎青龙不寻常，
要为神祇换新装。
求神保佑你兄长，
无灾无难享吉祥。
暗中劳作需守密，
走漏消息有灾殃。
担此重任功德无量，
姑娘芳名万代香。
韩素娘 （唱）我造袍请先生且把心放。
赵　普 （唱）千叮咛万嘱咐不可张扬。（下）
韩素娘 小姐妹，我们绣起来！
［韩素娘与丫鬟共同刺绣，载歌载舞。
韩素娘 （唱）手艺巧，心情好，
飞针走线绣龙袍。

先绣个青龙扬首头高翘，
佑兄长壮志凌云冲九霄。
再绣个龙身麟甲光闪耀，
佑兄长征伐四海挽狂涛。
三绣个气势磅礴张龙爪，
佑兄长出战必胜擒孽蛟。
四绣个五彩祥云飘缭绕，
佑兄长造福百姓乐陶陶。
紧加工夜以继日不辞劳，
心振奋却要潜踪静悄悄。

二丫鬟　（指门外）有人来了！

［韩素娘熄灭灯火。

［幕急落。

第五场

［幕启：皇宫大内，崇元殿。

［“福”字高悬，红灯低垂，新年气象。

［范质上，神情慌乱。

范　质　（念【扑灯蛾】）

大年三十不安生，不安生！

［韩通上，气急败坏。

韩　通　（念）北汉、契丹兵压境，兵压境！

［陶谷上，追在范质、韩通身后上。

陶　谷　（念）二位大人快做主，

稳定民心保朝廷。

范　质　（念）奔大内，

韩　通　（念）闯皇宫，

范　质　（念）你击鼓，

韩　通　（念）你撞钟。

陶　谷　（念）唉，表白忠心假正经。

［范质、韩通同时击鼓、撞钟。

［太监、宫女引符太后、小皇帝上。

符太后　二位卿家，鸣钟击鼓有何大事？

范　质　北汉、契丹勾结发兵，大军十万来势汹汹。

韩　通　边关吃紧，鸡犬不宁；请主速决，弭患消停！

小皇帝　我怕呀！

符太后　（哭）喂呀！

（唱）皇儿害怕我也怕，

六神无主难作答。

您说咋办便咋办，

我母子依从二卿家。

范　质　韩将军，是啥法子有啥招，您就说吧！

韩　通　（唱）平素里某家决策掌权柄，

今日是想不出招也不中。

面对着边防吃紧大军压境，

违背我休养生息且用兵。

细思谋各路兵马怎调动？

范　质　韩将军莫非要亲临战场，带兵出征吗？

韩　通　（唱）范宰相一言提醒启昏蒙。

要防备朝廷内风吹草动，

一旦间事出不测大祸生。

我韩通还需要铁腕掌控，

此时间，带什么兵、出什么征、争什么功、我逞什么能！

坐镇朝廷我发令，

指派一人带兵出征！

范　质　“指派一人”，这人是谁？

韩　通　赵匡胤！关键时刻要出力啊！哈哈，哈哈！

范　质　这一场恶战，是要损兵折将啊！

韩　通　正好成全他们为国尽忠！传旨！敌兵进犯，社稷危急，钦命赵匡胤挂帅，准调各路兵马，速回汴梁接印，正月初三日发兵北上抗敌！

陶　谷　是！圣旨下！奉天承运，皇帝诏曰：敌兵进犯，社稷危急，钦命赵匡胤挂帅，准调各路兵马北上抗敌啊！

范　质　（讨好地）陛下，您看这成吧？

［小皇帝早已倒在太后怀中呼呼睡去。

陶　谷　咦！这么热闹的戏，他倒睡着了！

［幕落。

第六场

［幕启：行军路上。

［大军行进，浩浩荡荡。

［六将催军，耀武扬威。

［“报！”探马喊着，急上。

探　马　边关禀报，从未见到敌方一兵一卒。

高怀德　速速报知元帅。

探　马　是！（下）

潘　美　谎报军情！

［赵普上。

赵　普　元帅有令，大军停止前进，在陈桥驿歇马！

六　将　（传令）大军停进，在陈桥驿歇马。

［“在陈桥驿歇马！”传令声由近及远。

［赵普拉着高怀德、潘美耳语。

［幕落。

第七场

［幕启：陈桥驿。

［庭院开阔，露出客房一侧；一槐一井分见于院落左右一隅。

［兵丁数人围着古井悄悄议论。赵普从人群中抽出身来。

赵　普　（唱）古槐树下拴战马，

一掬井水洗征尘。

人心浮动起议论，

陈桥当要震古今。

［从客房传出赵匡胤的声音："酒来！酒来！"

［兵丁端酒上，走进客房。潘美、党进端酒碗上。

潘　美　（唱）赵大哥喝酒咱也喝酒，

一样苦闷一般愁。

党贤弟！

党　进　潘仁兄！

潘　美　不知何人谎报军情，朝廷竟然不查不对，便这样慌慌张张调派大军。都是干什么吃的！

党　进　唉！七八岁的娃娃当皇帝，还不是大臣手里的偶人！咱们这些带兵的，血战沙场，立下再大的功劳，谁能知道？谁能明白？

潘　美　哎，咱赵大哥就能知道，就能明白！

党　进　嗳！要是赵大哥能当皇……

［潘美示意，党进住口。

［客房传出赵匡胤带醉的声音："酒来！酒来！"

［兵丁端酒上，走进客房。高怀德、李处耘、刘守忠上。

高怀德　怎么，三更已过，赵大哥还在饮酒？

李处耘　借酒浇愁啊！

赵　普　（唱）忧国忧民人消瘦，

　　　　　　问天下如今谁有这般愁？

刘守忠　嘿，比那个娃娃皇帝胜强百倍！

［几名兵丁拥王全斌上。

王全斌　你们说，在这口井中见到两个太阳？

兵　丁　是！

王全斌　你们说，在京城汴梁听到传唱"点检做天子"？

兵　丁　是！将军，这是咋回事呀？

王全斌　咋回事？（神秘地）这是天意！你说呢？

兵丁甲　上天示意，"点检做天子"。赵点检必登皇位！

众兵丁　（紧张地、低声地）赵点检必登皇位！

六将官　（兴奋地、大声地）赵点检做天子！赵大哥做天子！

赵　普　列位将军！赵元帅一向忠心为国，未必肯受我等拥立。况且这等大事，胜则成事，败则灭族，是成也要成，不成也要成。事到如今，只有一法可行。

众　人　什么办法？

［赵普缄口不语，手指潘美腰中佩剑。

六将官　（领悟地）兵谏！

潘　美　若有一件龙袍就好了，是"龙袍加宝剑"，他不干也得干！

赵　普　（急切地）是呀，此时此地哪有龙袍啊！

　　　　（唱）这滚龙黄袍哪……哪里有？

［赵匡义与韩素娘提包袱上。

韩素娘　（唱）这神仙的黄袍可误了时候？

［更声鸣响，天交五鼓。

赵　普　咦！来得正好啊！天色将明，将士们到此列队。

六将官　兵丁们列队！

［众兵丁持械上，列队环立。

兵丁甲　列队已毕！

高怀德　赵先生，怎样行动？

赵　普　列位呀！

（唱）虽是兵谏，剑不必露，

坦诚相告，代民乞求。

看我眼色巧出手。（把龙袍交付李处耘、刘守忠，走进客房）元帅！赵元帅醒来！

紧急军情待君筹谋。

［赵匡胤边唱边上。

赵匡胤（唱）昨夜宿醉今迟起，

门外报道军情急。

蒙眬迈步到院内。

［赵匡胤走出房门，六将持剑聚拢过来。

赵匡胤（诧异地）啊！

（唱）你等因何剑相逼。

赵　普　元帅不必惊慌。只因皇帝年幼无知，重臣操纵权柄，纵然我等战死沙场也落得个冤魂野鬼，心中实有不甘！为此，千人苦，万人怨，日夜思，今日断，请元帅上应天命，下顺民心，为我辈做主啊！

［赵普示意，李处耘、刘守忠猛地抖开龙袍，披在赵匡胤身上。

潘　美（呼叫）众将军拜见新皇陛下！

兵丁甲（招呼）弟兄们，快来参拜新皇帝呀！

［众人放下兵械，整齐跪地。

众　人　吾皇万岁万岁万万岁！

赵匡胤　（唱）晴空万里响霹雳，

黄袍加身躲不及。

将士弟兄跪一地，

山呼万岁叩如仪。

说声请起，大家请起，

［众人起身；赵匡胤略整龙袍，李处耘、刘守忠误解，向前按住；高怀德、潘美拔剑，赵普示意制止。

赵匡胤　（唱）我定定神，缓口气，理一理思绪，咱们再议话题。

［赵普示意，将官兵丁退下。

赵匡胤　（唱）一阵阵北风吹深感凉意，

一时间酒尽醒冷静沉思。

将士们齐拥戴我做皇帝，

坐不安推也难既成事实。

闯江湖曾指望出人头地，

建功业也曾望光耀门楣。

伴君王殷期望封侯万里，

列庙堂好奢望玉食锦衣。

赵匡胤哪何曾觊觎龙椅？

睡梦中也未曾想皇权转移。

到如今被三军兵谏拥立，

事至此难容我不依。

我口辩无言，推托无力，

难道说要承担不忠不孝不仁不义的罪责难回避？

史书将怎样落下这一笔？

陈桥啊，陈桥驿！

赵匡胤一颗心唯你尽知！

唯你尽知！

唯你尽知！
要冷静心平静再做梳理，
问自己寻求答案解谜题。
想当初先皇倚重成知己，
我披肝胆投桃报李唯恐不及。
转瞬间龙椅坐了小皇帝，
娃娃家承担国祚惹人疑。
这忠心怎样尽自生疑虑，
尽忠心怎样做路分东西。
一类忠替先皇完成大业，
另一类保个玩偶，鞠躬尽瘁、国运渺茫、朝不保夕、
天大的滑稽。
况且是民为邦本民治天下，
并非他一人一家一己之私。
我未曾存心窃权归于己，
现如今天命所归、众心所向、我一步登极。
既登极问自己，是否有能力？
耳边厢似听得百姓哀啼。
割裂悲战祸苦民早压抑，
王失德官奢贪民落沟渠。
强国富民第一义，
一统华夏不宜迟。
赵匡胤倘有三分气，
拼搏至死志不移。
任他史书怎落笔，
赵皇帝无愧披得这衮龙衣！

［韩素娘上。

韩素娘　兄长！

（唱）兄长从未叹过气，
今日为何锁双眉。
当一茬皇帝有什么了不起，
无非是行仁政德性第一。
我信兄长怀大义，
我信兄长无偏私。
只要是百姓在你的心坎里，
流淌出大恩大爱百姓惠及。
将士兄弟信任你，
天下苍生指望你，
朝堂大局依靠你，
你、你、你、
挺起胸膛当个好皇帝，
我的赵大哥，
小妹为你好着急。

赵匡胤　（唱）做决断速召集将士兄弟，
将士们！
［军号声响，将士列队，赵普随上。

众　人　听候圣谕！

赵匡胤　（唱）孤有言晓谕你众人知。
蒙列位一片盛情将朕拥立，
应天命顺民心义不容辞。
此番回转京畿地，
须保安宁无差池。
一不准凌辱太后与少帝，
他是孤立誓全心侍奉的。
二不准妄杀朝臣与国戚，
孤王的旧日同僚不可欺。

三不准滋扰市井坏贸易，
孤王要百姓安居开门大吉。
四不准抢掠资财奸淫妇女，
倘有违纪剥他的皮。
牢记遵行非儿戏。

众　人　谨从圣谕！

赵匡胤　人马回京！

众　人　（从命）啊！（大军行进）

赵　普　陛下请看！（指向天边）

赵匡胤　（唱）望东方旭日出斑斓晨曦。

［旭日喷薄，军队雄壮。

［赵匡胤昂然立马，信心满满。

［幕落。

第八场

［幕启：皇宫大内，崇元殿。

［新年欢度，略显凌乱。

［符太后、小皇帝、范质、韩通相聚寒暄；宫女、太监侍立。

韩　通　（唱）汴梁城距战场千百里，

范　质　（唱）度佳节须尽欢烦事莫提。

［陶谷上。

陶　谷　出事了！出事了！那赵……

范　质　赵匡胤？

陶　谷　（点头）是！

韩　通　战败了？

陶　谷　（摇头）嗯！

韩　通　战胜了？

陶　谷　（摇头）嗯！

范　质　他，怎么样了？

陶　谷　他身穿黄袍！高骑龙马！禁军簇拥！大摇大摆进了京城！

范　质　他、他、他反了？

韩　通　守城将官不该开城！

范　质　哎呀，我的韩将军！守城将官，禁军将领，都是他的弟兄啊！

陶　谷　眼看就到崇元殿了！

小皇帝　（欢呼）赵叔叔回来了，赵叔叔回来了！

韩　通　（气急败坏地）咦！

（唱）调兵马要保卫某家府邸！

［韩通拔剑出宫；潘美上，随其身后。

潘　美　韩将军！

韩　通　看剑！（挥剑便刺）

［潘美带伤还击，韩通一剑毙命。

［高怀德随赵匡胤上，目睹一切。

赵匡胤　咳！

（唱）怕流血还有这伤亡血迹。

［赵匡胤挥手，潘美率兵清理现场。

赵匡胤　（唱）走进了崇元殿往事历历，

今日情今日事令人叹息！

范　质　（撒泼地）赵点检，赵天子，你杀了我吧！杀了我吧！（跌坐地上）

赵匡胤　（唱）抢上一步忙扶起，

范宰相、老先生，你好傻呀你好痴。

赵匡胤称帝发明誓，

妄杀一人天灭之。

新朝怎能失去你，

尚望携手治华夷。

孤王坦诚问一句，

不忙回答请深思。

你我同朝操劳重，

何尝一日枕安席，

换来个国家千疮又百孔，

换来个四边四周伏危机。

几十年你打我来我打你，

闹得来国土分裂百姓啼饥。
朕既称君做皇帝，
望只望造福苍生国统一。
您若愿，照当宰相、调和鼎鼐、与孤同心、把朝政协理；
您不愿，数倾良田、一座宅地、颐养天年、送你回籍。
何去何从尽在你，
去留两便我不强逼。

［赵匡胤转望太后母子，小皇帝扑上来。

小皇帝　赵叔叔！

赵匡胤　（唱）含泪眼我望着孤儿寡母，
叫一声小大嫂宗训子侄。
不敢忘先皇爷深恩厚义，
不敢忘继先志衣钵承袭。
将大嫂安置在一方福地，
宗训侄享爵禄母子有依。
不稍减宫娥与彩女，
加派些守卫与御医。
进宫来不必行君臣大礼，
咱一家人叔嫂相待，和和美美、不弃不离。
肺腑言衷肠话讲说完毕，
若反悔若食言苍天不依！

范　质　（跪倒）吾皇万岁！

符太后　我母子谢主隆恩！

小皇帝　（摘下冕旒，递给赵匡胤）这个你戴吧！

陶　谷　这顶小点儿，合适的准备着呢！请陛下更衣。

［赵匡胤下。

陶　谷　（掏出“禅书”）这个我也准备着呢！（宣布）禅让大典开始！（读禅让诏书）诏曰：“五运推移，上帝于焉眷命；三灵改卜，王者所以膺图……”（郑重地）旧主禅让，新主继位，国号大宋！奉请大宋皇帝就位！

［朝臣、众将排班侍立；仪仗前导，赵匡胤帝装上。

［赵匡胤端坐龙椅。

众　人　（高呼）吾皇万岁万岁万万岁！

［赵普将高怀德拉至殿角。

赵　普　韩素娘滞留陈桥，未到汴京。

高怀德　啊？

［幕落。

尾　声

［幕启：陈桥镇外，东岳庙前。

［韩素娘徘徊悱恻。

韩素娘　（唱）站在陈桥望汴梁，
陈桥汴梁好地方。
汴梁云浓龙居处，
陈桥宝地龙飞翔。
哥在汴梁当皇上，
妹在陈桥依然是个野姑娘。
君民有别如天壤，
忝列龙门不相当。
一走了之任飘荡，
难舍兄妹情义长。
远向汴梁深深拜，
祝愿兄皇寿无疆。
眼含热泪登程往……

［赵匡胤上。

赵匡胤　大胆！

（唱）大胆丫头哪里藏！
登基大典不朝贺，
不辞而别惹恼孤王。
一罚你不再姓韩要姓赵，

二罚你韩素娘改名赵京娘。
三罚你燕国公主称名号，
四罚你与孤的姐妹大排行。
七罚八罚难消气，
孤罚你欢天喜地迎新郎。

（向后呼唤）你过来吧！

［高怀德身穿吉服上，将另一件穿在韩素娘身上，二人施礼。

韩、高　谢万岁！

赵匡胤　免！陈桥吉地，玉成吉礼，要唱个喜歌儿才好。

韩素娘　我来唱！

（唱赵匡胤《咏日》诗）

欲出未出光辣挞，
千山万山如火发。
须臾走向天上来，
逐却残星赶却月！

［韩素娘与高怀德欢快起舞。

［赵匡胤站立高处，浮想联翩。

［幕落。

——剧终

2015年3月23日收笔

豫剧

姜太公走淇河

题记：历史的传说，严肃的喜剧；与《封神榜》无涉，与“戏说”绝缘。

人物表

姜太公　　姓姜，名尚，字子牙。周朝太师，成王辅臣，世间尊称姜太公，年八十五。

姬　诵　　周朝天子，尊号成王，年十五六。

陶　贞　　殷人，玄鸟部族女首领，年近四十。

陶　娥　　陶贞之女，年十五。

陶　英　　陶娥之孪生妹，年十五。

姬　奭　　史称召公，一说周文王之第十二子，一说周文王庶子，成王之叔，成王朝太保，年四十二。

姬　高　　史称毕公，周文王之第十五子，成王之叔，成王朝少师，年三十七。

姬　封　　史称康叔，周文王之第九子，成王之叔，监管殷之京畿——朝歌、淇水流域，年四十六岁。

伊　豪　　宫廷士卫长，年三十许。

申　豹　　将官，姬封属下，年三十余。

盲　婆　　殷人，年近七十。

跛　汉　　周人，年约六十。

渔　夫　　淇水渔夫，年七十许。

哈　哈　　成王近侍，年二十七八。

小　甲　　周朝贵胄子弟，姬诵玩伴，男，年十五。

小　乙　　周朝贵胄子弟，姬诵玩伴，女，年十四。

小　丙　　周朝贵胄子弟，姬诵玩伴，男，年十六。

小　丁　　周朝贵胄子弟，姬诵玩伴，女，年十五。
二辅臣　　姬封之佐理，年四五十。
其他人等　宫女、内侍、兵丁、农妇、渔民、渔女各若干。

时　间：西周，成王三年，约公元前1041年。
地　点：第一场在周都丰镐，余在淇水流域。

序　幕

［淇水之滨，朝歌附近。

［战鼓声震，战旗猎猎。

［周军兵丁、申豹、二辅臣拥姬封上。

姬　封　（触景生情，洋洋自得地）淇水，朝歌！朝歌，淇水！啊，哈哈，哈哈！

（唱）周公率军平叛乱，

朝歌淇水换新天。

我今奉命来监管，

建功立业享威权。

［陶贞率陶娥、陶英及部族民众上。

陶　贞　参见天朝官长。

姬　封　这是何人？

申　豹　此人乃是淇水之滨玄鸟部族首领陶贞。

姬　封　啊？姬某日前已然告知尔等，朝歌淇水一带土地，尽由朝廷征用，当地居民限三日之内搬迁撤离。尔等胆敢在此盘踞，又来聚众纠缠，难道要造反！

陶　贞　官长！

（唱）小民非反也非叛，

敬请息怒听我言。

世代居住淇河畔，

渔猎耕种淇河边。

族群全靠这水土赡，
这水土与命紧相连。
望求官长施恩典，
免征免占得苟安。

姬　封　好恼！
（唱）大胆刁民来谈判，
叛逆狂妄性情顽。
某家令出如山倒，
谅尔蚍蜉撼山难！

陶　英　咦！
（唱）百姓申诉听不进，
搬出个罪名压死人。
狂妄顽固本是你，
像头毛驴死强筋。

姬　封　（唱）兵丁与我忙驱赶！

陶　英　（唱）以死相拼挡在前。

［兵丁驱散民众，陶贞拉陶英、陶娥下。

姬　封　（气急败坏地）反了，反了！

辅臣甲　殷人谋逆之心不死！

辅臣乙　分明是抗拒监管，犯上作乱！

姬　封　速报朝廷，请旨弹压！

二辅臣　是！

［姬封与辅臣紧张谋划，亮相。

第一场

［皇宫内苑。

［鼓乐高奏，气氛热烈。

［宫女、内侍环列四周；哈哈立于卧石之上。

哈　哈　（高声点唤）小甲！

小　甲　到！

哈　哈　小乙！

小　乙　在！

哈　哈　小丙！

小　丙　有！

哈　哈　小丁！

小　丁　（娇滴滴地）来了！

［众人哄笑。

哈　哈　严肃点！小丁……我说二妮啊，把你这吃奶的腔调改改，成不成？

小　丁　（憋足气，粗声地）中！

［又是一阵哄笑。

哈　哈　听着！成王今天喜气洋洋，咱们跟着心情舒畅。皇宫后院摆战场，要玩捉迷藏。谁要被捉住，罚他三天扫茅房！嘻嘻！……别笑！（发令）预备，开始！

［姬诵蒙眼摸上，伊豪随后护驾。

［“在这儿呢！”“在这儿呢！”甲乙丙丁四人引着却又避着

姬诵来捉；宫女内侍呐喊造势。

［姜太公气喘吁吁地急步走来，姬奭、姬高左右搀扶随上。

［姬诵一把捉住姜太公，一片沉寂。

姬　诵　（摸索，推测）小丁，是二妮！嗯？长高了！长胖了！（摸到胡须）二妮，小辫没扎呀！

姜太公　咦，谁家小辫长到嘴上？

姬　诵　（忙摘眼罩，尴尬地）太公爷爷！

姜太公　成王万……咳……（欲参拜，咳嗽不止）

姬　诵　（忙拦阻）免礼！免礼！太公坐，快快请坐，（呼唤）哈哈！

哈　哈　在！

姬　诵　备软垫！（示意众人退下）

哈　哈　对，不要冰了老太公的臀部！（将软垫铺在卧石上）您这儿请！

［姜太公落座，仍在咳嗽。

姬　诵　太公贵体欠安，为何扶病进宫啊？

［姜太公咳嗽着，比画着。

姬　奭　（代答）太师扶病进宫，动问各地奏报之事。

姬　诵　毕公禀明太公，不就完了！

姬　高　是！（郑重禀报）周公东征，平叛大捷……

姜太公　咳咳……（咳嗽，摇头摆手）

姬　诵　不是？（不解。指着姬奭）召公，你说！

姬　奭　是！（郑重禀报）康叔姬封自朝歌奏报：淇水流域，监管受阻，殷人谋逆，犯上作乱。

姜太公　（始终未停的咳嗽戛然而止，不住地倒气，使劲比画）嗯！嗯？嗯……

姬　奭　太师动问，成王打算如何处置？

姬　诵　（豪迈地）咦，还用什么“打算”？本王已向康叔传下诰命：“犯上作乱，格杀勿论！”

姜太公　（嗽停喘止，瞪大眼睛）啊！

［姬奭、姬高垂头不语。

姬　诵　（试探地）……不对吗？

姜太公　（瞪着眼，思考着）对……

姬　诵　（兴奋地）哈！我就是对！

姜太公　……一半儿……

姬　诵　（疑惑地）对一半儿？

姜太公　（摇头）……不到！

姬　奭　是“对”一半儿不到。

姬　高　还不到一半呀！

姬　诵　那么，是本王错了？

姜太公　还不好下结论。

姬　诵　太公爷爷，如此支支吾吾、模棱两可，这可不是你的性格。

哈　哈　（凑近姬诵，低声地）老爷子发高烧，犯迷糊！

姜太公　（苦笑）我犯迷糊？我发高烧吗？

（唱）头胜往日超清亮，

心蒙霜雪冰冰凉。

我自幼承高人韬略教养，

怀壮志报国错投殷纣王。

多少回劝他亲民把言路开放，

反道我是狂夫赶出了朝堂。

我曾做淇水渔夫撒鱼网，

我曾做孟津小贩卖米粮，

我曾做朝歌屠户宰牛狗，

我曾做羑里雇佣入丐帮。

磻溪垂钓待明主，

七十三岁遇文王。

兴周灭纣建功业，

要使民安国富强。
文王晏驾武王继，
武王仙逝立成王。
周公摄政我辅佐，
盼他成熟早担当。
周公东征去平叛，
成王留守不慌张。
今日里豪迈发下第一令，
尽显出敢作敢为魄力强。
我怎能横挑鼻子竖挑眼，
泼瓢冷水也便当，最怕把他的锐气伤。
但心中疑虑若不讲，
又恐怕错决断、谬主张，伤民心，误国昌，毁成王，
　　想到此我脖颈子就发凉。
哎呀呀，姜太公啊，老姜尚，
为什么一时间缺少智商？
我少了智商！

哈　哈　老爷子！您把成王晾在一边，自己唱了半天，琢磨啥呢？

姜太公　琢磨成王说的话。

哈　哈　噢，成王说支支吾吾、模棱两可不是您的性格。

姜太公　（下定决心）咦！

哈　哈　吓死我了！

姜太公　（唱）一向耿直老姜尚，
斟酌辞令奏君王。（转向成王）
当断则断人称赏，
决断不当也须防。
康叔禀报隐虚妄，
种种疏漏费考量。

这“谋逆”似乎还没“逆”，
“罪”无实据近似讵？
“殷人”二字好大的量，
可不敢杀光斩光死光光？
再者说，“犯上”犯了哪个“上”？
是天上？是地上？是长上？是君上？还是他一方土皇上？
似有隐情待昭彰。
事重大本应当查实无爽，
保大周佑黎民要两全无伤。
姜太公的脾气禀性复原状，
谨此谏言与君磋商！

[姜太公摆出架势静候答复；姬诵心有不服却不敢顶撞，闷声不响；姬奭、姬高不便插话，垂头不语。

哈　哈　（调和地）老太师主张“察证实情”，索性告诉大家，要怎么察，应当怎么察呀？

姜太公　（冷冷地）下去！

哈　哈　（不解地）啊？

姜太公　（坚决地）下去！

哈　哈　是！（顺从地准备退下）

姜太公　回来！我请成王下去！

姬　诵　（困惑地）什么！要我……下去！

姜太公　下到民间去！到风口浪尖去！亲眼看一看，亲耳听一听，是非黑白自有论断。

姬　诵　（毅然地）好，我去！但有一件……

姬　奭　哪一件？

姬　诵　（真诚地、耍赖地）要由太公爷爷陪我！

姜太公　（迅即应命）老臣遵命！烦请二公料理朝政，姜子牙陪同

成王走淇河呀！（一时兴奋，咳嗽不止）

众　人　（关心地）太公！

［姜太公摆手示意无妨，威武亮相。

第二场

[淇水之滨。

[春水如练，良田如茵。

[陶娥、陶英与农妇们在田间劳作。

[陶贞仗剑上，警觉巡视。

陶　贞　（唱）淇水冰融春来早，

布谷催人理禾苗。

姐妹下田我瞭哨，

休叫亡羊再补牢。

[一小妮搀盲婆提水罐上。

陶　贞　（机敏地）谁？

盲　婆　我，送水的！

陶　贞　（心疼地）双目失明，行动不便，还送的什么水？若被官兵发现，如何是好？

小　妮　官兵在北边，我们往南来，发现不了。

陶　贞　总是小心为好！（呼唤）大家歇息歇息。

盲　婆　唉，首领啊！

（唱）我孤苦伶仃双眼瞎，

蒙你收容有了家。

残生苦命死不怕，

只怕是你的恩情未报答。

农妇们　（聚拢来，唱）

燕雀偏遭风雨打，
首领筑巢聚拢大家。
你是我们的主心骨啊，
玄鸟部族好当家。

陶　贞　（放下长剑，举水碗向天祷告，唱）
但愿风雨一刹那，
淇滨长天映彩霞。

陶　英　（拿起长剑）母亲，教我使剑。

陶　贞　哎，女儿家要习歌舞，不用学剑。

陶　英　女儿家不用学剑，母亲为何学剑？你不是女人？

陶　贞　当年在纣王暴政之下，为求自保，不得已而为之。

陶　英　如今，女儿也是不得已而为之。

陶　贞　放下！

陶　英　（执拗地）不！

陶　娥　小妹，放下。

陶　英　就不！就不！（提剑下）

陶　贞　陶娥，将她追回！

陶　娥　遵命！（下）

农妇甲　她姐妹虽是双生，性情大不一样啊！

盲　婆　这就叫作：一龙生九种……

陶　贞　（自嘲地）其中必有一个拧种！

［陶娥急上。

陶　娥　母亲，小妹提剑跨马向北跑去。

陶　贞　不好！陶娥，率领大家撤离回山。弓箭手随我去追！

［陶娥率众隐去。

［陶贞与一名弓箭手戴起狰狞面具，跨马奔驰，下。

第三场

［淇水之滨。

［远处，城池楼阁；近处，修竹秀水；云雾缥缈，禽鸟高唱，宛如仙境。

［甲乙丙丁四娃在前，姜太公与姬诵居中，伊豪执叉，哈哈牵牛殿后，八人作百姓装束，同上。

姜太公 （唱）禀告了太后，
辞别了龙楼，
摘下了峨冠，
换上了兜头，
屏退了卫队，
歇息了貔貅，
免去了宝马，
换乘了青牛，
带四个娃娃、伊豪哈哈一文一武随左右，

四　娃 （接唱）哇哈哈！
我们大家去旅游。

姜太公 （制止地）打住！在家我是咋样教你们的？

四　娃 （齐整地）流浪游走，卖艺糊口。

姜太公 （手指哈哈）他？

四　娃 敲锣的。

姜太公 （手指伊豪）他？

四　娃　打鼓的。

姜太公　（手指自己）我？

四　娃　姜太公！

姜太公　错了！

四　娃　（改口）姜太师！

姜太公　不对！

四　娃　（坚定地）太师爷爷！

姜太公　咦！您就不会掐个头儿去个尾，

四　娃　掐头儿去个尾？噢，师爷！

姜太公　这就对了！那么，他是谁？（指向成王）

小　甲　大周天子。

姜太公　你们咋样称呼？

小　乙　成王！

姜太公　从前的称呼。

小　丙　太子！

小　丁　从前我叫他诵哥哥！

姜太公　好，大伙儿就叫他宋师哥……（由肯定转犹豫，看着姬诵）这成吗？

姬　诵　本是自家兄弟，有何不可。

四　人　（试探地）宋师哥！

姬　诵　（坦然地）唉！（放眼赏景，感叹地）看这两岸修竹成林、苍松接天，丹枫流火、古柏滴翠，淇水流经之地真的是……

伊　豪　（猛然接话）美！

哈　哈　不到淇水不识天地之灵秀，不来卫地不知中原之繁盛也！（发现伊豪看着自己）瞪我干啥？这是老爷子说的。

姜太公　不，这是众人的口碑呀！

（唱）天公妙造淇河景，

殷人尽心苦经营。
治山养山绿莹莹，
治水保水清凌凌。
沃野良田细耕种，
能工巧匠制造精。
民间器具质优等，
宫廷宝物数不清。
朝歌华美人称颂，
毕竟天下第一城。
德山德水养德性，
淇水人善大有名。
谦和友好讲公道，
我卖面宰牛从来没有受过蒙。
世人到此如朝圣，
临别长叹不虚此行！

小　甲　这么说，比咱们西岐好？

小　乙　比咱们京都丰镐强？

哈　哈　什么“好”？什么“强”？这叫“先进”！（又发现伊豪看着自己）又瞪我干啥？这也是老爷子说的！

姜太公　这也不是我说的，是众人的口碑。

小　丙　这么好的地方，怎么没有人啊？

姬　诵　恐怕都去造反了吧？

姜太公　咦！

（唱）看起来小成王先入为主，
憋着气儿扭着劲儿心里不服。
必须要循循善诱不可粗鲁，
且装个充耳不闻稀里糊涂。

［甲乙丙丁四人玩耍间有所发现，

小　甲　有队兵丁。

小　乙　绑个姑娘。

小　丙　往这儿来了。

小　丁　快躲起来吧！

姬　诵　怕什么！晓谕他们：成王在此。

姜太公　又忘了！（拉了拉姬诵的衣角）

姬　诵　（醒悟）噢，咱是微服私访。

姜太公　伊豪，拦住他们！

众　人　（不解地）啊？

［姜太公向众人悄悄部署。

［申豹、兵丁押陶英上，伊豪牵牛挡路，哈哈假作赶牛。

申　豹　（暴躁地）啊！胆大乱民，敢挡去路！拿下了！

哈　哈　哎呀，误会，误会！我们从京城丰镐而来，都是大周的顺民，可不是什么乱民哪！

申　豹　听你口音，倒像是咱西岐的老乡。

哈　哈　对，是老乡！啊……老乡！（上去就要拥抱）

申　豹　（闪开，盘问）既是周人，为何到此殷地！

哈　哈　您看！

［姜太公指挥，众人演练舞蹈杂技。

申　豹　噢，卖艺的！让开道路，人犯过去。

哈　哈　押着的这个……是人犯？

申　豹　这就是谋反的殷人，作乱的狂徒，待杀的凶犯！

姜太公　我一把年纪，没见过狂徒凶犯，搀着我去看看！（搀着姬诵向前观看，有意说给姬诵听）咦，一个小妮，刚丢开奶嘴儿，嫩胳膊嫩腿儿，一掐一汪水儿——这就是作乱的狂徒、待杀的凶犯？

陶　英　我不是狂徒，我没有作乱！

四　人　（同情地）真要杀呀？

姬　诵　（迟疑地）是啊，真要杀吗？

申　豹　不杀？就不杀。当个奴隶卖了，还能得点好处。

姜太公　卖给我吧。

申　豹　你买？

姜太公　你看，我这儿三个孩两个妮，缺少配搭，买过来也好编队。讲个价吧。

申　豹　我要换这头牛。

姜太公　换牛也中，增加两张熊皮，搭给我这匹马。

申　豹　马？（自语）这马本来也是她的……成交！牵牛放人！

［两家交换。

哈　哈　（交上熊皮）嘿，亏大发了！

申　豹　亏了？免费送一条消息：乱民首领名叫恶鹰，神出鬼没，杀伐厉害。老乡，可要多加小心哪！回营！（领兵丁下）

陶　英　老头，你真想留下我做奴隶、学歌舞？

哈　哈　咦，老人家是在救你嘛，傻孩子！

姜太公　姑娘，受惊了！（为陶英解开绑绳）

姬　诵　（有所见）又有一队人马来了！

姜太公　众人后退，伊豪护卫！

［伊豪挺身护卫，姜太公挡住陶英。

［陶贞与弓箭手上。弓箭手放箭威慑，陶贞扬沙迷蒙。

陶　贞　（向陶英）快走！

陶　英　（跨马，回首）老头！谢谢你了！

［陶贞、陶英、弓箭手下。

姬　诵　（惊魂未定，气愤地）反贼！强盗！

哈　哈　牛没了，马没了，人也没落住！

姬　诵　真乃姑息养奸哪！

姜太公　（不自在地）嗯？

姬　诵　（急忙解释）师爷，我没说你！

哈　哈　对，说我呢！说我呢！（大包大揽，越描越黑）

姜太公　（哭笑不得）嘻嘻……

众　人　（尴尬地赔笑）嘻嘻……

姜太公　（唱）不争“姑息”是与否，

要把真相细追究。

紧随蹄印往前走。

哈　哈　（插话）前面是山！

姜太公　（唱）上刀山上火山咱也不皱眉头！

走！

众　人　走！（昂扬上路）

（念）迈开双脚往前走哇，

实际真情得到手哇。

把握实情不发愁哇，

治国安邦有良谋哇。

[甲乙丙丁等人腾跳前行。

[大河断路。

哈　哈　（拦挡众人）别走了，再走就掉河里了！

甲、乙　马蹄印不见了。

丙、丁　（有所见）有船！

哈　哈　（喊）船家！

[老渔夫内应：“来了！”摇船上。

老渔夫　客人，要去哪儿呀？

伊　豪　我们去……

哈　哈　（抢过话来）前边有支马队，那马队去了哪儿，我们就去哪儿。

老渔夫　噢？那支马队去哪儿，你们就去哪儿呀？

姜太公　（走上前）我们流浪卖艺，自然是往人多的地方去呀！

老渔夫　好、好好！（吹响胡哨）

［又有两条小船摇来。

老渔夫　请上船吧！

［姜太公与姬诵，哈哈与甲、乙，伊豪与丙、丁分上三船。船只离岸。

哈　哈　（喊话）打鼓的！把路认清了、记准了，看把你给丢了！嘻嘻……（转向渔民）听说你们这儿有只恶鹰，神出鬼没，杀伐厉害……

［渔民用布猛然蒙住哈哈的双眼。

哈　哈　（大叫）师爷！他们蒙我的眼睛！

姜太公　（向渔民）受累，把他嘴也堵上吧！

［渔民堵住哈哈的嘴巴。

众　人　咦，清静多了！

姜太公　孩子们，师爷要教你们两句歌谣：

（吟唱）任凭风浪起，

稳坐钓鱼船。

［在众人吟唱中，小船漂荡而去。

第四场

［金山山麓，玄鸟部落聚会之所。

［陶贞恼怒地立于岩头，陶英气咻咻地跪于岩下，陶娥在旁站立相伴，群众——农妇、渔女们屏息静观。

陶　贞　奴才！

（唱）大胆陶英敢胡为，
　　擅离部落违族规。
　　有错当罚儿要悔，
　　严惩不贷儆下回。

陶　娥　小妹，你就认了错吧！

陶　英　我没错，有错的是她！（起身挺立）

（唱）责怪我擅离部落违族规，
　　分明是怕惹周兵倒大霉。
　　你愿做笼中之鸟觉得美，
　　总不能捆我的双翅不许飞，
　　我要做神鹰翱翔有什么罪？
　　不学你胆小缩头做乌龟。

陶　娥　（嗔怪地）小妹！

［群众反应不一。

陶　贞　陶英，我把你这浑浑噩噩、强词夺理、胡搅蛮缠的冤家呀！

（唱）小冤家犯大错不思改悔，

敢与我挺腰板辩论是非。
自己是展翅高飞雄鹰品类，
嘲笑我胆小缩头像乌龟。
莫不是二姑娘脑子进了水，
想一想您大英雄不过是我乌龟蛋里小胞胚。
论大胆我是大胆奶奶的老前辈，
几十年战天斗地怕过谁？
风雪夜护鹿群英勇守卫，
孤身女胜群狼耀武扬威。
抗暴政反殷纣冲在前队，
攻朝歌皇宫大门吃过我三记铜锤。
淇水滨玄鸟部人人赞美，
都称道勇陶贞胜过须眉。
真勇敢要深明因势进退，
鹰展翅也须避暴雨惊雷。
纣王灭武庚降却又反水，
叛乱平未见朝晖刮尘灰。
如今是清浊难辨隐昏昧，
更须要静观察，谨言慎行，不可莽撞胡乱为。
担心儿任性枉做送死鬼，
最怕是祸殃部落遭毁摧，可怎么挽回！
小冤家你才长到十五岁，
就这样刚愎自用无法无规。
我陶贞怎生个叛逆累赘，
好叫我怒满心头又伤悲！

陶　娥　（劝慰）母亲！

陶　英　（不服地）首领！

（唱）官兵说我反，你又道我叛，

里里外外两头冤。

敢争敢斗不畏险，

我无愧部落无愧天！

陶　贞　（愤怒地）你……

［老渔夫叫着：“首领！”急上。

老渔夫　首领！一伙周人，窥探我部行踪，带来山寨，请首领发落。

陶　贞　带上来！

老渔夫　是！（下）

陶　英　我宰了他们！（拔出陶贞的佩剑便向外走）

陶　贞　拦住她！

［二农妇紧追陶英。

［老渔夫押姜太公、姬诵等人上。

陶　英　（望见姜太公，惊喜地）老头？恩人！……母亲！娘啊！

［陶英喊着，扭头往回跑；二农妇便也回身猛追。

陶　英　（见陶贞等人已戴面具，立即改口）……首领，救我的恩人到了。

［姜太公、姬诵走到岩下，与陶贞相互打量、心中盘算。

陶　贞　（唱）这老汉好神采面目慈善，

是恩人是歹人必须细勘。

姬　诵　（唱）进匪巢心振奋略感慌乱，

见太公沉着冷静好安闲。

陶　英　（唱）我的娘谨慎有余显怠慢，

似这样风声鹤唳讨人嫌。

姜太公　（唱）怪诞怪诞好怪诞，

大首领闹不清是女是男。

陶　贞　这位老者，从哪道而来？

姜太公　从京城而来。

陶　贞　往哪道而去？

姜太公　沿淇水而去。

陶　贞　为何到此？

姜太公　讨口饭吃。

陶　贞　一行几人？

姜太公　一行八人，是三大五小。

陶　贞　噢，是三大五小！（厉声，快问）哪道而来？

姜太公　京城而来。

陶　贞　哪道而去？

姜太公　淇滨而去。

陶　贞　为何到此？

姜太公　讨口饭吃。

陶　贞　一行几人？

姜太公　三大五小。

陶　贞　你——到底是做什么的？

众卫兵　说！

姜太公　真要我说？

陶　贞　真要你说！

姜太公　要听实话？

陶　贞　要听实话！

姜太公　真要听实话？

陶　贞　真要听实话！

姜太公　（狠下决心）好，我就实话实说吧！我是——（引起极度紧张、极度关注）耍猴的！

［众人愕然。

姜太公　大首领，你是不知道啊。我们游走江湖，敲个锣打个鼓，耍个把戏跳个舞，学个狗熊玩杠子，学个毛猴骑老虎。天长日久，西北老乡都叫我们是耍猴的。

陶　贞　原来如此。

姜太公　大首领，也叫我说两句真心话中不中啊？

陶　贞　你且讲来。

姜太公　大首领！我等卖艺流浪，游走四方，顺水进山，与人无伤。不想大首领再三盘查，过度紧张。我想，贵部落虽然隐居深山，总要和山外人家有来往。若是这样草木皆兵心神张皇，疑神疑鬼惊恐万状，凭空树敌剑拔弩张，非但不是待客之道，还会惹人猜疑，飞短流长。道你是心里有鬼，举止反常，你可就百口难辩，撇不清爽！

陶　贞　（以拳击案）来人！

老渔夫　（急忙走近）首领！

姬　诵　哼！要杀要剐，任凭于你！

陶　英　（着急地）母亲！

陶　贞　（摘下面具）看座！

［姬诵习惯地落座主宾位置。

陶　贞　（诧异地）这是……

姜太公　（解释地）他脚上打泡又流脓，坐着不疼站着疼。

［姬诵做痛苦状。

陶　英　嗐，你的座儿在这儿呢！（把姬诵拉到自己身边入座）

陶　贞　（吩咐）把恩公的同伴请来入席。摆饭！

姜太公　（误会地）摆宴？摆宴好啊！

［老渔夫领哈哈、伊豪及小甲等四人上。老渔夫为哈哈取下蒙眼堵嘴布。

哈　哈　（不依不饶地）有本事别给我摘呀！

伊　豪　再给他捂上！

哈　哈　讨厌！（说着，蹦了进去）

姜太公　娃娃们，少喝酒多吃肉，敞开肚皮馍管够。感谢首领赐宴哪！

众　人　谢首领！（入座，端餐具，惊愕）

陶　贞　我可没有酒肉，不过是面糊一碗，清水一杯。

哈　哈　（喝一口清水，立即吐掉）呸！这水是苦的！

陶　娥　淇河水倒是甜的，我们只能站在山上望水兴叹哪！

陶　贞　列位呀！

（唱）玄鸟族人有三敬，
敬天敬地敬人情。
救命之恩如山重，
答报金山也平庸。
宴请恩公糊一甑，
羞愧难当无地容。
怎奈如今落困境，
万语难言我苦衷。

姜太公　（唱）一碗面糊手中捧，
万种忧思涌在胸。
淇水原本是宝境，
鱼米之乡物产丰。
乡民勤劳有本领，
不该贫穷，可怎么这么穷？
难道她装模作样……装模作样有什么用？
难道她言不由衷……她言辞恳切心坦诚！
难道她借端反叛……反叛却躲在这老鼠洞！
难道她蛇装美女……咦！她本就是女流非男丁！
是真相、是谎称、啥隐情、啥背景，
点点滴滴你仔细细要弄清。
小成王啊，小皇帝，
你要好好练练基本动。
马马虎虎可不中！

陶　贞　恩公！宴席亏待，歌舞弥补。献舞上来！

[部族女子上，载歌载舞。

（合唱）淇水清清，修竹葱茏。

君子文采，斐斐向风。

光明磊落，功德传颂。

[众女子舞罢退场。

姜太公 首领！如此妙舞，大开眼界。我家娃娃也献演一回……

众　人 （纠正地）操演一回！

姜太公 对，操演一回，以作回谢。娃娃们！

四　人 啊！

姜太公 光说不练——假把式！

四　人 是，假把式！

姜太公 光练不说——傻把式！

四　人 是，傻把式！

姜太公 不说不练……是……

四　人 那是没本事！

姜太公 长长精神，卖卖力气，练起来！

[甲、乙、丙、丁四娃演练杂技。

陶　英 （向姬诵）这位小哥什么都不练，你的脚疼吗？

姬　诵 不疼！不疼了！

姜太公 他呀，要练就练点绝的！

姬　诵 （早已按捺不住）献丑了！

[姬诵从行囊中抽出一柄宝剑，抖擞献舞。

陶　英 （惊喜地）咦！你会使剑啊？走！咱们到后山玩去！（去拉姬诵）

姬　诵 师爷……

姜太公 去玩吧，都去玩吧！别忘了我说的话！虚心求教！

[四娃、姬诵随陶英下。

姜太公 （向哈哈、伊豪）你俩在这儿陪我呀？

哈　哈　快走！……往哪儿走啊？

陶　娥　随我来！

［陶娥引哈哈、伊豪下。

陶　贞　恩公，你我也去转转，如何？

姜太公　（举着空碗）再来一碗，如何？

陶　贞　（吩咐）快快添满！

［族人添满一碗。

姜太公　谢谢，谢谢！嗯，好吃，真好吃！

（唱）细细地嚼，慢慢地咽，

细嚼慢咽拖时间。

容得成王去查勘，

一碗不够再来添。

再来添，我再添，

添、添、添！

（暗笑）嘻嘻，哈哈，哈哈！

［姜太公兴高采烈大耍饭碗……

第五场

［金山之阴，玄鸟部落栖息之地。

［陶英领路，姬诵及四娃随后，同上。

陶　英　（唱）我领小哥到后山，

姬　诵　（唱）四处留意细查勘。

陶　英　（唱）喜见野花来装点，

姬　诵　（唱）不见帷幄与营盘。

陶　英　（唱）树枝上晾彩裙羞人零乱，

姬　诵　（唱）哪里有兵械甲胄与旗幡？

陶　英　（唱）避难人栖居地莫怪破烂，

姬　诵　（唱）这反军甚是反常更添疑团。

陶　英　（唱）我在这山洼地常把兵练，

姬　诵　噢，你常练兵？

［陶英神神秘秘吹响口哨，农妇们立即拥来——盲婆、小妮也在其内。

四　娃　（唱）好一支娘子军……

［“还有我！”跛汉喊着跑上。

四　娃　咦！

（接唱）是老、幼、病、残！

陶　英　大家旁观见习，我请这位小哥教我使剑！

姬　诵　噢，拉我到后山来玩，原来是要学剑啊。

陶　英　嗳！

姬　诵　你为什么学剑?

陶　英　为什么? 我不告诉你!

姬　诵　你不说，我便不教!

四　娃　（起哄地）对，不说就不教!

陶　英　（爽直地）我要造反!

［语出突然，气氛紧张。

姬　诵　（按剑，追问）你要造反? 为什么造反? 为什么要造反呢?

陶　英　你问他!（一指跛汉）问他!（再指盲婆）问他们!（指向大众）

跛　汉　（唱）陶英言说要造反，
激起我悲愤与辛酸。
我殷人聪明勤恳性良善，
玄鸟族吃苦耐劳性近憨。
同生共长在淇河畔，
安分守己建家园。
代代喝的淇河水，
辈辈耕种岸上田。
纣王暴虐同哀叹，
灭纣兴周共欢颜。
谁知道钦差康叔来监管，
下一道生死大令人心寒，
尽征淇河水与土，
指令迁徙限三天。
农人离土活路断，
渔夫离水困沙滩。
断我生计谁情愿，
推上绝路谁心甘。
三天限到兵来赶，

老老少少逃上山。
老汉一步腿脚慢，
一顿暴打皮肉翻。
幸亏首领来相救，
保住性命腿伤残。
伤残人一腔都是怨，
怨天不公奈何天！
盲　婆（唱）奈何天，泪不干，
苦难残生天不怜！
夫死留下独生子，
母子相依度时艰。
我儿本分人称赞，
友爱乡里四邻安。
灭纣兴周风云卷，
他随义军到前沿。
舍生忘死浴血战，
凭功奖赏一块田。
开垦耕耘流血汗，
颗粒未收就被圈占。
愤愤不平把理辩，
遭受反咬将罪名担。
说是抗上即造反，
罪在严惩不容宽。
一条锁链牵了去，
人不归，尸不见，消息不来传，探听又不敢，我苦受熬煎。
日日夜夜泪洗面，
哭干了泪，哭瞎了眼，哭碎了心肝，哭不来我儿回还。

三分气在我要呐喊，
要反、要反——一定要反那伤民害民的官！

农妇们 （唱）我家汉子被抓去，
我家儿郎入牢监。
哀求苍天秉公断，
还我丈夫和家园。

陶 英 （唱）不要哭，不要叹。
不求神，不靠天。
小哥哥教我挥长剑，
讨回公道谁敢拦！
（向姬诵）小哥，教教我吧！

姬 诵 （迟疑地）我……

四 娃 （试探地）教？

姬 诵 （吞吞吐吐地）不……教……

陶 英 （诧异地）你不教？

姬 诵 （坚定地）不教。

陶 英 （气恼地）滚！

［陶娥引哈哈、伊豪恰好走来；陶贞、姜太公随后同上，观望。

姬 诵 （向哈哈撒气地）滚！

哈 哈 （传旨般地）上谕：滚！

陶 贞 （歉意地）奴才无礼，快快赔罪！

陶 英 没学过，我不会！（下）

陶 娥 小妹！（追下）

农妇们 小妹！（随下）

陶 贞 恩公啊！
（唱）奴才失礼我道歉，
切莫信她胡乱言。

我族久居淇河岸，
曾经新旧两重天。
当初纣王坐宫殿，
好似恶魔掌大权。
残杀无辜多暴戾，
穷奢极欲性贪婪。
小民命比蝼蚁贱，
任杀任宰任摧残。
武王伐纣遂民愿，
灭纣为民解倒悬。
压弯的腰肢得舒展，
垂死的生命得保全。
冰窟里挣扎得到暖，
苦水里泡大尝到甜。
傻子也知大周好，
天朝德政万民安。
安民的天朝岂能反，
浑浑噩噩是个别的官。
圣经也怕歪嘴念，
念倒民心扶正难。
愁的是山高天子远，
阻断言路，消息又难传。
实情假象混一片，
何日里扫清迷雾见晴天。
小冤家性叛逆不听规劝，
全不晓辨清浊以偏概全。
言行间莽撞撞不识深浅，
一旦间闯大祸生死攸关。

千万言难劝她稍有转变，
做娘难，难死我，心似滚油煎。
请恩公且帮我劝她一劝，
须要她免浮躁忍耐周旋。

姜太公 （唱）蒙首领推心置腹照肝胆，
一番话说得我热泪潸潸。
我本卖粮一小贩，
深巷常躲霸主鞭，
我曾屠牛各村转，
破庙住宿避风寒。
我曾佣工讨碗饭，
猪食饱肚当美餐。
您住淇水边，我在渭水畔，
阴阴沉沉一片天。
同遭罪，同受难，
遭罪受难，同尝苦辣酸。
心相连，意相连，
情感相通，咱们珍惜甜。
昏官贪官尽该反，
怎能够打虎连带扳倒山。
小姑娘莽撞撞不识深浅，
大小子也难免以偏概全。
倘若是性执拗不听规劝，
一旦间闯大祸生死攸关。
（背唱）我忧在江山！
做娘难当爹难我这师爷也难，
做不好，好好做，要鼎力承担。
费费功耐耐性细嚼慢咽，

不着急不上火水滴石穿。

不信春来不回暖，

不信中秋月不圆，

不信水到渠不成，

不信山高不可攀。

齐心合力除忧患，

要让小辈享安闲。

且看明朝淇河畔，

人欢马叫百花鲜。（感慨万千）

伊　豪　（递上手帕）师爷，你哭了？

哈　哈　这是激动，懂什么呀你！

陶　贞　天色已晚，请各位留宿山寨，明日早行。

哈　哈　（担心地）首领，听说你们部落有恶鹰？

陶　贞　（大笑）哈哈……只因我敬仰先皇大舜娥皇、女英二妃，故此命名孪生二女，长女名娥，次女名英。是娥——英，哪有什么恶鹰！

哈　哈　哇！周军造谣，造谣可耻！

伊　豪　信谣可悲！

哈　哈　你跟我过不去！

陶　贞　列位！

（唱）我去安排先告便，

简陋不恭请莫嫌。（下）

姜太公　大王，真相大白了吧？

姬　诵　将信将疑！

姜太公　你……

姬　诵　太公爷爷不是说“兼听则明，偏听则暗”？

姜太公　哪里去听？

姬　诵　康叔那里去听。

姜太公　事不宜迟，马上就走。

伊　豪　来时的船只还在。

哈　哈　可谁会摇船呢？

姜太公　忘了，我可是渭水河边一渔夫啊！

（唱）姜尚隐居渭水边，

浪里催舟似等闲。

重操旧业练一练，

晨钟响时到客船。

登舟！

［众下。

第六场

［淇水咆哮，波浪滔滔。

［姜太公奋力摇船迎风斗浪，哈哈等人心惊胆战大呼小叫。

［晨曦漫天，风平浪静。四娃跳入水中嬉戏，随船前行，下。

［少顷，一只官船载姬封、辅臣、申豹、使女、兵丁上。

姬　封　（唱）天子钦差驻朝歌，
烈烈虎威震淇河。
征用土地一把火，
赶走遗民端老窝。
弹压反抗一把火，
搜捕刁民刑罚苛。
歌舞升平三把火，
灯红酒绿夜夜歌。
宴须尽酣人尽乐，
水上流筵兴勃勃。
彩船如云飘飘过，
今日淇河似天河。

［渔女们摇船上，彩船列阵，花团锦簇。

［姜太公驾船驶来，裹入渔女船队，场面混乱，下。

辅臣甲　（警觉地）看，有一黑船混入彩船。

姬　封　快去查看！

辅臣乙　（远望）申豹已然去了。

［申豹上。

申　豹　禀报钦差，已查明白，八人团伙，言行古怪，在哪儿见过？想不起来。带有佩剑……

辅臣甲　是刺客？

辅臣乙　是奸细？

申　豹　都有可能，绝无例外！

姬　封　带上来！

［兵丁押姜太公、姬诵等上。

姬　封　你这大胆……（认出来者，惶恐下跪）大王！

［姬封属下急忙下跪。

姜太公　（咳嗽不止）咳咳咳……

姬　诵　（不睬姬封，专注太公）太公！

众　人　（呼喊）太公！

［姜太公倔强挺身，终于不支。

第七场

[朝歌，殷纣故宫，摘星楼下。

[姬诵烦躁踱步，哈哈随侍，伊豪远处守卫。

[姬封上。

姬　封　臣启大王，姜太公已安稳入睡了。

姬　诵　康叔，我来问你，征用圈占田土，将淇河殷人百姓逐出家园，可有此事？

姬　封　有！

姬　诵　我再来问你，殷人百姓守土不离，你便赶之捉之，可有此事？

姬　封　有！

姬　诵　我更要问你，殷人百姓怨声载道，你道他们蓄意谋反，都要诛之杀之，可有此事？

姬　封　有！

姬　诵　（愕然）康叔！你……为何如此行事啊？

姬　封　哎呀，大王啊！为臣受命带兵数千，来到这殷商腹地监察管理，征用土地驱赶殷人，一为屯兵二为治安。可恼殷人反心不死，抗拒监管，反我大令，制造事端！记得为臣离朝之时，大王言道：树立天朝权威，必须令行禁止。近日又接大王诰命：犯上作乱，格杀勿论！为臣深知树天朝权威、除殷纣势力，监管治理关系重大，事无巨细不敢自专，桩桩件件、点点滴滴，所作所为俱是秉承大王的旨意呀！

姬　诵　（茫然地）怎么，你所作所为都是秉承我的旨意吗？

姬　封　臣唯命是从！

姬　诵　（无言以对）……康叔，歇息去吧！

姬　封　为臣告退！（叹息）唉，树我天朝权威，难哪！（下）

姬　诵　（苦恼地）……都是秉承我的旨意！……都是秉承我的旨意！

［空中萦绕姬封的叹息："树我天朝权威，难哪！""树我天朝权威，难哪！"

姬　诵　哈哈！哈哈！

哈　哈　（从瞌睡中惊醒）在！

姬　诵　回去！

哈　哈　是！娃娃们，回去喽！

［姜太公披衣拄杖上。

姜太公　大王，是要回山上去吗？

姬　诵　回什么山上？我要起驾回銮。

姜太公　（一愣）百姓所说"强占土地，驱赶黎民"，难道是假？

姬　诵　不假。

姜太公　"百姓请愿，官家捉人"，难道不实？

姬　诵　是实。

姜太公　"那妄说百姓犯上作乱呢？"

姬　诵　唉，桩桩件件实有其事！

姜太公　既然实有其事，并非妄言，是是非非摆在眼前。你不回山，命令回銮，难道不给百姓一个了断？噢，是了！大王是想回銮坐殿，郑重纠偏，诏告天下，防微杜渐。

姬　诵　（欲言又忍）我……唉！

姜太公　唉，大王！

（唱）居天朝坐上位山高水远，

重重关层层雾挡住眼帘。
迈双脚走淇河辛苦一转，
亲耳听亲眼见澄清传言。
幸喜得实情真相浮出水面，
喜康叔人虽粗鲁不刁钻，他实话实说不隐瞒。
俗话说趁热打剑，要当机立断，
今日事今天能办何必等明天。
今日事明日办也算不晚，
须知道百姓苦度日如年。
设身处地想一想，
感同身受掂一掂，
想想盲婆和跛汉，
掂掂苦痛重如山，
想一想，掂一掂，
坐不住，睡不安。
恨不能生双翅，
飞上山，请他们下山。
回到淇河畔，
还他好家园，
安居黎民乐，
赞颂成王贤。
此情此景非虚幻，
改地换天在眼前。
干渴的禾苗把水盼，
切盼您及时雨早到秧田。

姬　诵　太公啊！
（唱）走淇河太公带我擦亮双眼，
察民情理清了乱麻一团。

怨康叔征田驱民民受难，
怨康叔弹压虐民民受冤。
一怨二怨我不能再怨，
下圣旨却是我推波助澜。
常言说开弓没有回头箭，
我怎能轻易收回金口玉言。
我怎能出尔反尔朝令夕变，
我怎能自损害天子的体面、庙堂的尊严。
淇河民受些苦权当贡献，
为天朝做牺牲委曲求全。

［姜太公被深深触痛而激动不已，一时气血上涌站立不稳。

姬　诵　（急扶）太公！太公！

姜太公　（唱）成王！天子！哎呀大王啊！
我只说真相大白好了断，
哪知道您成王饱受熬煎。
自问心疏忽大意有失闪，
心自问头颅老朽少根弦。
辅君王辅出个适得其反，
老姜尚自省自责、自愧自惭、好难堪，我心神不安！
君说是要维护尊严体面，
思想起二先王垂范在前。
先文王囚羑里摧残体面，
为救民受屈辱无损尊严。
先武王率大军牧野一战，
为救民跪拜元帅他屈尊礼贤。
二先王高擎着大旗一面，
上写着“吊民伐罪”民为先。

周代殷新替旧朝廷变换，
唯有这黎民百姓磐石坚。
地是百姓的地，
天是百姓的天。
天本是天下人之天下，
天下人本是王之靠山。
殷纣王施暴政生灵涂炭，
惹民怨遭天怒运败当然。
也曾是何等威严何等体面。
轰隆隆垮塌就在一瞬间。
问皇天殷纣尊严今何在，
只落得脸面扫地贻笑万年。
我大周承天运朝政新建，
为黎民造福祉万众欢颜。
怎么能与民争利把田地圈占？
怎么能施压缄口不许鸣冤？
怎么能反说他犯上作乱？
怎么能知错不改护什么尊严？
怕的是大周政风遭污染，
怕的是成王学步路走偏，
怕的是伤民重蹈殷之鉴，
怕的是遮羞顾脸丧王权，
非是臣危言耸听夸大祸患，
“民为重君为轻”是至理名言，我的大王啊，你要谨记心间！

（言罢晕厥）

姬　诵　太公，爷爷呀！

（唱）良药苦口我能咽，

　　重民亲民定纠偏。

（呼喊）爷爷！

[暗转。

尾　声

［淇河之滨。

［山明水秀，风光无限。

［陶贞率领民众返回田园。

［二辅臣上，把新式农具交给跛汉。

［申豹上，把青牛交还陶娥。

［姬封挽一青年上，把青年交到盲婆手上，施礼致歉。

［哈哈、伊豪上，把船桨交还渔夫。

［姬诵随四娃用步辇抬姜太公上。

陶　贞　（热情、关切地）太公！

［姜太公挺身下辇，做“拳脚式”，示意感觉良好。

［众人欢快起舞。

（合唱）姜太公走淇河，
　　流传千古故事多。
　　苍翠绝壁落白鹤，
　　高唱一曲爱民歌。

——剧终

2014年3月20日初稿

豫剧连台本戏

荒唐君王奇王后（头本）

主要角色

齐宣王	田辟疆，齐国国君，三十五岁。袍带丑。
钟离春	乳名丑牛，牛山村姑，后为齐宣王王后，三十二岁。旦角，允文允武。
田　婴	齐国相国，六十一岁。老生。
独孤辰	齐国上将军，左臂伤残，五十岁。净角。
王　欢	齐国内廷总管，内侍，四十岁。丑角。
夏　妹	齐宣王侍姬，二十八岁。花旦。
夏　魁	夏妹之兄，齐国上卿，三十二岁。丑角。
钟离叟	钟离春之父，六十四岁。老生。
艾　辛	钟离春武友，十七岁。刀马旦。
袁　达	钟离春文友，二十一岁。小生。
丁老庖	狗肉馆店主，约五十岁。净角。
丁　婆	丁老庖之妻，约五十岁。彩旦。
四军士	齐国军官。净丑杂扮。
四使臣	卫、燕、赵、鲁等四国使臣。或文或武，生净杂扮。

序　曲

（歌谣化　喜剧风）

列国争战不停歇，
柿子专拣软的捏。
列国战乱争不休，
老虎没牙不胜牛。
列国混战有败亡，
败家子倒霉别怨娘。
列国战场故事多，
哭笑不得演齐国。
哟，呵呵呵，
演齐国。

第一场

［战国时期。

［阳春三月。

［齐国境内，牛山下。

［四齐兵，夏魁、独孤辰、田婴、王欢前导，齐宣王微服骑马上。

齐宣王　（唱）祖上称霸我称王，

眼下如今有点瓤。

日前交锋打一仗，

三员大将一战亡。

举国呼吁求良将，

嚷得孤王心里慌。

田相国拉孤来私访，

正好游春赏风光。

田　婴　啊，大王……

齐宣王　（制止地）打住！我先说！

田　婴　是、是、是！

齐宣王　孤，田辟疆，大齐国宣王在位。这位，两代老臣田婴，孤新任命的相国。这位，独孤辰，也曾能征惯战，受封上将军。他叫夏魁，他妹子乃是孤的爱姬，所以，所以嘛……他当了上卿。他呀，名叫王欢，不错，他就是变着法子叫孤王喜欢。今日，孤家带领众卿，来到牛山地界……（巡

视众人，索要答话）

众　人　（把目光齐刷刷投向田婴）

齐宣王　（向田婴）哎，该你说了！

田　婴　来到牛山，寻访奇才。

齐宣王　奇才？

田　婴　文韬武略无一不通，治国安邦无一不晓，策马挥刀万夫不挡。

齐宣王　啊，超人！

田　婴　确乎超越寻常，奇特人才也。

齐宣王　那就快去见他吧。

田　婴　臣对此人只是耳闻不曾谋面，但知居住牛山，不晓家舍何处。

夏　魁　这不是没头苍蝇——瞎撞吗？

独孤辰　向村民打问一声，便知分晓。

齐宣王　你等去往山里山外，仔细打听，这位高人姓甚名谁，居住何处。（指挥众人）你、你、你，还有你们，都去！都去！

众　人　遵旨！（分下）

王　欢　大伙儿都走了，一时半会儿回不来，大王要不要找点乐子？

齐宣王　孤要与你赛马。

王　欢　赛马？这山道怎么赛马呀？

齐宣王　（马鞭一指）那不是平地嘛。

王　欢　大片大片的都是青苗。

齐宣王　避开就是！驾！（加鞭跑下）

王　欢　（呼喊）大王别往山旮旯子跑哇！（加鞭追下）

［艾辛、袁达内声："春姐姐，慢点走啊！"

［钟离春内声："你俩快点跟吧！"肩扛锄头、英姿飒爽、健步舞上。

钟离春　（唱）大步流星穿山林，

牛棚里走出我莽佳人。
扛一把锄头权当兵刃，
兵书战策不离身。
耪地练武学布阵，
学学练练长精神。
练精武艺平天下，
学得文谋定乾坤。
国家兴亡人人有责任，
管你是君，是臣，是官，是民，是富，是贫，是条汉子，还是女儿身。
缩头男子靠边站，
且看我威风凛凛、勇冠三军、一颗忠心，满腔热忱，冲锋陷阵，保国安民的钟离春！

［艾辛、袁达气喘吁吁上。

袁　达　春姐姐健步如飞，难道长了翅膀不成？

艾　辛　春姐姐身上没长翅膀，是脑袋里长了翅膀。姐呀，真有一天你要飞走，可不敢把我们撇下呀！

袁　达　你走了，谁来给我讲解《诗经》《礼记》呀！

钟离春　达弟、辛妹呀！
（唱）小弟妹不可发愁闷，
咱三个求学路上结同心。
壮志凌云并展翅，
俯首勤劳尽献身。
巾帼须眉文与武，
同做赤胆报国人。

艾　辛　好，不愁了！像往常一样，他帮你耪地，你教我使枪，我再帮他背诗。

袁　达　（有所见）春姐姐，大片青苗被马踏毁。

钟离春　（发现地）不好！青苗倒处不仅蹄印斑斑，还有猛虎新鲜爪痕！

艾　辛　猛虎出山，怕要伤人哪！

钟离春　你我三人，分头察看。多加小心。（把锄头交予袁达）

艾、袁　是！（与钟离春分下）

［虎形过场。

［齐宣王上。

齐宣王　（唱）春风得意马蹄快，

［虎啸，马嘶，齐宣王落马。虎形上。

齐宣王　（接唱）糊里糊涂摔下来。

我怎么摔下来了？噢，撞到一头牛。（细看，大惊）啊，它不是牛是只虎！怪呀！这牛山没牛出老虎？（颤抖地）老虎啊，老虎！我的马往西跑了，你去追它，放我过去中不中？（见虎逼近）别过来！别过来！救命啊！

［钟离春内声："俺来也！"急上。

［钟离春招引，虎形扑来，人虎搏斗，虎被击毙。

钟离春　行了，老虎死了，别哆嗦了！

齐宣王　啊！你赤手空拳，就把老虎打死了？好！救驾有功，孤王有赏。

钟离春　谁要你赏，我要你赔。

齐宣王　赔？赔什么？

钟离春　自己看！

齐宣王　（一瞥）青苗啊，我可以不赔。

钟离春　为何不赔？

齐宣王　普天之下，莫非王土。

钟离春　"王土"与你何干？

齐宣王　孤乃齐国君王。

钟离春　（忍俊不禁）嘻嘻，嘻嘻！你是国王？我还是王后呢。

齐宣王　严肃点！

钟离春　有何为证？

齐宣王　头上的金冠——噢，没戴。这身上的王袍——唉，换了。噫！我真是国王！

钟离春　国王，更得赔！

（唱）田土不种土荒废，

血汗耕稼农家为。

君王重农诚可贵，

君王伤农理所亏。

你要赔！

齐宣王　（唱）孤王治国心操碎，

安邦辛劳五脏摧。

跑马缓解孤疲惫，

奉献青苗有光辉。

我不赔。

钟离春　（唱）君王言行应示范，

怎能逞强悖是非。

因小失大当后悔，

防人道你胡乱为。

就得赔！

齐宣王　咦！

（唱）王权在握君高贵，

孤道是白不许黑。

奖惩生杀尽由我，

岂可低头听指挥。

偏不赔！

钟离春　咦！

（唱）谁有耐心闲拌嘴……

啊，老虎没死！

齐宣王　（惊慌地）救命啊！

钟离春　哈哈，哈哈！

（接唱）老虎嫌你太可悲。

齐宣王　好！念你救孤一命，这枚玉佩权作奖赏。

钟离春　（纠正地）是赔偿。（接过玉佩端详，掂量）这值吗？

齐宣王　买上百亩良田绰绰有余。

钟离春　多了我不要，收回当警告。（送还玉佩）

齐宣王　咦！有理有节，有点意思！

［夏魁、田婴等内声："大王！"众上。

田　婴　问来了，问来了。此人名唤钟离春……

夏　魁　不对，他叫钟离蠢，乳名丑妞！

齐宣王　（琢磨）……丑妞……

夏　魁　妞！是个女的！

齐宣王　咦！真真扫兴！带马回宫！

［王欢扶齐宣王上马，随后跟下；众人随下。

［艾辛、袁达上。

袁　达　官家一伙儿乱嚼舌根，岂有此理！

艾　辛　那个长官，他……看不起女人！

钟离春　看来，这齐王的毛病不少啊！

袁　达　国王昏庸，天理不容。

钟离春　教育教育他——改日进宫！

艾　袁　（不解地）进宫？

［钟离春思索、兴奋地下。艾辛、袁达追下。

第二场

［王宫大内，雪台。

［幔帐低垂。

［王欢上。

王　欢　宫内新造一座游宴之台，晶莹剔透、洁白似雪，取名雪台。大王高兴，拉来百名渔夫耍叉，调来骑兵的马队跳舞。又在这雪台上畅饮欢宴，已经喝了三天三夜，还没喝足……

［夏妹、夏魁上。

夏　妹　就请大王往高兴里喝吧！

夏　魁　王总管没想拦着吧？

王　欢　咦，我哪能拦着？大王高兴，咱们大家高兴，全国高兴！来，上酒！上菜！上节目！

［王欢与夏魁拉开幔帐，只见齐宣王豪饮不止，陪宴公卿神态各异，田婴沉睡不醒。

［夏妹入座。宫女们进酒献舞。

［齐宣王面露不悦，甩出酒杯。

王　欢　（急忙地）酒杯换大的！节目上好的！

［宫女们换杯，撤离。

［钟离叟率钟离春、袁达、艾辛等，戴面具扮优伶上。

钟离叟　哑子可怜，有苦难言。

三　人　（运用肢体语言，一如滑稽哑剧：登高远眺，惊见烽火

熊熊）

钟离叟　噢，自家清锅冷灶，人家烟筒冒烟。

三　人　（摇头唉叹，表示解答错误。又演足蹈手扒）

钟离叟　明白了！拆了锅灶不吃饭。

三　人　（推搡老者，表示抗议。然后袁达、艾辛提他的两耳，钟离春在后轰赶；又做种种雄壮姿势）

钟离叟　真明白了！抓猪轰鸡，身体康健。

齐宣王　这是什么乱七八糟的？

王　欢　（下令）绑了，绑了！

钟离春　慢！此乃哑谜，我来讲解。（与袁达、艾辛配合表演）

居安思危望烽火，
崇节尚俭除宴台。
洗耳纳谏摒奸佞，
强兵富国称圣才。

夏　妹　这是歌颂？这是嘲讽？我们怎么听不懂啊。

［众人呼应，一片笑声。

钟离春　没心少肺听不懂，闭目塞听装糊涂！

王　欢　大胆！口出不逊，你是什么人？

钟离春　闯宫进谏的钟离春！（摘下面具，挺身阶前）

齐宣王　是你？

王　欢　钟离蠢！

夏　魁　丑妞！

钟离叟　吾女生于仲春三月，恰在牛年，取名钟离春，乳名丑牛，不是什么丑妞！

钟离春　我本来就不俊。

田　婴　（猛然起身）哎呀，大王！老汉所言不假，与牛山乡民所讲一般无二。

齐宣王　怎不早报？

田　婴　您不许我报啊！

齐宣王　（大声地）钟离春！

钟离春　（不服地）怎么样？

［齐宣王拉钟离春急下。

［众人愕然。

王　欢　去！都到外边凉快凉快去！

［众下。

［转场。

［雪台后堂。

［齐宣王拉钟离春上。

齐宣王　春！妞啊！

钟离春　咦，我更成了蠢牛了！

齐宣王　（唱）在前时打虎武功我亲见，
此一番领教了义正词严。
孤必须给自家留点脸面，
找一个背人处咱促膝长谈，
你畅所欲言。

钟离春　大王！

（唱）百姓们议论大王瑕疵多，
怅满腔苦口良言无处说。
眼见那列国诸霸磨刀霍霍，
咱却是军备松弛日夜笙歌。
筑华堂耗竭了民力国赋，
荒国政引发了国体沉疴。
远贤臣迎奸佞滋生邪恶，
少良将自恃其强脆易折。
似这样偷安今日苟且欢乐，
埋伏着危殆明朝临头灾厄，社稷倾圮、山河变色，祸国殃民，难逃罪责。

陈利害讲安危把嘴说破，

听不听且由你自家定夺。

告辞！

齐宣王 （急拦）慢！

（唱）春姑娘慢些走你且落座，

听孤王含羞带愧把话说。

蒙先王创基业家底不错，

孤继位渐堕入淫逸骄奢。

制列国孤有忧却少良策，

吃败仗心里有怕硬挺着。

臣子们谄媚邀宠讨我欢乐，

老田婴忠诚老实，见我就打哆嗦。

蹦出你钟离春风风火火，

闯王宫进谏诤实话实说。

如清水浇灭我七分虚火，

似烈焰烘化我大块冰坨。

若利刃把我的脓包挑破，

像神药通心智、开灵窍、长志气，我受益多多。

一片言一片情情感灼热，

有大志有大爱爱在齐国。

姑娘你爱齐国势必爱我，

我定要与你搭伙掌山河。

你掌管孤的钱粮与府库，

你掌管孤的兵马与战车。

你掌管孤的礼法与祭典，

你掌管孤的娱乐私生活。

你掌管孤的三宫与六院，

你掌管孤的内侍与宫娥。
孤王传旨入正册，
立你为后居凤阁。

钟离春　（一愣）大王！咱们再商量商量。

齐宣王　没商量！（高声吩咐）王欢，传旨！（喜滋滋地拉钟离春下）

［转场。

［雪台大堂。

［袁达、艾辛扶钟离叟上。

钟离叟　（念）进去半晌没动静，
不知是吉还是凶。

艾　辛　（念）我到宫中去打听。（欲行）

袁　达　（念）擅闯宫禁罪不轻。（一再阻拦）

［夏妹、夏魁、田婴上。

夏　妹　（对钟离叟幸灾乐祸地，念）
咱大王龙威虎胆谁敢碰，
果断行事是精明。
你丑妞竟敢议朝政，
怕是找死活不成。

钟离叟　（念）若是好心丢性命，
老汉随他一路行！

夏　魁　（挑动地）你去，你去呀！

田　婴　老汉啊！
（唱）钟离老汉莫冲动，
意气用事自投牢笼。
当今吾王年轻气盛，
小有失当，绝无妄行。
你女儿可称得大智大勇，

犯颜直谏胜过我田婴。

指明了存亡利害劝君警醒，

吾大王当政者心知肚明。

莫猜测生或死思虑过重，

大不了一顿申斥驱赶出宫。

[王欢内声："圣旨下!" 匆匆上。

王　欢　（宣示）大王有旨，册立钟离春为大齐王后！

[众人愕然。

夏　魁　（试探地）王总管，往下呢？

王　欢　往下？……完了。

夏　魁　……完了……妹子！完了！

夏　妹　（绝望地，唱"哭头"）完了哇！

田　婴　（同时地）恭喜国丈，贺喜国丈！

袁　达　（同时地）恭喜伯父，贺喜伯父！

艾　辛　（同时地）恭喜老爹，贺喜老爹！

钟离叟　哈哈，我请你们吃酒，走，走，走！

[钟离叟拉田婴下，艾辛、袁达随下。

夏　妹　（唱）凭什么钟离春册立为后，

不夺过王后位我决不罢休！

魁、欢　（唱）不罢休，不罢休，决不要休！

[三人气势汹汹地边唱边下。

第三场

［军营。

［四军士上。

军士甲　（念）两年不打仗，

军士乙　（念）三年少练兵。

军士丙　（念）长官换四位，

军士丁　（念）越换越稀松。

军士乙　哎，弟兄们！卯时都过了，一点动静都没有，又不练兵了？

军士丙　练什么兵，咱们长官还蒙头睡大觉呢！

军士丁　人家是夏国舅的把兄弟，昨天陪夏国舅一宿高乐。今天，咱们就陪着放假喽。

军士甲　放假好啊！听我指挥：立正！目标——营房门外，齐步走！

［四人向营外走去。

军　甲　不好，独孤将军来了！撤退！

［四人扭头跑下。

［钟离春、独孤辰、袁达、艾辛上。

独孤辰　（唱）征战伤残早卸甲，

常忧兵疲士气塌。

幸得王后统领兵马，

老臣奉陪来视察。

钟离春　（唱）才进宫，便离宫，

正宫王后去领兵。

我这个王后才上任，
领兵的元帅还是个新兵。
老将军不吝赐教多提醒，
钟离春愿做您的小学生。

独孤辰　岂敢！

钟离春　（唱）钟离春原籍无盐临近边境，
常年里遭战乱胆战心惊。
我娘亲被马踏凄惨丧命，
我兄长乱箭下血尽尸横。
我父女逃到牛山离乡背井，
幸遇着隐姓埋名一位老翁。
他授我马上马下武艺本领，
又传我文韬武略奇谋真经，学问的源头姜太公，他是兵家的老祖宗。
习本领二十五年显骁勇，
存壮志三十二岁盼建功。
望列国岁岁年年思强盛，
想国情日日夜夜心不宁。
演优戏谏诤言君王感动，
他封我正宫王后统雄兵。
今朝到军营，
检阅整军容，
拭目看来日，
齐国振雄风。
想到此心潮涌，兴冲冲，
身如彩凤欲凌空。
昂首阔步进军营，

［众人进营，登上点将台。

钟离春　（接唱）登将台传军令点将阅兵。

［钟离春摇动令旗，号角声、呐喊声、马蹄声响成一片。

［内众人齐呼："参见统帅！"

袁　达　听点！步兵营！（内应）骑兵营！（内应）战车营！（内应）弓箭营！（内应）云梯火药营！（内应）值日官！值日官！

［四军士上。军士甲被三人推到前面。

军士甲　有、有、有！

钟离春　你是值日官？

军士甲　值日官睡觉呢，我是大伙推选的今天临时总代理。

钟离春　我且问你，弓箭营可有擅射之人？

军士甲　擅射之人不计其数，内有神箭手三名。

钟离春　唤神箭手前来。

军士甲　是。（传唤）神箭手到将台呀！

［内声："来也！"三射手上。

三射手　参见统帅！

钟离春　你等平日怎样演练？

三射手　百步穿杨，百发百中。

钟离春　各自三箭，射来我看。

三射手　得令！

［三射手开弓放箭，内欢呼："好箭！"

［三射手连续开弓，频出不测。

军士乙　（报靶）脱靶！脱靶！

军士丙　（报靶）咦，开弓射出回头箭？

军士丁　（报靶）三号射手弓折弦断！

三射手　嘿！（沮丧地跌坐地上）

钟离春　呀！

（唱）神箭手神功丢得无踪影，

为什么硬弓嫩得不胜葱？

射手丙　（惊讶地）统帅，这弓是次品！

钟离春　拿来我看。（接过雕弓审视）

（唱）面对这兵力衰微心沉重，

你等退下。

三射手　是！（下）

钟离春　（唱）须即刻整军务秣马厉兵。

独孤辰　射箭失手令人痛心，步兵操演不致如此。

钟离春　好，操演上来。

独孤辰　（命令军士甲）选强兵一对，演练格杀。

军士甲　强兵？他们俩最强了！（推出军士丙、丁）

丙、丁　参见统帅！

钟离春　号称强兵，强在何处？

丙、丁　身强力壮能举鼎，武艺高强勇杀敌。强！强！强！

钟离春　好，把恁的强劲露出来！

军士丙　统帅上眼吧！

［二人拼力格杀，尽是假动作；军士甲、乙旁观叫好，如赏卖艺。

钟离春　咦！

（唱）他两个使足了浑身气力，

论武艺却是整套花架子。

钟离春出场戳破底细，

（跳下将台，冲入战地。亮剑）看剑！

（接唱）亮亮本领，比比高低。

军士丙　（收剑）不比。

钟离春　为何？

军士丁　您是统帅。

钟离春　莫非怯阵？

军士丙　恁……恁是女的！

钟离春　女子偏偏胜男儿！

军士丙　（一刀劈去）刀枪无眼！

军士丁　（一刀劈去）伤人无罪！

钟离春　（架住来刀）放开手脚，恁就来吧！

［三人格杀，军士不敌，丢盔卸甲，连滚带爬。

军士丁　（跪地求饶）统帅！高抬贵手！

军士丙　（大哭）败给女将，丢人哪！

［众人大笑。

钟离春　二位并非败在我手，你们那套花里胡哨的刀法不中啊！

独孤辰　理应改过！理应改过！

［偏将上。

军士甲　哎，值日官来了！

偏　将　末将有罪！末将有罪！（跪地叩头）

独孤辰　依照法令，责打四十军棍！

钟离春　慢！军事松懈，朝堂有责。责打二十，以儆效尤。

独孤辰　打！

［四军士扯偏将下。内声："一五！一十！十五！二十！二十打完。"四军士扶偏将上。

偏　将　多谢统帅减刑！

钟离春　留下二十，记在账上，严格带兵，将功折罪，自即日整顿军务，从严操练，三月为期，振兴军威！

众　人　（呼应）三月为期，振兴军威！

钟离春　回宫！

独孤辰　送驾！

［袁达、艾辛拥钟离春下。

偏　将　（不解地）回宫？

四军士　（困惑地）送驾？

独孤辰　哼！此位是大齐国当今王后——钟离春！（下）

偏　将　（倒吸凉气）丑妞！

四军士　哎，老牛老牛，少打二十不用你叩头，打疼屁屁抹香油，没有油，不发愁，老鼠嘴巴往外流……

［四军士起哄，抬偏将下。

第四场

［御花园。

［四内侍引齐宣王上。

齐宣王　（唱）半年来王后协理有起色，

　　　　孤足以高枕无忧心安理得。

　　　　登朝堂无非是东拉西扯，

　　　　闲来没事，没事闲来想酒喝。

看酒！

［四内侍双手一摊，摇头示意。

齐宣王　王欢！王欢！

［王欢内应声上。

王　欢　伺候大王，

齐宣王　看酒！

王　欢　酒？都被王后处理了！

齐宣王　快去找来！

王　欢　（吩咐）快点去找！

［四内侍分头寻找，一无所获，分别禀报。

内侍们　没有。没有。真没有！

齐宣王　堂堂齐国王宫，难道一滴酒都没有吗？

王　欢　大王别急，有个地方准有。

齐宣王　在哪里？

王　欢　西宫王妃，夏娘娘的绣阁里。

齐宣王　快传夏妃来见。

王　欢　（思忖）传？不中，我得用个“请”字。有请夏王妃御花园见驾呀！

［夏妹内声：“遵旨！”上。

夏　妹　（唱）听得王欢一声请，
一步蹿出坤福宫。
小嘴笑得合不拢，
花园参驾好兆兴。

王　欢　（讨好地）娘娘，机会来了。

夏　妹　（唱）哎呀，呀呀呀！
半年来忍气吞声把机会等，
等到今日降了福星。
我理云鬓，修娇容，
整一整裙衫八宝俏玲珑。
扭扭捏捏穿幽径。
哎呀，大王！
你这般劳苦疲乏妾好心疼！（做伤心状）

齐宣王　我不劳也不苦，没有酒喝不舒服。

夏　妹　酒，我早给大王准备好了，只是王后查得紧、防得严，没敢往外露。

王　欢　还是夏娘娘和大王的感情深啊！（做感动落泪状）

齐宣王　（与夏妹牵手）真的有酒？

夏　妹　足足一百坛！

齐宣王　啊，一百坛！
（唱）百坛美酒挽救孤的命，
爱妃献酒立大功。
王后铁面行禁酒，
怎比爱妃你重情。

快叫他们一坛一坛往上呈。

夏　妹　（唱）内侍宫娥快呈送，

美酒列在百花亭。

［内侍宫女捧酒上。

夏　妹　（接唱）开坛一阵芳香重，

“十里香”酒享美名。（献酒）

齐宣王　（唱）十里酒香人称颂，

绵软香甜润喉咙。（饮酒）

夏　妹　（唱）再开一坛“美玉液”，

佳酿绝妙隐神功。（献酒）

齐宣王　（唱）这美酒玉液琼浆也难比，

喝一口勾出更多小馋虫。（饮酒）

夏　妹　（唱）尝一尝“龙凤酒”渐入佳境，

品一品“醉仙翁”便把仙登。（不断敬酒）

齐宣王　（唱）有道是酒不醉人人自醉，

孤王我醉在了爱妃情浓。（连续饮酒，醉态明显）

夏　妹　常言道：“寡酒难饮。”且叫宫娥唱上一曲，为大王助兴如何？

王　欢　宫里的曲子大王听腻了，要唱就唱个新鲜的……对吧，大王？

齐宣王　对，唱个宫外新鲜的！

夏　妹　就唱前日听来的那支吧！

宫　娥　是。

（唱）雨沛云彤，

五谷丰登。

仰仗王后，

齐国振兴。

乾坤扭转，

难辨雌雄。

呆龙俯首，

金凤当兴。

齐宣王　（怒吼）别唱了！什么“仰仗王后，齐国振兴”，“呆龙俯首，金凤当兴”，这些下里巴人，抱粗腿捧臭脚，把王后夸上天，把孤贬入地。若不是孤封后赐权，她钟离春还不就是一个丑妞！

夏　妹　大王，王后权限是不是过大了？管的事是不是太多了？这王后的名分是不是超重了？

齐宣王　重吗？

（唱）下里巴人瞎起哄，

狂言蛊惑凤当兴。

呆龙一恼贬金凤。

不中！

贬王后孤的好觉睡不成。

权在握我把她控制利用，

朕非呆龙，孤是个人精。

（扬扬自得地）人精……嘻嘻，人精。

［田婴、夏魁内声：“田婴、夏魁有要事启奏。”

齐宣王　宣他二人进见。（向夏妹）爱妃回宫去吧。

夏　妹　遵旨。（拜别）

王　欢　（与夏妹低语）夏娘娘，您编的这首民谣够厉害的！

［夏妹塞给王欢一串明珠，下。宫娥随下。

王　欢　田婴、夏魁进见！

田、夏　启禀大王，卫燕赵鲁四国使臣来到齐国，约定今日参拜大王，时辰已到，请大王登殿。

王　欢　（悄悄地）二位，大王喝大了，转请王后代见吧。

田　婴　王后查点府库钱粮去了，不在宫内。

王　欢　赶快派人去找啊！

夏　魁　等到找着，黄花菜都凉了！

田　婴　唉！

（唱）年轻君王太任性，

国务当前醉酩酊。

列国交际礼仪重，

失礼交恶危殆生。

实在难倒为臣了！

齐宣王　什么，美人现在来到了？王欢传旨，来到的都进来！

王　欢　大王有旨，来到的都进来！

［音乐中四使臣上。

四使臣　国君在上，我等有礼。

齐宣王　（醉醺醺地）四国美女，歌舞一回，寡人观赏。

四使臣　（困惑地）这？

齐宣王　殿前武士封锁宫苑，不歌不舞提头来见！

四使臣　（被迫歌舞）

排排坐，

吃果果。

果果香，

吃老姜。

老姜辣，

吃黄瓜。

黄瓜苦，

苦了也不吐，

唱歌又跳舞。

［众人忍俊不禁，田婴尴尬无奈。

齐宣王　停！孤家困倦，回宫安歇。你们自己玩儿吧！玩儿吧！

［内侍扶齐宣王下，王欢随下。

［四使臣怒不可遏，田婴连连赔礼致歉。

四使臣　难洗今日羞，来日报冤仇！（悻悻下）

田　婴　荒唐今日事，来日后悔迟！（怅怅下）

夏　魁　妹子今日得手！来日要坐王后。（得意地下）

第五场

［齐都临淄，“独一家”狗肉馆。

丁老庖　（内唱【南罗】）

开店门，迎客忙。

［丁老庖上。

丁老庖　（接唱）狗肉馆，美名扬，

“独一家”招牌叫得响。（收拾店堂）

［丁婆上。

丁　婆　（唱）生意兴隆人气旺，

夫妻俩，喜洋洋，

越忙心里越亮堂。

掌柜的，火早挑开了，你该上灶了！

丁老庖　中，我到厨房，你守大堂。来的就是客，都要伺候好，更不敢得罪达官贵人哪！

丁　婆　这，还用你嘱咐？我比你的眼力强多了！走吧，走吧！

［丁老庖下。

丁　婆　（打量时光）还没到饭口，我再收拾收拾。

［王欢便服上。

王　欢　（念【扑灯蛾】）

清早起来可劲儿忙，可劲儿忙，

换了鞋帽换衣裳。

大内总管变了样，

还有一位精包装。

［齐宣王着奇装异服，遮面上。

齐宣王　（露面，笑）嘻嘻，嘻嘻。

（唱）乔装改扮离庙堂，

混迹人群串城乡。

问王欢孤这身装扮怎么样？

你实话实说，不许要花腔。

王　欢　大王这身装扮嘛！不官不民，不文不武，不老不少，不男不女——绝！实在是绝！

齐宣王　这就对了！

（唱）这不官不民，不文不武，不老不少，不男不女——八不像，

哪一个认得孤家齐宣王。

任我潇洒走街巷，

任我随意进店堂，

任我明察与暗访，

暗访明察事一桩：

什么人把“金凤”“呆龙”瞎胡唱，

怕是有阴谋不轨内中藏。

常言说无风不起浪，

不查个水落石出孤的心里闹得慌。

王　欢　大王，到地方了——“独一家”狗肉馆。

齐宣王　（接唱）独家狗肉有名望，

各等食客来自八方。

消息灵通见闻广，

落脚察访正相当。

撩袍进店四下望，

迎面走来店主婆。

丁　婆　（提壶迎上去）二位……（奇怪地自语）咦，这是啥模样？……来的都是客！（转向客人）客官，请上坐！嘻嘻，嘻嘻！

齐宣王　（迎合地）哈哈，哈哈！（落座）店主婆！我要点你家的拿手菜……

丁　婆　好！

齐宣王　招牌菜……

丁　婆　好！

齐宣王　祖传秘谱独门菜……

丁　婆　好！

齐宣王　通通地快快地来上一份。

丁　婆　好——不好！

齐宣王　嗯？

丁　婆　眼下早饭已过午饭未到，二位点餐可要多等会儿。

齐宣王　好！孤正想多等会儿。

丁　婆　嗯？

王　欢　（赶忙地）不是！我们跑了半晌没住腿，是——真想多歇会儿。

丁　婆　那就多歇会儿。二位请用茶。

王　欢　不客气！（接过茶来自饮一口，放心地给齐宣王斟上）好茶！主人请用。

齐宣王　店主婆，你家生意不错吧？

丁　婆　相当不错！一到饭口，都要排队等座。

齐宣王　这眼下……没人。

丁　婆　眼下呀，都在台下看戏呢！

齐宣王　这食客来自四面八方？

丁　婆　对！来自四面八方。

齐宣王　既有官宦豪绅，也有士农工商？

丁　婆　不错，既有官宦豪绅，也有士农工商。

齐宣王　会有贩夫走卒，更有医卜星相？

丁　婆　对着呢，一准儿有贩夫走卒、医卜星相。

齐宣王　有游侠武士……

丁　婆　有。

齐宣王　有木匠瓦匠……

丁　婆　有。

齐宣王　有媒婆傧相……

丁　婆　有。

齐宣王　有歌伎卖唱……

丁　婆　没有！绝对没有！客官，我们是严肃商家，正正经经的餐饮行业，从来没有歌伎卖唱这项服务。

王　欢　店主婆！咱们临淄城乃是歌舞之乡，本有民歌唱曲的习俗。你的店大客广，即便没有卖唱的，就是听唱也比我们见识多呀！

丁　婆　那是！

王　欢　最近，听见有什么新曲好曲吗？

丁　婆　有哇！（唱）小白菜呀，地里黄呀……

齐宣王　停！最近有小曲，唱什么金凤与呆龙，你可听过？

丁　婆　（暗惊）什么"龙"？

齐宣王　"呆龙"！痴呆的龙！二百五的龙！

丁　婆　（警惕地）啊！……平时我在后柜，当家的在前堂，或许他听见过。

齐宣王　把他叫来。

丁　婆　客官稍候，当家的快来呀！

［丁老庖上。

丁老庖　你这么大呼小叫的，啥事啊？

丁　婆　有位客人在前厅，离奇古怪不正经，一再打听什么小曲龙和凤，不是间谍探子，必是神经病。

丁老庖　看我的！客官请了！

齐宣王　你听过金凤呆龙那支小曲啊？

丁老庖　小曲嘛，听多了，弄不清了。

齐宣王　何人在唱？

丁老庖　众人在唱。

齐宣王　他们因何要唱？

丁老庖　他们？高兴就唱，难过也唱，醉了会唱，就是睡觉撒呓挣还唱呢。

齐宣王　是谁教他们唱的？

丁老庖　问得好！他们不能生来会唱，是谁教的呢？……是他爹？是他娘？是他姥姥？是他姥姥的太姥姥……

王　欢　这些人难道就这么爱戴王后厌恶大王吗？

齐宣王　（故意地）不错！王后贤能令人敬爱，大王无能招人讨厌！（转问丁老庖）是吧？王后贤能可以为王，大王无能理应退位！是吧？金凤取代呆龙，大王让位王后，顺理成章，合情合理，顺乎民意，皆大欢喜！是这个意思吧？

丁老庖　住口！我国王后神勇机智可称国家栋梁，我国君主慧眼识人，封王后用人才兴大业。人家夫妻和谐，我们百姓幸福。你俩妖言惑众，挑拨是非，制造事端，图谋不轨。看我把你……绑了！（边说边向丁婆示意，二人解下腰巾分别捆绑二人）

丁老庖　（夸赞丁婆）嘿，好利索！

丁　婆　平时绑狗绑惯了！（沾沾自喜地）呵呵，呵呵。

齐宣王　哎，我们……（欲辩白）

丁老庖　老实点！（与丁婆用抹布堵住几人嘴巴）

丁　婆　当家的，眼看客人就要进门了，别叫这俩奸细影响了生意。

丁老庖　先塞到狗窝里。

［丁老庖夫妻押齐宣王、王欢下。

［四军士由两侧分上。

四军士　（念【数板】）

不好了，不妙了，

田相国急着把人找。

我到前街找，

我到后街找，

我到钟楼找，

我到鼓楼找，

四街八巷找遍了，

就是没找到。

猛然想到狗肉馆，

咦！哥儿四个集合全到了！

哎，掌柜的！

［丁老庖、丁婆上。

丁老庖　四位。

四军士　找人！

丁老庖　哦，找人吃饭。

四军士　光找人，不吃饭！

丁　婆　找我俩？

四军士　不找你俩！

丁老庖　那找谁？

四军士　我们咋知道找谁！

丁老庖　咦，不知道找谁你找谁？

四军士　咦！不知道找谁就找谁：

军士甲　我问你，今天前半晌，有两个官家打扮……

军士乙　不，百姓装束。

军士甲　一主一仆……

军士丙　不，像俩哥们儿。

军士甲　是大大方方……

军士丁　不对，是贼眉鼠眼神神秘秘。

军士甲　咦，全乱了！总之，有没有两个人来过你这儿？

丁夫妻　（神秘地）有！

四军士　真有？

丁夫妻　真有。有阴谋，是奸细！

四军士　啊！是奸细！眼下在哪儿？

丁夫妻　狗窝里。

四军士　别叫他俩跑了。

丁夫妻　跑不了，捆得结实。

四军士　快去禀报。（向内）有请田相国。

［袁达随田婴上。

田　婴　可曾找到？

四军士　找到了。

田　婴　现在何处？

四军士　狗窝里。

田　婴　（惊）啊！快去救驾！

［众人进店。

军士甲　（抓住丁老庖）狗窝在哪儿？

丁老庖　在……（手指后院）

［四军士冲下，即扶齐宣王、王欢上。

田　婴　大王，臣保驾来迟，死罪呀死罪！来，将这两个逆贼绑了！

丁夫妻　哎呀娘唉！（吓晕）

齐宣王　不要绑，孤要赏。

田　婴　大王要赏？

齐宣王　要赏！重重地赏呀！

（唱）他夫妻心明眼亮，

他夫妻是非昭彰。
他夫妻恼恨奸党，
他夫妻忠于孤王。
一根绳索将孤绑，
绑得孤心里暖洋洋。
这般的好子民孤要重赏，
赏你进宫当官——掌管孤的御膳房。
打点行李这就走，
晚饭时我要喝你煲的狗肉汤。

收拾去吧！

王　欢　大王，当个御厨比他开饭馆赚钱少多了，这“赏”不成“罚”了吗？

齐宣王　是吗？圣旨收回，继续开你的饭馆吧！

田　婴　大王，臣有紧急军情启奏。

齐宣王　军情紧急，就在这里讲吧！（对丁夫妻）你等回避。

田　婴　（吩咐军士）你等店外警戒。

四军士　是。（分下）

袁　达　大王找到，待我报与王后。（下）

齐宣王　是何军情，你且奏来。

田　婴　大王啊！

（唱）大王失礼辱四国，
四国生恨掀怒波。
下帖邀君赴盟会，
暗藏杀机险恶多。
解脱危急须良策，
奏请大王早定夺。

齐宣王　哼！虽然四国如狼似虎，难道吞吃寡人不成？孤王应邀赴会！

田　婴　哎呀，去不得！明知四国磨刀霍霍，岂可送上门去；纵然侥幸避险，也难免割地纳贡一场大辱。去不得，去不得！

齐宣王　好！孤王不去赴会，活活气死他们！

田　婴　哎呀，使不得！惹恼四国，惹出事端本是大王失礼；若不赴会，轻慢友邦，越发的是蛮横无理。如此行径，天下不容：倘若四国兴师问罪，一场恶战胜负难料。怕的是邦国受创，百姓遭灾，悲惨局面万难收拾！使不得呀，使不得！

王　欢　田相国！两头的话都叫你说了！去是去不得，不去使不得；去也不成，不去更不成；可怎么才成，怎么才好啊？

田　婴　唉！老臣也是忙中无计呀！

齐宣王　咦！你等不必多说，孤王拼死赴会！

［袁达内喊："大王！"匆匆上。

袁　达　启禀大王，王后请大王速速回宫，有要事相商。

齐宣王　咦！眼下四国挑战，大难临头，王后还有什么"要事"？

袁　达　王后愿替大王冒险赴会。

齐宣王　（兴奋地）啊！回宫！

［齐宣王急下，袁达随下。

田　婴　（叹息）王后，你这是去送死呀！

王　欢　哎，这不就是万全之计嘛！

［田婴、王欢下。

第六场

［临淄郊外。

［三军士上。

军士甲　列国聚会，暗藏杀伐。

军士乙　代替国君，王后出马。

军士丙　随从兵将，就我们哥儿仨。

军士乙　英勇献身！

军士丙　死也不怕！

军士甲　咳，老天保佑，别说丧气话！

三军士　看，国君送行，大队来了。

［四齐兵、四内侍、独孤辰、田婴、袁达、艾辛、王欢、钟离春、齐宣王上。

齐宣王　（唱）青天白日响惊雷，
四国约会要把孤的命催。
我家王后大无畏，
替孤冒险去奉陪。
老相国重任在肩留守国内，
一个残疾老将去壮虎威。
领两个毛孩小妮当护卫，
带三个粗笨裨将做亲随，他们杀身成仁不皱眉。
你六人意气风发去赴会，
只怕是羊入虎口有去无回。

想到此禁不住哭天抹泪，

苍天哪，好叫孤哀哀切切戚戚悲悲！

钟离春　大王！

（唱）钟离春寄壮志习文练武，

今日里纾国难走上征途。

那四国虽然是如狼似虎，

咱岂能做羔羊任人宰屠。

上刀山下火海拼个胜负，

显一显我齐国豪气不输。

保全大王无危难，

自强不忘展鸿图。

纵然妾身落虎口，

死如泰山心已足。

我今含笑登程去，

国君大王、汉子丈夫，你个大老爷们儿不要哭。

齐宣王　不哭，不哭了。田婴，代孤敬酒饯行。

田　婴　是！看酒！（接过酒杯，奉上）大王敬酒，苍天保佑；来日凯旋，恭迎王后！

钟离春　（唱）接过饯行酒一杯，

敬谢天地助神威，

化险为夷不自馁，

且放宽心王请回。

齐宣王　祝王后来回平安，长命百岁！

众　人　（高呼）祝王后来回平安，长命百岁！

齐宣王　回宫！

［四齐兵、四内侍、王欢、齐宣王下，田婴随下。

钟离春　上马！

［钟离春率众上马。

钟离春 （唱）目送大王回宫院，

抖擞精神跨雕鞍。

加鞭催马离家远，

未告别老爹爹请你容宽。

［钟离春率众下。

［钟离叟内声：“女儿！”急上，夏魁追上。

钟离叟 （面对空旷场地，失望地）女儿！

夏　魁 （幸灾乐祸地）唉，紧赶慢赶没赶上！老国丈，叫你搬进都城你不搬，守着那么远的深山老林有什么好！

钟离叟 哼！没有见着就没有见着，不用几天她就回来了。

夏　魁 你就做梦吧！

钟离叟 啊，难道此去有什么凶险吗？

夏　魁 凶险，可大了！（说给观众）要知钟离春吉凶祸福，请看本剧二本。

——头本剧终

豫剧连台本戏

荒唐君王奇王后（二本）

主要角色

齐宣王	田辟疆，齐国国君，三十六岁。袍带丑。
钟离春	乳名丑牛，齐宣王王后，三十三岁。旦角，允文允武。
田　婴	齐国相国，六十二岁。老生。
独孤辰	齐国上将军，左臂伤残，五十一岁。净角。
王　欢	齐国内廷总管，内侍，四十一岁。丑角。
夏　妹	齐宣王侍姬，二十九岁。花旦。
夏　魁	夏妹之兄，齐国上卿，三十三岁。丑角。
钟离叟	钟离春之父，六十五岁。老生。
艾　辛	钟离春随侍，十八岁。刀马旦。
袁　达	钟离春随侍，二十二岁。小生。
三军士	齐国军官。净丑杂扮。
吴　起	魏国上将军，三十五岁。武生。
孙　操	燕国驸马，三十二岁。武净。
杜　胜	赵国上卿，四十五岁。武老生。
孟飞天	鲁国大司马，四十七岁。武净。

序　曲

（歌谣化　喜剧风）

列国争战不停歇，
柿子专拣软的捏。
列国战乱争不休，
老虎没牙不胜牛。
列国混战有败亡，
败家子倒霉别怨娘。
列国战场故事多，
哭笑不得演齐国。
哟，呵呵呵，
演齐国。

第一场

［紧接第一本。

［仲秋八月。

［齐鲁赵魏四国交界。

［魏燕赵鲁四国兵卒将士上。四国会师，旗明甲亮。

［吴起、孙操、杜胜、孟飞天上。相互揖让，吴起居于首位。

吴　起　各位将军！前者，我等四国使臣出使齐国，竟遭齐宣王田辟疆戏弄，蒙受奇耻大辱。约他到此，令其伏罪，雪耻报仇。

众将军　听候上将军行令。

吴　起　此番约会，先礼而后兵。正是：计谋胜兵将。

众将军　制服田辟疆！

吴　起　扎营安排着！（安排部署。率众下）

第二场

［临淄郊外。

［钟离叟、夏魁上。

钟离叟　（凝神远望）春儿！女儿啊！

夏　魁　唉！你叫，王后就能听见？真能叫回来？只怕是人叫不来，把魂儿叫来了？

钟离叟　一派胡言！

夏　魁　胡言？告诉你国君他老丈人！我这是预言！是准确无误保准灵验的预言！你可知道，四国强敌与我国约会，派来的大将有多厉害吗？（见对方茫然不语）我说给你听听。魏国——上将军吴起，威震列国，势压群雄，与强秦一战，连夺五座城池，人送雅号：夺城略地常胜将军！燕国——驸马孙操，也是兵圣孙武子之后，家传绝密战法，兴兵布阵神鬼难测，强敌交手有来无回，兵家称他能征惯战无敌将军！赵国上卿杜胜，鲁国大司马孟飞天，都不是等闲之辈，对阵——可抵千军万马，独斗——能擒猛虎恶蛟，一个个如同凶神恶煞。就你女儿带去的这拨人，是天下第一的残兵败将；凭她一个人死扛，也不过是老虎嘴里的点心，不用打嗝就把她消化了！

［钟离叟万分惊恐，跌坐地上。

夏　魁　哭吧！叫吧！一准把魂儿给叫来！（下）

钟离叟　哎呀儿啊！我儿独闯龙潭虎穴，若以自家性命换来齐国安泰倒也罢了，偏偏四国派出上将定要亡我齐国，我儿枉然一死！你，你……你傻呀！

［二齐兵、二内侍、王欢、田婴上。

王　欢　（唱）倔头国丈坐郊外，

田　婴　（唱）国君委派慰问来。

王　欢　（唱）备好的豪宅他不爱，

田　婴　（唱）田婴自有巧安排。

王　欢　哎呀，老国丈！大王派我们接你来了。小子们，搀着老国丈进城回府！

钟离叟　且慢！请问，要回什么府？

王　欢　哎哟，三个月前就安排好了的，你老人家的豪宅大院国丈府。

钟离叟　偌大一所宅院，住着老汉一人，我消受不起。

王　欢　咦！哪能让你一个人住啊？我安排——

（念【数板】）

我安排

八个听差看门传帖子，

八个听差浇花扫院子，

八个听差养马抬轿子，

八个听差防火防盗看房子。

八个管家财务精英算盘子，

管的是金子银子粮袋子。

八个秘书舞文弄墨笔杆子，

过年精心写对子。

八个做饭的好厨子，

八个打杂的老妈子，

八个壮实的使唤小子，

八个伶俐的丫鬟俏妹子。

专人负责擦桌子，
专人负责搬椅子，
专人负责叠被子，
专人负责拉帐子，
专人为你刷靴子，
专人给你提鞋子，
专人给你扇扇子，
专人替你拍蚊子。
百号人伺候你舒舒服服过日子，可称是大富大贵大官大位鸿福齐天长命百岁的一位老爷子。

好不好？

钟离叟　好。

王　欢　妙不妙？

钟离叟　妙。

王　欢　要不要？

钟离叟　（干脆地）不要！

王　欢　咦！这人怎么这么拧呢？

田　婴　王总管！

（唱）贤王后去赴会甘冒风险，
老国丈忧心忡忡莫添烦。
乔迁到国丈府好事一件，
常言道强扭的瓜儿瓜不甜。
老国丈决意不搬随他心愿，
王总管回宫复命好话多言。

我再劝慰一番。

王　欢　你呀，劝也白劝！小子们，回宫！

［王欢、二内侍下。

田　婴　老国丈！

钟离叟　老相国！

田　婴　（唱）我王后会强手举国惦念，

老国丈必然是更把心担。

在临淄最好处消息灵便，

强似你音信不通住深山。

我为你安排下近郊庭院，

竹篱茅舍，农户一般。

你不愿显贵咱不显，

你不愿高攀咱不攀。

图一个自在安闲人生散淡，

老田婴对他人秘而不宣。

称心如意住久远，

试住不妨两三天，

待到父女见了面，

国丈要走我不拦。

老田婴谨奉上诚心一片，

全听凭国丈自定搬不搬。

钟离叟　我——搬！

田　婴　来！安排人役为国丈迁居。

［众下。

第三场

［齐鲁赵魏四国交界，会所路上。

钟离春　（内唱）纵马奔驰过关隘，

［袁达、独孤辰、钟离春驰马上。

钟离春　（接唱）回望家乡情满怀。

此去生死置度外，

我为齐国解困来。

三名军士前去探路，这时候不见到来？

独孤辰　已派艾辛前去接应。

钟离春　歇马！

［钟离春等下马。

［艾辛同三军士上；四人下马。

钟离春　前去探路，为何许久？

艾　辛　（怒向军士）你们自己说！

三军士　（跪）我们有罪呀！

钟离春　有何罪过，起来讲。

［三人起身。

军士甲　此番赴会，我们下定决心为国捐躯，借着探路，找个酒馆买了些好酒，（出示酒囊，准备酒足饭饱光荣牺牲）求王后开恩，就叫我们戴罪立功吧！

钟离春　跪下！

艾　辛　跪下！

［三军士下跪。

钟离春　蠢材！

艾　辛　蠢材！

钟离春　（唱）你三人歪理胡说讲不通，
哪有个未交手先想着牺牲。
咱赴会对四国礼谦恭敬，
不屈服不受辱输赢必争。
斗一斗智慧，比比英勇，
显一显志气，抖抖威风。
古人说万夫难挡一人拼命，
可也别忘了，莽汉子胜不过智多星。
来，来，来！（扶起三人）
立起身，挺起胸，
面对强手腰不躬。
龙潭虎穴勇冲锋，
您是咱大齐国敢打胜仗的大英雄！

军士甲　多谢王后开导！弟兄们，挺起胸膛，把酒倒掉！

钟离春　慢！美酒佳酿，倒掉岂不可惜。暂由艾辛保管，待等得胜还朝，我与三位庆功同饮。

三军士　太好了！（把酒囊交与艾辛）王后，约会营帐就在前面一箭之地。

钟离春　催马向前！

［众上马，急下。

第四场

［齐国，皇宫大内。

［田婴上。

田　婴　（唱）王后赴会三天整，
　　　　前方消息乱哄哄。
　　　　一阵风来一阵雨，
　　　　惊心难断吉或凶。

［王欢上。

王　欢　田相国，可有王后消息？

田　婴　有。

王　欢　快说！

田　婴　探马报道：五国会上，一场恶战……

王　欢　咱们胜了？

田　婴　只怕未必。

王　欢　咱们败了？

田　婴　未必如此。

王　欢　王后平安？

田　婴　难以断定。

王　欢　王后遇难？

田　婴　这……不敢推测！

王　欢　咦，田相国！您就不能说个利落话？

田　婴　不能！前方消息就不利落。

［齐宣王内喊："王欢！"

王　欢　听，大王催问呢。您再去探听个利落准确的消息来报吧！

田　婴　是，是是。

［齐宣王内急喊："王欢！"

王　欢　来了！来了！（与田婴分下）

［宫女引夏妹上。

夏　妹　（唱）钟离春替君王赴会出国，

入龙潭落虎穴准死难活。

王后空位留给我，

不由得夏妹我笑，我笑……

哈哈，哈哈……

笑呵呵。

顾不得夜间把梦做，

顾不得晨起把睡衣脱，

顾不得梳妆洗把脸，

顾不得刷牙吃口馍。

噌的一声离卧榻，

啪啪两步出了暖窝。

三步走到西宫外，

四步五步奔凤阁。

心急只嫌走得慢，（磕绊）

哎呀，俺娘哎！

硬石头把我的嫩脚磕。

［宫女搀扶夏妹走到凤阁，进宫室。

进凤阁，不落座，

吩咐婢女与宫娥，

躺箱立柜撬开锁，

把她的宝贝衣裳往外扯。

［宫女们翻箱倒柜。

夏　妹　（拎起衣服，鄙夷地）咦！

（接唱）这一件土缝土做土布褐，

这一件粗里粗面粗麻葛，

这一件打个补丁掩住破，

这一件寒酸寒碜，寒得人哆嗦。

人称她勤俭贤王后，

天生个穷命讨饭婆。

没心思观赏破烂货。（扔掉）

（命令地）翻！仔仔细细地翻！

宫　女　（翻出凤袍）娘娘，找见了！

夏　妹　咦！（跑上去，抓过凤袍）

（接唱）抓凤袍紧贴心窝窝。

想死我，爱死我，你本该属于我，

却叫我抓耳挠腮求之不得。

今日到手心欢乐！（穿起凤袍，摇摆扭捏忘乎所以）

宫女们　（恭维地）咦！娘娘穿上凤衣，真像王后。

夏　妹　（恼火地）呸！什么真像王后，我就是王后！

宫女们　对，对对！就是像王后……不，不不，就像是王后……

夏　妹　（打断地）成了！一个个连话都不会说！我问你们，那钟离春呢？

宫女们　代替大王，前去赴会。

夏　妹　（不满地）嗯！

宫女们　（机灵地）她死了！

宫女们　（迎合地）她死了！她死了！

夏　妹　（接唱）钟离春准死不能活。

我一见丑妞遗物就冒火，

快把这破破烂烂挪挪窝。

［宫女们听命收拾，乱作一团。

［王欢、齐宣王上。

齐宣王　（唱）四国约会结成伙，
　　计谋杀我灭齐国。
　　王后出征无惧色，
　　好惭愧，我似乌龟缩在窝。
　　这一会王后安危难推测，
　　这一会齐国存亡也难说，
　　这一会消息断绝被封锁，
　　这一会闹得我六神无主、五味杂陈、四肢麻木、三焦上火、二目难合，一只蚂蚁落在了热锅。
　　迷迷糊糊走进了东宫院落。

（奇怪地）咦？

（接唱）宫室里人声嘈杂是为何？（走进宫室）

王　欢　（赶快通报）大王驾到！

［夏妹闻报慌忙脱衣！恰被齐宣王撞见，十分尴尬。

齐宣王　你们在做什么？

夏　妹　（一愣，转而调皮地）你猜！

齐宣王　我猜？（略思索，卖弄地）噢，出伏了，立秋了，把压箱子底的衣衫袍服，掏出来晾一晾、吹一吹……

王　欢　哎，过过风儿，不生虫儿；吹一吹，不发霉。（帮腔）王后替大王出国赴会，夏娘娘替王后吹晾衣服。真是贤德成对，母仪一双啊！

夏　妹　千片万片皆绿叶，红花一朵是正宫。贤德成对也没用，晋升不论甲乙丙丁。

齐宣王　（激动地）晋升后位，你——第一候补！

夏　妹　多谢大王！

齐宣王　不必客气。

（唱）贤王后，贤王妃，

我有贤才一大堆。

君得天助心里美，

忧愁烦恼一风吹。

贤妃，候补王后！随我回宫吧！

王　欢　（喊）起驾了！

［齐宣王挽夏妹下，众随下。

第五场

［约会营帐。

［阵势森严，杀气腾腾。

［钟离春率众上，四国将官另侧上，同入座。

吴　起　宾客就座，各自通名上来。

孙　操　燕国驸马孙操。

杜　胜　赵国上卿杜胜。

孟飞天　鲁国大司马孟飞天。

吴　起　魏国上将军吴起。

独孤辰　齐国王后——钟离春！

吴　起　啊？齐宣王因何不到？

钟离春　是呀，四国君王因何不到？

吴　起　这！啊……

钟离春　啊……

吴　起　（同时地）哈哈，哈哈……

钟离春　（同时地）哈哈，哈哈……

吴　起　宣王不到，不知王后可否做主？

独孤辰　王后既代宣王赴会，如同我王亲临一般。

吴　起　今日之会，先要三赌。

钟离春　赌什么？

吴　起　河山地土。

钟离春　怎样赌法？

吴　起　一赌对搏，二赌对刀，三赌对局。

孙　操　三局两胜，不得反悔！

钟离春　但凭于你。

吴　起　燕军出战！

钟离春　齐军迎战！

［军士丙与粗壮燕军角力肉搏，燕军被重摔三次，最后倒地不起。

独孤辰　一局赌完。

吴　起　赵军对刀！

钟离春　齐军上阵！

［赵军甲与军士甲对刀，不敌；赵军乙支援，仍不敌；赵军丙再支援，形成三对一局面。军士甲败退。赵军追杀，艾辛迎上去勇战赵军。杀得赵军丢盔卸甲，刀落乞和。

独孤辰　二局赌完。

齐人众　（欢呼）齐国胜，齐国大胜。

吴　起　三赌未完，何言大胜。

独孤辰　你方才言道："三局两胜，不得反悔！"如今，我国两局皆胜，岂不是胜了。

吴　起　不不不！我方所言"三局两胜"，是指最后三赌——对局下棋。

独孤辰　输掉一局？

吴　起　割地百里！

独孤辰　怎么，割地百里？

孙　操　（提醒地）是我们一国百里，共计四百里。

杜　胜　若是连输两局，一要割地献礼，二要宣王田辟疆手捧降书顺表，俯首称臣！

独孤辰　（犹豫地）这个……

艾　辛　说话不算话，满嘴说谎话，一堆骗子！

吴　起　军士们，小心伺候！（挥动令旗）

［四国兵将高举刀枪，呐喊扬威。

钟离春　（冷笑）哼哼！何必虚张声势！棋盘摆好，我来对弈。

（唱）他四国威胁讹诈施伎俩，

钟离春观察应变有提防。

猜不透棋局怎样翻巨浪，

他偏要赌棋局有什么埋藏。

那对手是何方仙家道长？

［内声："棋王驾到！"二赵兵扶白猿（穿官服）上。齐国众人惊愕。

钟离春　咦！

（唱）只见他人形猴相、鬼鬼祟祟、古怪异常。

既临阵哪怕他妖兵邪将。

请！

［白猿跳上座位与钟离春对弈，吴起观棋。有顷。

吴　起　（兴奋地）我方胜，齐国败！齐国败！

钟离春　（接唱）这白猿有奇招防不胜防。

面临着输二局国家沦丧，

焦急中思良策……（望见：吴起奖桃，白猿啃食，计上心来）

……我嗅到酒香。

艾辛！

你将那囊中珍品与我献上。

［艾辛送上酒囊，钟离春开启酒囊故意散出香气，白猿闻到酒香向前试要，钟离春奉上；吴起夺去。白猿恼怒，夺过艾辛手中两只酒囊，一饮而尽，顷刻迷离恍惚站立不稳。

独孤辰　第二盘，开局！

［白猿身不由己，倒在孟飞天怀中。

吴　起　扯了下去！

［赵兵拖白猿下。

吴　起　钟离春！棋王中你奸计，我四国岂能容你。拿下了！

［吴起等发起攻击，钟离春等应战。

［三军士抵挡众兵；艾辛力抗孙操、杜胜；钟离春大战吴起、孟飞天；独孤辰保护袁达。

［钟离春击落吴孟兵械并将二人擒获。孙操等大惊。

钟离春　呔！尔等毒谋约会，狡诈用兵，吴起被擒本该斩首；但想，四国生怨，皆因我国宣王失礼所致，故打算放了吴将军，从此消弭仇怨，列位意下如何？

孙　操　我等情愿罢兵修好。

独孤辰　（问吴起）上将军，你呢？

吴　起　但凭你们！

钟离春　（放下二人）上将军，本后失礼了！

吴　起　嘿！（羞愧地与孟飞天下）

孙　操　兵将撤离，酒宴摆下。

钟离春　不用。告辞了！

孙　操　后会有期！（率众下）

军士甲　王后，咱们到前面酒馆吃去吧。

艾　辛　（拾起酒囊）可惜好酒，便宜那猴子了。

军士甲　好酒不可惜，破了他的局。

军士乙　王后有智谋，战败一群猴。

艾　辛　（嘲弄地）要怪王后能，烈士没当成。

［众笑。

钟离春　（唱）来时多忐忑，
归去笑呵呵。
厮杀惊魂魄，
奏凯回齐国。

人马回朝！

众　人　（昂然回应）啊！

［钟离春率众雄赳赳地下。

第六场

［齐国，皇宫大内。

［田婴带笑上。

田　婴　（大笑）哈哈，哈哈……

（唱）田婴我笑哇，笑哇……（大笑）

哈哈，哈哈……

笑得喘不过气，

迎来天大的好消息。

王后赴会得胜利，

她为齐国解危机。

从此大王无忧郁，

从此百姓得安居，

从此太平兴百业，

从此列国不敢欺。

强中争强不容易，

王后智勇胜须眉。

治国安邦谁能比，

上阵交锋全无敌。

庶民百姓人人敬，

我这辅佐老臣心感激。

四国狡诈行奸计，

王后无畏去对敌。

闻边报一块石头落了地，
喜归来英雄凯旋马奋蹄。
老田婴慌忙进宫来报喜，
一时发迷，心想向东脚向西。
扭转回身东行去，
大步流星走得急。
三步当作两步走，
两步当作一步趋。
急趋急走，急走急趋，抖抖精神，卖卖力气！

［田婴急行。王欢上，二人相撞，田婴跌倒。

田　婴　喂唷！

（接唱）跌倒在宫门外我气喘吁吁。

咦！老眼昏花，撞到了柱子上。

王　欢　“老眼昏花”不假，可我不是柱子，我有弹性！

田　婴　（仰头一望）哎呀，王总管！

王　欢　（扶起田婴）田相国！年纪大、眼神差，腿脚不灵，忙什么？

田　婴　我有急事禀报大王！（急着进宫）

王　欢　（拦）别忙！等我通报。

田　婴　王总管，快去通报。

王　欢　快去？在咱们大王这儿，通报是有时辰的，早了——打屁股，晚了——屁股挨打。依我看，相国先在门口搬个座儿，歇歇腿儿，定定神儿，喘口气儿，过那么一小会儿，也误不了事儿。就这儿吧！

田　婴　只好如此。（走了两步，不放心地回头嘱咐）你要快些报哇！

王　欢　中！中！

［田婴下。

王　欢　（悄悄进宫）我得看看大王起床没有。（张望）咦，起来了！（高喊）大王起身，伺候啦！

［齐宣王挽夏妹上。

齐宣王　（唱）昨夜里整一宿休息不好，
说不上是醒是睡苦受煎熬。
昏沉沉我在船上船离岛，
啪嗒嗒雨暴风狂海啸浪高，
忽悠悠浪打船翻，人往水里掉，
眼睁睁一条大鱼，
张开血口要把我叼。
扑腾腾心惊肉也跳，
哗啦啦冒汗似水浇。
急切切拼死把它嘴来撬，
哎呀呀，原来是，夏妃的红唇分外娇。
一场噩梦是凶兆，
灭顶之灾必难逃。

夏　妹　大王！
（唱）说什么噩梦与凶兆，
吉人天相你福分高。
尽管那四国张牙又舞爪，
王后送死他们恶气消。
纵然是割地赔偿，
没有什么大不了。
留得青山在，不怕没柴烧。
只求大王没烦恼，
乐享荣华，自在逍遥。

齐宣王　（唱）爱妃话儿说得好，
解我迷梦祛心焦。

你在身边我欢笑，
你若离开我无聊。
你在身边千般好，
你若离开一团糟。
你是我的开心果，
你是贤妃有功劳。
要什么赏赐尽管要，
孤传诏敞开国库任你挑。

夏　妹　（唱）大王有旨又传诏，
不会食言耍花招？

齐宣王　君无戏言！

夏　妹　（接唱）我要，我要一件龙凤袄，
彩霞罗裙要三条，
两顶雀毛织锦帽，
皮衣四身是虎、豹、鼠、貂。

齐宣王　嗯，不多，你再要！

夏　妹　（接唱）我还要，翠钻披肩缀八宝，
珍珠耳环赛核桃，
百花头饰金丝造，
玲珑玉佩叮当，叮当，叮叮当当，仙乐缭绕，我在云上飘。

齐宣王　要得好！你再要！

夏　妹　再要……只怕大王不给。

齐宣王　只要爱妃要得出，我就给得了！

夏　妹　（试探地）我可要了……

齐宣王　（鼓励地）要吧！

夏　妹　（唱）我要你封我做王后！

齐宣王　（惊愕）啊！

［全场凝固，幕后及时传来高声喊叫："王后还朝！"田婴边喊边上，冲进宫室。

齐宣王　你说什么？

田　婴　王后还朝。

齐宣王　放大声，再说一遍！

田　婴　（高声）钟离王后，得胜还朝！

齐宣王　（狂喜）哈哈！齐国得胜了！王后回朝了！

王　欢　嘟！相国田婴，擅闯宫禁，该当……

齐宣王　（打断地）该当喝酒！陪我喝酒！

田　婴　臣要去布告天下，恕不奉陪了。

齐宣王　站住！这是得胜酒、喜庆酒，你不能不喝，不能不陪！

王　欢　上酒啊！

［内侍捧酒上，向齐宣王、田婴奉酒。

齐宣王　（唱）得胜的酒，庆得胜，

从此齐国腰杆硬。（饮罢，再饮）

喜庆的酒，心欢庆，

从此安睡无噩梦。（饮罢，再饮）

人逢喜事精神爽，

千杯万盏不能挡。（饮罢，再饮）

人逢喜事喝得多，

黄河东海也能喝。（饮罢，再饮）

喝干了河海喝长江，

无敌国君齐宣王！（饮罢）

喝得高兴！喝得痛快！酒兴未足，搬到花厅去饮。老相国，随孤来呀。哈哈，哈哈……

［田婴与齐宣王互相搀扶，蹒跚下。内侍随下。

夏　妹　（唱）丑妞回朝事突变，

当机立断不迟延。

王总管，速请国舅夏魁来西宫议事。

王　欢　是！

夏　妹　（诡秘地）要机密行事！

王　欢　（心领神会）遵命！

[夏妹、王欢分下。

第七场

［临淄郊外。

［三军士、袁达、艾辛、独孤辰、钟离春上。

军士甲　启禀王后，已到前日大王饯行之地。

钟离春　歇马。

［众下马。

钟离春　（瞭望四周，不解地）啊？

（唱）想前日饯别时何等隆重，
为什么得胜回这样冷清？
莫不是封锁边境设阻梗，
以使得捷报没能报朝廷。
莫不是信息乱田婴懵懂，
胜败结局、何时归来弄不清。
莫不是大王焦急得了病，
走不动，爬不动，不能指望你来迎。
莫不是……莫不是……这也不是那也不是，
摸不清猜不透心绪不宁。

袁　达　辰时已过。

军士甲　上午九点多了。

军士丙　啊？

军士乙　他说的是未来世界的时间。

军士丙　噢。

独孤辰　呀！

（唱）不觉得辰时已过无动静，
为什么救国功臣无人迎。
贤王后遭冷落令人心冷，
不由得年迈将军愤愤不平！
且压下心头火直言告禀，
尊一声贤王后听臣禀明。
老臣我为武将沙场效命，
大战场小战场计算不清。
遇过多少智谋将，
见过多少不怕死的兵。
智谋将，敢死的兵，
王后面前败下风。
会战四国显本领，
四国完败愧无能。
一战扬名天下颂，
齐赞你天下第一大英雄。
挽救齐国惠百姓，
煌煌青史定留名。
管它恭迎不恭迎，
百姓心中念你的情。

袁　达　巳时将尽。

军士们　到了十一点了！

钟离春　（唱）我不掂量迎不迎，
唯恐朝中出事情。
会罢四国方安定，
担心不测内乱生。
恭迎礼重事不重，

乱情再小事不轻。

倘有错乱须纠正，

整理河山路不平。

袁　达　时已正午！

艾　辛　咱们就这样傻等着吗？

军士们　（呼吁）进城吧！

钟离春　（唱）将士久等心波动，（思考、决定）

遵礼守常进都城。

军士长！

军士甲　在！

钟离春　速到王宫禀报：王后回朝，候旨进城。

军士甲　遵命！（下）

袁、艾　王后，还要等多久啊？

钟离春　不要烦躁，再等一时。

［“来了！来了！”军士甲边喊边上。四仪仗、二兵卒——假扮内侍抬酒上。

军士甲　王后，酒来了！

兵卒甲　大王特赐御酒，恭迎王后回朝。

兵甲乙　御酒启封，奉敬王后。献酒！（献酒）

钟离春　（唱）捧御酒敬苍天风调雨顺，（奠酒）

兵甲乙　再献酒！（献酒）

钟离春　（接唱）再捧酒敬大地五谷丰登！（奠酒）

兵甲乙　三献酒！（献酒）

钟离春　（接唱）三献酒敬齐国四边宁靖！（奠酒）

兵甲乙　大王口诏！敬罢天地敬王后，御赐头樽须享受。

钟离春　（接唱）御赐的酒……头樽酒……

众　人　（齐声地）王后当饮！王后当饮！

钟离春　（接唱）转赠壮士理当应！

军士长！

军士甲　有！

钟离春　记得赴会之时，借你的一囊好酒，醉了妖猴，得了胜利。你建功第一，当饮此杯！

军士甲　哎呀王后啊！我那酒，本是怯懦的酒、败兴的酒，王后用成神灵的酒、得能的酒！功在王后，却把大王亲赐这头樽御酒赏给属下，我……喝了吧！（分外激动，接过酒杯一饮而尽。顿觉不适，腹痛至极）不好，我真要为国献身了！（猝死）

众　人　（惊愕）军士长！

钟离春　（沉痛地）好兄弟！

［两名假内侍自尽。

钟离春　（唱）一腔悲愤万般痛，
万千悲痛哭几声。
你赴沙场不惜命，
面对强敌敢挺胸。
捍卫家国豪气盛，
却遭暗害在国土上命终。
我哭哇，哭一声好兄弟！
我叫哇，叫一声大英雄！
是何人下毒手天理难容！

艾　辛　这毒酒，是冲着王后你来的。

袁　达　（察看）献酒太监是假，已然自尽。

独孤辰　必须追查主使之人。

钟离春　（接唱）艾辛袁达在城外等，
本王后到宫廷追查元凶！

［众人目送。钟离春下。

［众分下。

第八场

［王宫，御花园。

［宫女引夏妹上。

夏　妹　（唱）一条计谋巧安排，

心焦急等好信来。

［夏魁上。

夏　魁　（气喘吁吁）妹子！妹子！好了，成了，你就放心吧！

夏　妹　（惊喜地）她死了？

夏　魁　大概没有。

夏　妹　那你来干什么？

夏　魁　我来告诉你，一切安排停当，丑妞必死。一有准信，线人立马报到国舅府。

夏　妹　别啰唆了！快回府等信去吧！

夏　魁　是！（背身自语）咦，妹子当了娘娘，真成了俺娘了！（下）

［齐宣王内声："搀我来！"王欢搀齐王上。

齐宣王　（唱）捷报传来心高兴，

孤王大醉睡西宫。

此刻不知醒没醒，

迷迷糊糊眼难睁。

头发重，脚发轻，

晃晃悠悠到龙庭，

王　欢　这不是龙庭。

齐宣王　这是哪儿？

王　欢　御花园。

齐宣王　中！

（接唱）御花园摆酒情更浓。

内侍们摆上千坛酒，
我为王后庆大功。（产生幻觉，挽着夏妹）
好王后，孤的爱卿！
你去赴会真英勇，
你去赴会建奇功。
你保孤王免出丑，
你保孤王享太平。
功高盖世孤必赏，
封赏在后酒先迎。
为王后庆功又接风，
孤王陪你三大觥。
你一觥、我一觥，
我一觥、你一觥，
一觥一觥又一觥。
今日赐饮要尽兴，

满上！满上！

来、来、来，人不倒下酒不停。

（伏在桌上，睡去）

夏　妹　（气恼地）咦！“给王后接风哩！”“给王后庆功哩！”等不了一时半会儿，这“王后”就是我，再也不是她！你就要陪我喝个晋升的酒、封官的酒。哈哈，哈哈！

［夏魁急上。

夏　魁　不好了！不好了！

夏　妹　她倒了？

齐宣王　谁跑了？

夏　魁　（比画着）她没喝！

夏　妹　她被捉？

齐宣王　谁撒泼？

夏　魁　（恐惧地）王后……回宫了！

夏　妹　（惊愕地）啊！

齐宣王　（兴奋地）请！

［夏妹示意，王欢引夏魁躲藏。

［钟离春上。

钟离春　（唱）前面夏魁身影闪，
跟踪来到御花园。
走进园门人不见，
夏妃慌张面色寒。
大王似睡闭双眼，
王欢神情不自然。
好生奇怪这局面，
我力查真凶解谜团。（落座，拍桌）

大王！

齐宣王　免礼。

夏　妹　王后没见礼。

齐宣王　赐座。

夏　妹　人家早就坐下了。

齐宣王　来、来来，为王后斟酒。

钟离春　慢！请问陛下，本后回朝，那接风酒是大王送的吗？

齐宣王　什么？

夏　妹　王后在问，这接风酒是大王摆的吗？

齐宣王　噢，赐酒为王后接风自然是我，不是我还能是谁呀？

钟离春　酒内有毒啊！

齐宣王　毒？不可能！孤王喝了两天三宿，什么事也没有！

钟离春　死人了！

齐宣王　什么死人？

夏　妹　王后在问，你喝得烂醉，成了死人了！

齐宣王　（懊恼地）嘟！

（唱）钟离春居功自傲翘尾巴，

你竟敢悖礼法耻笑孤家。

虽然你有功劳……功劳也不大，

虽然我有毛病……小病不算啥。

欺君之罪你犯下，

低头认罪免重罚。

夏　妹　认罪！

钟离春　（悲愤至极，无可名状）

（唱）大王他神志不清说胡话，

昏沉沉听人挑拨乱施压。

我不如及早抽身免尴尬，

且等候大王清醒理乱麻。

妾身告退！

齐宣王　回来，认罪！

钟离春　（接唱）充耳不闻把步跨，（向外走去）

夏　妹　（高喊，造势）钟离春抗旨不遵！

钟离春　（怒不可遏）贱妃！

（接唱）贱妃鼓噪耍油滑。

你煽风点火行奸诈，

你摇唇鼓舌逞狡黠。

你蛊惑君王乱真假，

你坑害君王难明察。

你贪心膨胀无限大，

大过天、大过地、大过了天下百姓和国家。

岂容你把大王当成傀儡耍！

［钟离春撕掠夏妹，夏妹逃到齐宣王背后。钟离春意外碰掉齐宣王王冠。

夏　妹　（喊声）造反了！夺权了！

［王欢、夏魁、卫士上，护驾；钟离春目瞪口呆。

齐宣王　（唱）谋反叛臣快捉拿！

将钟离春拿下！

［卫士将法绳搭在钟离春肩上。

［“且慢！”独孤辰扯着田婴，二人叫喊着急上。

独孤辰　（唱）不顾生死闯宫苑，

田　婴　（唱）贤德王后要保全。

夏　妹　（迎上去）二位，是来保王后的？

独、田　是！

夏　妹　是替王后说话的？

独、田　正是！

夏　妹　大王！这二位扶保王后，要替王后说话！

齐宣王　咦！扶保叛逆，必是一党。将他三人……

夏　妹　（试探地）杀了？

齐宣王　……贬为庶民，赶出宫去！

独孤辰　大王，我有话讲！

齐宣王　出去！

田　婴　大王啊！（落泪）

钟离春　（安抚地）二位大人：

（唱）一片忠心照肝胆，

您为钟离受屈冤。

君昏难免天地暗，

奸人得势害高贤。

昏庸治国国必乱，
况有列国虎视眈眈。
钟离出宫无留恋，
反觉得齐王太可怜。
别二公道珍重天涯走远。

［三人拜别，田婴、独孤辰下。

钟离春　（接唱）从此后忧国忧民恨绵绵！（下）

王　欢　大王，王后贬了，相国撤了，这位子空了……

齐宣王　夏王妃。

夏　妹　有！

齐宣王　授封王后！

夏　妹　谢主隆恩！

齐宣王　国舅夏魁。

夏　魁　在！

齐宣王　晋升相国！

夏　魁　领旨，谢恩！

齐宣王　王欢。

王　欢　（兴奋地）咦！还要封我啊？

齐宣王　诏告天下。

王　欢　噢，还是原来的差事。

齐宣王　（满心欢喜）嘻嘻，哈哈，嘻嘻嘻！
（唱）封的封，贬的贬，
孤一言九鼎谁敢翻。
境外无人欺，朝内没人管，
自在逍遥赛神仙。
我是个快快乐乐活神仙！

［齐宣王兴奋过度，醉倒在地，内侍抬下。

夏　妹　快备醒酒汤啊！（追下）

夏　魁　钟离春贬了，田婴、独孤辰免了，大王可乐了。

王　欢　乐了？恐怕不久就要哭了！

夏　魁　（说给观众）要知后事如何，请看本剧三本。

豫剧连台本戏

荒唐君王奇王后（三本）

主要角色

齐宣王	田辟疆，齐国国君，三十八岁。袍带丑。
钟离春	乳名丑牛，齐宣王王后，三十五岁。旦角，允文允武。
田　婴	齐国相国，六十四岁。老生。
独孤辰	齐国上将军，左臂伤残，五十三岁。净角。
王　欢	齐国内廷总管，内侍，四十三岁。丑角。
钟离叟	钟离春之父，六十七岁。老生。
艾　辛	钟离春随侍，二十岁。刀马旦。
袁　达	钟离春随侍，二十四岁。小生。
二军士	齐国军官。净丑杂扮。
吴　起	魏国上将军，三十七岁。武生。
孙　操	燕国驸马，三十四岁。武净。
杜　胜	赵国上卿，四十七岁。武老生。
孟飞天	鲁国大司马，四十九岁。武净。
四　将	列国将军。杂扮。

序　曲

（歌谣化　喜剧风）

列国争战不停歇，
柿子专拣软的捏。
列国战乱争不休，
老虎没牙不胜牛。
列国混战有败亡，
败家子倒霉别怨娘。
列国战场故事多，
哭笑不得演齐国。
哟，呵呵呵，
演齐国。

第一场

［距二本两年后。

［临淄，街头。

［众百姓上，交头接耳神色慌张。军士乙、军士丙从舞台左右分上，穿过人群在街心相遇。

军士乙　哥！

军士丙　兄弟！

军士乙　（激动地）哥呀！

军士丙　（动情地）兄弟呀！

［众百姓隐没。

军士乙　（回忆地）那年，咱们哥们儿，随王后出征，抗敌保驾……

军士丙　得胜回朝，不承想有人暗杀——死了老大。

军士乙　王后进宫，讨个说法；大王怪脾气爆发，三道圣旨连着下：

军士丙　废王后、贬相国，赶走上将军……

军士乙　咱们哥儿俩，卷铺盖回家。

军士丙　从此一别，两个冬夏！

军士乙　听说啦？

军士丙　听说啦！

军士乙　列国发来人马，

军士丙　步步逼近，兵临城下。

军士乙　告别妻儿回老营，

军士丙　回归老营重披挂。

军士乙　回来啦！

军士丙　回来啦！

军士乙　（纳闷地）不见上头有动静，

军士丙　（焦急地）只见下面乱糟糟。

军士乙　（有所见）咦！田相国从那边来了！

军士丙　（有所见）咦！独孤将军从这边来了！

［家院引田婴、马弁随独孤辰分别从舞台两侧上。

独孤辰　（施礼）相国。

田　婴　（回礼）上将军，前方军情如何？

独孤辰　前方吃紧，敌军杀来，眼见就到临淄城下了！

田　婴　（吃惊地）怎么，敌军就要攻到都城了吗？

军士乙　是啊！我的家乡失守了！

军士丙　我们家老城十天前就丢了！

独孤辰　相国啊！

（唱）列国争雄刀兵动，

连年征战不消停。

齐国自强谋昌盛，

成了列国眼中钉。

生死对决一场会，

破敌计谋各休兵，

钟离王后显智勇，

威慑强敌享太平。

王后无辜遭贬斥，

各国诸侯共举兵。

八国人马六十万，

洪水猛兽气势汹。

战败一将又一将，

夺了一城又一城。

眼看兵临王城下，
临淄民心尽沸腾。
大王再不发兵马，
齐国败亡在预料中！

田　婴　（唱）田婴日前闻报警，
岂料这般猛与凶。
心急如焚终何用，
你我是无职无权有心无力的田舍翁。

独孤辰　不！咱有忠肝义胆，满腔热血！

田　婴　噢？咱有肝胆、有热血？

独孤辰　不错，有肝胆，有热血！

田　婴　嗯，足够了哇！
（唱）无职无权怕什么，
全凭忠心一腔红。
见君王点拨他快快猛醒。（欲行，略作思索）
我必须要一点小聪明。

众　人　（不解地）小聪明？

［田婴点手聚拢众人，悄悄低语。

军士乙　（佩服地）智慧！

军士丙　（赞叹地）谋略！

独孤辰　（调侃地）滑头！

田　婴　（畅笑）哈哈，哈哈！

［众人拱手作别。分下。

第二场

［齐王宫，正殿内外。

［王欢领内侍们上。

众　人　（边喊边寻）大王！大王！

内侍甲　（发现地）公公，大王在石头洞里呢！

王　欢　咦！（下，复拉齐宣王上）大王，怎么钻到假山石的洞里去了？

齐宣王　见只松鼠十分可爱，它在前面跑，我在后面捉，随他爬进石洞，迷迷糊糊睡着了，做了个好梦，好美呀，好美！

王　欢　大王！美不了啦，好不了啦！列国人马杀到了！

齐宣王　（不屑地）假新闻！

内侍们　（哭泣地）大王，真的呀！敌兵斩关夺寨，已经逼近临淄，快想主意吧！

齐宣王　真的？

内侍们　真的！

齐宣王　（转向王欢）真的？

王　欢　千真万确！

齐宣王　（惊慌，唱"哭腔"）不好了啊！

（唱）原以为众敌国虚张声势，

不料想真杀真打掠城池。

骂一声主帅吴起真无耻，

忘记了我家王后擒你时。

弃承诺兴兵马猖狂之至，
我咒你过桥落水要被王八吃！
骂一声孙操杜胜下流胚，
曾跪求我家王后没面皮。
到如今动干戈背信弃义，
我咒你掉在猪圈成烂泥。
还有那孟飞天一堆小蚂蚁，
臭味相投沆瀣一气与我为敌。
逃出我王后剑下活得有点腻，
我咒你冰雹砸个脑壳爆裂喊声救命都来不及。
呸！呸！呸！
土鳖虫、小蚂蚁，
不得善终，必死无疑！

王　欢　骂完了？

齐宣王　骂完了。

王　欢　解气了？

齐宣王　解气了。

王　欢　主意呢？

齐宣王　什么主意？

王　欢　抗敌退兵的主意呀！

齐宣王　唉！
（唱）为王我惊慌哪有退兵计？
乱哄哄心里没底干着急。
内侍们忙摆驾到武班去，（率众行至台左）
命王欢你把将官速召集。

王　欢　大王驾到啊！（进武班，下）

武将们　（幕后，呼）大王千岁！

齐宣王　（唱）众位将官且免礼！

孤的爱将听端的。
列国孬兵算老几，
我朝大将无人敌。
若有人杀退敌兵保社稷，
孤赏赐一等功勋再加三级。

［沉默无声。王欢上。

齐宣王　谁肯出征？

王　欢　没人应声，都不敢去呀！

齐宣王　咦！

（唱）超常重赏没人理，
难求一将去应敌。
碰鼻子拐弯到文班去。（率众行至台右）
王欢到文班听候消息。

王　欢　大王驾到啊！（进文班，下）

文臣们　（幕后呼）参见大王！

齐宣王　（唱）众爱卿免参免跪且站立，
孤王有话说给你们知。
爱卿们通晓天文和地理，
论谋略决胜千里也出奇。
现如今敌兵压境喘不过气，
细盘算止战求和最便宜。
若有人议和成功敌军撤去，
我赏赐一等正卿三代世袭。

文臣们　（幕后答）不要。

齐宣王　（接唱）若不然外加招个乘龙婿，
孤王妹许给你家做儿媳。

文臣们　（幕后答）不要。

齐宣王　（接唱）若不然孤王和你结兄弟，

我当老二你老一。

文臣们　（幕后答）不要！不要！

［王欢上。

齐宣王　这不要，那不要，他们要什么？

王　欢　要脑袋！

齐宣王　唉！

（唱）国有难孤临危用人之际，

文无能武惧战难应急需。

内侍臣你们给孤争口气，

披铠甲出城上阵去退敌。

内侍们　（跪）哎呀，大王！上阵打仗可不是我们能干的活儿呀！

齐宣王　你们能干什么活儿？

内侍们　沏个茶倒个水儿，找个人儿跑个腿儿，掀个帘子开个门儿，铺床叠被端尿盆儿。

齐宣王　咦！一群废物！

内侍们　（委屈地）我们本来就是废人嘛。

齐宣王　唉！

（唱）孤左右无用人哭哭啼啼，

看文武人无用惨惨凄凄，

我齐国能臣良将在哪里？（忽然想到）

叫王欢听仔细，金牌宣银牌召，

三宣三召老田婴快到丹墀。

王　欢　田婴早已等候在宫门。

齐宣王　为何不早报？

王　欢　急忘了。

齐宣王　快快传旨。

王　欢　遵旨。大王有旨，金牌宣，银牌召，三宣三召布衣田婴上殿哪。

［田婴内声："领旨。"上。

田　婴　（唱）老田婴蒙大王三召三宣，
在宫门等得我早不耐烦。
见两厢文武官羞惭满面，
都只为抗敌无力苦难言。
思前情怨大王忠奸不辨，
抗敌国救百姓我不计前嫌。
遭贬的旧相国重上金殿，
小百姓老田婴参拜君前。

齐宣王　（热情地）免参免拜。快快看座。

田　婴　（唱）自古来君王至尊臣民贱，
小百姓怎敢与君对座交谈。

齐宣王　（忙下座）咦！卿家是老前辈！老元勋！孤的主心骨！我的救命星！你就坐下吧！（把田婴按到椅子上）

田　婴　（唱）恕草民年老力衰头脑乱，
这主心骨、救命星是海外奇谈，我不敢担。

齐宣王　（变脸）田婴！你早早在宫门守候，只等孤王一声召唤，不是来护国救驾吗？

王　欢　难道是来看笑话的吗？

田　婴　（神秘地）我是来献……

齐宣王　献妙计？

王　欢　献良策？

田　婴　（唱）把一个神医药方来奉献，
给大王清清火祛祛痰。

齐宣王　（无奈地）好，好好！药方我收下。我齐国危亡就在眼前，你装什么糊涂啊，我的老相国！

田　婴　（唱）老相国两年前获罪遭贬。
新相国有谋略一手遮天。

王　欢　新相国？您说的是国舅爷夏魁……（悄悄一望齐宣王）

齐宣王　（泄气地）唉！

王　欢　这位国舅爷害怕，昨天半夜就陪着夏娘娘逃了。

田　婴　夏娘娘也逃了？

王　欢　逃了，逃了。都出国了！

田　婴　（冷笑）呵呵！

（唱）真可笑大树未倒猢狲散，

到头来须一人挺身转圜。

齐宣王　（迫切地）是谁？

田　婴　王后钟离春！

齐宣王　可惜，她死了！

王　欢　被大王气死了。

齐宣王　胡说！

王　欢　老百姓都这么说。不过，又听说王后躲进深山学仙修道。若能求她点法术，或许真能解救大王。

齐宣王　肯来救我？能不记恨我就知足了。

田　婴　大王！

（念）若要王后不记恨，

大王赔情表决心。

为了江山与百姓，

躬身请出钟离春。

齐宣王　王后没死？

田　婴　或许。

齐宣王　她的住处你知道？

田　婴　大概。

齐宣王　（急切地）快快去请。

田　婴　不行！

齐宣王　怎么不行？

田　婴　大王亲自登门，方显诚意。

齐宣王　好！田婴带路，王欢保驾，孤王亲自去请！

田　婴　（犹豫地）只是……

齐宣王　（嗔怪）“只是”“只是”，你的“事”也太多了！走！

王　欢　别站着啦，带路，走吧！

田　婴　（勉强地）走，走，走。

［众下。

第三场

［临淄郊外，钟离山庄，大门外。

［大门敞开，二军士、袁达、艾辛上，从门内走出。

袁　达　（唱）五鼓天明大门开，

专候宣王他到来。

艾　辛　（唱）他到来，不能放进来，

钟离老爹请出台。

二军士　（唱）要把宣王拒门外，

众　人　（唱）这是老相国的巧安排。

（笑）哈哈，哈哈……

艾　辛　（制止）快进去，关了庄门！

［众入内，庄门关闭。

［田婴引路，四齐兵、王欢、齐宣王随上。

齐宣王　（唱）孤王进山请钟离，

不觉走到日偏西。

见一座山庄门紧闭，

判定必是此仙居。

是这儿？

田　婴　正是。

齐宣王　王欢传旨！孤王驾临山庄，命庄主出庄接驾。

王　欢　遵旨。庄里人听着：大王御驾亲临，传旨庄主出庄接驾。

［二军士换成庄丁打扮，站立墙头。

二军士　庄外人听着：我们庄户人，只知道冬瓜架、黄瓜架、倭瓜架，不知道什么玉架。

王　欢　找个知道的前来说话。

二军士　庄客们，庄外来了一堆“玉架”，有谁知道，前来答话。

[艾辛登上墙头。

艾　辛　我来看看，我来看看！咦！像是那个御驾，又不像那个御驾。当初人有那么高，架子那么大；一抖虎威把人吓。现如今人缩哩、威跑哩，像一个干干瘪瘪半死不活的土蚂蚱。

王　欢　明明就是大王，快快开门迎驾！

艾　辛　不中！当初在金殿，一传圣旨人人怕；如今山庄，没有他说的话！

王　欢　大胆！金口玉言，命令天下！

艾　辛　胡扯！荒腔走板，天下笑话！

王　欢　你，你敢不服从？

艾　辛　我们服从庄主，都听钟离老爹的。

齐宣王　（上前一步）是钟离老汉吗？本王正要拜访，快快请来相见。

艾　辛　咦！又是拜访，又是“请来相见”，君主客气，透着稀奇。

军士乙　礼下于人，必有所求嘛。

军士丙　求、求，不撞南墙不回头。

艾　辛　（呼叫）钟离老爹！御驾拜访，请来相见。

[钟离叟内白：“我来了啊！”登上墙头。

钟离叟　（气急败坏地）呀呀呸！

（念【扑灯蛾】）

一见昏王肺气炸，肺气炸。

逼得哑子要说话，要说话。

当初你死皮赖脸缠着咱妞把你嫁，

转过身卸磨杀驴把她休回家。

两年来咱妞死活无人问，

你只顾寻欢作乐享荣华。

到如今地要陷、天要塌，

你想起她、要靠她，屁颠儿屁颠儿来求她。

山庄大门休想进，

众人耻笑你癞蛤蟆！（拂袖而去）

［众随下。

齐宣王　（愣怔地）人呢？

王　欢　没了。

齐宣王　门呢？

王　欢　没开。

齐宣王　唉！

（唱）齐宣王没有说上一句话，

老丈人一顿训羞人答答。

王　欢　大王，吩咐兵丁，给他个破门而入。

田　婴　哎呀不可！若是破门而入，钟离一家置于何地？大王要请的那个人——还能出战吗？

齐宣王　门都进不去，人更见不着，这如何是好啊？

田　婴　不妨，不妨！眼见夜色降临，大王改换衣装，随臣潜行入府，手托香烛虔诚祈祷，一片真情反躬自省，说不定感动了钟离……钟离……

齐宣王　（肯定地）王后。

田　婴　（诧异地）啊？

齐宣王　（决然地）钟离王后！

田　婴　喔，是是是，感动了钟离王后，就必定见着了。

齐宣王　咦，这么好的主意咋不早说啊？王欢！吃饭，改扮，前景灿烂。（下）

王　欢　（悄悄地）老相国，您这主意够绝的！

田　婴　（苦笑）呵呵。

［众下。

第四场

［钟离山庄，后园。

［二军士、袁达、艾辛戴面具、扮天神上，做傩舞。隐蔽。

［钟离春扮神女上。

钟离春　（唱）月朦胧云缥缈星光惨淡，
夜深沉山寂静巧设机关。
离王宫隐山庄两年一闪，
闻国情思国政日把愁添。
我不悔当年雪台进诤谏，
我不悔封后担责理河山，
我不悔代王赴会迎凶险，
我不悔遭忌恨陷我沉冤。
怨只怨齐宣王见识浅，
心胸狭隘量不宽，
怨只怨齐宣王是非不辨，
忠言逆耳信谗言。
怨只怨齐宣王执政慵懒，
得乐且乐一天天。
他竟把列国群狼当羊看，
他竟把烽火燃烧当笑谈。
他面对兵临城下吓破胆，
他、他、他，六神无主好可怜。

我与那老田婴共商国难，
先扮作众神仙教训迷顽。
但愿得齐宣王洗心革面，
钟离春誓一死再跨征鞍。

［艾辛等人走出，聚拢钟离春身边。

钟离春　你众人可是准备停当？

艾辛等　准备停当。

钟离春　等那昏君进园，听我指令，叫骂就骂，叫打就打！

二军士　（犹豫地）这……他可是国君哪？

钟离春　不是国君，我还不打，我还不骂呢！

艾　辛　哎，老人们说：不挨骂，一辈子长不大。

袁　达　我们祷告——

众　人　（祈祷）轻轻打、狠狠骂，国君快长大。

钟离春　隐蔽！

众　人　是！

［钟离春率众下。

［田婴提灯前导，齐宣王着便服托香盘随后同上。

齐宣王　（唱）君臣们从角门溜进庄院，
深一脚浅一脚步履艰难。
老田婴你不要离孤太远。
靠近点，再近点。嘿！（抓住田婴）
咱君臣肩并肩……

田　婴　臣，不敢！（抽手、欲跪）

齐宣王　（身子一歪，接唱）
……你把我搀，不用过谦，差点扭伤孤的腰间盘。

田　婴　臣，罪过！罪过！

齐宣王　知罪就好！
（唱）咱齐步走，

一、二、三。

田　婴　是一二一。

齐宣王　（唱）我说一二三，

想着一二三……

田　婴　这“一”？

齐宣王　（唱）一心一意，虔诚一片，

田　婴　这“二”？

齐宣王　（唱）二更二点潜入园。

田　婴　这“三”？

齐宣王　（唱）三炷高香、三番礼、三省吾身发誓愿，

请求王后早回銮，

跨马一战保江山。

这就是——

一、二、三，

三三，二二，一个一，

一一，二二，三个三。

三步当作一步走，

一步当作三步蹿。

磕磕绊绊往前趱。

［二人曲折前行。

齐宣王　（接唱）一面大墙把路拦。

田　婴　来到后园门。

齐宣王　开门进去。

田　婴　（提灯观看）门上落锁，开不得了。

齐宣王　拿块石头，把锁砸开。

田　婴　惊动众人，那还了得？

齐宣王　那怎么进去呀？

田　婴　爬！

齐宣王　（不解地）啊？

田　婴　（动作提示）爬！

齐宣王　咦！堂堂一国之君，爬墙钻洞，岂不被人耻笑。

田　婴　是啊。堂堂一国之君，爬墙钻洞，岂不被人耻笑？走，走，走，回去吧！

齐宣王　啊，回去？

田　婴　回去！只等列国杀进临淄，活捉了大王，就没人耻笑了！

齐宣王　（掂量地）呃，回去不得！

田　婴　怎么样？

齐宣王　（决断地）爬！

田　婴　老臣先爬。

齐宣王　不、不、不，你在外面望风。孤王先爬。

田　婴　遵旨！

齐宣王　（唱）老田婴，你来望风，

有孤王，施展幼功。

铆足劲，两脚腾空，

噌——

［齐宣王扔出香盘，翻过墙去，接住香盘，跌坐地上。

［两军士暗上，引田婴进园。溜下。

齐宣王　（接唱）险些儿，摔个倒栽葱。

田　婴　大王，摔着没有？（走过去，扶起齐宣王）

齐宣王　（观察，怀疑地）老爱卿！你是咋样过来的？

田　婴　大王正在翻墙，老臣提灯一望，只见门旁有个豁口，一步——就跨过来了。

齐宣王　你怎么早不发现哪。翻过墙来，往哪儿走？

田　婴　向左。

齐宣王　噢，向左。

（唱）田婴引路咱向左，

祈求王后回凤阁。

［二军士、袁达、艾辛上。

艾辛等　（怒喝）昏王哪里走！

齐宣王　（接唱）只听背后一声喝，

寸步难行打哆嗦。

艾辛等　（念）齐宣王，太荒唐，

败坏朝政害忠良。

翻脸无情休王后，

分明是个白眼狼！

哇呀呀！（百般威吓，下）

［齐宣王缩成一团，瑟瑟发抖。

齐宣王　老爱卿，老爱卿！

田　婴　臣在。

齐宣王　你听见没有？

田　婴　听见什么？

齐宣王　不知是神是鬼，在我背后高声叫骂，骂我昏王、荒唐、白眼狼！

田　婴　骂得实在！

齐宣王　啊？

田　婴　是骂得奇怪。

齐宣王　这样吧，我在前面走，你在后面护驾。

田　婴　是，是，是！（递交提灯）

齐宣王　往哪儿走？

田　婴　往右。

齐宣王　噢，往右。

（唱）孤王提灯走向右，

进园为把王后求。

请她出马把国救，

［二军士、袁达、艾辛上。

艾辛等　昏王，拿命来！

齐宣王　（大惊）哎呀！

（接唱）上天惩罚我命休！

［四人围上来，这个拍头那个打背，不断恐吓调笑，把齐宣王逼进厅堂。

［齐宣王丧魂落魄跪在殿中。田婴示意，众人离去，下。

田　婴　大王醒来。

齐宣王　（唱）迷糊糊不知是梦不是梦，

只觉得全身挨打却不疼。

一霎时遇鬼神惊魂未定，

睁双眼见田婴孤的老爱卿。

田　婴　大王，怎么样了？

齐宣王　我好像做了一个梦。

田　婴　梦是心头想。

齐宣王　想，我想钟离王后，谁想这些个凶神恶煞了！

田　婴　大王真的想王后？

齐宣王　真的想王后。

田　婴　确实想王后？

齐宣王　确实想王后。

田　婴　好！大王请看——这便是王后居住的所在，堂上悬挂王后影像。大王且把心头所想、腹中誓愿，对王后尽心祈祷，诚心哀告。大王心诚意坚，王后体谅出山，齐国得救，百姓欢颜。大王若是虚情假意，王后怒气不消，敌兵趁虚而入，恐怕这亡国败家的罪名……

齐宣王　孤王担当不起呀！

田　婴　事到如今，这亡国、救国全在大王了！

齐宣王　在我！我……我……（哭）我好痛心哪！

（唱）一句话戳得我满心悲痛，
立厅堂对倩影哭唤英灵。
两年前是孤王沉醉不醒，
糊涂涂把王后赶出宫廷。
从此后失约束孤王放纵，
政不勤军不壮梦幻太平。
哪料到四国联盟大军压境，
压得我满朝求将，却无人应声。
孤这才明白了——爱我齐国、强我齐国、保我齐国
是王后，
昏齐王赶走王后国不宁。
此时间孤王我愧疚猛醒，
此时间孤王我无地自容，
此时间孤王我悔恨悲痛，
此时间孤王我……我登门赔情。
求王后发仁慈容我反省，
求王后放大量重返宫廷。
求王后念苍生把齐国拯救，
求王后灭敌兵再展雄风。
齐宣王忏悔哀告虔心奉请，
千般请万般求求你显灵。（施礼，上香）

田　婴　（大叫）王后显灵了！王后现身了！

［钟离春上。

钟离春　（唱）怒火腾腾悲泪涌！

田　婴　啊，王后！（迎上去）

钟离春　退后！

田　婴　是，是是。（下）

齐宣王　（惊恐地）老爱卿，你不要走哇！（转向钟离春）王后！

钟离春　昏王！

［齐宣王跪落钟离春面前。

钟离春　（唱）骂一声齐宣王你个糊涂虫！

看天下列国纷争不宁静，

本应该自强不息力称雄。

你却是温柔乡里做迷梦，

偏又是忠言逆耳喜偏听。

把朝廷忠臣良将驱赶净，

宠信些祸国殃民害人精。

落得个江山不见好光景，

萧条市面假繁荣，

国库粮仓空洞洞，

面对强敌没强兵。

你要把大齐国拱手相送，

你要让众百姓任人欺凌。

你要叫祖宗蒙羞受耻辱，

你要担昏庸无道、乱政亡国的千载骂名。

到如今百般惊恐喊救命，

难料你好了伤疤忘了疼。

我若是心肠一软随你愿，

难道说叫你二次赶出宫，

更难免一朝获罪丢性命，

钟离春记取教训学聪明。

任你求，任你请，

要我回宫万不能。

［田婴上。

齐宣王　王后啊！

（唱）千错万错孤的错，

要骂要罚任你行。
拯救齐国救百姓，
求王后回宫速发兵。

田　婴　娘娘！
（唱）大王荒唐自乱政，
做下般般错事情。
念其悔过知猛醒，
请娘娘救国速回宫。（跪）

钟离春　（唱）大事当头须冷静，
思量民重君为轻。
救国危亡当奋勇，
田大人！（扶起田婴）
放下恩怨我出征。

田　婴　（惊喜地）王后答应出征了！

齐宣王　哈！（围着钟离春再三表白）
（唱）王后允出征，
恩重量宽宏。
天下齐称颂，
你是大救星。
侍卫忙摆驾，
王后返王宫。

钟离春　慢！即刻聚将，来日发兵。（下）

齐宣王　老爱卿。

田　婴　在。

齐宣王　谨依王后部署，即刻聚将，来日发兵。

田　婴　遵旨。

齐宣王　哈哈……（高兴地走错方向）

田　婴　大王，大门在那边呢。

齐宣王　唉，找不着北了！（喝喊着）王后出战，齐国平安！王后出战，齐国平安！

［齐宣王欢悦跳跃下，田婴随下。

第五场

［校场。

［齐兵——马步三军列队整齐，威武雄壮。队列舞蹈过场。

［独孤辰上，急行几步险些跌倒；军士乙、丙上，进前搀扶。

二军士　老将军，小心点啊！

独孤辰　哈哈，哈哈！

（唱）喜讯传来心振奋，

王后应承领三军。

保卫齐国再披甲，

跨马上阵杀敌人。

雄兵将士尽奋勇，

我老将壮怀激烈，抖擞精神，重返军营、调遣军备保后勤。

配齐枪刀矛与盾，

军士乙　已然配齐。

独孤辰　（接唱）备下战马战车好征轮。

军士丙　已然备好。

独孤辰　（接唱）调足军粮与草料，

二军士　已然调足。

独孤辰　（接唱）要准备毛绳麻索一根根。

军士乙　这毛麻绳索备好了，还备多了，只是……

军士丙　只是不明白做什么用呢？

独孤辰　（接唱）一根根绳索把敌擒，

叫他们从此不敢把爪子伸。

战云驱散河山稳，

齐国强盛乐万民。

［王欢上。

王　欢　好！好个齐国强盛乐万民。

独孤辰　王总管，即将开战，你不保驾，到这军营做什么来了？

王　欢　我到这军营借东西来了。

独孤辰　要借什么？

王　欢　鼓。

独孤辰　鼓？

王　欢　对，咚咚咚……敲的那个鼓。唉，就是战鼓、军鼓，指挥助威的鼓。

独孤辰　要它何用？

王　欢　大概、可能……我也说不清楚。大王要用，你敢问？

独孤辰　老臣不敢，总管随我去取。

王　欢　走！（同独孤辰下）

二军士　（感叹）纯粹添乱！（下）

第六场

［临淄近郊。

［列国兵士上，耀武扬威。

［吴起、孙操等八将士气势汹汹。

吴　起　列位将军！

众　将　上将军！

吴　起　吾等兴兵势如破竹，杀到齐国都城，齐宣王战又不战，降又不降，不知做何打算？

孙　操　赔罪献城，岂能愿降？

杜　胜　钟离春被贬，无人领兵，怎敢开战？

另两将　莫非是以逸待劳。

又两将　必定是犹疑不决。

孟飞天　算了吧！他不战也要战，不降逼他降，杀进临淄城，生擒齐宣王！

众　将　（呐喊）杀进临淄城，生擒齐宣王！

吴　起　众将官，准备攻城！

［“报！”探马喊叫急上。

探　马　启禀主帅，钟离春统领人马杀出城来。（下）

众　（大惊）啊！

［钟离春领齐兵上。

钟离春　（唱【唢呐曲】）

一阵风，杀出临淄城！

［兵将混战。钟离春独对吴起。

钟离春　（接唱）先杀你吴起气焰凶。

［吴起败退。钟离春独战孙操。

钟离春　（接唱）败将孙操，也敢逞能。

［孙操败退。钟离春对战杜胜、孟飞天。

钟离春　（接唱）两员将，岂知俺越战越勇。

［杜胜、孟飞天不敌，众将围攻上来。

钟离春　（接唱）众蟊贼，战出你姑奶奶八面威风。

［两军缠斗，难解难分。

［众打下。

第七场

［齐宣王上，王欢背鼓随上。

齐宣王　（唱）孤王我督战做指挥，

（吃惊地）鼓呢？

王　欢　（同惊）鼓？

［二人寻找。

王　欢　（猛醒）臣这不是背着吗？

齐宣王　（敲一下鼓）咦，真是背着呢！

王　欢　（央告地）大王，别这么一惊一乍的，中不？

齐宣王　唉！

（接唱）大姑娘坐轿头一回。

王　欢　噢，兴奋！

齐宣王　（纠正地）紧张！过度紧张！

王　欢　那就别去了。

齐宣王　咦！

（接唱）孤可不是胆小鬼，

迎风冒雨不怕雷。

面对天崩地裂不后退。

王　欢　不必！

齐宣王　（接唱）面对泰山压顶不皱眉。

王　欢　不要！

齐宣王　（接唱）面对屠刀我宁流血不流泪。

王　欢　不可以呀！

齐宣王　（接唱）面对着王后冲杀在前我怕谁！

王　欢　咦！

齐宣王　（接唱）迈步登顶孤就位，

［二人上山，战鼓安置停当。

齐宣王　王欢！这里是王后策划的第二战场呀！

（接唱）鼓舞士气我把战鼓擂。

［齐宣王击鼓三通。

［战鼓声中，齐兵越战越勇，列国兵将士气不振，齐国二军士连连俘虏敌兵。

［战鼓声中，钟离春战败八将，列国兵将溃逃，钟离春引兵追下。

王　欢　（兴奋地）大王，敌军败退！

齐宣王　（激动地蹦下山头）哈！横扫千军万马，唯我钟离王后！王欢，附耳过来。（凑近王欢，做密语状）嘻嘻、嘻嘻！（手舞足蹈，欢快下）

王　欢　咦！他什么也没说呀！（追下）

第八场

［钟离春引兵追上。

［敌方锣响。列国二将官上，展开《休战表》。

钟离春 （读）“占领城池尽退还，罢兵休战二十年！”

众 （读）“占领城池尽退还，罢兵休战二十年！”

钟离春 收下《休战表》，释放战俘。

［齐兵奉命行动。

战 俘 （叩头）多谢王后！多谢王后！

［列国将官领战俘下。

众 （欢呼）胜利了！胜利了！

［田婴、独孤辰捧酒上。

田 婴 满朝文武，

独孤辰 军民百姓，

二 人 与王后敬献感恩酒。祝愿：王后康泰，齐国富强！

众 （欢呼）王后康泰，齐国富强！

钟离春 （接过酒杯，心潮澎湃，唱）

一杯醇酒万民心，

一片丹心献万民！（一饮而尽）

［鼓声大作。齐宣王敲着大鼓上，王欢挽着钟离叟随上。

齐宣王 糊涂荒唐的齐宣王，再次道歉，恭谢王后回宫！（双手奉上王后正装）

钟离叟 妞，回宫吧！

众　　请王后回宫！

［幕后合唱：

列国战场故事多，
哭笑不得演齐国。
万代争夸钟离后，
荒唐君王翻了车。

［钟离春披上蟒服，神采奕奕。

王　欢　（跳出角色）三本大戏《荒唐君王奇王后》，到此结束。闭幕！

贯涌剧作一览表

大型剧目

绚丽奇花	儿童剧	1958年作
党的女儿	京　剧	1959年作
雾都明灯	京　剧	1967年作
炽热的爱	上党落子	1986年作
罗摩衍那	京　剧	1987年作
金刀生死缘	京　剧	1991年作
虎将雄风	京　剧	1992年作
☆拥有珍宝的女人	京　剧	1993年作
酒家女	京　剧	1994年作
☆大齐悲歌	上党梆子	1994年作
☆洪水之炼	京　剧	1995年作
☆唐知县斩诰命	豫　剧	2002年作
石武举别传	豫　剧	2006年作
☆草根秀才	豫　剧	2008年作
☆徐九经弃官记	豫　剧	2009年作
☆秦良玉	京　剧	2009年作
三打金枝	豫　剧	2010年作
☆浩然长歌	梆子剧	2010年作
☆洗雪铁丘坟	蒲　剧	2012年作

藏獒情未了	音乐剧	2013年作
姜太公走淇河	豫　剧	2014年作
陈桥旭日	豫　剧	2015年作
大舜·公天下	京　剧	2017年作
荒唐君王奇王后	三本豫剧	2020年作

中小剧目

娃娃店	儿童剧	1958年作
给爷爷拜年	儿童剧	1959年作
八仙过海	京　剧	1959年作
神笔马良	儿童剧	1960年作
童　年	儿童剧	1961年作
提　审	小　品	1977年作
☆徐龙铡子	上党落子	1986年作
会财神	小　品	1987年作
☆樊梨花斩子	豫　剧	1998年作
调　查	豫　剧	1999年作
☆石榴花开	豫　剧	2004年作
☆陈小毛开店	儿童剧	2006年作
☆关　爱	豫　剧	2011年作
☆芦花谣	梆子剧	2012年作

小剧场剧目

☆祝　福	京　剧	2003年作

俘	话　剧	2004年作
☆小城之春	京　剧	2011年作
惑	音乐剧	2021年作

电影电视文学本

宋城的故事	微型系列剧	1998年作
☆郎啊，狼！	豫　剧	2007年作
☆瓦岗英雄	京剧动漫	2009年作
☆乖乖公子	豫　剧	2013年作

（带☆者，已收入《贯涌剧作》）

后　记

有赖于刘志梅博士精心运作，这本“文存”辑成出版了。

我曾想着、盼着，心心念念出书四本：一剧集、一文集、一教材、一专著——“戏曲叙事学”。愿望推我去干、去钻、去搏……六十岁，出了教材！八十岁，出了剧集！如今，年已八十七岁，出了文集！至于“专著”，恐怕只能是个美妙幻想。历史很实在，现实很残酷！年近九旬，心欲为而力不逮，若非贤弟子鼎力相助，出此文集焉得能够？志梅啊，愚师心中感激不尽！

本集大都是已发表者结纳于斯，题目也大体依旧，仅有极少几篇不曾发表过，或予标题有所改动。此前出版剧集，打算就此封笔，却应各方需求而有续作，放到书里作为补遗。

最大遗憾并使我愧疚的是，关于师尊晏甬先生的文稿竟付阙如。

师尊以鲜明的剧作理念和系统的编剧技法培育了我；以“绝对服从工作需要”而义无反顾的崇高行动影响了我；以寻求真理永无止境的科学精神鼓舞着我，而我，面对先生的高山仰止，评之胆怯，论之无能，心有不甘——不安，却无可奈何。先生恩德，衷心藏之，何日忘之，铭记终生是不能磨灭的。

面对新书旧稿，思绪纷纷，有一句话不得不说，不可不说：

这本“文存”，既非成果展示，亦非私见张扬，不过是个叫作贯涌的老人，对人生、对社会、对时代，呈递一份真诚交代。

2022年2月22日于陶然亭畔

跋：不惑的人

《贯涌戏曲文存》（上、下卷）书稿付梓在即，师父忽然嘱我作篇跋文，忐忑之余，我感受到了一份特殊的宠爱——师父是要携我于此《贯涌戏曲文存》中与他同在，顿时无限的温暖涌上心头。

回望来路，从1997年初与师父结缘算起，而今我已列于“有容堂”门下二十五年之久，遗憾的是徒儿天资蠢笨却又好高骛远至今无成，愧对师父恩泽多年。然而，每每想到师父八十岁后还能如此高产，一份充满希望和无限可能的未来便在心中光明温暖起来，我不禁又问——师父何以能于耄耋之年依然葆有充沛的创造力和青春的活力呢？或许是因为这三样——大智慧、大无畏、大自在。

师父于人生有一份大智慧——无论生活如何展开在他面前，师父永远以“一”应之，绝无庞杂，像写戏、排戏一样，师父总能于千头万绪中理出主线、切中肯綮，然后以一持万，从一点澄澈铺展出朗澈天地，使一切无关的纷繁寂然无力。所以，师父的身上总有一份气定神闲的从容，总能专注于自己的目标，总能在自在的心境中展开自我，而不被打扰。我把这叫“摘得清”。

师父于人生有一份大无畏——无论命运如何安排，师父永远着眼于未来，从更大、更自由、更活泼的未来反观当下、照亮当下、洞悉当下的意义，因应而为、尽心竭力，无论顺逆否泰。所以，师父总能在他的生命里划出通往未来的光明轨迹。

师父于人生有一份难得的大自在——师父的人生似乎从来没有背过包袱，在我的眼里师父从不与过往纠缠，他的人生永远向着光明喜乐的未来。所以，他总能放下过去，无论烦恼、无论成功，因为每一个当下都是通往光明喜乐的未来所在。所以，师父总能安住于当下、享受当下，自在从容，悠游其中。

所以，师父能有如孩子一般真纯的心境，葆有孩子一般对世界好奇的热情，对新事物有一份别样的敏感，新文章、新热点、新词汇、新潮流，师父总是走在我们的前面，以至于我们觉得师父比我们更像年轻人。

师父最爱美，师父所爱之美在雅致、在机趣、在盎然天真。所以，于戏，师父最爱的是喜剧，幽默喜乐是师父的日常，发现美、营造美、创造美、享受美，无所不在，师父念念平和、心无挂碍，在闲庭信步的节奏中与雅意、与真趣随行，不骛尽善尽美，但求尽自由心，不被任何事功束缚，不被所累、不受其惑。庄子《逍遥游》所讲的无待，想必便是师父这样的境界——至人无待，自在逍遥。

但愿所有与师父《贯涌戏曲文存》（上、下卷）一书有缘的朋友，也和我的师父一样，做个不惑的人。

刘志梅

2022年3月18日